Thomas Hoeps und Jac. Toes

Nach allen Regeln der Kunst

Kriminalroman

grafit

Die Autoren

Thomas Hoeps, geb. 1966, lebt und arbeitet in Krefeld und Mönchengladbach. Er hat Germanistik in Düsseldorf und Dresden studiert und über Terrorismus in der Literatur promoviert. Seit 1990 schreibt er Bücher, darunter den Roman *Pfeifer bricht aus* und den Erzählband *Tomorrow never knows.* Er erhielt den Förderpreis der Stadt Düsseldorf und den Nettetaler Literaturpreis.

Weitere Informationen zum Autor finden sich unter www.myspace.com/ts_pop.

Jac. Toes, geb. 1950 in Den Haag, lebt heute in Arnheim. Er schreibt Kriminalromane, Drehbücher und ist Redakteur einer literarischen Läuferzeitschrift. Bei Grafit sind bisher sechs seiner Bücher erschienen, darunter der Roman *Fotofinish,* der 1998 mit dem niederländischen Krimipreis ausgezeichnet wurde.

Weitere Informationen zum Autor finden sich unter: www.jactoes.nl

1

Dienstag, 9. Oktober

Robert Patati machte es sich auf dem ausrangierten weißen Friseurstuhl bequem und nippte genüsslich an einem Glas Rotwein aus dem Languedoc. Ein stromaufwärts fahrendes Containerschiff ließ die Seine sanft gegen sein Hausboot plätschern. Das abnehmende Motorengeräusch und die wiederkehrende Stille weckten ein wohliges Gefühl von Melancholie in ihm.

Es lagen knochenharte Wochen hinter Robert. Ein Museum nach der Grundsanierung komplett wieder einzurichten, war so ziemlich das Schlimmste, was man einem Restaurator antun konnte. Die Welt schien plötzlich aus lauter beidseitig linkshändigen Transporteuren, Stolperfallen und schmutzigen Fingern zu bestehen.

Aber es war erstaunlicherweise alles gut gegangen. Kein Unfall, nirgends. Patati seufzte. Es war die richtige Entscheidung gewesen, gleich Urlaub zu nehmen und sich von den Strapazen an diesem sanftmütigen Ort seiner Vergangenheit auszuruhen. Die Oktobersonne wärmte sein Gesicht. Aus der kleinen iPod-Anlage am Steuerhaus wehte mit einer milden Brise der entspannte Sound von Fanta-4s *Tag am Meer* herüber. Ihm fielen langsam die Augen zu.

»Und davor können Sie die Augen verschließen, so viel Sie wollen, Herr Patati! Sie werden diese Skulptur restaurieren, Herr Patati!«

Patati blinzelte sein Gegenüber träge an. Er hätte es wirklich machen sollen. Am Tag der Wiedereröffnung des Abteiberg-Museums den ganzen Resturlaub nehmen und verschwinden. Stattdessen saß er nun in der vollkommen chaotischen Restaurierungswerkstatt und musste die Ruhe bewahren, während ein Typ, der sich Direktor schimpfte, vor ihm herumhampelte und einen seiner berüchtigten cholerischen Anfälle auslebte.

»Sehen Sie, Dr. Zink«, versuchte Robert es noch einmal zu erklären. »Da oben im Himmel sitzt jetzt der Dieter Roth und schaut auf das hier herunter.« Er wies auf einen weiß-braunen Haufen alter Schokolade, der auf dem Arbeitstisch stand. »Und hält sich lachend den Bauch. Weil geschehen ist, was er sich spaßeshalber immer wieder vorgestellt hat: Irgendein Kunstsammlerheini lässt blöderweise seine sündhaft teure Schokoladenskulptur in der Sonne stehen und die Kunst zerfließt in schönster Mutwilligkeit. Was soll ich da tun, wenn das Werk genau so ist, wie es sich der Künstler wünschte? Das verstieße gegen jedes Restauratoren-Ethos.«

»Restauratoren-Ethos, wenn ich das schon höre!«, drehte Zink auf. »Und dann beleidigen Sie auch noch einen unserer größten Gönner! Dr. Wolff ist kein Heini. Er liebt diese Skulptur über alles, daran ändert auch ein toter Künstler nichts.«

»Aber dann hätte er …«

»Nichts aber. Wenn Sie – und was ich Ihnen jetzt sage, bleibt unter uns, klar? –, wenn Sie das Ding restauriert haben, wird Dr. Wolff uns ein Bild schenken. Ein sehr wichtiges Bild.«

»Na, da bin ich aber gespannt«, sagte Robert.

»Gehört der Biennale-Zyklus von Polke nicht zu Ihren Lieblingen?«

Er nickte. Manchmal setzte er sich nach einer besonders schwierigen Arbeit noch vor die sechs 6 x 4 Meter großen sandgelb leuchtenden Gemälde, bis er die sirrende Hitze der Wüste und das Versprechen einer dahinter liegenden Oase in sich aufsteigen spürte.

»Polke hat für Wolff ein siebtes Bild gemalt. Weiß der Teufel, was das für ein Deal war. Jedenfalls ist dieses Bild der

Preis für Ihre Arbeit, Herr Patati. Wolff weiß nämlich, dass Sie der Einzige sind, der aus so einem Klumpen noch was machen kann.«

Robert pfiff leise durch die Zähne. Um die zwei Millionen war seine Arbeit also wert. Man mußte eine Menge Hornhaut am Nabel haben, um sich da nicht gebauchpinselt zu fühlen.

»Ich verstehe«, sagte er gedehnt. »Trotzdem, es geht nicht.«

»Glauben Sie, ich lasse mir von einem Starrkopf wie Ihnen den größten Coup meiner Karriere kaputtmachen? Sie bauen den Roth wieder auf! Und ich bekomm den Polke! Habe ich mich deutlich ...«

Das Telefon unterbrach den Direktor mit ohrenbetäubendem Klingeln. »Höchste Stufe«, wies Robert entschuldigend auf die Abzugshaube für die Lackierarbeiten hinter sich und nahm schnell ab.

»Für Sie, die Aufsicht.«

»Was!«, bellte Zink in den Hörer und nach kurzem Schweigen: »Wir kommen.«

»Notkoffer, Patati. Eine der Ter-Heijne-Figuren ist zusammengebrochen.«

Robert griff nach der alten ledernen Arzttasche und folgte seinem fluchenden Direktor.

»Hier war niemand. Es ist von ganz allein geschehen«, rief die Aufsichtsfrau sofort, als sie den Direktor über die Verbindungsbrücke vom Verwaltungsturm zum ersten Stock der Ausstellung auf sich zustürmen sah.

Zink behandelte sie wie Luft und betrat den Saal. Die Installation der Amsterdamer Künstlerin Mathilde ter Heijne war in der rechten Ecke aufgebaut. Zwei hyperrealistisch wirkende Frauenfiguren lehnten an der Wand. Eine dritte lag auf dem Boden, bäuchlings und mit eigenartig verdrehten Gliedern. Zink ging in die Hocke.

»Von ganz allein, ja?«, zischte er die Hilfskraft an. Er fasste den Arm der Figur, hielt kurz verblüfft inne, murmelte »Erstaunlich authentisch« und bemühte sich, sie auf den Rücken zu drehen.

Als der Körper plötzlich schwer herüberfiel, versuchte Zink, mit der Hand das Gesicht der Figur zu schützen, geriet jedoch mit den Fingern so unglücklich in eine Falte am Hals, dass sich das Antlitz vom Kopf löste und mit einem leisen Klatschen zu Boden fiel.

Patati, der an der Schwelle zum Saal stehen geblieben war, wollte gerade einen Spruch über die schlechte Verarbeitung zeitgenössischer Kunst machen, als Dr. Zink Hilfe suchend zu ihm hochschaute.

Die abgefallene Latexmaske hatte ein anderes, von Leim dick verklebtes Gesicht freigegeben. Aus ihm starrten die vor Schmerz und Schrecken weit aufgerissenen Augen einer Toten in das kalte Licht der Deckenbeleuchtung.

Fern hörte Robert eine Schulklasse schnattern. Ein Zittern erfasste die Schultern des Direktors.

Eine Stunde später sah es im Abteiberg aus, als wäre das halbe Polizeipräsidium eingezogen. In Anbetracht der Tatortgröße hatte die Spurensicherung sofort Verstärkung angefordert. Die gesamte obere Etage war abgeriegelt, im Erdgeschoss hatte man den Zugang hinter dem Kassenbereich mit Bändern abgesperrt. Die Museumsbesucher waren zur Aufnahme ihrer Personalien in den Vorführraum geschickt worden. Nur die Schulklasse hatte das Museum verlassen dürfen.

Robert Patati saß wieder in seinem Atelier. An die Stelle seines cholerischen Direktors war ein deutlich sympathischeres Wesen getreten. Die Kriminalkommissarin, die ihm gegenübersaß, war jung, blond und hätte jedem formverliebten Bildhauer zur Freude gereicht. Als sie ihn nach einem kurzen Geplänkel über die Vor- und Nachteile von Schokolade als künstlerisches Material nun auch noch überaus freundlich anlächelte, ging es Robert sofort viel besser.

»Darfst du überhaupt jemanden vernehmen, mit dem du befreundet bist?«, fragte er.

Katja Hellriegel sah verlegen an Robert vorbei.

»Du hast es deinen Leuten nicht gesagt?«

Sie grummelte. »Hätte mir gerade noch gefehlt, dass es jetzt auch noch heißt, ich hinge mit Künstlertypen rum.«

»Vielen Dank.« Robert verbeugte sich spöttisch.

»Also dann. Kennst du die Tote?«

»Syntha van Cleef. Die Frau des Direktors des Museums van Bommel van Dam in Venlo.«

»Und was hat sie hier gemacht?«

»Die letzte Zeit hat sie wahrscheinlich an der Wand herumgestanden.«

»Du scheinst sie ja sehr gemocht zu haben.«

Patati zuckte mit den Schultern. »Sagen wir, mir war ganz recht, dass sie kleine Helferlein wie mich grundsätzlich ignorierte.«

»Oh, höre ich da etwa fünf Gramm verletzte Eitelkeit heraus? Robert, Robert. Sie war also häufiger hier.«

»Katja, mir steht wirklich nicht der Sinn nach Tratsch.«

»Aber mir, mein lieber Tati. Also?«

»Dein Chef sitzt doch oben mit meinem zusammen. Soll er ihn mal fragen.«

Katja grinste kurz, ehe sie jenen strengen Ton anschlug, bei dem Robert immer einen leichten russischen Akzent herauszuhören meinte. »Ich kann Sie auch aufs Präsidium bestellen, Herr Patati.«

»Syntha van Cleef und Zink waren ziemlich eng miteinander«, sagte Robert lustlos. »Sie ist früher bestimmt zweimal die Woche bei ihm gewesen.«

»Und was meinte ihr Mann dazu?«

»Ach Gott, ein schmächtiges Männlein von dreißig Jahren. Wahrscheinlich hat er's gar nicht gemerkt, so karrieregeil, wie er ist. Aber selbst wenn, er hing ihr am Rockzipfel und sie hätte sich bestimmt jede Einmischung verbeten.«

»Könntest du dir vorstellen, dass er sie umgebracht hat?«

»Ich kenne ihn kaum.« Robert dachte kurz nach. »Aber ich glaube, eigentlich nicht. Ohne sie wird er es niemals nach ganz oben schaffen.«

»Affekt und Verstand sind selten Freunde.« Katja schrieb etwas in ihren Notizblock. »Und Zink? Hat sie den auch so am Nasenring herumgeführt?«

»Nee, wahrhaftig nicht. Zink ist da ein ganz anderes Kaliber.«

»Ich höre?«, die Kommissarin beugte sich mit der Hand am Ohr nach vorn, bis sie der Schokoladenruine gefährlich nahe war. Patati hob abwehrend die Hände.

»Hey, pass auf, das ist immer noch Kunst, auch wenn's nicht so aussieht.« Katja lehnte sich zurück und Robert gab sich geschlagen.

»Ich habe sie mal zusammen im Depot überrascht. Sie kniete vor ihm. Ein ängstliches, zitterndes Mäuschen. Wenn man sie sonst draußen auftreten sah, das war schon echt der Hammer.«

»Und du hast nichts gemacht?«

»Es sah alles ganz freiwillig aus. Und wenn die's so brauchen …, ich bin kein Beziehungstherapeut.«

»Und der Bock ist immer der Gärtner. Erzähl mir was über diese Puppen.«

»Puppen. Bloß weil du dich gegen die Kunst und für die Bullerei entschieden hast, musst du nicht gleich rotzig werden, mein Kind.« Robert sah sie streng an. »F.F.A.L.«

»Ist das ein spezieller Beleidigungscode für Polizisten?«

»*Female Fake Artist Life.* So heißt die Arbeit. Ter Heijne zeigt mit ihren Figuren Künstlerinnen, die von Schriftstellern erfunden wurden. Sie schafft für sie einen Körper und kleidet sie entsprechend ihrer Zeit. Das Gesicht ist aber bei allen Unterschieden in Hautfarbe und Schminke immer dasselbe: nämlich das von ter Heijne selbst. Über unsichtbare Lautsprecher am Kopf lässt sie die Figuren von sich erzählen.«

»Interessant. Was sagte denn unsere Leiche ursprünglich?«

»Keine Ahnung. Etwas auf Englisch. Und das ist bei mir ein bisschen reparaturbedürftig. Aber ich suche den Text für dich raus.«

»Seit wann habt ihr die Arbeit?«

»Seit einer Woche. Beziehungsweise ... wir hatten sie schon mal hier. Letztes Jahr zu einer Sonderausstellung, vor der Sanierung.« Patati stockte.

»Was hast du?«

»Das Gefühl, dass mich gerade eine eiskalte Hand anfasst. Die Ausstellung hieß *Strange, I've seen that face before* – und das war der erste Gedanke, als ich vorhin in Syntha van Cleefs Gesicht geschaut habe. Dieser verzerrte Ausdruck und all der Kleber. Ich habe etwas gebraucht, bis ich sie erkannte.« Robert stand auf und öffnete das Fenster, erinnerte sich an das empfindliche Objekt auf seinem Schreibtisch und schloss es schnell wieder.

»Hat Dr. Zink die Installation gekauft?«

»Aha, Installation. Kommissarin Hellriegel erinnert sich doch noch an ihr früheres Leben. Nein, jemand hat sie uns zum Neustart geschenkt.«

»Name?«

»Wollte anonym bleiben – selbst Zink weiß nicht, von wem das Präsent kam.« Robert zögerte. »Sagt Zink.«

Katja sah ihn aufmerksam an. »Ist das bei euch so üblich?«

»Was üblich ist, bestimmt in solchen Fällen stets der edle Spender.«

»Edel ist gut. Sieht aus, als wäre er doch nicht so selbstlos gewesen.«

»Du meinst, das Werk wäre als eine Art Trojanisches Pferd in unsere Museumsburg gekommen?«

»Ich meine noch gar nichts«, versuchte Katja, Roberts erwachende Neugierde zu bremsen. Aber es war zu spät, Robert saß schon wieder am Schreibtisch, blätterte in seinem Adressbuch und kritzelte etwas auf einen Zettel.

»Hier. Name und Telefonnummer der Galerie, die ter Heijne vertritt. Die können dir vielleicht mehr sagen.«

Katja wollte den Zettel, den Robert ihr hinhielt, nehmen, aber er zog ihn plötzlich wieder zurück.

»Sei nicht albern, Robert. Soll ich jetzt etwa bitte, bitte sagen?«

»Der Preis für diese Information, Katjachen, ist, dass du mich auf dem Laufenden hältst.«

»Was soll der Quatsch, Tati. Gib her.« Katja verdrehte die Augen.

»Du kennst doch meine Theorie. Restauratoren und Kommissare sind vom selben Stamm. Beides Jäger. Sie wittern und nehmen …«

»… die Spur auf, recherchieren Tag und Nacht, nähern sich Indiz für Indiz der Lösung des Falls und retten am Ende die Welt. Ja, Tati, ich weiß. Hör zu, ich habe dir nie widersprochen, weil ich es nett finde, wenn ein gestandener Mann mit grauen Schläfen sich noch so jugendlich ereifern kann. Aber das hier ist die Wirklichkeit und keine Theorie, verstanden? Also her damit.«

Patati begann, den Zettel langsam zu einem Kügelchen zu rollen. »Der Mann mit dem silbernen Haupthaar gibt der Twenty-something-Kommissarin einen guten Rat: Stell dich gut mit ihm, denn du wirst seine Hilfe bei diesem Kunstmord noch brauchen.«

»Du hast als Kind definitiv zu viel Cowboy und Indianer gespielt. Also gut, einverstanden.«

»Ich will ein Zeichen deines guten Willens«, Robert rollte grinsend weiter.

»Was.«

»Erzähl mir etwas über die Tatzeit.«

»Du fängst jetzt schon an zu nerven. Der Mediziner sagt, sie ist zusammengebrochen, weil die Leichenstarre zurückgegangen ist.«

»Das heißt?«

»Es dauert zwölf, vierzehn Stunden bis zum Eintritt der Leichenstarre, dann circa 48 Stunden, bis sie wieder weg ist. Hängt natürlich von einigen Dingen ab, vom Klima zum

Beispiel, oder ob die Tote sich zuvor körperlich angestrengt hat.«

»Sie muss also schon an die drei Tage tot sein.«

»Vielleicht auch nur zwei«, Katja nagte an ihrem Bleistift. »Wo warst du eigentlich von Samstagmittag bis Sonntagabend?«

»Überwiegend in der Nähe des Tatorts, Frau Kommissarin. Wie alle anderen Angestellten auch. Vielleicht haben Sie davon gehört. Wir haben unser Museum am Sonntag wiedereröffnet. Es fehlte zwar ärgerlicherweise eine bedeutende Exschülerin von mir, aber ansonsten war es rappelvoll.«

»Kripojahre sind keine Herrenjahre«, Katja zog die Schultern hoch. »Sei nicht böse, wenn ich das frage, aber du bist natürlich besonders qualifiziert, eine Leiche so herzurichten. Hast du Zeugen?«

»Bis Sonntag, 16 Uhr. Dann bin ich endlich nach Hause und habe mich aufs Bett fallen lassen. Allein. Aber wenn Knast die einzige Chance sein sollte, mit dir mal wieder einen Teller Borschtsch auszulöffeln, wäre ich jetzt bereit, ein falsches Geständnis abzulegen.«

»Mach mir lieber eine Liste deiner Zeugen, ja?«

Es klopfte. Robert warf Katja das inzwischen ziemlich kompakte Adresskügelchen zu und ging zur Tür.

»Kriminalhauptkommissar Koik. Ich leite die Mordkommission.« Katjas Chef schob seine breiten Schultern durch den Rahmen und blieb schnüffelnd stehen.

Robert sah den vielleicht zehn Zentimeter kleineren Koik an wie eine zu restaurierende Skulptur. In seinem Kopf drehte das Wort Muckibude eine Ehrenrunde, während er zugleich an Kaffee denken musste, der stundenlang auf der Warmhalteplatte gestanden hatte.

Koik räusperte sich. »Sagen Sie, Herr Patates …«

»Patati.«

»Äh, ja, Herr Patati, was riecht hier so?«

»Ach das. Das ist nur vierzig Jahre alte Schokolade, die vor Kurzem wieder zum Leben erweckt wurde. Solange Sie nicht schwanger sind, brauchen Sie nichts zu befürchten – ich meine wegen der Schimmelpilze. Frau Kommissarin, Sie sind doch nicht …?«, wandte Robert sich freundlichst an Katja, die sich mühsam eine Antwort verkniff und nur stumm den Kopf schüttelte.

»Na ja, wir haben schon mit unappetitlicheren Funden zu tun gehabt«, sagte Koik, und es war gut zu erkennen, wie sich sein Kreuz dabei straffte. »Kann ich kurz mit meiner Kollegin alleine sprechen?«

»Natürlich«, Robert trat zur Seite und wies auf die hinteren Räume. »Die Werkstatt ist frei. Unser Ausstellungstechniker hat sich am Freitag beim Einräumen eine Fontana-Kugel auf den Fuß gesetzt.«

Koik sah ihn verständnislos an.

»Lucio Fontana. Wir haben fünf wundervolle, große Bronzekugeln von ihm. Leider etwas zu schwer für einen Mittelfußknochen.«

»So, so«, sagte Koik und winkte nach Katja.

Wenig später kamen sie zurück.

»Wir haben Dr. Zink nach Hause entlassen müssen. Er fühlte sich nicht gut. Wenn Sie einspringen könnten. Wir brauchen jemanden, der das Haus gut kennt.«

»Gerne«, sagte Robert hocherfreut, was bei Koik eine krause Stirn hervorrief. »Wir gehen den Weg, den wir heute Mittag genommen haben.«

Sie stiegen die Treppe zur ersten Etage hinab, auf der der Turm, in dem auf mehreren Stockwerken Direktion, Werkstätten und Verwaltung untergebracht waren, mit dem Ausstellungsgebäude verbunden war.

Koik pfiff leise. »Warum haben wir das nicht gewusst? Der Mörder kann also auch über den Turm verschwunden sein.«

»Unwahrscheinlich«, sagte Patati. »Hier ist alles doppelt und dreifach gesichert … obwohl … das sind Haupt- und Nebeneingang natürlich auch.«

Vor dem Saal, aus dem die Leiche bereits abtransportiert worden war, wurden sie von zwei Männern erwartet. Koik stellte den kleineren von beiden als Einstein, Leiter der Spurensicherung, vor, den anderen als Rechtsmediziner Dr. Takvorian.

»Danke, dass Sie auf uns gewartet haben, Doktor.« Koik gab dem Hünen, gegen den sich selbst Patati mit seinen knapp eins neunzig klein fühlte, die Hand. »Können Sie schon etwas zur Todesursache sagen?«

»Druckstellen am Hals. Weder Brüche noch größere Wunden. Je mehr wir uns beeilen, umso schneller kann ich an den Tisch«, knurrte Takvorian.

»Na, dann mal Steno: Fundort ungleich Tatort«, sagte Einstein, der einen weißen Overall trug.

»Noch was?«, fragte Koik.

»Der Mörder hat nur nachlässig geputzt. Es fängt an der Treppe an. Wir haben Haare des Opfers und einige Holzsplitter gefunden. Gehen wir weiter zum Tatort?«

Sie liefen die Treppe hinunter, dann an der Cafeteria vorbei weiter nach unten in den Raum der Malschule. Einstein führte die Gruppe in eine angrenzende Materialkammer, an deren Ende eine Stahltreppe steil nach oben führte.

»Im U-Boot?«, fragte Patati.

»Auch ein Kunstwerk?«, fragte Koik zurück.

»Nein, ein Technikraum. Lang, schmal, niedrig und voller Rohre. Da passen nicht mehr als zwei Leute rein und es ist ziemlich warm, weil da ein Teil der Klimaanlage rauscht. Darum nennen ihn die Techniker das U-Boot.«

Koik kletterte die Stahltreppe hoch. »Unvorstellbar, hier jemanden hochzuschleppen«, hallte es aus dem engen Treppenschacht.

»Wir gehen davon aus, dass das Opfer noch selbst hochgeklettert ist und erst dort getötet wurde«, antwortete Einstein mit gestrecktem Hals. »Vermutlich musste es sich zuvor noch ausziehen, die Kleidung haben wir oben sichergestellt. Wir haben außerdem die nackte Puppe sowie Schminke und Kleber gefunden. Wie die Leiche zurückkam, ist auch ziemlich klar.«

»An Rumpf und Beinen befanden sich Striemen von Seilen. Postmortal, würde ich sagen«, ergänzte Dr. Takvorian. »Außerdem waren ihr zeitweilig die Hände mit Handschellen zusammengebunden gewesen.«

Koik kam schnaufend wieder herunter, Einstein sah in seine Notizen.

»Wir haben die Seile oben neben einem Brett mit einem Zugriemen gefunden. Den Holzsplitterspuren nach wurde die Leiche auf das Brett gebunden, vorsichtig die Stiege hinuntergelassen, quer durch das Gebäude gezogen und die Treppen wieder hochgewuchtet.«

»Ganz schöner Aufwand. Dass sie nicht im Ausstellungssaal ermordet und verkleidet werden konnte, gut. Aber warum oben in diesem U-Boot und nicht hier?«, grübelte Koik.

»Hierher kommt immer mal jemand, um Material zu holen«, schaltete sich Patati ein. »Aber es gibt selten Grund, ins U-Boot zu steigen. Wenn Sie sagen, dass der Mord vor zwei oder drei Tagen geschehen ist …« Patati verstummte, als er sah, dass Koik Katja einen verärgerten Blick zuwarf.

»Was dann?«, fragte der Hauptkommissar kurz.

»Dann ist Frau van Cleef wahrscheinlich während unserer Eröffnungsfeier hierher gebracht worden. Ich habe sie in der Menschenmenge zwar nicht gesehen, aber ich wette, sie war da.«

»Das sollte leicht herauszufinden sein. Haben Sie die Videobänder der Überwachungskameras?«, wandte sich Koik an den Spurensicherer.

»Sind schon auf dem Weg in Ihr Büro.«

»Dann an die Arbeit. Wenn Sie uns aus diesem Labyrinth herausführen könnten, Herr Patita.«

»Kein Problem, Herr Kock«, antwortete Robert in das missvergnügte Gesicht des Kommissars.

»Der Zugang zum U-Boot wird versiegelt«, nahm ihn Einstein an der Kasse zur Seite. »Wenn jemand an die Klimaanlage will, geht das nur unter polizeilicher Begleitung.«

»Ich werde es weitergeben«, sagte Robert. Einstein ging

zum Windfang, wo Koik und Dr. Takvorian zusammenstanden.

»Und was machst du jetzt?«, fragte Patati Katja.

»Was glaubst du, ich fahre ins Präsidium. Fernsehen. Und du bist mit deinem Schokoklumpen verabredet, oder?«

Robert lächelte gequält.

Fünf Minuten später stand er immer noch, kritisch beäugt von zwei Polizisten, da und kämpfte mit sich, zurück an den Schreibtisch zu gehen. Endlich befand er, für heute genug Aufregung gehabt zu haben. Er fühlte Auto- und Haustürschlüssel in den Hosentaschen. Handy und Mantel konnten im Atelier bleiben. Patati drückte die Türen auf und sog die kühle Luft tief in die Lungen. Es roch nach Herbst.

Er nahm noch einen schnellen Espresso in der *Doshi-Bar*, stieg in sein Auto und suchte in dem CD-Chaos auf dem Beifahrersitz etwas Ruhiges, Chillendes, bis er die *Funky-Plüsch*-Compilation fand und damit bestens gegen den Feierabendverkehr gewappnet war.

2

Dienstag, 9. Oktober

Die Bereitschaftspolizei hatte in der vergangenen Nacht eine Großrazzia durchgeführt, wie Micky Spijker feststellte, als sie in den Innenhof des Arnheimer Polizeipräsidiums einbog. Die Einsatzwagen standen Schlange, und die Verhafteten wurden einer nach dem anderen mit dem Aufzug, der sich in einem separaten Schleusenturm befand, zum Zellenblock in die oberste Etage gebracht.

Die meisten Kollegen waren ausgestiegen und lehnten in einer Ecke des Parkplatzes an den grünen Minnas, Helme, Schilde und Knüppel um sich herum. Über ihren Köpfen waberte eine Wolke Zigarettenqualm und aus den Lautsprechern eines der Kleinbusse jammerte ein Amsterdamer Schnulzensänger verzweifelt seiner verlorenen Liebe nach. Schweigend wippten die Männer im Rhythmus, Plastikbecher mit Kaffee in der Hand.

Micky erkannte die typische Apathie nach einer nächtlichen Aktion. Um drei Uhr aus den Federn, um vier Uhr das Briefing und um fünf Uhr der Einsatz. Um acht Uhr war das gesamte Adrenalin verbraucht und der Tag hatte nicht mal angefangen. Ein Tag mit Bergen von Papierkram und endlosen Vernehmungen, bei denen die Verdächtigen umso mehr dummes Zeug redeten, je mehr sie sich von ihrem ersten Schrecken erholten.

Die Tatverdächtigen, die noch auf den Rückbänken der Einsatzfahrzeuge saßen, gafften Micky unverhohlen an, als sie an ihnen vorüberging. Ein junger Mann im Trägerhemd klopfte heftig gegen das Seitenfenster. Micky beugte sich zu ihm hin und er zeigte auf ein Tattoo in der Ellenbogenbeuge – ein weibliches Geschlechtsteil, das sich öffnete, als er den Arm ausstreckte.

Sie konterte mit dem gestreckten Mittelfinger und zwängte sich zwischen zwei Lieferwagen der Spurensicherung hindurch. Ein wohlbekannter Geruch stieg ihr in die Nase. Gras. Im Laderaum lagen Dutzende von Probentütchen. Der Zahl nach zu urteilen, hatten die Kollegen die Ernte einer großen Plantage beschlagnahmt, zweifellos in einem Wohnwagenlager, sonst hätten sie die Einsatzpolizei nicht gebraucht. Den genauen Ablauf würde sie später in der Kantine erfahren.

In der Dienststelle der *BPZ* saßen einige Streifenbeamte beim Kaffee, die Köpfe vertraulich dicht zusammengesteckt. In dem Moment, als Micky an der offenen Tür vorbeiging, fing sie eine laut ausgesprochene Frage auf. Zu laut, um zufällig zu sein.

»Warum können Frauen nicht mit Geld umgehen?«

Der Witzbold wartete mit seiner Antwort, bis Micky vor

der Tür zum Foyer stehen bleiben musste, um ihren Ausweis durch das Lesegerät zu ziehen.

»Schon mal ein Sparschwein mit dem Schlitz nach unten gesehen?«

Aha, ein Testosterontag, stellte sie fest. Sie war dreiunddreißig und Single, und von daher die ideale Beute, wenn bei ihren Kollegen wieder mal archaische Jagdinstinkte erwachten.

In ihrem Büro schlug ihr warme, staubige Luft entgegen. Sie ließ die Tür offen und ging zum Fenster, um die Jalousie herunterzukurbeln. Seit ein paar Wochen brauchte sie das Zimmer nicht mehr mit ihrem Chef Jan Duut zu teilen. Er war in das Büro eines Kollegen gezogen, der nach einem schweren Burn-Out frühpensioniert werden musste.

Anfangs hatte Micky die Aussicht auf das Alleinsein widerstrebt, doch die Ruhe erwies sich als wohltuend. Besonders, weil sie jetzt während der Vorbereitung komplizierter Verhöre fünf Minuten lang ungestört vor sich hin starren konnte, ohne dass Duut sie mit seiner Standardbemerkung unterbrach: »He, Zombie, hast wohl den falschen Eingang erwischt, was?«, womit er auf das Altersheim gleich neben dem Präsidium anspielte.

Die Kurbel der Jalousie ließ sich immer schwerer drehen und blockierte schließlich ganz. Gereizt versetzte sie dem Griff einen kräftigen Ruck.

»Morgen, Micky. Hättest du vielleicht so gegen elf eine Kabine frei?«

Duut stand in der Tür. Ohne Anklopfen hereinzuplatzen, betrachtete er als sein angestammtes Recht, und nicht etwa als dumme Angewohnheit, die es so schnell wie möglich abzulegen galt. Seine Frage klang beiläufig, aber Micky hörte am Tonfall die Dienstanweisung heraus.

Der Form halber griff sie nach dem Dienstplan. Beide Vernehmungszimmer waren besetzt, eines mit der Mutter eines toten Babys, das andere mit einem angeblichen Inzestopfer. Micky hatte ihre Mitarbeiterinnen Sabine und Cassandra in den Regieräumen platziert, von wo aus sie die

Vernehmungen koordinierten und überwachten. Sie selbst würde sich auf Abruf bereithalten. Cassandra hatte die Mutter übernommen; es war das erste Mal, dass sie die Aussage einer Mordverdächtigen analysierte. Doch auch bei der Vernehmung des Inzestopfers würden sie möglicherweise eingreifen müssen, um herauszufinden, ob und auf welche Weise tatsächlich ein Missbrauch stattgefunden hatte.

»Dann muss ich den ganzen Plan umschmeißen«, erwiderte Micky ein wenig schroff.

Duut legte ihr die Hand auf die Schulter.

»Es geht um den Pipeline-Vergewaltiger«, erklärte er. »Eine Studentin von der Kunstakademie kann ihn beschreiben.«

»Und, stimmt ihre Beschreibung mit dem Phantombild überein?«, fragte Micky und schob die Dienstpläne beiseite.

Duut bejahte mit erhobenem Daumen. »Volltreffer!«

Micky schüttelte ungläubig den Kopf.

»Die Frau scheint sich wirklich ganz sicher zu sein«, fügte Duut daher hinzu. »Sie hat sein Gesicht gesehen, als sie gestern Abend äh ... äh ...«

»... vergewaltigt wurde?«, ergänzte Micky.

»Na ja, beinahe jedenfalls.«

»Raus mit der Sprache!«, sagte Micky. »Wer ist die Frau?«

Duut zog ein zusammengefaltetes DIN-A4-Blatt aus der Brusttasche seines Spencers, faltete es auseinander und setzte eine Lesebrille auf. »Olga Steen, 24 Jahre alt«, las er vor. »Gestern Abend verließ sie die Kunstakademie über die Pipeline-Route. Kurz nachdem sie die gläserne Brücke überquert hatte, wurde sie von einem Unbekannten von hinten umgerissen. Es gelang ihr, sich zu befreien, und dabei verschob sich der Mundschutz vor dem Gesicht des Täters ...«

Den Rest konnte sich Micky denken. Innerhalb des letzten halben Jahres hatte sie diese Geschichte schon fünfmal gehört, von Frauen, die in der Pipeline vergewaltigt oder überfallen und sexuell belästigt worden waren. Als Pipeline wurde ein System von Gängen und Treppen in der Kunsthochschule bezeichnet, das eine Verbindung zwischen der

Kunstakademie am Rheinufer und dem höher gelegenen Konservatorium schuf. Nicht nur die Angehörigen der Akademie, sondern auch Passanten, die nicht das Geringste mit Kunst zu tun hatten, nutzten es intensiv. Ob fromme Christen von der nahe gelegenen Sozialstation, Hausbootbesitzer oder die unvermeidlichen Junkies – alle machten sie von dieser bequemen Verbindung zwischen dem höher gelegenen Stadtteil und dem Rheinufer regen Gebrauch. Wem der Sinn danach stand, der konnte unterwegs einfach kurz abbiegen und ungestört durch die Hochschulflure streifen.

Seit einem halben Jahr trieb in diesem Wegenetz ein Vergewaltiger sein Unwesen. Er lauerte Studentinnen auf, die allein unterwegs waren, überwältigte sie und zerrte sie in einen leeren Raum. Dort vergewaltigte er sie und ließ sie mit Handschellen gefesselt zurück. Beim letzten Mal hatte es Stunden gedauert, bis das Opfer befreit wurde. Die Hilfeschreie der jungen Frau waren von den Stimmübungen im Konservatorium übertönt worden.

Der Pipeline-Vergewaltiger, wie die Presse ihn getauft hatte, verbreitete Angst und Schrecken in der Akademie. Auf Plakaten rief die Direktion Dozentinnen und Studentinnen dazu auf, das labyrinthische System niemals allein zu betreten und beim geringsten Verdacht sofort Alarm zu schlagen.

Die Arnheimer Polizei hatte eine Sonderkommission eingesetzt, aber mehr als ein vages Phantombild war bisher nicht herausgekommen. In einer ersten Profilanalyse hatte Micky die Vermutung geäußert, dass der Täter die Kunstakademie gut kennen müsse. Sie hatte darauf hingewiesen, dass er genau zu wissen schien, zu welchen Zeiten er zuschlagen musste und welche Räume wann unbesetzt waren.

Die Opfer selbst konnten keine klaren Aussagen machen: Der Täter überfiel sie stets von hinten und trug während der Vergewaltigung eine Maske über Mund und Nase. Er benutzte Kondome und ging auch ansonsten äußerst hygienisch zu Werke, sodass bisher kein DNA-Material sichergestellt werden konnte, das eindeutig dem Täter zuzuordnen war.

»Haben wir noch Zeit, einen Vernehmungsplan aufzustellen?«, fragte Micky.

Sie hasste improvisierte Sitzungen. Das hieß jedes Mal, im Trüben zu fischen, manchmal erfolgreich, doch meist lief es auf eine Verschwendung von Zeit und Arbeitskraft hinaus.

»Wir hätten gern, dass du Olga Steen während ihrer Aussage im Auge behältst«, erklärte Duut. »Es ist eine sensible Angelegenheit und schließlich bist du unsere Superprofilerin.« Er setzte seinen treuen Hundeblick auf. »Wenn alles gut läuft, brauchst du gar nichts zu tun, außer zuzuschauen.«

Nachdem Duut gegangen war, lief Micky zum Kaffeeautomaten im Flur und füllte drei Becher. Es kam immer häufiger vor, dass ihre Abteilung *Prozessanalyse & Profile,* kurz P & P, in einem frühen Stadium der Ermittlungen zu einer Zeugenvernehmung hinzugezogen wurde. Meist wurden diese Vernehmungen jedoch gründlich vorbereitet, vor allem, wenn die Zeugenaussage von entscheidender Bedeutung war. Wahrscheinlich litt Duut unter einem akuten Anfall von Pressephobie. Schon seit Wochen berichteten landesweit sämtliche Tageszeitungen über den Pipeline-Vergewaltiger, wobei die Arbeit von Duuts Team täglich stärker unter Beschuss geriet. Er war wie üblich schwer damit beschäftigt, sich nach allen Seiten hin abzusichern, dachte Micky, und nur deshalb schaltete er die Abteilung P & P ein. Nicht nur, dass nun jedes Wort akribisch auf Band aufgezeichnet würde. Micky könnte zusätzlich auch als Zeugin auftreten, falls es zu Befangenheitsanträgen kommen sollte. Im äußersten Notfall konnte man P & P sogar die Schuld in die Schuhe schieben, wenn der Täter auf freien Fuß gesetzt werde musste und Schadensersatzansprüche stellte. Duut stand zwar in dem Ruf, ein harter Knochen zu sein, aber tief in seinem Inneren verbarg sich ein kleiner Junge, der schreckliche Angst vor einer Tracht Prügel hatte. Micky stellte die Becher auf ein Tablett und trug sie zu Sabines und Cassandras Büro. Sie beschloss, ihnen vorerst nichts von Duuts spontanen Änderungen zu erzählen.

»Mal sehen, was für heute auf dem Plan steht«, begann sie. »Cassandra, schaffst du die Frau mit dem toten Baby alleine?«

Eine Stunde später hatte Micky ein zusätzliches Vernehmungszimmer einrichten lassen. Die Techniker hatten nichts Besseres gefunden als zwei kleine Räume mitten in einem Zellenblock im Inneren des Gebäudes, wohin kein Tageslicht drang.

Micky betrat den Regieraum, setzte den Kopfhörer auf und konzentrierte sich auf die Bildschirme, auf denen das benachbarte Vernehmungszimmer zu sehen war. Duut saß bereits an seinem Platz. Für die Kärrnerarbeit hatte er Mark Nieter mitgenommen. Keine gute Wahl, fand Micky. Duut hätte sich von einem erfahrenen Ermittler begleiten lassen sollen, vorzugsweise einer Frau, und nicht von einem jungen Mann, der noch bis vor wenigen Wochen Streife gefahren war.

Olga Steen erwies sich als hochgewachsene, überschlanke junge Frau mit hellblonden Haaren, die sie mit einer Überdosis Gel nach hinten gekämmt trug. Geschminkt war sie mit schwarzem Mascara und dunklem Eyeliner, was ihre Nasenflügelpiercings noch betonte. Ihre Füße steckten in großen roten Plastikklompen und ihre Jeans war mit Pseudoflicken verziert. Ein hochgerutschtes, bauchfreies Oberteil zog sofort Marks Blicke auf sich.

Legt los, schickte Micky ihre erste Anweisung auf Marks Laptop.

Duut lehnte sich zurück, während Mark die übliche Prozedur abspulte. Als er erklärte, dass das Gespräch mitverfolgt werde, huschte Olgas Blick zur Kamera. Es war, als schaute sie Micky genau in die Augen.

»Ebenfalls guten Morgen«, murmelte Micky und schaltete

um auf Duut, dessen ermutigendes Nicken sowohl Mark als auch Olga galt, obwohl keiner von beiden den Eindruck erweckte, väterliche Unterstützung zu brauchen.

Mark schlug eine Mappe auf.

»Sie haben zwar schon einige Angaben gemacht«, begann er, »aber wir würden gerne auf manche Punkte noch einmal genauer eingehen und Ihnen Gelegenheit geben, Ihre Aussage von heute Morgen zu ergänzen …« Er nickte, als ob er sich selbst mit seiner Absicht einverstanden erklären wollte.

»… oder zu berichtigen«, fuhr er nachdrücklich fort.

Dumm und unnötig, jetzt schon zu unterstellen, dass die erste Aussage nicht der Wahrheit entsprach, urteilte Micky.

»Ich heiße Olga«, sagte Olga Steen und legte die Hände flach auf den Tisch.

Micky spürte ihren unterdrückten Ärger.

»Ja … äh … ich weiß«, sagte Mark und schaute Duut unsicher an. »Aber sollten Sie noch Fragen haben …«

»Nein, ich meine, dass wir uns duzen können«, erklärte Olga. »Ich kann dieses förmliche Getue nicht so gut ab.«

»Okay«, antwortete Mark gutmütig.

»Nicht weggucken, Blödmann«, flüsterte Micky. »Augenkontakt halten! Zeig ihr, wer die Vernehmung leitet!«

Ihre Hände huschten über die Tastatur, um ihm diese Botschaft zu übermitteln. Zu spät. Mark blätterte schon mit gesenktem Kopf durch das Aussageprotokoll.

»Eins zu null für die Dame!«, sagte Micky laut.

Ein verdienter Vorsprung. Micky schaute kopfschüttelnd zu, wie Mark jetzt seinen persönlichen Charme – beziehungsweise das, was er dafür hielt – spielen ließ, um die Vernehmung zu retten. Mit einem breiten Lächeln stellte er die erste Frage.

»Sie hielten sich also allein in der sogenannten Pipeline auf?«

Olga nickte verstimmt.

DU!, fauchte Micky ihm auf dem Bildschirm zu und verwünschte die geringe Schriftgröße, mit der sie arbeiten musste. Mark bemerkte ihren Hinweis nicht und ging zur nächsten Frage über, noch immer mit diesem stupiden Grinsen im Gesicht.

»Und Sie haben sonst niemanden gesehen, der den Vorfall bezeugen könnte?«

Wieder beschränkte sich Olga auf ein leichtes Kopfschütteln.

Micky zischte: »Vorfall? Hier geht es um versuchte Vergewaltigung, Kollege!«

Nicht grinsen, tippte sie. *Frage: Um Hilfe gerufen?* Marks Gesicht wurde ernst. Er ließ eine lange Pause eintreten, in der er sich Notizen machte. Anschließend warf er einen kurzen Blick auf den Bildschirm.

»Sagen Sie mal, warum waren Sie eigentlich allein unterwegs?«, fragte er. »Überall hängen doch Plakate, auf denen davor gewarnt wird, allein ...«

Olga ballte die Fäuste und fiel ihm ins Wort: »Weil ich mich nicht von dem erstbesten dahergelaufenen Scheißkerl zu einer ängstlichen Maus degradieren lasse!«

Die Vernehmung lief keine zehn Minuten, und doch war es Mark schon bravourös gelungen, die Zeugin gegen sich aufzubringen. Duut hielt sich auffallend zurück. Die Hände unter dem Kinn gefaltet, verfolgte er das Gespräch, als lausche er einem klassischen Konzert.

Keine Fragen mehr über Pipeline, tippte Micky. *Auf Phantombild übergehen.*

Diesmal folgte Mark ihrer Anweisung unverzüglich. Er legte die Mappe auf den Tisch und nahm das Bild heraus.

»Ich möchte gerne von Ihnen wissen, ob Sie diese Person hier wiedererkennen«, sagte er und hob gleich darauf abwehrend die Hände. »Ich weiß, dass Sie das schon einmal hinter sich gebracht haben, aber wir wollen auf Nummer sicher gehen.« Er schob ihr die Zeichnung hin.

Zu Mickys Überraschung fügte sich Olga Steen widerstandslos dieser Wiederholung der Prozedur. Die Hände wie Scheuklappen um die Augen gelegt, als wolle sie sich in diesem wichtigen Augenblick vor jeglicher Ablenkung schützen, beugte sie sich vornüber.

Micky hatte die Techniker angewiesen, in einem Meter Höhe eine Kamera in der Zellenecke anzubringen. Während sich Olga auf das Phantombild konzentrierte, zoomte Micky auf ihr Gesicht. Olga hielt die Augen fest geschlossen, wie ein Kind, das beim Versteckspiel abzählt.

Sie guckt gar nicht hin!, chattete sie Mark zu.

Mark schaute sich um und warf einen verstörten Blick hinauf zu der Kamera in der oberen Ecke.

»Ja, das ist er!« Olgas Stimme überschlug sich: »Und jetzt weiß ich auch, wer er ist!«

Duut nahm die Hände unter dem Kinn weg. Micky drehte die Lautstärke auf. Mark nickte Olga aufmunternd zu.

»Das ist Rik Kleisteker«, behauptete Olga. »Ich bin mir ganz sicher!«

Mark räusperte sich.

»Wer ist das?«, fragte er. »Dieser Rik Kleisteker?«

»Ein ehemaliger Student. Er war in meinem Semester. Vor etwa zwei Jahren hat er die Akademie verlassen.«

»Warum hat ihn dann bisher niemand erkannt?«, fragte Duut.

»Weil er damals eine Rastafrisur trug. Jetzt sieht er aus wie ein Bürohengst. Früher lief er in einem weißen Overall rum, heute trägt er H&M-Anzüge. Und er hatte ein Tattoo, aber das hat er wohl weglasern lassen.« Sie zog einen Filzstift aus ihrer Brusttasche, zeichnete ein Ying-und-Yang-Zeichen auf die Stirn des Mannes auf dem Foto und kritzelte noch ein paar Rastalocken hinzu.

»So sah er damals aus. Heute arbeitet er für eine Kunsthandlung.«

Ja, super!, dachte Micky. Jetzt lassen sie die Zeugin auch noch das Bild an ihre Erinnerung anpassen.

»Woher weißt du das alles?«, fragte Duut.

»Weil ich ihn vor ein paar Tagen im Foyer der Akademie getroffen habe. Er hat sich auf eine halbe Stelle als Dozent für Kunstgeschichte beworben ...« Olga ahmte einen affektierten Tonfall nach: »... zwei Jahre unschätzbar wertvoller Erfahrungen in der internationalen Kunstszene ...«

Frage: Warum sagst du uns das jetzt erst?, tippte Micky.

Mark wiederholte ihre Frage wörtlich.

Olga hatte die Antwort gleich parat. Zu schnell, fand Micky.

»Ich brauchte eben ein bisschen Zeit. Habt ihr das denn nie? Dass erst ein paar Stündchen später der Groschen fällt?«

Duut und Mark antworteten nicht – das erste und einzige Mal bei dieser Vernehmung, dass Micky ihnen professionelles Verhalten bescheinigen konnte.

»Aber nach meiner Aussage heute Morgen war ich mir auf einmal ganz sicher«, fügte Olga hinzu, jetzt mit einem verlegenen Lächeln.

»Weißt du, wo dieser Kleisteker wohnt?«, fragte Mark.

Nach dem Gespräch eilte Micky zurück in ihre Abteilung und schaute als Erstes im Monitorraum vorbei.

Cassandra saß tränenüberströmt vor den Bildschirmen. Micky warf einen schnellen Blick auf die Monitore.

Das Vernehmungszimmer war leer.

»Ist etwas schiefgelaufen?«, fragte sie, während sie die letzten Anweisungen durchlas, die Cassandra durchgegeben hatte.

Weitermachen!, las sie, und: *Aus dem Autopsiebericht vorlesen.*

»Nein, die Frau hat gestanden«, schluchzte Cassandra. »Sie ist gerade festgenommen worden. Dass eine Mutter ihrem Kind so etwas antut!«

In diesem Moment kam Duut gut gelaunt herein.

»Was ist denn los?«, fragte er.

»Wir haben den Tod des Babys aufgeklärt. Cassandra ist ziemlich fertig«, erklärte Micky.

Duut zog sie am Ärmel hinaus auf den Flur.

»Superergebnis eben! Und klasse Teamarbeit! Kleisteker

wird gerade von den Kollegen verhaftet. Helles Mädchen, diese Steen. Hat im entscheidenden Moment einen klaren Kopf bewahrt. Dieser Kleisteker war dein großer unbekannter Bekannter! Dein ursprüngliches Täterprofil passt doch perfekt zu ihm, oder?«

Vor lauter Begeisterung knuffte er sie.

»Ihr habt den Falschen«, erwiderte Micky. »Olga Steen hat gelogen. Wetten? Ich setze ein Monatsgehalt.«

3

Mittwoch, 10. Oktober

Der Schlaf hatte vorerst Besseres zu tun, als im Hause Patati zu nächtigen. Gegen zwei Uhr stand Robert entnervt auf und leerte die vom Abendessen übrig gebliebene halbe Flasche eines schweren Nero d'Avola. Gutes, altes sizilianisches Hausmittel, dachte er dankbar, als ihm endlich die Augen zufielen.

Nicht lange danach war ihm Syntha van Cleef erschienen. Sie stand da, hinter sich die Sonne, umhüllt von einem hellen Lichtkranz. Er fand sie zum ersten Mal schön. Doch dann geschah etwas mit ihrem Körper. Syntha sah ihn lächelnd an, während sich ihr Leib verflüssigte. Er rief ihr zu, sie solle aus der Sonne gehen, aber sie stand nur da und lächelte, während sie unterhalb ihres Halses langsam die Form verlor und zerschmolz. Hendrik Zink robbte auf Knien heran, klammerte sich an Roberts Beine und flehte ihn schluchzend an, Syntha wieder heil zu machen. Robert spürte, wie die Tränenströme seine Kleidung durchnässten, aber er konnte sich aus Zinks Klammergriff erst lösen, als er wütend auf den Direktor einschlug. Im Erschrecken darüber erwachte er, nass geschwitzt und frierend. Es war gerade halb sechs.

Auch ausgiebiges Duschen hatte die Bilder der Nacht nicht vertrieben. Robert hockte in der Küche und sah dösig dabei zu, wie die blauen Flammen des Gasherdes unter der Espressokanne hervorbleckten. In diesem Zustand sollte er besser zu Hause bleiben, Bachs *Cello-Suiten* einlegen und einfach nur nach draußen schauen, bis es wieder dunkel wurde.

Zwanzig Minuten später nahm er den letzten Schluck aus seiner Tasse und verließ im Eilschritt das Haus an der Südstraße. Es war empfindlich kühl, zum ersten Mal nach dem Sommer stellte er im Auto die Heizung an. Widerwillig, als würde er eine Kapitulationserklärung unterzeichnen. Tröstlich war nur, dass der Himmel über der A 44 von Krefeld nach Mönchengladbach für später einen freundlichen, warmen Herbsttag versprach.

Die Chefetage war verwaist. Hendrik Zink hatte sich krankgemeldet, und sein Stellvertreter Dr. Regenberg sollte dem Oberbürgermeister erklären, wie es zu einem Mord im Abteiberg kommen konnte. Eine interessante Aufgabe, dachte Patati.

Er stieg die Treppen zu den Werkstätten im Zwischengeschoss hinab, schloss auf, warf seine Jacke in die Ecke und schaute sich um. Seufzend näherte er sich der zerstörten Schokoladenskulptur und schlich um sie herum wie eine Katze um eine sehr tote Maus. »Mann, Mann, Mann«, sagte er laut und sah aus dem Fenster. Wie sollte man das Ding wieder hinkriegen? Und vor allem, warum?

Soll mal schön warten – wenn überhaupt, beschloss Robert endlich und deponierte die Skulptur unter der Abzugshaube für die Lackierarbeiten. Dann griff er einige Dosen aus einer langen Reihe von Reinigungsmitteln und ging in den Skulpturengarten.

Es musste inzwischen gegen elf sein. Die Sonne hatte deutlich an Kraft gewonnen. Schräg hinter ihm stand eine stählerne Figur auf drei kurzen Beinen und mit giraffenartigem

Hals. Irgendein Blödmann hatte ihr in großen, silbernen Buchstaben *FUCK* auf die Hüfte gesprayt. Dank einer Spezialbeschichtung hatte Robert nicht länger als eine Stunde gebraucht, um das Four-Letter-Word wieder zu entfernen. Die Kunst hatte darin bestanden, die Patina aus Moos und Rost dabei so wenig wie möglich anzugreifen.

Auf gewisse Weise hatte der Blödmann wie ein blindes Huhn die Idee der Skulptur sogar präzise erfasst. *Juan* hieß sie. Und so notgeil und voyeuristisch sie den Hals auf ihrer Suche nach verführbaren Opfern reckte, hatte der Sprayer sowohl den einzigen Wunsch als auch die ganze Enttäuschung dieses gealterten, eingerosteten Don Juans auf den Punkt gebracht: *FUCK!*

Robert hatte grinsen müssen und für eine kurze Sekunde überlegt, das Wort stehen zu lassen. Aber das wäre eine Einladung an die gesamte Sprayerszene gewesen, den Garten als neue Wettkampfarena zu nutzen. Also hatte er gemacht, was Restauratoren dauernd taten: Er hatte geputzt.

Jetzt saß er entspannt auf einer Bank, biss in sein Käsebrot und beobachtete sein Lieblingskunstwerk im Skulpturengarten, das in der Sonne gold und blau leuchtende, unwirklich wie ein Hologramm im Wasser schwebende *Arolsen-Piece* von Larry Bell. Das Plätschern der Wasserfontäne, die Helligkeit und Wärme – Robert wollte hier vorerst nicht mehr weg.

»Angenehm, so ein Restauratorenjob«, sagte eine Stimme hinter ihm.

Koik ist eigentlich auch ein Four-Letter-Word, dachte Robert.

Der Hauptkommissar stellte sich so, dass Robert von der Sonne geblendet wurde, wenn er zu ihm hochsah. »Nur ein paar Fragen. Sie kennen sich mit der Sicherheitstechnik im Haus aus?«

Patati zog die Augenbrauen hoch. »Na ja, wir haben Kameras und die Fenster und Türen sind alarmgesichert.«

»Keine Bewegungsmelder?«

»Soweit ich weiß, nein. Aber vielleicht sind welche bei der Sanierung installiert worden.«

»Von wem kommt die Kameraanlage?«

»Schneider TecGuard, die machen das für uns schon seit Jahren.«

»Zuverlässig?«

»Bisher gab es keine Klagen. Die arbeiten für eine ganze Reihe von Museen in der Region. Schneider weiß, worum es bei uns geht. Er sammelt selbst Kunst und seine Tochter malt. Zumindest versucht sie es.«

»Sie haben doch einen Schlüssel zu dem Raum mit den Aufzeichnungsgeräten?«

»Den haben, soweit ich informiert bin, nur Zink und der Techniker von Schneider.«

»Wir werden das überprüfen.«

»Davon gehe ich aus«, nickte Robert und schüttete sich Kaffee aus einer Thermoskanne ein.

»Wir haben übrigens die Leiche mit der Puppe verglichen. Schon beeindruckend, wie gut der Mörder das gemacht hat.«

»Wem sagen Sie das. Selbst wir haben es ja erst bemerkt, als sie vor uns auf dem Boden lag.«

»Man sagt, Sie hätten ein Auge auf Syntha van Cleef geworfen.«

»Auf Syntha? Ihr Informant scheint mich ja richtig gut zu kennen«, Patati prostete Koik spöttisch mit dem Kaffeebecher zu.

»Vielleicht haben Sie gedacht, wenn die Frau schon mit Zink rummacht, wäre sie auch nicht abgeneigt, ein bisschen Spaß mit Ihnen zu haben.«

»Ein seltsamer Kurzschluss«, Patati blinzelte in die Sonne hinein.

»Womöglich haben Ihnen als Kunstfreund ja die Praktiken zugesagt, auf die sie stand. Bei der Eröffnungsfeier haben Sie sie in das U-Boot gelockt und wollten ihr an die Wäsche. Sie hat sich gewehrt, Sie haben sie getötet und später die Installation genutzt, um die Tat zu vertuschen. Sie sind der Einzige im Haus, der das so perfekt hinbekommen könnte.«

»Mord im Affekt? Interessant. Passt das zu den Spuren, die Sie gefunden haben?« Robert wunderte sich immer mehr über diesen Kommissar.

»Das wissen Sie doch besser als jeder andere«, schnappte Koik.

»Meinen Sie?« Robert zog einen mehrfach zusammengefalteten Zettel aus der hinteren Hosentasche. »Hier ist eine Liste der Leute, die bezeugen können, dass ich am Sonntag nicht mit Syntha im U-Boot gewesen sein kann.«

Koik nahm den Zettel. »Sie sind gut vorbereitet.«

»Kommissarin Hellriegel hatte mich bereits darauf hingewiesen, dass man mich verdächtigen könnte.«

»Sie wollten sagen ›Katja‹. Sie hat mir erzählt, dass sie einige Malkurse bei Ihnen belegt hatte und Sie seitdem befreundet sind.«

»Oh, hat sie ihre Jugendsünden gebeichtet. Das ist nett. Aber Sie trauen mir trotzdem nicht über den Weg.«

»Es gibt eine Menge guter Argumente, Leuten nicht zu trauen, die mit Kunst zu tun haben.« Koik hielt ihm ein paar Fotos hin.

Robert pfiff leise. »Haben Sie die von Zink?«

»Wovon träumen Sie nachts?«, fragte Koik, und Robert hatte sofort wieder die zerschmelzende Syntha vor Augen.

Robert schaute sich die Fotos an. »Jetzt wird mir so einiges klar.«

»Ich dachte, Sie wussten von der Affäre Ihres Chefs.«

»Ja, aber ich hatte nicht geahnt, dass ich ihr auch eine Menge Arbeit zu verdanken hatte.«

»Wie meinen Sie das?«

»Sehen Sie hier«, Robert zeigte Koik ein Foto, auf dem – vermutlich – Syntha van Cleef auf einer orangefarbenen 360-Grad-Rundbank kniete, den Kopf tief in das Loch versenkt, das von dem schlauchartigen Rückenpolster gebildet wurde. Zink stand hinter ihrem hoch aufgereckten, entblößten, sehr weißen Hintern, über den sich blutig rote Striemen zogen, und ließ eine mehrschwänzige Peitsche kreisen.

»Zink kam in mein Atelier und schimpfte über die Respektlosigkeit der Besucher. Er habe eindeutige Spuren auf der Sitzbank von Franz West gefunden. Ich durfte sie dann entfernen, ohne dass Flecken zurückblieben. Und hier«, er tippte auf ein anderes Foto. »Was Zink da über Synthas Brüste zieht, ist ein Nagelbild von Uecker. Mir war damals schon klar, dass das Blut und Haut waren, die ich von den Nägeln ablösen musste. Aber Zink hatte behauptet, ich sähe Gespenster. Und sehen Sie das hier?«

Koik beugte sich kurz über ein weiteres Foto. »Ja, die Irak-Nummer, nur umgekehrt. Mann führt Frau im Büßerhemd als Hund an der Leine.«

»Nur dass dieses Büßerhemd kein Büßerhemd ist, sondern ein Kunstwerk von Hollein. *Kriemhilds Rache.* Es hat mich Tage gekostet, es zu reinigen.« Robert gab Koik die Fotos zurück.

»Anscheinend hat Ihr Direktor das Museum als privaten SM-Club genutzt. Meinen Sie, das lief auch während der Sanierungszeit?«

»Keine Ahnung, aber ich hatte Syntha hier schon länger nicht mehr gesehen.«

»Hat Dr. Zink sich mal dazu geäußert?«

»Dr. Zink pflegt nur Bemerkungen über das Privatleben anderer Leute zu machen. Er hatte allerdings in letzter Zeit abgrundtief schlechte Laune. Wir dachten, das sei der Baustellenstress.«

Koik schob die Fotos zurück in seine Jackentasche. »Dann werde ich ihm jetzt mal einen Besuch abstatten.«

Er nickte wortlos und stieg den Weg Richtung Altstadt hoch, die Hände locker in die Taschen seiner Jeans gesteckt, was seine Schultern noch breiter und den Oberkörper noch gedrungener erschienen ließ. Robert dachte an Holzfällerhemden und mittelmäßige amerikanische Polizeifilme der Siebzigerjahre.

Ein unterdrückter Fluch holte ihn in die Gegenwart zurück. Er schaute sich um. Da war nichts. Doch, eine Bewegung hinter einem der kegelartig geschnittenen Büsche. Ein Mann rappelte sich auf, sah erst erschreckt, dann verärgert auf Patati.

»Wie soll man hier noch spazieren gehen, bei all den Löchern. Tut die Stadt gar nichts mehr gegen Wühlmäuse?«, schimpfte er und humpelte dann davon.

Scheiße, dachte Robert, und: Der hat ganz recht mit den Wühlmäusen. Denn der da war Urs Tücking, lokaler Investigativjournalist und einer der nervigsten Zeitgenossen der Stadt.

Im Büro lag ein Fax für Robert. Mathilde ter Heijnes Berliner Galerie hatte Informationen zu *Female Fake Artist Life #1, #2, #3* geschickt. Robert ging in die Restauratorenwerkstatt, setzte sich an seinen Schreibtisch und las. Dafür reichte sein Englisch noch. Die Figur #2, in die der Mörder sein Opfer verwandelt hatte, war eine Verkörperung der Malerin Elaine Risley, Hauptfigur in Margaret Atwoods Roman *Cat's Eye.* Er überflog die Textpassagen aus dem Roman, die ter Heijne ihre Figur hatte sprechen lassen. Roberts Stirn furchte sich bei jedem Satz mehr. Er griff zum Telefon.

»Hey, Katja. Hör dir das mal an. *What I'm thinking about is a picture I painted …*«

»Keine Gedichte jetzt, Robert, schon gar nicht auf Englisch«, unterbrach sie ihn ungeduldig.

»Das ist der Totentext von Syntha van Cleef.«

»Sehr gut, du kannst ihn mir unterwegs vorlesen, ja? Ich bin in einer Stunde bei dir.«

»Dürfte ich wenigstens erfahren, wo es hingeht? Oder ist das eine Geburtstagsüberraschung?«

»Du hast keinen Geburtstag und wir fahren nach Venlo. Bis gleich«, Katja legte auf.

Robert sah auf die Uhr und machte sich auf den Weg.

Eine Stunde später stand er wieder vor dem Eingang und verfolgte, wie Katjas knallorangefarbener Uralt-Audi 80 den Abteiberg hochächzte.

»Wer zuerst?«, fragte er, nachdem er eingestiegen war.

»Nach dir«, antwortete sie erstaunlich höflich.

Patati zog ein leicht vergilbtes Taschenbuch hervor. »Kleiner Service, bin eben schnell ins Antiquariat gelaufen. Also jetzt mal auf Deutsch.«

Er begann vorzulesen:

»Ich muß an ein Bild denken, das ich vor Jahren gemalt habe. Fallende Frauen *war der Titel. Auf dem Bild waren keine Männer, aber es handelte von Männern, von der Art Männer, die Frauen zu Fall brachten. Ich habe diesen Männern keine Absicht unterstellt. Sie waren wie das Wetter, sie besaßen keinen Verstand. Sie durchweichten einen nur oder schlugen wie der Blitz ein und zogen dann weiter, gedankenlos wie Schneestürme.«*

»Kenne ich«, sagte Katja.

»Den Text?«

»Nein, die Art Männer.«

»Also, ich bin noch nicht fertig:

Gefallene Frauen waren Frauen, die auf Männer gefallen waren und sich weh getan hatten. Es lag eine Bewegung nach unten darin, gegen den eigenen Willen, aber auch ohne den Willen eines anderen. Gefallene Frauen wurden nicht nach unten gezogen und auch nicht gestoßen, sondern sie fielen von selbst.« *

Robert ließ das Buch zuschnappen.

»Das ist so ziemlich die mieseste Selbstentlastung, die ich bisher von einem Mörder gehört habe. Macht sein Opfer zu einer Puppe, die in Endlosschleife erzählt, dass man ihm keine Schuld geben darf. Ich hab's ja nicht böse gemeint, passiert mir einfach so, Frauen killen liegt in meiner Natur.«

---

* Margaret Atwood: Katzenauge. Fischer Taschenbuch Verlag, Frankfurt/M. 1992, S. 316 f.

Katja redete sich in Rage und das machte ihren rechten Fuß ganz schwer. Zum Glück hatten die Kollegen keine Radarfalle auf der Aachener Straße aufgebaut.

»Lies noch mal«, sagte sie, als sie sich wieder halbwegs beruhigt hatte. Robert tat, wie ihm befohlen war. »Und?«, fragte er.

»Irgendwie passt das alles gut auf den Marquis de Zink und seine Zofe Syntha.«

»Vielleicht zu gut«, meinte Robert.

»Wie sein Alibi. Hunderte von Leuten, die ihn den ganzen Sonntag über gesehen haben.«

Die Autobahn wurde immer leerer, je näher sie der Grenze kamen.

»Was sagen eigentlich die Videobänder von der Eröffnung?«

»Nichts. Bis ein Uhr nachts habe ich mir lauter plaudernde Leute angesehen, die sich kein Stück für Kunst interessierten. Und zu allem Überfluss wurde dieser spannende Film immer exakt nach siebenundzwanzig Minuten und dreißig Sekunden durch vier Minuten und dreiundfünfzig Sekunden Bildausfall unterbrochen.«

»Was?« Robert schaute sie ungläubig an. »Nein.«

»Doch, du hättest mal die Leute von TecGuard sehen sollen. Die waren völlig am Boden zerstört.«

»Kann ich mir vorstellen. Mit was für Superlativen die uns gekommen sind. Komplett digital, von außen nicht manipulierbar, innen selbstanalysierend und selbstregulierend und pipapo. Ist ja nicht zu fassen.«

»Der Firmenchef hat sofort alle Techniker zusammenrufen lassen. Nach außen redete er mit denen ganz ruhig und höflich; aber innerlich – die Luft um ihn herum hat geflimmert. Nach drei Stunden hatten sie den Fehler. Ein lächerlich kleiner Schnitzer in der Programmierung. Schneider hat gebeten, die Sache nicht an die große Glocke zu hängen.«

»Kein Wunder, er hat viel Geld in die Entwicklung gesteckt und hofft für die neue Technik auf Folgeaufträge von anderen Museen. Tja, kann er sich ein paar Kunstwerke weniger leisten dieses Jahr. Und wohin geht's jetzt?«, fragte Robert.

»Wir fahren zu van Cleef ins Museum.«

»Und ich hatte gedacht, du wolltest mich zum Frikandelessen einladen.«

»Blödmann.«

»Ey. Wie wäre es mal mit ein bisschen Infotainment für den gutmütigen Herrn Patati?«

»Wenn ich mir damit ein paar Kalauer ersparen kann. Also, wir haben die Limburger Kollegen kontaktiert. Wir haben uns darauf geeinigt, dass wir die Ermittlungen führen und sie uns unterstützen. Bisher haben sie die persönlichen Dinge der Toten gesichtet und den Witwer vernommen.«

»Hatte van Cleef sich denn nicht von sich aus bei euch gemeldet?«, fragte Robert überrascht.

»Nur sein Anwalt. Van Cleef sei am Sonntag mit seiner Frau zur Wiedereröffnung nach Gladbach gefahren. Sie sei dort irgendwann weg gewesen, ohne sich von ihm verabschiedet zu haben. Das sei nicht unüblich gewesen, deshalb habe van Cleef sich zunächst keine großen Sorgen gemacht. Erst am Dienstag wollte er, gerade als ihn die Nachricht von dem Mord erreichte, eine Vermisstenanzeige aufgeben.«

»Ich habe diesen offenen Beziehungen noch nie viel abgewinnen können. Du musst die zweite raus«, zeigte Robert schräg nach vorn, während Katja in den großen Kreisel am Bahnhof einfuhr.

»Koik hat mir die Koordination mit den Limburgern übertragen, weil ich vor zwei Jahren einen Lehrgang ›Grenzüberschreitende Zusammenarbeit‹ mit Minisprachkurs gemacht und seitdem schon ein paarmal mit den Kollegen zu tun hatte. Das ist auch immer klasse gelaufen. Nur diesmal nicht.«

»Hey, stopp! Radfahrer!« Robert hielt sich die Hand vor die Augen, während Katja in die Eisen stieg. Vor ihr überquerten die Fietser vogelzeigend die Straße.

Katja tat unbeeindruckt und berichtete weiter. »Beim ersten Kontakt war noch alles normal. Aber nachdem sie dann bei van Cleef gewesen waren, haben sie irgendwie dichtgemacht. Na ja, nicht ganz. Sie haben uns die SM-Fotos rübergeschickt. Aber was van Cleef selbst anging, haben sie nur behauptet, sein Alibi sei wasserdicht. Die waren total kurz angebunden.«

»Jetzt wieder rechts. Und nun?«

»Da stinkt was. Ich will mir den Kerl selbst anschauen.«

»Aber du darfst ihn doch gar nicht ohne die Limburger vernehmen, oder?«

»Vernehmen? Mein alter Freund Tati zeigt mir das van Bommel van Dam und stellt mich dabei zufällig dem Direktor vor.«

»Weiß dein Chief von dieser Spritztour?«

Einen Augenblick später wurde der Audi heftig durchgerüttelt. Es knackte gefährlich in Achsen und Holmen.

»Scheißverkehrsberuhigung«, fluchte Katja, »diese Kissen machen einem noch den ganzen Wagen kaputt.«

»Nur wenn man 50 statt 10 fährt«, seufzte Robert und rieb sich die Schläfe, mit der er an das Seitenfenster geknallt war. »Du könntest jetzt übrigens ganz langsam und vorsichtig wenden und einen Parkplatz suchen. Wir sind gerade am Museum vorbeigebrettert.«

Am Eingang des eleganten Flachbaus warb ein großes, farbintensives Plakat für eine Ausstellung von Sander van Deurzen.

Robert hielt Katja die Tür auf. Während sie nach rechts in den weiträumigen Ausstellungssaal ging und gleich am ersten Gemälde *Hey ho, let's go!* hängen blieb, auf dem ihr eine ganze Batterie bonbonfarbener Fantasyfiguren entgegenflog, fragte Robert an der Kasse nach Rogier van Cleef.

»Gefällt mir gut«, sagte Katja, als sie Patati hinter sich stehen spürte. »Und? Hat er Zeit für uns?«

»Keine Ahnung. Er macht es à la Zink, hat sich krankgemeldet. Aber ich habe seine Adresse.«

»Du bist ein Engel.«

»Ich weiß.«

Van Cleef wohnte in einer alten Stadtvilla im Wilhelminapark.

»Scheint glänzend zu verdienen, der junge Herr Direktor«, sagte Katja.

»Eher nicht. Vielleicht hat er reiche Eltern.« Robert klingelte. Hinter ihnen im Park rauschte ein frischer Herbstwind durch die Blätter. Nichts geschah. Robert schellte erneut, diesmal etwas länger.

Endlich wurde die Tür geöffnet.

Rogier van Cleef sah schrecklich aus. Auf seiner Stirn standen Schweißperlen, als wären die Rachegöttinnen hinter ihm her.

»Goede dag, Mijnheer van Cleef. Ich hoffe, wir stören Sie nicht zu sehr. Aber ich wollte Ihnen mein Beileid aussprechen.«

Van Cleef schien verwirrt. Er benötigte einige Zeit, um sich zu fassen. »Danke. Man sagte mir, Sie hätten meine Frau gefunden.«

Robert nickte.

»Ich würde Sie gerne hereinlassen, aber Sie verstehen …« Der Direktor verstummte.

Patati wunderte sich. Van Cleefs falten- und bartloses Milchbubigesicht schien weniger von Trauer angegriffen denn von Angst. Immer wieder suchte sein gehetzter Blick den Park hinter ihnen ab. Wahrscheinlich sah er ohne Synthas Ehrgeiz und Kontakte irgendwo dahinten alle seine Zukunftsfelle davonschwimmen.

Katja räusperte sich.

»Oh, entschuldigen Sie«, riss sich Robert aus seinen Gedanken. »Darf ich Ihnen Frau Hellriegel vorstellen? Sie ist Kommissarin in Mönchengladbach und gehört zum Ermittlungsteam.«

»Mein Beileid«, sagte Katja. »Ich weiß, es ist eine schwere Zeit für Sie. Aber es ist sicher auch ganz in Ihrem Interesse, wenn wir die Ermittlungen intensiv vorantreiben. Können Sie mir ein paar Fragen zum vergangenen Sonntag beantworten?«

Van Cleef war offensichtlich überfordert. »Das habe ich doch alles schon der niederländischen Polizei erzählt.«

»Ja, aber es wäre wichtig, direkt mit uns zu sprechen. Nur wir wissen, welche Information von Ihnen wirklich zielführend ist.«

»Ich bin am Ende meiner Kräfte. Ich kann das jetzt nicht.«

»Es muss nicht heute sein«, setzte Katja nach. »Ruhen Sie sich etwas aus. Ich komme morgen wieder.«

Das Gesicht des Direktors entspannte sich ein wenig. »Morgen ist es sicher besser.«

»Um zehn?«

»Nein, vormittags ist es ausgeschlossen. Gegen sechzehn Uhr vielleicht?«

»Ich werde hier sein.«

»Alles Gute«, sagte Robert.

Van Cleef nickte und drückte die Tür ins Schloss.

Patatis Magen knurrte. »Wie wäre es denn jetzt so mit einer leckeren Frikandel?«

Katja schaute auf die Uhr. »Geht leider nicht, das Büro wartet.«

»Du bist so pflichtbewusst. Ich bekomme langsam ein schlechtes Gewissen.«

Kurz bevor sie auf den letzten großen Kreisverkehr vor dem ehemaligen Grenzübergang Schwanenhaus zufuhren, zog Robert eine CD aus der Tasche seines Sakkos. Katja sah stirnrunzelnd zu ihm hinüber.

Er schob die Scheibe in den Player, setzte das achte Stück auf Pause, den Megabass auf Stufe 3 und die Lautstärke auf Tinnitus.

Sobald Zollgebäude, Autobahn und der freie Tritt aufs Gaspedal vor ihnen lagen, tippte Patati auf *Play.* Katja zuckte zusammen. Eine schmutzige E-Gitarre setzte mit der Rhythmusabteilung drei kurze, schnelle Ausrufezeichen, ein Sänger ließ ein *Uh-Uh-Uh* direkt aus seinen Hüften über die

Stimmbänder schießen und Robert begann laut mitzusingen: *»Ich fühl mich gut. Fühl mich wieder wie neunzehn – young blood!«*

»Das ist doch lächerlich«, rief Katja über die Musik hinweg.

»Nein, das ist Max Herres *Zu elektrisch.* Das geilste Jimi-Hendrix-Stück, seit Jimi Hendrix tot ist.«

Katja dimmte die Lautstärke schnell wieder runter. »Ich habe keine Lust, bei meinem kleinen Privatausflug nach Venlo polizeilich erfasst zu werden, bloß weil der Herr Patati seinen zweiten Frühling erlebt.«

»Ich wusste nicht mal, dass mein erster schon vorbei ist.« Robert lachte und drückte die Lautstärke wieder hoch. »Komm, um die Zeit kontrolliert hier sowieso keiner.« Die Außenspiegel zitterten im Rhythmus von Schlagzeug und Bass.

Katja hielt sich exakt an die Geschwindigkeitsvorgabe. »Mach leiser! Wir passen voll in das Kifferraster.«

»Ach, so ein Quatsch ...« Patati wollte gerade auf seine seriöse Erscheinung zu sprechen kommen, als eine Grenzschützerin auf die Straße trat und sie mit einer Kelle rauswinkte.

»Du hast doch hoffentlich nichts in den Taschen, oder?« Katja vibrierte wie eben noch die Außenspiegel.

»Du meinst Gras? Trag ich Eulen nach Athen, um sie dann wieder nach Hause zu schmuggeln?«

Katja war rechts rangefahren.

»Ihre Papiere und Ausweise bitte«, sagte die Beamtin. »Führen Sie Tabakwaren oder Spirituosen in größeren Mengen ein? Haben Sie sich Betäubungsmittel verschafft?«

Katja und Robert schüttelten den Kopf.

»Steigen Sie bitte mal aus.«

»Besten Dank, Herr Patati«, flüsterte Katja.

»Sag ihnen doch, dass du eine Kollegin bist«, antwortete Robert einen Tick zu laut, sodass die Beamtin aufhorchte.

Katja verdrehte die Augen. »Bin privat unterwegs«, sagte sie entschuldigend.

»Mit einem Begleiter, dessen Personalausweis seit über einem Jahr abgelaufen ist?«, fragte die Grenzerin und wedelte mit Patatis Plastikkärtchen in der Luft herum.

»Sag, dass das nicht wahr ist.« Katja sah Robert zornesfunkelnd an.

Er zog den Kopf ein. »Ich brauch das Ding so selten. Ich weiß doch, wer ich bin.«

»Es tut mir wirklich leid«, sagte Katja fast bettelnd.

»Ich bekomme von Ihnen Dienststelle und Personalnummer«, sagte die Beamtin scharf, »und wenn Sie mir innerhalb der nächsten sechs Wochen keine beglaubigte Kopie eines gültigen Personalausweises Ihres Freundes zuschicken, werde ich Ihren Vorgesetzten informieren.«

»Das ist wirklich nett von Ihnen«, sagte Robert schnell, »ich geh gleich morgen zur Stadtverwaltung. Alles klar.«

Nachdem Katja ihren Dienstausweis vorgelegt hatte, bekamen sie ihre Papiere zurück und stiegen in den Audi. Als der Motor startete, schaltete sich auch Max Herre wieder ein. Katja klemmte ihm mit einem wütenden Hieb den Strom ab.

»War ja ein bisschen kleinlich, die Kollegin. Ein läppisches Jahr«, sagte Robert möglichst ironisch.

»Wenn du nicht immer deine Musik bis zum Anschlag aufdrehen müsstest, hätte sie's gar nicht festgestellt«, antwortete Katja schnippisch.

Robert wollte ihren Ärger so weit herauslocken, bis sie irgendwann lachen musste. »Dein Wagen ist schuld. Typisches Kifferauto – alt und grell geschminkt, und du bist zu schnell gefahren.«

»Bin ich nicht.«

»Und du zählst altersmäßig voll zur Zielgruppe.«

Katja schnaubte. »Meinst du, bloß weil du schon graue Schläfen hast, käme keiner darauf, dass du kiffst?«

»Genau«, sagte Robert staubtrocken.

»Und mein Auto ist schuld«, Katja kochte.

»Ich liebe es ja«, antwortete Robert. »Aber gerade solche

Kisten stoppen sie besonders gerne. Weil für sie sonnenklar ist, dass jemand, der so eine Lackierung wählt, bewusstseinserweiternde Drogen nehmen muss.«

»Du kannst so ein Arsch sein!«, rief Katja, ehe sie verstummte und angestrengt geradeaus sah. Robert musste einsehen, dass seine Strategie gescheitert war. Aber wenn er jetzt versuchte, sie zu trösten, würde sie die nächsten vier Wochen nicht mehr mit ihm sprechen.

Katja füllte den Audi mit dem eisigen Schweigen der Taiga. Am Abteiberg hielt sie neben seinem Wagen. »Ich glaube, ich brauche etwas Erholung von dir«, sagte sie.

Robert versuchte es noch einmal mit einem aufmunternden Grinsen. »Deine Frustrationstoleranz war schon mal härter im Nehmen.«

Aber Katja hatte diesmal keine Lust auf seine seltsamen Versöhnungsangebote.

4

Freitag, 12. Oktober

»… der wärmste Oktobertag seit hundert Jahren!«

Ein Radiosprecher riss Micky aus einem verschwitzten Schlaf, der nicht länger als fünfeinhalb Stunden gedauert hatte. Ein Klapps auf den Radiowecker brachte den Sprecher zum Schweigen.

Sie öffnete die Augen und sofort strömten die Gedanken in ihren Kopf, als hätten sie die ganze Nacht neben ihrem Bett gewartet.

Sie warf die Decke von sich und schaltete den Fernseher ein. Unter der Dusche stehend, warf sie einige Blicke auf das Regionalprogramm. Wie üblich wurden sämtliche Beiträge mit unglaublicher Fröhlichkeit präsentiert, als wären die

Moderatoren froh, hier in Gelderland überhaupt irgendein Thema gefunden zu haben.

Etwas später auf dem Balkon schob sich Micky einen Müsliriegel rein und trank eine Tasse Kaffee dazu. Dabei ging sie grob den Tagesplan durch. Freitag: Großreinemachen. Die losen Enden abflämmen. Ablage mit Dienstanweisungen aufräumen. Die Berichte zu den aktuellen Fällen fertigstellen. Die wöchentliche Teambesprechung abhalten. Die Pläne für die kommende Woche ausarbeiten.

Noch einen Augenblick lang betrachtete sie die Ulme, die beim Bau des Apartmentkomplexes stehen geblieben war und durch eine Aussparung im Dach des Parkhauses weiterwachsen durfte. Sie atmete die in der Herbstsonne aufsteigenden Gerüche tief ein und wandte sich zum Gehen.

Bei der wöchentlichen Teambesprechung mit Sabine und Cassandra hakte Micky die einzelnen Punkte auf der Agenda in rascher Folge ab. Nur für die Mutter, die ihr Baby ermordet hatte, nahm sie sich etwas länger Zeit. Die Fortsetzung der Vernehmung war für elf Uhr geplant, nach einer Unterbrechung von einigen Tagen. Die Mutter war nach ihrem Geständnis zusammengebrochen und mit Beruhigungsspritzen behandelt worden. Cassandra war wenig erpicht darauf, sich wieder an die Bildschirme zu setzen, und verpackte ihren Widerwillen in juristische Bedenken.

»Was macht das für einen Sinn, einen Zombie zu vernehmen?«, argumentierte sie.

»Komm schon, ›Zombie‹ ist ja wohl ein bisschen übertrieben«, erwiderte Micky. »Zumindest kann sie uns jetzt in aller Ruhe erklären, warum sie ihr Baby erstickt hat.«

»Da wird uns garantiert ihr Rechtsanwalt aufs Dach steigen. Darf man das überhaupt, eine Verdächtige unter Tranquilizern vernehmen?«

»Wenn du nicht willst, kann ich ja für dich einspringen«, bot Sabine an.

»Damit ist das Problem aber nicht gelöst«, gab Micky zu

bedenken. »Denkt daran, wir haben es hier mit einer Mutter zu tun, die ihr eigenes Kind um die Ecke gebracht hat!« Sie drückte sich absichtlich hart aus, in der Hoffnung, Cassandra endlich aus der Reserve zu locken und zu erfahren, was ihr wirklich auf dem Herzen lag. Angst vor Ansteckung, vermutete sie. Cassandra hatte dazu beigetragen, die Mutter zu einem Geständnis zu bewegen, und wurde vielleicht anschließend die grausige Tat nicht mehr los. Als würde etwas von dem Delikt wie ein Ekzem an ihr haften bleiben.

»Die Frau ist uns noch einige Erklärungen schuldig«, fuhr Micky fort. »Ist ihr das Kind lästig geworden, weil es ihr die Freiheit genommen hat? Oder war es eine Tat im Affekt, eine Kurzschlussreaktion in einem Moment der absoluten Überforderung? Vielleicht war das Kind ein Schreibaby, so ein Miniterrorist, der sie mit seinem Gebrüll in den Wahnsinn trieb? Ihr schnelles Geständnis war ein Glücksfall, aber jetzt müssen wir diesem geschenkten Gaul mal ganz tief ins Maul gucken.«

»Es ist einfach so ungerecht!«, stieß Cassandra hervor.

Sie ging ans Fenster und brach in Tränen aus. Micky schaute Sabine überrascht an.

»Alle kriegen einfach so Kinder!«, rief Cassandra. »Frauen, die gar nichts mit ihnen anfangen können oder die gar keine haben wollen! Wie diese Null, die einfach ein Kissen draufdrückt ... Arno und ich versuchen es schon so lange und nichts tut sich ...«

Duut hatte wieder mal nicht angeklopft und musste den letzten Satz gehört haben. Er blieb in der Tür stehen und winkte Micky zu. »Hast du mal eine Minute?«

Micky ging zu ihm hin.

»Dieser Kleisteker gefällt mir nicht.« Duut schwieg.

»Ach ja?«, erwiderte Micky nur.

»Er verweigert jegliche Mitarbeit«, erklärte Duut. »Heute Nachmittag soll er dem Ermittlungsrichter vorgeführt werden und bis dahin müssen wir unbedingt mehr gegen ihn in der Hand haben.«

»Genügt denn die Aussage von Olga Steen nicht?«

»Uns schon, aber die Frage ist, ob sich auch der Ermittlungsrichter damit zufrieden gibt. Um halb eins unternehmen wir noch einen letzten Versuch. Könntest du vielleicht …?«

Aha, sie sollte sich also ein Brecheisen ausdenken, das Kleisteker den Mund öffnete.

»Warum redet er nicht?«

Duut zuckte mit den Schultern.

»Und wer ist sein Anwalt?«

»Irgend so ein grünschnäbliger Pflichtanwalt, frisch von der Uni. Die wissen nur eines: Wenn ihr Mandant schön die Zähne zusammenbeißt und keinen Mucks von sich gibt, gehen sie keinerlei Risiko ein. Bisher hält sich Kleisteker brav daran. Und wir dürfen uns vollkommen lächerlich machen und unseren Hauptverdächtigen nach Hause schicken.«

»Gibt es eine Verhörstrategie?«

Duut zuckte erneut mit den Achseln.

»Eine halbe Stunde kann ich dafür opfern«, versprach Micky.

Duut faltete die Hände vor der Brust und verbeugte sich feierlich.

»Mach dir aber keine allzu großen Hoffnungen«, fügte Micky hinzu, noch immer überzeugt, dass Olga Steen sich ihre Anschuldigungen aus den Fingern gesogen hatte. Sie drehte sich um und wollte zu ihren Mitarbeiterinnen zurückkehren, doch Duut hatte noch etwas auf dem Herzen.

»Tut mir leid, aber da ist noch was«, begann er. »Du hast doch bestimmt schon mal von Wim Smaling gehört, oder?«

»Smaling, der überall den Hausmüll abholt, außer in Arnheim?«

»Ja, er ist auch sonst ganz groß im Entsorgungsgeschäft.«

»Was ist das Problem?«

»Am Montag hat er seine Tochter Carolijn vermisst gemeldet«, erklärte Duut. »Er war furchtbar besorgt um sie. Sie ist nach Argentinien in den Urlaub geflogen, mit so einer losen Reisegruppe, bei der jeder sein eigenes Programm zusammenstellen kann.«

»Argentinien ist eine gute Adresse für Entführungen. Aber was haben wir damit zu tun?«

»Carolijn sollte eigentlich am Dienstag wieder mit zurück in die Niederlande fliegen. Eine Freundin hat sie am Freitag davor zuletzt gesehen, als sie in ein Taxi stieg. Sie wollte zum Hafen von Buenos Aires. Danach ist sie nicht wieder aufgetaucht.«

»Das ist ein Fall für die argentinische Polizei«, wandte Micky ein.

»Wie man's nimmt«, sagte Duut. »Die ganze Reisegesellschaft, abgesehen von Carolijn, ist am Mittwochmorgen wieder in Schiphol gelandet. Smaling war außer sich. Er verlangte, dass wir eine internationale Suchaktion starten sollten, Interpol, Außenministerium, das ganze Theater. Er hatte schon die Hundestaffel in Westervoort angerufen, um einen Suchtrupp zusammenzustellen.«

»Ich würde genau dasselbe tun«, sagte Micky.

»Ja, aber die Sache ist die: Smaling hat es sich urplötzlich anders überlegt. Von einem Tag auf den anderen. Gestern hat er in aller Gemütsruhe erklärt, Carolijn sei alt genug, um auf sich selbst aufzupassen. Sie wisse schon, was sie täte. Und dann hat er aufgelegt. Kein Interesse mehr.«

Duut klang, als sei er persönlich beleidigt worden.

»Hat sich seine Tochter denn inzwischen gemeldet?«, fragte Micky.

»Er sagt Nein. Seine Frau auch.«

»Und wie lautet deine Hypothese?«

»Ich glaube, er lügt.«

»Und aus welchem Grund?«

»Als ob das je einer dazusagen würde.«

»Zehn zu eins, dass die Kleine demnächst von selbst wieder auftaucht. Wahrscheinlich ist sie nur mit ihrem Latin Lover zu lange im Bett geblieben.«

»So etwas Ähnliches hat Smaling auch angedeutet«, antwortete Duut. »Allerdings könnte es nach Auskunft der Botschaft ebenso gut sein, dass Carolijn von Straßenbanden entführt wurde. Solche spontanen Kidnapping-Aktionen sind augenblicklich sehr populär. Wenig Lösegeld, kurze Gefangenschaft. Wir haben das so an Smaling weitergegeben. Er hat uns ausgelacht. Gleich kommt er vorbei, um seine Anzeige zurückzuziehen.«

»Und was willst du von mir?«

»Dass du ihn dir mal anschaust.«

Duut schaute auf die Uhr. »Und zwar jetzt.«

Smaling war in Arnheim eine ziemlich umstrittene Figur. Die einen hielten ihn für einen Proleten, für andere wiederum brachte er den frischen Wind, den die Stadt für eine zukunftsorientierte Entwicklung brauchte. Im vergangenen Sommer hatte es einen Konflikt mit der Stadtverwaltung gegeben, als Smaling die Abfallentsorgung der Stadt übernehmen wollte. Bei den Verhandlungen hatte hauptsächlich das Thema Arbeitsplatzgarantie für die Angestellten für eine hitzige Debatte gesorgt. Vordergründig jedenfalls. Als eine Lösung in Sicht kam, zog sich die Stadtverwaltung urplötzlich vom Verhandlungstisch zurück und übertrug wenige Tage später die Hausmüllentsorgung einer anderen Firma, die bereit war, tüchtig in den Not leidenden Arnheimer Fußballverein zu investieren. Smaling war wütend und tat seinen Unmut in der Presse kund. Eine Kamikaze-Aktion, denn im durch und durch anständigen Arnheim wurden Verwaltungskonflikte zwar mit großer Heftigkeit, aber niemals öffentlich ausgetragen.

Während Micky die Akustik in den Vernehmungskabinen kontrollierte, schoss ihr durch den Kopf, dass Duut sie schon zum zweiten Mal in dieser Woche einsetzte, um Publicity-Problemen vorzubeugen. Smaling hatte die Lokalpresse in der Tasche, das wusste jeder, und Duut wollte nicht der Dumme sein, falls irgendetwas bei der Rücknahme der Anzeige schiefging.

Micky hatte jedoch keine Zeit, sich weiter darüber Gedanken zu machen, denn Duut legte sofort los. Wieder saß Mark mit dem Laptop neben ihm.

»Zunächst mal ganz inoffiziell«, hörte sie Duut sagen.

»Nein, lassen Sie uns gleich zur Sache kommen«, entgegnete Smaling. »Ich habe zwar noch nicht mit Caro selbst gesprochen, aber …« Mark öffnete den Mund, doch Duut symbolisierte ihm zu schweigen. »… ich habe inzwischen mit einer Freundin von Caro Kontakt aufgenommen. Wir brauchen uns keine Sorgen zu machen. Alles sieht danach aus, dass Caro einfach ihren Urlaub ein wenig verlängert hat, ohne uns davon in Kenntnis zu setzen.«

»Freut mich, das zu hören«, sagte Mark. »Aber wie können Sie sich da so sicher sein?«

Anstelle einer Antwort zog Smaling ein Foto aus der Jackentasche und legte es auf den Tisch.

»Das ist der Missetäter«, sagte er. »Andrea, ihre Freundin, meint, es handele sich um eine waschechte Urlaubsromanze.«

Duut beugte sich nach vorn und auch Micky zoomte auf das Foto. Wirklich zum Anbeißen, fand sie. Schwarze Locken, lange Wimpern, weiche Lippen, aber dazu ein sehr männlicher Blick – ein guter Grund, für ein paar Tage von der Bildfläche zu verschwinden.

Micky richtete die Kamera auf Smalings Gesicht. Jetzt, da seine Gesprächspartner für einen Moment abgelenkt waren, erkannte Micky eine gespannte Aufmerksamkeit an ihm, die wenig zu seinem sorglosen Auftreten passen wollte.

Sie beschloss, es Duut über einen Umweg versuchen zu lassen. Auf Fragen, wo und wann das Foto entstanden war, hatte sich Smaling zweifellos gut vorbereitet.

Sie gab ein: *Verbergt Interesse an Latin Lover. Fragt: Warum ist Caro nicht auf dem Foto?*

Duut drehte das Bild um und betrachtete sorgfältig die Rückseite. Danach reichte er es Smaling zurück.

»Das überzeugt mich leider nicht«, sagte er. »In meiner Funktion als Ermittler, meine ich.«

»Tja, wenn außer dem jungen Mann auch Ihre Tochter auf dem Foto zu sehen wäre …«, fügte Mark hinzu.

Smalings Augen huschten zu Duut. Mickys Finger sausten über die Tastatur: *Ruhe jetzt!*

»Für ein Hochzeitsfoto ist es noch ein bisschen früh«, antwortete Smaling. Er lachte, aber Duut und Mark sahen ihn weiterhin unbewegt an.

»Es handelt sich um einen Schnappschuss von Caros Freundin«, erklärte Smaling beschwichtigend. »Er ist entstanden, als der junge Mann unsere Caro im Hotel abholte.«

»Welche Länder hat Ihre Tochter in Südamerika besucht?«, fragte Mark.

»Peru, Bolivien und Argentinien«, antwortete Smaling. »Die Reise war ein Geschenk zu ihrem Schulabschluss im Juni. Sie wollte sich eine Auszeit gönnen, um darüber nachzudenken, welche Studienrichtung sie einschlagen soll.«

»Wie alt ist Carolijn?«

»Sie ist im Mai achtzehn geworden.«

»Warum haben Sie sich eigentlich solche Sorgen um sie gemacht?«, fragte Mark.

»Ach«, sagte Smaling. »Im Urlaub habe ich Caro jeden Tag angerufen, bis sie schließlich sauer wurde. Sie fühlte sich von mir kontrolliert. Danach ging sie einige Tage nicht mehr an ihr Handy, wenn ich anrief. Da begann ich, mir vielleicht etwas übertriebene Sorgen zu machen.« Smaling lachte verlegen.

Micky gab ein: *Mevrouw Smaling?*

Sie sah, dass Duut mit kaum merklichem Schulterzucken auf ihre Frage reagierte.

»Hat noch jemand anderes mit Ihnen Kontakt aufgenommen?«, hörte sie Mark fragen.

Smalings Gesichtsausdruck wurde undurchdringlich. »Spielen Sie darauf an, was Ihr Kollege vorgestern am Telefon unterstellt hat? Dass Caro entführt wurde?«

Duut korrigierte: »Möglicherweise entführt worden sein könnte.«

»Nein«, antwortete Smaling. »Es gibt keine Lösegeldforderungen.«

Bestätigung von Mevrouw Smaling!, tippte Micky nochmals.

»Ist Caro Ihr einziges Kind?«, fragte Mark.

»Ja«, antwortete Smaling.

Micky fand das Gespräch ziemlich bizarr. Duut hatte nicht vor, es Smaling besonders schwer zu machen, aber doch auch nicht so leicht, dass man ihm im Nachhinein Naivität vorwerfen konnte. Jedenfalls war er nicht ernsthaft an der Wahrheitsfindung interessiert und Smaling passte das gut in den Kram. Hier konnte sie nichts Sinnvolles ausrichten. Sie nahm den Kopfhörer ab und schob die Tastatur weg. Eine Zeit lang schaute sie sich einen Stummfilm an. Auf diesen Trick griff sie gern zurück, wenn Leute mit Worten etwas zu verschleiern suchten. Sie konzentrierte sich auf das Übrige: Gestik, Mimik und Körpersprache. Manchmal ertappte sie sich dabei, dass sie dasselbe bei Sitzungen tat. Dann schaltete sie ganz ab und betrachtete nur noch die Glieder, die Münder, die Augen, die ein Eigenleben führten.

Jetzt, da sie Smalings Stimme ausgeblendet hatte, sah sie umso besser, wie extrem angespannt er war. Hinter der Fassade aus simplen Erklärungen glühte ein Schwelbrand. Sein Lächeln erstarb jedes Mal zu schnell, wenn Duut und Mark den Blick abwandten, um sich Notizen zu machen. Unter dem Tisch spielte er zu nervös mit den Fingern und achtete zu sehr auf den Effekt seiner Worte.

Als sie ihn aufstehen und hinausgehen sah, beschloss sie, ihre Beobachtungen zu überprüfen. Hastig ging sie hinaus auf den Flur. Vor dem Aufzug traf sie ihn. Er hatte den Blick auf den Boden gerichtet. Höflich ließ sie ihm den Vortritt.

»Wohin möchten Sie?«, fragte sie freundlich.

»Ins Erdgeschoss«, murmelte Smaling. Sobald sich die Tür schloss, zog er ein Papiertaschentuch hervor und trocknete sich die Stirn.

»Ziemlich warm heute«, bemerkte Micky.

Smaling nickte abwesend.

»Der wärmste Oktobertag seit hundert Jahren«, fügte sie hinzu. Smaling knüllte das Taschentuch zu einem Ball zusammen, ließ es fallen und zerrieb es mit der Spitze seines rechten Schuhs.

Irgendetwas stimmte ganz und gar nicht mit der Rücknahme seiner Anzeige, schloss Micky. Oder mit seiner Tochter. Sie würde Duut berichten.

Ihr blieb eine Viertelstunde, um sich in der Kantine eine Tasse Kaffee und ein Brötchen zu holen. Beim Eintreten sah sie, wie ihr Arjen Brood vom Pipeline-Team heftig zuwinkte. Er sprach gerade mit Lars Monnik von der Einheit, die Kleisteker verhaftet hatte. Arjen zog ihr einen Stuhl heran.

»XL hat mir gerade erzählt, wie sie Kleisteker abgeholt haben«, sagte er. XL war der durchaus treffende Spitzname von Lars. Alles an ihm war überdimensional. Er maß einen Meter siebenundneunzig, in seinen Händen wirkte die Dienstwaffe Walther P5 wie ein Damenpistölchen und für seine halbhohen Lederstiefel musste die Haut eines ganzen Kalbs draufgegangen sein. Seine Bewegungen waren eckig, als würde er von einem schlecht programmierten Computer gesteuert.

»Kleisteker hatte uns schon erwartet«, behauptete Lars. »Er hatte sich im Haus seines Papis verschanzt. Wir hatten noch nicht geklingelt, als schon von allen Seiten Scheinwerfer aufleuchteten. Drinnen hörten wir zwei Hunde bellen. Rottweiler. Die ganze Bude war mit Stahlrolläden verbarrikadiert.«

»Meinst du, er hat einen Tipp gekriegt?«, fragte Arjen Brood.

»Gute Frage«, antwortete Lars ruhig. »Aber wir haben uns nicht darum geschert. Motorsäge angeschmissen, Blendgranaten rein gegen die Hunde. Die haben sich zu Tode erschreckt. Streunen bestimmt jetzt noch irgendwo in der Pampa rum.« Lars schwieg und blickte Micky an.

»Und Rik?«, fragte Micky. Sie nannte ihn absichtlich beim Vornamen, um ihre Kollegen daran zu erinnern, dass es sich trotz allem immer noch um einen Menschen handelte.

»Kam nach drei Minuten heulend rausgerannt.« Lars setzte sich breitbeinig hin. »Wir waren schon vorgewarnt worden, dass es in dem Laden nur so von Kunst wimmeln würde. Also haben wir uns bei der Hausdurchsuchung mal ein paar von den Bildchen angeguckt. Nackte, Nackte und nochmals Nackte. Wenn man mich fragt: alles bloß Porno …«

»Meine Damen und Herren, höchste Zeit!« Duut war hereingekommen und zeigte nach oben.

Kurz bevor Micky in den Monitorraum schlüpfte, schaute sie noch bei Cassandra hinein. Sie saß aufrecht vor den Bildschirmen, die Hände auf der Tastatur im Anschlag. Micky zog ihr kurz den Kopfhörer vom Ohr.

»Schön gleichmäßig atmen«, riet sie.

Cassandra erwiderte ihr Lächeln und wandte sich wieder dem Bildschirm zu, auf dem die Mutter gerade die Hände vor das Gesicht schlug.

Rik Kleisteker sah aus, als hätte er drei Nächte durchgemacht. Seine Augen waren rot gerändert, sein Hemdkragen hatte einen speckigen schwarzen Rand und ihm zitterten die Hände, als er an einer Tasse Kaffee schlürfte.

Duut und Arjen hatten sofort mit dem Verhör begonnen. Das Phantombild mit den Ergänzungen Olga Steens lag zwischen ihnen.

Duut versuchte es diesmal auf Umwegen. Mit einem Stift tippte er auf die Tätowierung, die Olga gezeichnet hatte.

»Dieses Yin-und-Yang-Zeichen«, fragte er interessiert. »Das steht doch für das Männliche und das Weibliche? Oder war es andersherum?«

Kleisteker senkte den Kopf und sagte nichts.

»Jetzt kommen Sie schon, Kleisteker«, sagte Duut. »Sie verraten doch kein Staatsgeheimnis, wenn Sie uns etwas darüber erzählen.«

Fünf Minuten blieb es still.

»Meneer Duut hat Sie was gefragt«, sagte Arjen schließlich.

»Oder stand Yin für das Irdische und Yang für das Spirituelle?«, drängte Duut.

Micky hätte nicht gedacht, dass Duut die Begriffe Yin und Yang überhaupt kannte, geschweige denn, dass er etwas damit anfangen konnte. Neugierig verfolgte sie das Geschehen. Rik Kleisteker schwieg und verschränkte die Arme.

»Meneer Duut hat Sie was gefragt«, wiederholte Arjen.

»Yin und Yang, das bedeutet doch auch Stillstand gegenüber Bewegung«, fuhr Duut fort. »Aus welchem Grund haben Sie sich das Zeichen auf die Stirn tätowieren lassen?«

Kleisteker legte die Hände auf die Ohren und schloss die Augen.

»Jetzt ziehen Sie keine Show ab, Kleisteker«, sagte Arjen. »Wir wissen, dass Sie uns gehört haben.«

Kleisteker hob den Kopf und blickte genau in die Kamera, die in der rechten oberen Ecke hing. Als schaue er Micky Hilfe suchend an. Doch sie erkannte sofort den in sich gekehrten Blick des Verhafteten, der sich von der Außenwelt vollkommen abgeschottet hat. Sie hatte diesen Blick schon einmal gesehen. Bei einem Häftling, der sich später in seiner Zelle erhängt hatte.

Seid vorsichtig, gab sie ein.

Duut antwortete mit einem Stirnrunzeln. In den nächsten paar Minuten verfolgte Micky, wie Duut Kleisteker mit einem Wortschwall über die Technik des Tätowierens bombardierte. Wenn dieser Verdächtige auch nur mit einem Wort reagierte, würde der Knoten platzen und der Mann auspacken, das spürten Duut und Arjen. Micky begriff, dass sie bis an die Grenze gehen wollten, um ihn so weit zu kriegen. Sie wartete, bis Arjen aufsprang.

»Übernimm gefälligst die Verantwortung für das, was du getan hast!«, rief er. »In der Pipeline warst du doch auch nicht so schüchtern!«

Auszeit, gab sie ein.

»Damit kommt ihr bei ihm nicht durch«, sagte sie kurz darauf zu Duut. »Ihr verschwendet eure Zeit. Der ist völlig weggetreten, an den kommt ihr nicht ran.«

Arjen starrte verbissen auf die Monitore, auf denen zu sehen war, dass Kleisteker den Kopf auf den Tisch gelegt hatte.

»Wie oft habt ihr ihn bis jetzt verhört?«

»Zehn, zwanzig Mal«, antwortete Duut finster.

»Auch nachts, oder?«

»Steht doch alles in den Berichten«, antwortete Duut. »Kommt darauf an, wer Dienst hatte.« Aber er hielt ihrem Blick nicht stand.

»Nicht nach zwei und nicht vor sechs Uhr morgens«, gab er schließlich zu.

»Im Moment hat er sich völlig in sich zurückgezogen.«

Duut seufzte tief. Arjen unterdrückte einen Fluch.

»Bring ihn zurück in seine Zelle«, ordnete Duut an.

»Die sollen ihn da drin nicht aus den Augen lassen!«, fügte Micky hinzu.

Schon zwei Stunden später rief Arjen sie an.

»Duut hat alle in den großen Konferenzsaal beordert«, verkündete er aufgeregt. »Besprechungsbeginn in fünf Minuten. Anschließend wird eine Pressemitteilung über Kleisteker rausgegeben.«

Noch bevor sie etwas fragen konnte, legte er auf.

Sie saß gerade an dem Bericht über den Babymord. Cassandra hatte bei der Vernehmung der Mutter mehrmals eingegriffen, sehr sachlich und hilfreich. Auf professioneller Ebene hatte sie alles unter Kontrolle, nur seelisch brauchte sie Beistand.

Micky rannte nach oben in den Sitzungssaal. Duut zeigte auf den leeren Platz neben sich. In einem offiziellen Tonfall bat er um Ruhe.

»Kleisteker hat ausgesagt«, erklärte er ohne Einleitung. »Vor dem Ermittlungsrichter hat er endlich den Mund aufgemacht. Sobald er seinen neuen Anwalt zu Gesicht bekam, gab es kein Halten mehr. Der Herr ist natürlich unschuldig und hat gegen die viehischen Behandlungsmethoden bei der Polizei protestiert, gegen die er massiv Beschwerde einlegen werde, und so weiter. Wir kennen das ja. Sein Anwalt behauptet, wir hätten gegen die Menschenrechte verstoßen.« Duut blickte seine Mitarbeiter der Reihe nach an. »Der Beschuldigte hat sich plötzlich sogar dazu herabgelassen, konkrete Angaben zu machen. Alles, was wir in den letzten drei Tagen von ihm wissen wollten, fiel ihm jetzt innerhalb einer halben Stunde ein. Zeiten, Orte, Alibis ... Nach einer ersten Stichprobe scheint alles zu stimmen.«

»Was willst du damit sagen?«, fragte Micky. »Ist er nun unser Hauptverdächtiger oder nicht?«

Duut unterbrach sie mit erhobenem Zeigefinger. »Wir brauchen noch eine Weile, um alle Angaben zu kontrollieren. Für zwei Vergewaltigungen kommt er schon mal nicht infrage, weil er für die entsprechenden Zeitpunkte wasserdichte Alibis hat.«

Duut legte eine Pause ein.

»Warum hat er dann nicht mit uns zusammengearbeitet?«, fragte Mark.

»Weil er uns nicht vertraut hat«, murmelte Micky. »Oder weil er jetzt einen guten Anwalt hat ... oder weil er vielleicht etwas anderes zu verbergen hat«, fügte sie laut hinzu.

Duut schaute sie überrascht an. »Danke dir«, sagte er. »Genau aus diesem Grund werden wir weiterermitteln. Ihr könnt schon mal zu Hause anrufen, dass es heute Abend später wird.«

Micky musste lachen, als laute Buhrufe ertönten.

Das war der letzte heitere Moment des Tages.

5

Freitag, 12. Oktober

Robert drehte vorsichtig die letzte Schraube in das Metallgehäuse und schob den Stecker ein. Der Schriftzug vor ihm flackerte kurz, um dann hell und ohne weitere Schwankungen in einem kräftigen Blau zu erstrahlen. Perfekt.

»Der ist im Sack, Robert«, hatte der Elektromeister vor zwei Wochen festgestellt, als er sich den dreißig Jahre alten Trafo anschaute. »Ich kann dir da gerne 'n flammneues Spitzenprodukt reinsetzen, aber willste wahrscheinlich wieder nicht, oder?«

Robert hatte genickt. »Genau, Günter. Original muss Original bleiben, auch im Innenleben.«

»Ich kann dir das Hündchen neu wickeln. Oder darf das auch nicht?«

»Doch, das wäre super.«

»Dauert aber.«

»Hauptsache, du machst es.«

»Klar, gefällt mir doch. Wo die Leute heute sonst immer alles gleich wegschmeißen«, hatte Günter gesagt und sich den Trafo wie ein Praliné gegriffen.

Gute Arbeit, dachte Patati und verglich noch einmal das Blau der Leuchtschrift mit einem alten Foto des Neonkunstwerks. Obwohl, Neon war natürlich Unsinn. Es handelte sich um eine Mischung aus Argon und Quecksilber und er hatte einige Stunden gemeinsam mit einem Leuchtröhrenglasbläser experimentiert, um das vom Künstler damals gewählte Verhältnis zu rekonstruieren.

Er war eben doch ein ziemlich guter Detektiv, grinste er selbstzufrieden und ließ sich in einen etwas abgeschabten

Eames-Sessel fallen, den er samt zugehörigem Ottoman aus dem Sperrmüll gerettet hatte, als es noch kein Ebay mit der Sparte *Designklassiker* gab.

Manchmal allerdings konnte man so gut sein, wie man wollte, und trotzdem ging alles schief. Roberts Grinsen verschwand, als er an Katjas Anruf gestern am späten Abend dachte.

Nach zwei Sätzen von ihr wusste er, dass sie geweint hatte. Sie ließ Tränen nur selten zu, aber wenn, dann war er in den letzten Jahren oft in der Nähe gewesen, um sie zu trösten. Ihre Stimme klang nach dem Weinen immer einen Tick weicher, als sie es mochte. Sobald Robert diesen Ton hörte, stiegen väterliche Gefühle der Sorge in ihm auf.

Okay, er war nicht Katjas Papa, aber immerhin kümmerte er sich seit knapp sieben Jahren um sie wie ein – ja, wie was?, wie ein zweiter Vater, nachdem ihrer gestorben war? Die Fußstapfen wären Robert deutlich zu groß gewesen. Wie ein väterlicher Freund? Hießen so nicht die Typen, die ihren Schützlingen silberne Fußkettchen schenkten, ehe sie ihnen in den Schritt fassten? Vielleicht Onkel. *Onkel Robert.* Klang super. Beschwörte sofort Ischias herauf.

Katja also war zutiefst zerknirscht. Denn wie sich am Tag nach dem Venlo-Ausflug herausgestellt hatte, waren sie weder wegen der Farbe ihres Autos noch wegen brüllend lauter Musik in die Grenzkontrolle geraten, sondern wegen ihrer eigenmächtigen Ermittlungen.

Gestern Morgen im Präsidium hatte Koik sie rufen lassen und sie nach allen kunstlosen Regeln der autoritären Mitarbeiterführung zusammengefaltet. Auf seinem Schreibtisch lag eine Beschwerde der Limburger Polizei, derzufolge die deutsche Kommissarin Hellriegel mitten in die entscheidende Phase einer Operation hineingestolpert sei und einem Verdächtigen beinahe zur Flucht verholfen habe. Den Rest hatte man ihm telefonisch berichtet.

Vor knapp drei Wochen hatten die niederländischen Kollegen einen anonymen Hinweis erhalten, nach dem der Direktor des Museums van Bommel van Dam betrügerische Geschäfte betreibe. Daraufhin prüfte die Abteilung für finanzielle Ermittlungen die Unterlagen des Museums. Es fiel auf, dass der Direktor seit zwei Jahren ungewöhnlich oft ungewöhnlich teure Werke von einer Galerie in Amsterdam erworben und dafür Kredite über fast eine Million Euro aufgenommen hatte. Van Cleef konnte zwar Genehmigungen des Stiftungsvorstands vorlegen, war aber während der Vernehmung so nervös gewesen, dass die misstrauischen Ermittler beschlossen hatten, ihn zu observieren.

Tatsächlich hatte der Direktor nichts Eiligeres zu tun, als gemeinsam mit Syntha nach Amsterdam zu fahren. In der Prinsengracht standen sie jedoch vor verschlossenen Türen. Die Galerie war komplett leer geräumt. Das heißt, nicht ganz, wie die Kollegen bei einer Durchsuchung feststellten. Denn die Inhaber, über die bisher nichts herauszubekommen war, hatten in der Eile einen Ordner übersehen, der hinter ein Sideboard gerutscht war. Mit den darin abgehefteten Unterlagen konnte man nachweisen, dass Rogier van Cleef für das Museum Werke zu völlig überhöhten Preisen gekauft und sich die Gewinnmargen dann mit der Galerie geteilt hatte.

Weil die Ermittler hofften, dass die van Cleefs sie über kurz oder lang zu den flüchtigen Galeristen führen würden, schoben sie die Festnahme auf und setzten die Observierung fort. Auch am Tag der Wiedereröffnung des Museums Abteiberg waren sie den beiden auf den Fersen. Syntha hatten sie jedoch in der Menschenmenge aus den Augen verloren. Schließlich folgten sie Rogier van Cleef, der mittags allein nach Venlo zurückfuhr und den ganzen Sonntagabend zu Hause blieb.

Nachdem ihn die Nachricht von Synthas Ermordung erreicht hatte, begann Rogier offenbar, seine Flucht vorzubereiten. Kurz vor dem Zugriff stand plötzlich ein Paar vor van Cleefs Tür, das wenig später in ein deutsches, orangefarbenes Auto stieg und wegfuhr. Man vermutete, dass es sich um die Galeristen handelte, stoppte die Festnahme und informierte den Grenzschutz. In der Zwischenzeit hatte van Cleef mehrere Koffer zu seinem Auto geschleppt, war dann aber zu Fuß Richtung Innenstadt gegangen, wo er seine Verfolger abschüttelte. Schließlich entdeckten sie ihn am Bahnhof, als er gerade in einen Zug einsteigen wollte.

»Koik ist total ausgerastet. Wenn der Polizeipräsident davon Wind bekäme, könnte ich gleich wieder Streife fahren. Für einen Hauptkommissar, der zuließe, dass seine Mitarbeiter internationales Recht verletzten, gelte das allerdings auch. Nur deswegen habe er die Holländer so lange bequatscht, bis sie von einer offiziellen Beschwerde absahen«, beendete Katja ihren Bericht.

Um sie auf andere Gedanken zu bringen, hatte Robert hilflos angeboten, noch ein wenig mit ihr das Mönchengladbacher Nachtleben zu erkunden. Aber Katja wollte früh und ausgeschlafen im Büro sein.

Robert sah auf das tröstende blaue Licht der Leuchtschrift. Ob er sie mal im Präsidium anrufen sollte? Besser nicht. Nachher wäre Koik am Apparat und es gäbe neue Komplikationen.

Sein Magen knurrte und schlug vor, beim Chinesen an der Hindenburgstraße eine schön scharfe Kung-Fu-Suppe zu essen. Aber Robert weigerte sich. Er wollte niemandem begegnen und Auskunft geben müssen.

Denn die Zeitung hatte es heute Morgen in großen Lettern verkündet: *Museum als SM-Studio missbraucht. Dr. Zink prügelte Mordopfer blutig.*

Tücking hatte einen Tag länger gebraucht als erwartet. Dafür hatte er nicht einfach wiedergegeben, was er im Skulpturengarten gehört hatte, sondern es mit der geballten Kraft unterleibsgesteuerter Männerfantasie in buntesten Farben ausgemalt.

In einem Extrakasten wurde zudem an den Fall eines Gladbacher Galeristen erinnert, der Kinder aufs Übelste missbraucht hatte und schon nach ein paar Jährchen freikam, während seine Opfer lebenslang unter seinen Taten leiden mussten.

Anscheinend ziehe die heutige Kunst die Perversen an wie der Müll die Ratten, schrieb Tücking in einem seiner berüchtigten Kurzschlusskommentare. Er forderte die sofortige Entlassung Zinks und orakelte, wie tief der feine Herr Direktor wohl in den Mord an seiner Sklavin verwickelt sei.

Es wurde eng für Zink und Robert empfand wenig Mitleid. Sein Chef hatte den Abteiberg-Gegnern eine Menge Munition geliefert und die gute Arbeit der letzten Jahre vergessen lassen. Aber dass er ein Mörder sein sollte? Patati wurde allmählich unsicher. Er hatte bis gestern insgeheim nun doch auf Rogier van Cleef getippt. Andererseits musste es jemand sein, der das U-Boot kannte und im Museum ein und aus gehen konnte, und vor allem jemand, der ein Motiv hatte. Das alles traf auf Zink zu. Aber womöglich hatte Syntha ja auch genug von Zinks Behandlungsmethoden gehabt und sich hausintern einen neuen Lover gegönnt.

Es klopfte, Robert stieg aus dem Sessel und öffnete.

Dr. Klaus Hugo Wolff ging knapp grüßend an Robert vorbei ins Atelier, als gehörte ihm das Museum. Der groß gewachsene Mittfünfziger bot wie immer eine höchst korrekte Erscheinung. Elegant gekleidet in Cashmeremantel und dunkelblauem Nadelstreifenanzug, das schwarze Haar präzise zu einem Scheitel modelliert. Ja, so musste man als Geschäftsführer einer Düsseldorfer Projektentwicklungsgesellschaft aussehen.

»Ich habe geschäftlich in Mönchengladbach zu tun, und da will ich doch sehen, wie weit Sie mit meinem Roth sind.« Wolff beäugte angewidert Roberts kreatives Chaos, bis sein Blick an der Schokoladenruine unter der Abzugshaube hängen blieb.

»Sie haben noch gar nicht angefangen? Dr. Zink sagte mir zu, dass …«

»Dr. Zink hat Ihnen gar nichts zuzusagen«, unterbrach Robert ihn scharf. Machtfiguren wie Wolff ließen ihn mit zunehmendem Alter immer unwirscher reagieren. Diese Leute nahmen sich alles heraus, weil keiner mehr wagte, ihnen zu widersprechen. Und so geriet das ganze Land immer mehr in die Hände dieser eindimensionalen *Macher,* die sich mit Hinweis auf das Gemeinwohl die Aufträge gegenseitig zuschusterten.

»Oh, hat man ihn schon suspendiert?«, sagte Wolff beiläufig, Roberts Ton ignorierend. »Na, wer immer ihm nachfolgt, er wird mein großzügiges Angebot nicht ausschlagen. Er hat es Ihnen gegenüber sicher nicht erwähnt.«

»Durchaus«, antwortete Robert. »Aber auch ein Polke kann nichts daran ändern, dass diese Werkstatt dem Ehrenkodex der *European Confederation of Conservator-Restorers' Organizations* verpflichtet ist.«

»Und das bedeutet?«, fragte der Geschäftsmann verärgert.

»Ihre Skulptur sieht genau so aus, wie es sich der Künstler vorgestellt hat. Und deswegen darf ich sie nicht manipulieren.«

»Unsinn!«, entfuhr es Wolff. »Wie soll dieser Roth gewusst haben, dass bei mir zu Hause die Klimaanlage in der Vitrine ausfällt, während ich vor Mallorca kreuze und die Skulptur über Tage hinweg der prallen Sonne ausgeliefert ist?«

Vermutlich war es in diesem Fall sinnlos, aber Robert hatte oft erfahren, wie sich Menschen plötzlich für die Kunst öffneten, wenn sie die dahinter stehenden Ideen und Gedanken mit ihrem Leben verbinden konnten.

»Hätte er gewollt, dass sich die Skulptur nie verändert, hätte er sie in Bronze gegossen. Aber er hat Schokolade genommen, weil Zufall und Zeit das Werk vollenden sollten. Und in Ihrem Fall ...«

»Herr Patati, das interessiert mich alles nicht. Bringen Sie das Ding in den ursprünglichen Zustand und Ihr Haus bekommt den Polke. Wie vereinbart.« Wolff wandte sich zur Tür.

»Ich bin nicht Ihr Angestellter, Herr Wolff. Noch arbeiten wir hier für alle Bürger.«

»Ja, noch«, murmelte Wolff, besann sich dann aber und kehrte um. »Herr Patati, Sie sind der Einzige, der mir helfen kann. Ich gestehe, dass ich mit diesem Brocken nie etwas anfangen konnte, seit ich ihn vor zwölf Jahren gekauft habe. Ich hätte ihn bis zum Weiterverkauf im Safe aufbewahrt. Aber er war das Lieblingswerk meiner Frau.«

»Ist Ihre Frau ...?«

»Was ich Ihnen jetzt erzähle, weiß in der Kunstszene niemand. Und das soll auch so bleiben. Sie hat mich vor elf Monaten verlassen. Nach siebenundzwanzig Jahren Ehe. Es steckt kein anderer dahinter, das habe ich prüfen lassen. Also besteht Hoffnung.«

Robert war voller Bewunderung, wie simpel so ein Projektentwickler in persönlichen Dingen denken konnte.

»Wir haben in der letzten Zeit ein paarmal telefoniert. Ich möchte sie gerne zum Essen nach Hause einladen. Und ich bin sicher, dass sie zusagen wird. Aber wenn Marianne kommt und diesen Klumpen da sieht ... oder noch schlimmer: nichts mehr davon, würde sie mir das nie verzeihen.«

Wolffs Bekenntnis wirkte wie ein gespielter Witz. Und doch blitzte in dem geschäftsmäßigen Ton etwas wie Verunsicherung auf, vielleicht sogar Angst. Robert sah nachdenklich auf einen losen Knopf an Wolffs Hemd und beschloss, dessen Sorgen ernst zu nehmen.

»Herr Wolff, versuchen Sie einmal wahrzunehmen, was die Skulptur Ihnen vermittelt.«

Wolff stöhnte genervt auf, fasste sich aber schnell wieder, und Robert fuhr fort.

»Es geht, wie gesagt, auch um die Zeit, um Vergänglichkeit. Nichts bleibt, wie es ist. Wir können den Verfall vielleicht verlangsamen, stoppen können wir ihn nicht. Wir müssen lernen, ihn zu akzeptieren, mehr noch: Wir müssen lernen, ihn zu begreifen. Dann ist es kein Verfall mehr, sondern eine Metamorphose, die Umwandlung in einen anderen Zustand. So wie Roths Schokoladenporträts altern, altern wir selbst.«

Wolff räusperte sich. »Soll ich meiner Frau sagen: Wir sollten unseren Verfall mal positiv sehen?«

»Die Kunst ist kein Eheberater, Dr. Wolff. Aber vielleicht hilft es Ihnen ja, gemeinsam zurückzuschauen und zu überlegen, wie Sie sich beide verändert und umgeformt haben. Welche Zufälle und Unfälle, welche Verletzungen Sie beide erfahren haben. Und den Anfang zu diesem Gespräch könnte dieser Klumpen setzen, der einmal eine schöne Porträtbüste gewesen ist und in den sich jetzt das Leben eingeschrieben hat. Aber die Substanz ist noch da und vielleicht sogar eine andere Form von Schönheit, Sie müssen sie nur neu entdecken.«

Während Robert gesprochen hatte, war Wolffs immer etwas starres Gesicht für wenige Augenblicke aufgetaut. Aber so sehr sekundenkurze Erinnerungen und Gefühle seine innere Anspannung gelöst haben mochten, so heftig kam diese nun zurück.

»Sie in Ihrem Elfenbeinturm«, polterte er. »Philosophieren kann jeder. Aber da draußen wird jeden Tag aufs Neue abgerechnet. Und meine Frau wird genau das mit mir tun, wenn ich den Roth nicht heil zurück in die Vitrine bringe.«

»Ich fürchte, ich kann Ihnen nicht helfen«, sagte Robert, ehe ihn das Telefon unterbrach.

Wolff sah missmutig zu, wie Patati sich beeilte abzuheben.

»Ach, Herr Professor Dr. Dr. Altenburg. Jetzt bin ich aber froh. Seit vier Wochen versuche ich, Sie zu erreichen. In Urlaub, jaja. Es ist von außerordentlicher Dringlichkeit. Wenn Sie mich nur kurz entschuldigen würden, ich muss eben einen Gast verabschieden. Nicht auflegen, bitte.«

Robert legte den Hörer beiseite und erhob sich, blieb aber hinter dem Schreibtisch stehen. »Die Arbeit ruft.«

»Wir werden ja sehen, wer von uns am längeren Hebel sitzt. Guten Tag«, knurrte Wolff und verließ das Atelier.

Robert ließ sich auf den Bürostuhl zurückfallen, blähte die Wangen auf und blies die Luft laut aus. Dann nahm er grinsend den Hörer auf.

»Wolfgang, mein Retter. Was kann ich für dich tun?«

»Scheint dir ja doch ganz gut zu gehen. Ich hatte schon überlegt, ob der Abteiberg-Wahnsinn jetzt auch bei dir ausgebrochen ist«, antwortete Wolfgang Altenburg, Restaurator an den Krefelder Kunstmuseen. »Hör zu, der absolute Hammer«, sagte er. »Ich habe hier drei Eimer Farbe stehen.«

»Ich bin tief beeindruckt«, verneigte sich Robert. »Habt ihr euren Monet dafür verkaufen müssen?«

»Sehr witzig. Also, die Sensation: Es handelt sich um drei Eimer originaler weißer Yves-Klein-Farbe. Über vierzig Jahre alt, aber voll streichfähig. Man hat sie luftdicht verschlossen im Keller einer Pariser Galerie gefunden.«

Altenburgs Stimme überschlug sich, und Robert wusste, dass gerade ein alter Traum seines Kollegen in Erfüllung ging.

Im Museum Haus Lange hatte Yves Klein 1961 bei seiner ersten großen Ausstellung in Deutschland einen *Raum der Leere* eingerichtet. Die Zeit war alles andere als spurlos an der komplett weiß gestrichenen, fensterlosen und von einer kaltweißen Neonröhre ausgeleuchteten Achtquadratmeterzelle vorübergegangen. Durch unzählige Abdrücke schmutziger Schuhsohlen war der faszinierende Effekt fast vollkommen zerstört worden. Einfach Farbe aus dem Baumarkt zu nehmen, kam natürlich nicht infrage. Also schien eine Restaurierung aussichtslos. Bis jetzt.

»Hast du gleich was vor?«, fragte Altenburg.

»Du meinst, ich darf mitstreichen? Echte Yves-Klein-Farbe?«

»Yep.« Altenburg grunzte vor Wohlgefallen.

»Du bist ein echter Freund. In einer Dreiviertelstunde bin ich bei dir.«

Der kleine Raum war schnell gestrichen. Es war sogar noch ein Eimer unberührt geblieben. »Den schweiß ich ein und bunkere ihn«, sagte Altenburg. »Auch wenn ich ihn hoffentlich nicht mehr brauchen werde. Hier kommt nämlich keiner mehr ohne Überzieher rein.«

Schließlich fehlte nur noch ein kleiner Streifen, der als Weg von der Raummitte bis zur Tür führte. Patati und Altenburg sahen einander an und nickten. Selbstversuch. Sie stellten die Malutensilien auf den Flur und verschlossen die Tür von innen. Die Leere begann sie schon nach einer Minute zu umhüllen. Zuerst verschwammen die Übergänge zwischen Boden und Seitenwänden, dann die zur Decke. Es gab kein Oben und kein Unten mehr. Standen oder schwebten sie? Kann man denn in einer Wolke festen Grund finden? Leichte Luftturbulenzen ließen sie schwanken.

»Wahnsinn« sagte Wolfgang lauter, als es nötig war.

»Ich glaub, das kommt auch von der frischen Farbe«, rief Robert durch die zwischen ihnen wuchernde Watte zurück.

»Frisch ist gut«, Wolfgang bekam einen Lachkick, der sich sofort auf Robert übertrug.

»Die hatten noch total kompromisslose Lösungsmittel«, japste er, während sein Lachen in einen heftigen Hustenanfall überging.

»Jetzt aber nichts wie raus hier!« Wolfgang fiel der Tür entgegen.

Nachdem sie eine halbe Stunde an der oktoberfrischen Abendluft Atemübungen gemacht hatten, fühlten sie sich wieder sicher genug, den schmalen Pfad und Wolfgangs Fluchtspuren an der Tür zu tünchen.

Zwei Stunden später saßen sie, mit weißen Farbspritzern dekoriert, im *Globalista* auf dem Westwall und legten die Servietten auf die restlos leer geputzten Dessertteller.

»Danke für die Einladung«, sagte Altenburg.

»Dito«, antwortete Robert und prostete ihm mit einem ausgezeichneten weiß gekelterten Rotwein zu. Sie hatten eine Menge Spaß gehabt und das sollte noch gefeiert werden.

»Wir hätten gerne einen schönen, milden Grappa«, sagte Wolfgang zum Wirt ihres Vertrauens.

»Müsst ihr eigentlich auch bald dichtmachen?«, fragte der mitleidig, als er mit gut gefüllten Gläsern zurückkam.

»Auch?«

»Habt ihr das denn nicht gehört, Jungens? Auf Welle Niederrhein haben sie gesagt, dass das Museum in Venlo wegen Überschuldung schließen muss. Sind irgendwie beschissen worden, mit Urkundenfälschung und allem Drum und Dran.«

»Na dann Prost!«, meinte Wolfgang.

Robert schob die leeren Gläser an die Tischkante. »Und jetzt mal zwei vom ganz Scharfen, bitte.«

6

Sonntag, 14. Oktober

Da den ganzen Samstag über ein Presslufthammer in seinem Kopf gewütet hatte, nahm Robert erst am Sonntag wieder Kontakt zur Außenwelt auf. Gegen Mittag schaltete er das Radio ein, um zu testen, ob er die Lokalnachrichten auf Welle Niederrhein im Flüsterton ertragen konnte.

Mit einem doppelten Espresso ließ er sich in seinen Sessel sinken, fuhr jedoch schon ein paar Sekunden später wieder hoch, als er die Wörter Venlo, Betrug und Museum van Bommel van Dam herausfilterte. Er drehte die Lautstärke auf: »... nachdem eine Gruppe von Studenten unter dem Namen V3 das Museum als Reaktion auf die drohende Schließung besetzt hatte. Bisher hat die niederländische Polizei noch keine Anweisung erhalten, diese außergewöhnliche Aktion zu beenden. Inzwischen haben die Studenten den Zugang zu den Ausstellungsräumen für das Publikum wieder freigegeben und zeigen dort nun eigene Werke. Die Sammlung des Museums war bereits vorher in Sicherheit gebracht worden.«

Robert lachte leise. Der größte Teil der Sammlung war eine Schenkung des Ehepaares van Bommel van Dam. In der Schenkungsurkunde war festgelegt worden, dass die Witwe von ihrer Wohnung aus direkten Zugang zum Museum erhielt. Jeden Tag zur Sherryzeit schaute sie dort kurz herein. Garantiert enthielt die Urkunde auch eine Klausel, die im Falle einer drohenden Museumsschließung die Rückgabe der Kunstwerke vorsah.

Robert trank seinen Kaffee aus und rief Katja an.

»Hast du schon gehört?«, fragte er. »In Venlo ist eine V3 runtergekommen …«

»Venlo!«, schnaubte sie. »Kenn ich nicht!«

Ihr grantiger Ton verriet, dass sie Dienst hatte. Es klang, als säßen im Hintergrund einige ihrer Kollegen beim Frühschoppen.

»Wie bitte? Du weißt schon, Venlo, das Cannabisparadies, wo die Joints genauso billig sind wie die Tomaten …«

»Klappe halten, Herr Patati«, unterbrach ihn Katja. »Sie werden abgehört.«

Robert verschlug es im ersten Moment die Sprache. Er hatte nicht damit gerechnet, dass er noch immer potenziell verdächtig war, wo doch Zink bei den Fahndern ganz weit vorn lag.

»Kann ich dich auf einer sicheren Leitung anrufen?«, fragte er vorsichtig. Die Bürogeräusche verstummten.

»Schon geregelt«, sagte Katja. »Du warst nur auf laut gestellt. Leg los.«

Polizistenhumor, urteilte Robert, oder eine kleine Rache wegen ihres missglückten Ausflugs nach Venlo.

»Das Museum ist einer revolutionären Künstlergarde in die Hände gefallen«, verkündete er. »Hast du den ganzen Tag Dienst?«

»Ja«, antwortete Katja. »Ich komme nicht vor heute Abend aus der Uniform raus.«

»Dann kannst du mich also heute Nachmittag nicht ins lasterhafte Venlo begleiten?«

»Auf keinen Fall«, sagte Katja.

»Tu's der Kunst zuliebe«, drängelte Robert. »Nur mal einen schnellen Blick auf die V3 werfen.«

»Koik kriegt schon einen Herzkasper, wenn ich nur das Wort Niederlande in den Mund nehme. Ich habe für Venlo nicht nur Berufsverbot, sondern komplettes Ausgehverbot.«

»Geh doch inkognito!«

»Mit Perücke und Schnurrbart, ja?«

»Oder du ziehst dir eine Burka über.«

»Nein danke, ich hab schon Identitätsprobleme genug.«

Ungefähr zur selben Zeit schmiss Micky ihre Sportschuhe in den Flurschrank. Sie kam gerade von einem Zehn-Kilometer-Lauf durch die Ländereien hinter dem alten Gefängnis zurück. Dank einer ausgeklügelten Streckenführung hatte sie einen Hügellauf daraus gemacht.

Jetzt lechzte sie nach einem Orangensaft. Sie zog ihr T-Shirt aus und wischte sich damit den Schweiß von der Stirn. Der Sommer widersetzte sich nach wie vor hartnäckig einem Wetterwechsel – auch für heute wurde wieder ein Hitzerekord erwartet.

Aus dem Gürtel um ihre Taille zog sie eine Dose Pfefferspray, das sie gegen potenzielle Vergewaltiger und aufdringliche Hunde bei sich trug. Dann fummelte sie ihr Handy hervor und checkte die Mailbox. Drei Anrufe: Duut, Duut und Duut.

»Dreimal null bleibt null«, konstatierte sie.

Sie legte das Handy auf die Fensterbank und öffnete das Fenster. Über den Platz im Zentrum ihrer Wohnsiedlung zog ein Trupp Fußballfans mit gelb-schwarzen Fahnen. Einer von ihnen brüllte den Namen des Fußballvereins.

»VITESSSSE!«

Vom Balkon über ihr wurde der Ruf beantwortet und dann setzte er sich auch auf der gegenüberliegenden Straßenseite fort. Wie Hunde auf dem Land, die nachts einer nach dem anderen zu bellen anfangen, dachte sie. Nur blieb es dort beim Gebell. Hier hingegen mussten ihre Kollegen am Nachmittag alles geben, um die entfesselte Meute zurück ins Körbchen zu treiben.

Das Handy meldete sich wieder. Erneut Duut. In einem ersten Impuls hätte sie das Ding am liebsten mit einem kräftigen Schwung auf die Pflastersteine zwei Stockwerke tiefer geschleudert. Schließlich ging sie dran.

»Hallo, Jan, alles klar?«, fragte sie.

»Geht so. Wir befinden uns gerade in der letzten Phase des Kleisteker-Falls«, antwortete Duut.

»Und, wie sieht's aus?«, fragte Micky.

»Der Staatsanwalt lässt ihn wahrscheinlich laufen«, sagte Duut gespielt gleichmütig. »Aber vorher überprüfen wir noch mal ein paar seiner Zeitangaben.«

Wahrscheinlich versuchte er, Kleisteker bis nach Redaktionsschluss der Zeitungen festzuhalten. So würde erst am Dienstag auf den Titelseiten zu lesen sein, dass das Pipeline-Team sich geirrt hatte, und bis dahin konnte er vielleicht einen neuen Verdächtigen präsentieren.

»Aber deswegen rufst du doch nicht an, oder?«, fragte Micky.

»Ach, na ja, heute wird es wohl mal wieder sehr spät werden …«, begann er zögernd.

Tja, Jan, dachte Micky, schon klar, du opferst edelmütig deinen Sonntag, zwar für nichts und wieder nichts, aber na schön, wenn du unbedingt den Superbullen raushängen lassen willst …

»Ja, und?«, fragte sie.

Duut räusperte sich, bevor er fortfuhr.

»Vorhin haben wir einen Anruf aus dem Außenministerium erhalten. Wegen Carolijn Smaling. Sie sitzt im Knast von Buenos Aires. Bei einer Kontrolle hat die *policia* ein halbes Kilo Koks in ihrem Gepäck gefunden. Sie haben sie erst ein paar Tage schmoren lassen, bevor sie die Botschaft informierten. *Incommunicado* nennt sich das.«

Er klang jetzt ganz begeistert, so als stelle er mit Zufriedenheit fest, dass es anderswo auf der Welt noch Polizeibehörden gab, bei denen ein Verdächtiger den braven Beamten nicht mit solchem Quatsch wie dem Recht auf einen Anwalt oder Hilfe vom Konsulat zur Last fiel.

»Was steht denn in Argentinien auf Drogenbesitz?«, fragte Micky.

»Schwer zu sagen«, antwortete Duut. »Die sind da ein bisschen freigebiger als wir. Fünf bis zehn Jahre, so in der Richtung.«

»Das ist keine Kleinigkeit«, bemerkte Micky.

»Aber gut für die Spanischkenntnisse«, brummte Duut.

»Na ja, jedenfalls wissen wir jetzt, wo sie ist«, erwiderte Micky energisch. »Sonst noch was?«

»Hm, ich sitze ja vorerst hier fest«, sagte Duut rasch. »Könntest du vielleicht zu den Smalings fahren und ihnen die Nachricht überbringen? Ich maile dir dann gleich die genauen Angaben.«

»Warum schickst du nicht eine Streife?«, fragte Micky.

»Ach, Micky!«, rief Duut. »Das kannst du doch diesen grünen Jungs, die gerade erst die Uniform angezogen haben, nicht antun! Außerdem würden die Smaling glatt erzählen, dass er seine Tochter erst im Jahre zweitausendwasweißich als psychisches Wrack wiedersieht, total unterernährt und mit Aids infiziert, sofern sie die Haft überhaupt überlebt. Das akzeptiert Smaling niemals! Der reagiert sich am Überbringer der Unglücksbotschaft ab, ruft sofort beim *Gelderlander* an, und dann wird die Arnheimer Polizei morgen früh mal wieder notgeschlachtet!«

»Und warum sollte ausgerechnet ich mich auf die Schlachtbank legen?«

»Weil ich weiß, dass du so ein Gespräch taktvoll angehst. Und außerdem meintest du doch, dass an der Sache etwas faul ist. Jetzt kannst du es herausfinden.«

Das Haus der Smalings lag am Winterdeich des Rheins, vom Wind geschützt durch die Moränen und mit Aussicht auf das Deichvorland. Zur Straßenseite hin wirkte es wie eine altmodische Notarsvilla, doch im Innern entpuppte es sich als modernes Haus in offener Bauweise mit mindestens vier Ebenen.

Mevrouw Smaling führte Micky durch ein Wohnzimmer, ein Esszimmer, ein zweites Wohnzimmer und einen Fitnessbereich mit Swimmingpool und türkischem Dampfbad, bis sie in einen Wintergarten von der Größe eines kommerziellen Tomatentreibhauses gelangten.

Unterdessen hatte sie Micky verordnet, sie Mara zu nennen. Unten angelangt, bot sie Micky einen Sessel an. Sie selbst blieb, an eine griechische Neppsäule gelehnt, stehen und schob sich eine Sonnenbrille über die Augen. Neben ihr stand ein Fernglas auf einem Stativ.

»Wim ist im Stadion«, erklärte sie. »Er hat diese Saison einen Platz in der Business-Lounge gebucht. Er hat den Auftrag für die Abfallentsorgung noch nicht verloren gegeben.«

Sie lachte schnaubend. Die Verachtung war ihr wie ins Gesicht geätzt. Nur ein plastischer Chirurg hätte an den senkrecht nach unten zeigenden Mundwinkeln noch etwas ändern können. Micky konnte sich gut vorstellen, dass Smaling sonntagnachmittags sein Heil anderswo suchte, zur Not auf einer Stadiontribüne.

»Es geht um Carolijn«, erklärte Micky.

»Soll ich Wim anrufen?«, fragte Mevrouw Smaling.

Micky zog den Ausdruck der amtlichen Nachricht des Außenministeriums aus ihrer Jackentasche, faltete ihn auseinander und schob ihn Mevrouw Smaling hin.

»Wir wissen jetzt, wo sich Ihre Tochter befindet und dass sie bei guter Gesundheit ist«, sagte Micky. »Allerdings …«

Mara hob ruckartig den Kopf und starrte in den wolkenlosen, blauen Himmel.

»… sitzt sie im Gefängnis«, fuhr Micky fort. »Carolijn wurde wegen Drogenbesitzes verhaftet. Die Botschaft steht mittlerweile in Kontakt mit ihr.«

Mevrouw Smaling schloss für einen Moment die Augen.

»Ich rufe Wim an«, sagte sie. »Er muss das regeln.«

Die Muskeln ihres rechten Oberschenkels spannten sich krampfhaft an.

»Er muss das einfach regeln, verdammt noch mal!«, wiederholte sie.

Sie stampfte mit dem Fuß auf, griff sich das Schreiben und schlug auf einen Knopf neben der griechischen Säule. Hinter ihr öffneten sich Aufzugtüren. Ohne weitere Erklärung betrat sie die Kabine.

Zwanzig Minuten lang ließ sie Micky allein – zwanzig erholsame Minuten, wie Micky zugeben musste. In der Ferne, hinter dem Sommerdeich, sah sie Mast und Brücke eines Frachtschiffs vorüberziehen. In den Überflutungsgebieten streunte ein herrenloser Hund umher, dem es dort ausnehmend gut zu gefallen schien. Ein Gänseschwarm landete in der Nähe eines Weidengebüschs. Auf einem Weg zum Fluss schoben zwei Männer eine Person im Rollstuhl vor sich her. Eine auffällige Gesellschaft: Die schiebenden Herren schienen weit über achtzig zu sein, ebenso wie der Invalide. Sie trugen Baretts und dunkle Blazer. Micky stand auf und ging zum Fernglas, um sie besser sehen zu können. In dem Moment, als sie sich zum Okular beugte, sagte die Stimme von Wim Smaling: »Das sind übrig gebliebene Engländer. Veteranen der Schlacht um Arnheim.«

Micky hatte die Aufzugtür nicht gehört. Smaling ging auf sie zu, schüttelte ihr im Vorübergehen die Hand und warf seinen Fanschal über die griechische Säule. Den Bericht der Botschaft hielt er in der Hand.

»Jedes Jahr kehren sie an den Ort ihrer schmählichen Niederlage zurück«, erklärte Smaling.

Als Micky nicht reagierte, verschränkte er die Arme, warf den Kopf in den Nacken und verlagerte das Gewicht auf die Fersen. Micky fragte sich, von welchem Diktator er sich diese Pose abgeguckt hatte.

»Sie wollen mir also sagen, dass Caro in Argentinien im Knast sitzt«, begann er. »Und dass man sie mit einem halben Kilo Koks im Koffer erwischt hat. Glauben Sie das?«

»Ich bin nicht gläubig«, erwiderte Micky. »Ich stelle nur Fragen. Wussten Sie schon, was mit Carolijn los ist? Sie wirken nicht gerade überrascht.«

Smaling schmiss das DIN-A4-Blatt auf den Tisch.

»Ich habe es gerade erst gelesen«, entgegnete er. »Was haben die mit ihr vor?«

»Keine Ahnung. Darüber entscheidet die argentinische Justiz«, antwortete Micky.

Smaling schüttelte heftig den Kopf.

»Caro ist reingelegt worden, sie hat nichts damit zu tun!«, behauptete er resolut. »Deshalb frage ich Sie: Was werden wir dagegen unternehmen?«

»Warum fragen Sie das mich?«

»Sie wollen mir doch nicht etwa erzählen, dass Sie die Hände in den Schoß legen und abwarten, während meine arme Caro zum Opfer irgendwelcher Drogendealer wird?«

»Dafür gibt es derzeit keine Anhaltspunkte«, erwiderte Micky.

»Soll ich vielleicht selbst hinfliegen und sie da rausholen? Ich kenne genügend Männer, echte Kerle, die bereit wären, mir dabei zu helfen!«

»Das halte ich für keine gute Idee«, sagte Micky.

»Ihr könnt mich nicht aufhalten!«, entgegnete er streitlustig.

»Stimmt«, sagte sie. »Für diese Art von Freiheit haben die Engländer dahinten gekämpft.«

Smaling starrte ein paar Augenblicke in die Ferne.

»Sie ist reingelegt worden«, sagte er ruhig. »Caro hat nichts mit solchem Dreckszeug zu tun ...« Mit einer weit ausholenden Geste zeigte er um sich. »... und des Geldes wegen hat sie es auch nicht nötig.«

»Es wären andere Motive denkbar«, wandte Micky ein. »Abenteuerlust oder vielleicht ...«

»... Liebe? Eine Schwärmerei? Spielen Sie darauf an?«, fragte Smaling. »Sie meinen, sie hätte das für diese Kaffeebohne getan?«

»Wenn Sie glauben, Caro sei Opfer eines kriminellen Loverboys geworden«, sagte Micky, »dann würde ich gerne das Foto von ihrem Freund mitnehmen.«

»Steckt schon im Reißwolf«, blaffte Smaling.

»Oder die Adresse der Freundin, die das Foto von dem jungen Mann aufgenommen hat«, fuhr Micky ungerührt fort.

Smaling schüttelte den Kopf. »Ich sehe schon, das dauert alles viel zu lange. Ihr schnüffelt zwar in allem herum, aber dann auch in Aktion zu treten? Vergiss es!«

Micky wollte entgegnen, dass er seine Schlüsse ein wenig zu schnell ziehe, aber Smaling legte ihr den Zeigefinger auf den Mund.

»Das Einzige, was ich von euch will: Kommt mir nicht in die Quere. Und kein Wort zur Presse!«

Er zog den Finger zurück. »Ich regle das selbst.«

Er griff nach dem Bericht und riss ihn in Fetzen.

»Niemand darf etwas erfahren, bis Caro wieder hier in diesem Raum ist. Verstanden?«

Er trat so energisch auf, dass Micky automatisch nickte, obwohl sie Befehle von Bürgern normalerweise mit wenigen wohlüberlegten Worten vom Tisch fegte.

Zu Hause rief sie Duut an und erstattete ihm Bericht.

»Er betrachtet die Verhaftung seiner Tochter als logistisches Problem, das sich mit den richtigen Leuten und Mitteln schon lösen lassen wird«, sagte sie.

»Mit der Einstellung ist er in der Müllbranche groß geworden«, seufzte Duut.

»Er will nicht, dass die Geschichte an die Öffentlichkeit dringt.«

»Dann werden wir sie unter Verschluss halten«, sagte Duut. »Der *HC* hat mich eben angerufen. Smaling hat freie Hand.«

»Das hat er aber schnell hingekriegt!«

»Die beiden kennen sich aus der VIP-Lounge von Vitesse«, erklärte Duut.

»Ist er nach meinem Besuch etwa wieder zum Spiel gegangen?«

»Fußball ist nun mal seine Leidenschaft«, antwortete Duut. »Sag mal, Micky, ich weiß ja, dass …«

»… du mir auch noch den restlichen Sonntag verderben wirst.«

»Richtig«, sagte Duut. »Die Sache ist die: Wir müssen Kleisteker in Kürze wieder auf freien Fuß setzen. Könntest du bitte diese Olga Steen informieren? Wir haben gerade keine Frau hier. Alle im Einsatz am Stadion.«

»Telefonnummer?«

»Es dauert doch nur eine halbe Stunde. Mir wäre es wirklich lieber, wenn du es ihr persönlich sagen würdest«, fügte er begütigend hinzu. Er nannte ihr Olgas Adresse und Telefonnummer.

Ohne sich zu verabschieden, legte Micky auf.

Sie versuchte es zuerst auf Olgas Handy. Auf den gewollt witzigen Mailboxspruch reagierte sie nicht. (»Hier Olga. Nach dem Pieps blablabla. Don't call me, I call you.«)

Micky fuhr zu der angegebenen Adresse. Olga wohnte im ehemaligen Rotlichtbezirk, einem trostlosen Viertel, das seit dem Abzug der Damen zusehends verwahrloste. Auf ihr Klingeln hin wurde nicht geöffnet, aber aus dem Kellerfenster neben der Haustür drang Musik. Micky ging in die Hocke und klopfte mit ihrem Schlüssel an die Scheibe.

»Hallo!«, rief sie.

Das Oberlicht wurde aufgeklappt.

»Ist Olga zu Hause?«, fragte Micky.

»Wer sind Sie?«, fragte eine Männerstimme.

»Polizei. Ich möchte gern zu Olga Steen. Ist sie da?«

»Polizei? Ausweis!«

Eine Hand erschien in der Fensteröffnung.

Micky bückte sich tief hinunter und hielt ihren Ausweis dicht an die Scheibe. Die Hand winkte.

»Nur angucken!«, sagte Micky streng.

»Olga ist nicht da«, sagte der Besitzer der Hand.

»Wo ist sie? Ich muss sie dringend sprechen.«

»Wegen der Aktion in Venlo?«

»Nein«, antwortete Micky. »Und wer sind Sie?«

Das Fenster klappte zu. Micky richtete sich auf. Mal wieder typisch, dachte sie. Künstlertypen und ihr Misstrauen gegenüber der Polizei. Plötzlich ging die Tür auf. Ein Mann mit schwarzen, glänzenden Haaren und einem sonnengebräunten Teint stand vor ihr. Er trug ein weißes Trägerhemd und Jeans. In seinen Brusthaaren versteckte sich eine Goldkette.

»Ich bin Frederico«, sagte er. »Olga ist mit der ganzen Truppe nach Venlo gefahren. Zum Museum.«

Er zeigte hinter sich. »Ich wollte gerade die Hunde abholen«, erklärte er. »Was ist denn mit Olga?«

»Es geht um ihre Anzeige. Was macht sie überhaupt in Venlo?«

Frederico sah sie einen Moment lang an und sagte dann: »Ich könnte jetzt ein kühles Bier gebrauchen. Sie auch? Gleich um die Ecke ist ein Café.«

Micky beschloss, dass ihr Dienst beendet war. »Prima«, sagte sie.

7

Montag, 15. Oktober

Das siebte hartnäckige Klingeln schlug die entscheidende Bresche in Patatis Widerstand. Schon halb im Mantel, kehrte er fluchend um und nahm den Hörer ab.

»Ja?«, fragte er misstrauisch.

»Endlich. Bist du's, Robert?«

»Ich bin eigentlich schon weg, Katja«, antwortete er ächzend, während er mit dem freien Arm immer tiefer in den Mantel rutschte, ohne den Ärmel zu finden.

»Es ist erst kurz nach halb sechs!«

»Unglaublich, was? Herr Patati erlaubt sich, pünktlich Feierabend zu machen.«

»Das trifft sich ja gut …«

»Genau, denn ich gehe jetzt auf ein Konzert«, unterbrach Patati die Kommissarin.

»Du musst nicht gleich so einen autoritären Ton anschlagen. Ich werde dir deinen Abend schon nicht vermiesen. Du müßtest nur …«

»… nach Hause fahren, duschen und ein frisches Hemd anziehen. Ich bin den ganzen Tag mit dem Staubwedel durch das Haus gewirbelt. So, war nett mit dir zu plaudern.«

»Tati.« Katja zog das i seines Spitznamens in einem auf- und abschwellenden Ton lang. »Es gibt Neuigkeiten. Brisante Neuigkeiten. Und das Beste ist: Ich werde sie dir alle erzählen.«

»Wow«, sagte Robert.

»Aber erst kommst du ins Präsidium und beantwortest uns ein paar Fragen.«

»Das ist Erpressung.«

»Das ist eine ermittlungstechnische Notwendigkeit.«

»Okay«, seufzte er. »Aber um acht fahre ich *Furiosef* hören. Notfalls mit Blaulichteskorte.«

Als Robert Katjas Büro betrat, saß sie tief über ein Tonband gebeugt und hörte konzentriert zu.

»Tati«, sagte sie und schaltete das Band sofort aus.

»War das nicht Zink?«

Katja griff zum Hörer, tippte eine kurze Nummer, sagte »Er ist da«, legte auf und lächelte ihn freundlich an.

»Und?«, fragte Robert.

Katja lächelte weiter und schwieg.

»Darfst du nicht mit mir sprechen?«

Katja nickte.

»Koik-Befehl?«

Sie nickte erneut.

Was für ein Kindergarten. Robert seufzte und beschloss mitzuspielen, ehe ihm langweilig würde. Er erzählte von seinem Besuch in Venlo. Die Museumsbesetzer hatten offenbar gerade einen Tipp bekommen, dass die Polizei das van Bommel van Dam stürmen wollte, und darum alles verbarrikadiert.

»Jetzt fahre ich Donnerstag noch mal hin. Da veranstalten sie eine Podiumsdiskussion mit der Stadtspitze«, erklärte er der stummen Katja, während er zugleich den sich in der Fensterscheibe spiegelnden Flur observierte. Genau in der Sekunde, als der Hauptkommissar die Klinke herunterdrückte, fragte er: »Wann kommt er denn, der Superkoik?«

»Guten Abend, Herr Patati«, sagte Koik streng und triumphierend in Roberts Rücken.

Robert zwinkerte Katja zu, die ihn böse ansah. »Dann können wir ja anfangen. Ich bin ein wenig in Eile.«

Koik setzte sich vergrätzt auf eine Ecke von Katjas Schreibtisch und legte ein Bild neben sich. »Kennen Sie die Frau?«

Robert betrachtete die Computerzeichnung. »Nein. Wer ist sie?«

»Circa eins fünfundsiebzig groß, brünett, schlank, große Oberweite. Sie haben sie nie zusammen mit Dr. Zink gesehen?«

Robert schüttelte den Kopf.

»Vielleicht zur Tatzeit im Verwaltungsturm?«

»Tut mir leid.«

»Anderes Thema. Hat Dr. Zink allein entschieden, den Auftrag für die neue Sicherheitstechnik an TecGuard zu geben?«

»Das Baudezernat hat ihn ausgeschrieben und vergeben. Aber natürlich war Herr Zink an der Festlegung der Anforderungen beteiligt. Und das neue System von TecGuard ist im Augenblick konkurrenzlos.«

»Sie meinen, Zink hat die Ausschreibung exakt auf Schneiders System zuschneiden lassen?«

»Ich meine, er hat die bestmöglichen Sicherheitsvorkehrungen für unsere Kunstwerke gefordert.«

Die Tür ging auf. »Martin, kommst du mal?«

Koik verließ den Raum. Robert beobachtete im Fenster, wie der Kollege dem Hauptkommissar allem Anschein nach etwas Spannendes erzählte.

»Ist es eigentlich Pflicht bei euch, dass die Männer Holzfällerhemden tragen?«, fragte er Katja.

»Du bist manchmal so ein Blödmann. Was willst du Koik eigentlich beweisen?«

»Kann man ihm denn was beweisen?«

Koik öffnete die Tür und winkte Katja heraus. »Bitte warten Sie hier, es wird etwas dauern.«

»Na prima«, dachte Robert, sagte aber nichts, weil Katja ihm im Hinausgehen einen schnellen Blick zuwarf. Die drei verschwanden Richtung Aufzug.

Eine Viertelstunde später war Robert immer noch allein. Er stand auf, betrachtete ein paar Fotos auf einer Pinnwand und fand dort die Postkarte wieder, die er Katja zu ihrem Arbeitsantritt bei der Kripo geschickt hatte - *Judith enthauptet Holofernes* von Caravaggio.

Weiter niemand in Sicht. Patati trat an das Tonband heran, spielte ein wenig mit den Knöpfen. Dass die überhaupt noch solche Geräte hatten. Die Play-Taste war regelrecht ausgeleiert. Man brauchte sie nur scharf anzuschauen und schon drückte sie sich herunter. Das Band setzte sich in Bewegung und Zinks Stimme erhob sich in höchster Erregung.

»Ich wiederhole, man hat mir diese Frau als Geschenk zur Wiedereröffnung geschickt.«

»Wer?«

»Dazu möchte ich nichts sagen.«

»Sie haben anscheinend immer noch nicht begriffen, wie tief Sie in der Scheiße stecken, Dr. Zink. Auf Sie wartet ›lebenslänglich‹!«

Jetzt erkannte Robert, dass Koik das Verhör führte.

»Ich bin kein Mörder«, begehrte Zink auf.

»Die Fakten sprechen gegen Sie: An der Leiche wurde Ihre DNA gefunden.«

»Natürlich, ich habe sie ja entdeckt«, unterbrach Zink.

»Als Direktor konnten Sie nachts in aller Ruhe das Opfer präparieren. Sie waren auch zum Todeszeitpunkt im Museum, und Sie haben für die Stunde, in der der Mord geschah, kein Alibi.«

»Doch. Joyce.«

»Ach ja, die große Unbekannte mit dem schicken Namen.«

»Sie werden doch wohl noch eine Edelnutte auftreiben können. Erfahrene Zofen wie die sind in der Szene Prominente.«

»Was heißt erfahren? Hatte sie eine Menge Narben?«

»Eben nicht. Ein paar alte, aber keine frischen, obwohl sie ziemlich belastbar war.«

»Belastbarer als Syntha van Cleef?«

»Darüber möchte ich nicht sprechen.«

»Ich sage Ihnen etwas, Zink. Wir werden eher eine Stecknadel im Heuhaufen finden als Ihre angebliche Entlastungszeugin. Letzte Chance: Wer hat sie zu Ihnen geschickt?«

Es war förmlich zu hören, wie Zink sich wand, ehe er fast beschämt antwortete. *»Syntha.«*

»Wer sonst.« Koik wurde laut. *»Ihre Exzofe, die Frau, die genug von Ihren Schlägen hatte, gerade die schenkt Ihnen eine Mietsklavin für ein Sadomaso-Stündchen.«*

»Wir waren immer noch gut befreundet.«

»Und da war sie so sehr um Ihre Entspannung besorgt, dass sie Ihnen eine Runde Peitscheschwingen gönnte.« Koik hielt kurz inne, aber Zink schwieg. *»Hat Syntha Ihnen ihr Geschenk angekündigt?«*

»Nein. Es standen aber auch eine Menge Leute um uns herum. Viel später, da hatte ich Syntha längst aus den Augen verloren, klingelte mein Handy. Eine Frauenstimme sagte, an der Tür zum Verwaltungsturm warte ein Geschenk für mich. Als ich hinging, stand Joyce da.«

»Und die nannte Syntha van Cleef als Absender.«

»Später, ja.«

»Im Turm sind Sie leider niemandem begegnet. Was für ein Zufall, dass die einzige Person, die Ihre Story bestätigen könnte, tot ist.«

Robert griff sich vor Schreck ans adrenalingeschüttelte Herz. Eine Hand hatte ihm von hinten auf die Schulter geschlagen und eine Stimme nahe an seinem Ohr zischte scharf: »Das ist strafbar, Herr Patati.«

Katja schaltete das Tonbandgerät aus, schloss die Tür und verwies ihn auf den Platz vor ihrem Schreibtisch.

»Du machst mir nur Scherereien«, schimpfte sie.

»Du wolltest mir doch sowieso alles erzählen. Ich habe einfach schon mal angefangen.« Es kostete Patati einige Mühe, frech zu grinsen. In Momenten wie diesen merkte er, dass er Aufregungen nicht mehr so leicht wegsteckte. Das war doch beschämend mit gerade 45, das kam nicht infrage! »Du darfst jetzt weitermachen.«

Katja wies auf das Tonband. »Du hast ja gehört, mit welchen Märchen uns Zink gekommen ist. Wir haben ihn heute Morgen festgenommen, nachdem wir anhand der Videoaufnahmen rekonstruieren konnten, dass er von 13 bis 14 Uhr nicht bei seinen Gästen in der Ausstellung war. Wir haben ihm mächtig eingeheizt. Dann hat er uns diese Geschichte aufgetischt.«

»Du weißt, dass Zink alles andere als mein Freund ist. Aber ein Mörder?« Robert schüttelte den Kopf.

»Überleg doch mal«, meinte Katja. »Die ganzen Gewaltfantasien, die er nicht mehr umsetzen konnte, seitdem Syntha ihn verlassen hatte. Das hat sich alles in ihm aufgestaut, über Monate hinweg. Und das, während ihm sowieso schon die Nerven blank lagen wegen der Sanierung. Nachts liegt er wach und malt sich aus, was er mit Syntha anstellen würde, wenn er sie noch mal in die Finger bekäme. Dann sieht er sie bei der Eröffnung. Eine Explosion in seinem Kopf. Aber er reißt sich zusammen, bleibt charmant, lockt sie mit ein paar bewährten scharfen Sprüchen ins U-Boot. Sie ist gar nicht abgeneigt. Ein kleines Revival, warum nicht? Er befiehlt ihr, sich auszuziehen. Sie gehorcht willig. Er kettet sie mit Handschellen an eines der Rohre, sodass sie sich sehr strecken muss. So weit, so gut. Aber er hört auf, mit ihr zu reden, zieht seine Sache durch, ohne weiter auf ihre Worte zu achten. Sie bekommt Angst. Will, dass er sie losbindet. Er merkt, dass er zum ersten Mal wirklich Macht über sie hat. Das gibt ihm den Kick seines Lebens. Sie fängt an zu schreien, er knebelt sie, sie tritt um sich, macht Radau. Da nimmt er kurzerhand eine herumliegende Plastiktüte und erstickt sie.«

»Aber diese Joyce-Geschichte? Da könnte doch was dran sein.«

»Die Chancen dafür sind eben rapide gesunken. Zink hatte zwar kurz vor eins tatsächlich einen Anruf erhalten. Aber laut Mobilfunkunternehmen kam der von einem Handy, das Mathilde Schneider gehört.«

»Der Tocher vom TecGuard-Schneider?«

»Genau. Der war gerade hier, nachdem ihn sein alter Kollege und Kumpel Koik angerufen hatte.«

»Sein was?«

»Schneider war früher bei der Polizei. Zusammen mit Koik. Irgendwann hat er den Dienst quittiert, um seinen eigenen Laden aufzumachen.«

»Und was wollte Mathilde von Zink?«

»Nichts. Nicht sie hat mit ihm telefoniert, sondern Schneider selbst. Er konnte Zink im Gewimmel der Eröffnungsfeier nicht finden. Da hat er sich kurz Töchterchens Handy ausgeliehen und ihn angerufen.«

»Und ihm eine SM-Sklavin geschenkt? Als Dankeschön für den Auftrag über die Sicherheitsanlage?«

»Koik bewundert Schneider. Dass du TecGuard als konkurrenzlos bezeichnet hast, hat noch mal Koiks Bild von ihm bestätigt. Schneider hat sich halb totgelacht, als er von Zinks Behauptung hörte. Er würde wohl Haushälterinnen, aber keine Zofen kennen. Und außerdem wäre er nie auf die Idee gekommen, dass sich ein Museumsdirektor bei solch einem Riesenevent zu einer schnellen Nummer verdrücken könnte. Es sieht schlecht aus für Zink.«

Robert hatte das Kinn auf die Hände gelegt. »Du hättest mal seinen Blick sehen sollen, als die Maske abfiel und Synthas Gesicht zum Vorschein kam. Panik, Überraschung, Grauen, das hätte er nicht spielen können. Er ist überhaupt kein Schauspieler. Der muss jeden Affekt sofort rauslassen, der ihm über die Großhirnrinde krabbelt. Das macht ihn zwar zu einem Ekelpaket, aber immerhin zu einem einigermaßen ehrlichen.«

Katja lehnte sich in ihrem Bürostuhl zurück und spielte mit einem Stift. »Vielleicht ist ihm in dem Moment auch einfach nur bewusst geworden, was sein affektbefeuertes Hirn da getan hat.«

»Und die Betrügereien in Venlo? Gibt's da niemanden mit einem Motiv, Syntha aus dem Weg zu räumen?«

Sie stöhnte leicht genervt auf. »Anders als bei Zink gibt es da keinerlei Anhaltspunkte.«

»Also habt ihr nur den einen Verdächtigen und der ist dann halt der Mörder.« Patati stand auf und ging zur Tür. »Ich komme noch zu spät.«

»Robert, wir machen unseren Job. So wie du deinen machst. Sag mal«, Katja kramte hektisch in ihren Unterlagen und zog ein Blatt hervor. »Kennst du eigentlich einen Pfarrer Geesdonk?«

»Nicht persönlich. Warum?« Robert nahm die Hand von der Klinke.

»Wir haben einen anonymen Anruf bekommen. Er soll Samstagabend in seiner Predigt gesagt haben, dass der ganze Kunstbetrieb moralisch zutiefst verdorben und der Tod von Syntha van Cleef nur der Anfang sei.«

»Mit der ersten Aussage scheint er ja leider nicht ganz falsch zu liegen. Geesdonk ist Pfarrer in St. Lukas. Dass du noch nie von ihm gehört hast.«

»Ist nicht mein Verein.«

»Oh, er ist auch so ziemlich bekannt. In den letzten Jahren hat er St. Lukas zu einer Art Kunstkirche gemacht. Er sammelt Kunstwerke und zeigt sie in der Kirche, weil sie den Weg zur Wahrheit, das heißt für ihn: zu Gott weisen. Außerdem scheint er eine gute Jugendarbeit zu machen. Euer Vorbeugungsprojekt für jugendliche Intensivtäter hatte da im Viertel quasi eine Außenstelle. Seit Geesdonk vor drei Jahren ein Jugendzentrum eingerichtet hat, ist Ruhe.«

»Warum sagt der so etwas? Das ist doch eine Drohung.«

»Vielleicht ist er wie Zink. Fängt an zu predigen und die Affekte jubeln, dass sie endlich aus dem Kopfknast rausdürfen.«

»Okay, danke für die Auskunft. Ich werde mich bei Gelegenheit mit ein paar Tipps für deine Schokoskulptur bedanken.«

Robert verzog das Gesicht. »Erinnere mich bloß nicht daran. Werdet ihr euch Geesdonk vorknöpfen?«

»Ich hätte es der Vollständigkeit halber gemacht. Aber Koik meint, wir müssten nun wirklich nicht auf jeden Denunzianten reagieren. Es sei doch normal, dass ein Pfarrer über den Sittenverfall predigt.«

»Na dann. Ich muss los. Tschüss, Frau Kommissar«, verabschiedete sich Robert in einem so betont unbefangenen Ton, dass Katja ihm zweifelnd hinterhersah.

Als er das Auto abschloss, war es Viertel nach acht. In diesem Augenblick würden die beiden Musiker von *Furiosof* als Volksmusikdödel auf Klompen in die Viersener Musikkneipe einmarschieren und keine zehn Minuten brauchen, um das Publikum mit ihren verjazzten Volksliedern in Begeisterung zu versetzen.

Ein scharfer Wind jagte Wolkenfetzen Richtung Südsüdwest. Ihn fröstelte. So ungewöhnlich hoch die Temperaturen am Tag auch kletterten, in der Nacht fiel das Thermometer auf die normalen unerfreulichen Werte.

Vor Robert erhob sich die Lukaskirche als dunkelgrauer Monolith. Sie war Anfang der Siebziger als Bekenntnis der Kirche zu Demut und Armut gebaut worden. Weil das achteckige Gebäude an frühchristliche Felsenkirchen erinnern sollte, hatte man es komplett aus Betonfertigteilen zusammengesetzt. Die Fugen waren dick und grob verfüllt worden, sodass sie wie schlecht verheilte Narben aussahen. Ganz oben zog sich ein Gürtel von vielen kleinen, schießschartenartigen Fenstern um das Oktogon; darunter erschöpfte sich die Fassade in einer Fläche ohne Fensterbrüche. Selbst in der Nacht war nicht zu übersehen, wie stark der Zahn der Zeit an ihr genagt hatte.

Robert näherte sich den niedrigen Holzflügeltüren des Haupteingangs. Wie fast alle Kirchentüren ließen sich auch diese nur schwer aufziehen. Als wäre es ihnen am liebsten, dass die Leute gar nicht erst einträten, dachte Robert.

Drinnen war es noch dunkler. Nur ein paar Notausgangsleuchten ließen die Betonwände nach oben hin grün aufglimmen. Es brauchte eine ganze Weile, bis sich seine Augen angepasst hatten.

Der achteckige Grundriss des Gebäudes war innen kaum noch zu erkennen. Gleich beim Haupteingang hatte man auf beiden Seiten mit gut fünf Meter hohen Trennwänden und Flachdächern zwei fensterlose Gemeinderäume abgeteilt. Die Sakristei war nach demselben Haus-im-Haus-Prinzip konstruiert und stand vorn rechts vom Altarraum mit ihrer Eingangstür wie ein riesiger Nistkasten da.

An den Wänden reihten sich eine Menge Bilder und Skulpturen aneinander. Robert entdeckte links eine Büste von Gil Shachar, die er einmal im Duisburger Atelier des Künstlers gesehen hatte: ein echt wirkender Oberkörper, dessen Hände auf den Rücken gebunden waren und über dessen Kopf ein Jutesack gestülpt war. Im Licht des Ateliers hatte sie Robert das furchtbare Gefühl des endlosen Wartens auf den Henker vermittelt. Jetzt, in dieser düsteren, hohen Halle schien die Hinrichtung für den Delinquenten kurz bevorzustehen. Robert zog den Mantel fester um seinen Körper, die Kälte kroch langsam an ihm hoch.

Vielleicht war jemand in der Sakristei. Auf halbem Weg stieß er im Seitengang auf eine sehr hohe Wand aus roten Ziegeln, die in einem großen Bogen die seitliche Gerade des Achteckbaus verbarg. Mörtel rieselte zu Boden, als Robert sich an ihr entlangtastete. Plötzlich tat sich ein Spalt von knapp anderthalb Metern Breite auf. Als Robert seinen Kopf hineinsteckte, erschrak er zutiefst. Zwei Grableuchten beleuchteten dunkelrot flackernd ein irrsinniges Gesicht.

Sein Gegenüber starrte ihn frontal an, aber zugleich schauten am selben Kopf zwei weitere Gesichter nach rechts und links. Die zwei Augen des mittleren Antlitzes waren auch Teil der äußeren Gesichter: Es gab nur vier Augen, aber drei Nasen und drei Münder.

Robert atmete auf. Eine Statue mit Dreigesicht. Im Mittelalter hatte man begonnen, die Heilige Dreifaltigkeit, die Einheit von Gott, Jesus und dem Heiligen Geist, auf diese Weise darzustellen, bis der Papst die immer realistischer und damit auch immer grotesker werdenden Figuren im 17. Jahrhundert verbot.

Aber diese hier war eindeutig aus dem 21. Jahrhundert und sie erinnerte Patati stark an die *Wichte* – Bronzeporträts, mit denen der Düsseldorfer Bildhauer Thomas Schütte im letzten Jahr eine kuriose Mischung aus Comic- und *Star Wars*-Köpfen geschaffen hatte. Ob das eine Auftragsarbeit eigens für die Lukaskirche war? So etwas hatte Robert in der aktuellen Kunst noch nie gesehen. Geesdonk musste dafür entweder ein paar reiche alte Damen beerbt haben oder er besaß die Gabe, den Künstlern Werke für Gotteslohn abzunehmen.

»Gefällt sie Ihnen?«

Robert fuhr herum. Vor ihm stand Pfarrer Geesdonk, der sogleich beruhigend die Hände erhob. »Ich wollte Sie nicht erschrecken.«

Das kannst du jemand anderem erzählen, dachte Robert,

während er möglichst gleichmütig antwortete, obwohl dies heute schon seine zweite Herzattacke war. »Sie ist ein wenig bizarr.«

»Das findet der überwiegende Teil meiner Gemeinde auch. Aber seitdem sie hier steht, entwickeln die Menschen wieder ein Gefühl für das Geheimnis der Heiligen Trinität.«

»Sie meinen, die Leute verstehen die Dreifaltigkeit besser, wenn sie ein solches Monstrum anschauen?«

»Ich meine, die Leute verstehen besser, dass man die Dreifaltigkeit nicht verstehen kann. Und dass man einen großen Schritt auf Gott zu macht, wenn man sie vorbehaltlos als unbegreifliches Mysterium annimmt.«

»Ein spannendes Experiment. Funktioniert es?«

Geesdonk lächelte ein wenig gequält. »Wir arbeiten daran. Sagen Sie, sind wir uns nicht schon begegnet?«

»Robert Patati, ich bin der Restaurator des Museums Abteiberg.«

»Und was führt Sie in die Lukaskirche?«

»Ich wollte endlich mal sehen, womit Sie uns so erfolgreich Konkurrenz machen.«

»Ein Spion also. Herzlich willkommen. Die Kirche ist der rechte Ort für Wahrheitssucher.«

»Das hätten Wahrheitssucher wie Galilei vermutlich anders gesehen.«

»Ich denke, nicht. Gerade Galileo war tiefgläubiger Christ und wollte die Kirche weiter zur Wahrheit führen.«

Geesdonk unterbrach seine Rede und schaute zum Einlass der Kapelle. Wie aus dem Nichts erschienen, stand dort ein vielleicht siebzehnjähriger Junge in XXL-Baggy-Jeans, blauem Kapuzensweater und dicken weißen Turnschuhen und musterte Robert misstrauisch.

Geesdonk sah ihn freundlich an. »Ich bin gleich bei euch, David.«

Der Junge nickte schweigend, trat aber nur so weit zurück, dass er Robert im Blick behalten konnte.

»Ich fürchte, wir müssen unser interessantes Gespräch

vertagen. Wie Sie sehen, erwarten mich einige Wahrheitssucher, die, anders als Galileo, ihren Weg noch vor sich haben. Wenn Sie mögen, kommen Sie Samstag in die Vorabendmesse. Danach zeige ich Ihnen meine kleine, bescheidene Sammlung.«

»Gerne«, sagte Robert.

Sie gingen zum Hauptportal, der Junge folgte ihnen. Durch die geöffnete Tür fiel aus einem der Gemeinderäume ein heller Lichtstreifen. Robert sah dort etwa zwanzig Jugendliche still in einem Kreis sitzen.

»Also Samstag, 19:30 Uhr«, sagte Geesdonk und ging zu seiner Gruppe. Der Junge wartete, bis der unangemeldete Besuch hier die Kirche verlassen hatte.

Patati blieb im Licht der Straßenlaterne stehen. Eine Zeit lang beobachtete er, wie sein Atem in der kalten Luft kondensierte, aufstieg, davonwehte.

Hinter ihm wurde mit scharfem Geräusch abgeschlossen.

8

Donnerstag, 18. Oktober

Die beiden Teenie-Mütter kamen fröhlich plaudernd angeschlendert, jede einen Buggy vor sich her schiebend. Die Kleinen darin knabberten auf Keksen herum und hinterließen eine Krümelspur auf dem Fußboden. Die Frauen achteten nicht darauf, ebenso wenig wie auf Micky, die gerade am Automaten Kaffee geholt hatte. Sie nahmen den kompletten Flur in Beschlag und schienen davon auszugehen, dass Micky ihnen schon ausweichen würde. Doch das tat sie nicht. Für einen Moment drohte eine Pattsituation, doch gerade rechtzeitig tippte Duut Micky auf die Schulter und zog sie mit sich in sein Büro.

»Lass sie«, riet er beschwichtigend. »Sind beide Opfer von Loverboys. Sie haben sich zur Mitarbeit bereit erklärt, unter der Bedingung, dass sie ins Zeugenschutzprogramm aufgenommen werden. Hast du Olga Steen inzwischen erreicht?«

»Nein, da musst du mir schon drei Mannschaftswagen mitgeben«, antwortete Micky. »Olga ist in Venlo und hält ein Museum besetzt, zusammen mit etwa fünfzig Mitstreitern.«

Duut schaute sie unverwandt an.

»Ich habe ihr auf die Mailbox gesprochen und sie gebeten, mit mir Kontakt aufzunehmen«, fuhr Micky verlegen fort.

Seit ihrer Unterhaltung mit Frederico hatte sie in Bezug auf Olga nichts mehr unternommen.

»Wenn sie auch nur einmal die Zeitung aufgeschlagen hat, weiß sie sowieso, dass Kleisteker wieder frei ist«, fügte sie hinzu.

»Tja, das Pipeline-Team würde aber doch gerne mal mit ihr unsere Fotosammlung durchforsten«, sagte Duut.

»Als ob sich die Steen an das Gesicht erinnern könnte!«, erwiderte Micky. »Kleistekers Identifikation war doch ein totaler Flop!«

»Kleisteker steht weiterhin unter Verdacht«, erwiderte Duut nachdrücklich. »Aber es könnte auch sein, dass Mevrouw Steen ihn mit jemandem verwechselt hat, der ihm sehr ähnlich sieht. Die Frage ist nur: Warum?« Gleich darauf beantwortete er sich seine Frage selbst: »Sie wünschte sich eine Festnahme, um sich wieder auf die Straße trauen zu können. Wenn du einmal in Todesangst geschwebt hast, erinnerst du dich an alles Mögliche, was dir gut in den Kram passt, oder?«

Dass das Gedächtnis ein Spielball der eigenen Überlebensinstinkte war, wusste Micky natürlich nur zu gut. Dennoch war sie davon überzeugt, dass Olga Steens Motiv, Kleisteker ans Messer zu liefern, aus einem hellen Kopf kam und nicht aus trüben Bauchgefühlen.

»Die Steen hat sich das Phantombild bei der zweiten Vernehmung nicht mal angeschaut«, entgegnete sie. »Und trotzdem hat sie Kleisteker als Täter angeschwärzt.«

Duut zuckte mit den Schultern.

»Was ist eigentlich in dem Museum los?«, fragte er dann. »Und warum gerade Venlo?«

Micky zog ihr Notizbuch aus der Tasche ihrer Daunenweste. »Letzte Woche Samstag hat die Steen gemeinsam mit einer Gruppe Gleichgesinnter das Museum van Bommel van Dam besetzt, nachdem sich herausgestellt hatte, dass der Direktor, ein gewisser Rogier van Cleef, das Museum in den Ruin getrieben hat. Der Laden ist pleite und muss schließen. Das kam erst ans Tageslicht, als die Frau des Direktors, Syntha van Cleef, in einem Museum in Mönchengladbach ermordet aufgefunden wurde …«

Duut nickte ungeduldig.

»Na schön, aber was hat Olga Steen mit Venlo zu tun?«

»Sie stammt von dort. Sie hat einst die großen Flüsse überquert, um hier an der Akademie ihre künstlerischen Talente zu entfalten. Zusammen mit zwei Freunden. Die drei sind als die Kunstbande von Venlo bekannt, auch V3 oder Ultras genannt, als Abkürzung für Ultrarenaissancisten.«

Sie verschwieg, dass sie mit einem der beiden Freunde, dem gut aussehenden Frederico, einen großen Teil des Sonntagnachmittags im *Café Defoe* verbracht hatte, einer immer gut besuchten, gemütlichen Arnheimer Künstlerkneipe, wo man sich traf, wenn die Inspiration vorübergehend ausblieb.

»V3 – soll das die Geheimwaffe von Limburg sein oder was?«

Micky blätterte weiter. »Ganz genau. Sie stehen in Konkurrenz zu einer anderen Gruppe von Künstlern, die im Venloer Quadrant 4, kurz Q4, leben. Ein Viertel, das bis vor ein paar Jahren wegen der hohen Kriminalität noch eine No-go-Area war. Da hat die Stadt einen Plan geschmiedet, um das Viertel wieder unter Kontrolle zu bekommen: Räuchere die Bösen aus und setze dafür Künstler rein, die Einzigen, die in einer so runtergekommenen Gegend wohnen wollen. Sobald das Viertel seinen kriminellen Ruf los ist, dürfen die Projektentwickler ihre Schlacht schlagen: das Restyling des Quadranten zu einer *Triple-A-Location* für Yuppies und andere Besserverdiener. Q4 versammelt künstlerische Pioniere, die für ein Butterbrot in den geräumten Häusern werkeln, bis sie wieder ausgemietet werden.«

»Na schön, dann spielt die Kunst in Venlo ja endlich die gesellschaftliche Rolle, die sich die Künstler schon so lange wünschen«, kommentierte Duut.

Da sie nicht sicher war, ob er das ernst meinte, fuhr Micky fort: »Die Gruppe V3 wendet sich gegen die Instrumentalisierung der Künstler als Arznei gegen Kriminalität und als Sherpas für die Immobilienhaie.«

»Hast du dir das ausgedacht?«, erkundigte sich Duut.

Micky hatte aus mehr als einem Grund keine Lust, Duut auf die Nase zu binden, dass sie diese Kampfparolen aus dem Munde eines Mannes hatte, mit dem sie anschließend nach Hause gegangen war.

»Na ja, ist doch klar wie Kloßbrühe, dass die Leute von Q4 über kurz oder lang wieder in ein anderes Abbruchviertel umziehen müssen, oder?«, murmelte sie. »Mit nichts als einem feuchten Händedruck für die erwiesenen Dienste.«

»Und deswegen haben die Leute von V3 das Museum besetzt?«, fragte Duut erstaunt.

Als Micky am Sonntag die Antwort auf diese logische Frage notiert hatte, war sie bereits ganz im Bann von Fredericos atemberaubend rauem Akzent und seinem charmanten Lächeln gewesen.

Wenn er erklärt hätte, V3 wolle die Unabhängigkeit Limburgs ausrufen, um die Kunst zu schützen, hätte sie das ebenso bereitwillig aufgeschrieben.

»V3 hat keine Lust auf den Marsch durch eine Bruchbude nach der anderen«, sagte sie.

»Und deswegen ziehen sie eben gleich ins Museum ein!«,

bemerkte Duut lachend. Er berührte Micky am Arm. »Du hast ganz schön viel Zeit in die Sache investiert, was?«

Das war nur die halbe Wahrheit: Noch viel mehr Zeit hatte sie investiert, um Frederico persönlich näherzukommen. Sie hatte den Lebenskünstler mit dem athletischen Körperbau in der Abenddämmerung durch die stillen Straßen des Spijkerkwartiers zurück nach Hause begleitet, erfüllt von der leichtsinnigen Sehnsucht, sich bei ihm anzulehnen und abzuwarten, was dann geschah. Sie hatte es ganz subtil darauf angelegt – aber was heißt schon subtil nach fünf Bierchen auf leeren Magen? –, indem sie behauptete, sich seine Werke ansehen zu wollen.

Unten im Keller hatte er sie aufgefangen, als sie über den Rand des Teppichbodens gestolpert war, und diese Klischeesituation hätte der Beginn einer Umarmung werden können, wenn nicht das Telefon geklingelt hätte. Er musste sie loslassen – widerwillig, wie sie meinte -, um abzunehmen.

Es sei Olga, flüsterte er mit der Hand auf dem Hörermikrofon. Micky hatte höflich gewartet und unterdessen sein Wohn-Schlafzimmer in Augenschein genommen. Dass sie auf mindestens drei Gemälden die Signatur Olga Steens erkannte und dazu noch einen Adressaufkleber und ein Make-up-Döschen fand, deutete darauf hin, dass Frederico und Olga zusammenlebten. Während er telefonierte, betrachtete Micky Olgas Gemälde. Die Bildkompositionen erinnerten sie an Werke alter Meister, jedoch mit modernen Motiven. Auf einem war ein Spieltisch zu sehen, an dem die Spieler in anbetender Haltung über dem Roulette hingen, während ein weiblicher Croupier amüsiert zusah, wie die Kugel ins Ziel rollte. Auf einer zweiten Leinwand hielt eine Gruppe von Männern ein Trinkgelage ab. In der Mitte saß der Anführer, ein dicker Mann mit kniehohen Stiefeln und Lederarmbändern. Auch seine Kumpane sahen markig aus, trugen Tätowierungen und Motorradhelme. Im Hintergrund schlängelte sich eine Stripteasetänzerin um einen Flaggenmast. Hell's Angels, erkannte Micky, als sie die schweren

Maschinen im Hintergrund entdeckte. Auf einem anderen Bild nahmen zwei Lacklederbräute einen nackten Mann vom Kreuz. Obwohl seine entblößten Hinterbacken von der erlittenen Auspeitschung gerötet waren, deutete er den Zuschauern mit einem infamen Lächeln an, dass er keineswegs extrem darunter gelitten hatte.

Die Szenen strahlten eine bizarre Lebenskraft aus, doch Olga hatte jedem Gemälde eine Dissonanz hinzugefügt. Im Spielcasino hockte auf dem Boden zwischen den Tischbeinen ein kleines Kind, das sehnsüchtig zu der Croupière aufblickte, aber von ihr nicht beachtet wurde. Im Clubhaus der Hell's Angels hatte sich die Table-Tänzerin in den Zugseilen des Fahnenmastes verstrickt und bei der Fetisch-Party beobachtete ein alter Mann mit verweintem Gesicht durch ein Guckloch das Geschehen.

»Wirklich außergewöhnlich, dieser Stil«, bemerkte Micky, nachdem Frederico aufgelegt hatte.

»Ultrarenaissance«, erklärte er. »Klassische Formgebung, moderne Themen. Bei diesen Gemälden hat sie sich von Rubens, Tintoretto und Carracci inspirieren lassen. *Die Anbetung der Weisen*, *Das letzte Abendmahl* und *Die Kreuzabnahme*.«

Noch bevor Micky um weitere Erklärungen bitten konnte, klatschte er in die Hände und verkündete: »Tut mir leid, ich muss los! Krisensitzung. Ich muss sofort nach Venlo.«

Fünf Minuten später radelte sie heimwärts, mit jedem Meter stärker ernüchtert. Ergeben sagte sie sich, dass sie mal wieder auf dem besten Weg gewesen war, sich als Gegengift zum harten Polizeialltag in ein romantisches Abenteuer zu flüchten. Duut gegenüber verschwieg sie allerdings ihre wenig professionellen Ermittlungen. Dieser erlaubte sich ein väterliches Schulterklopfen und die Bemerkung, sie sehe müde aus.

»Geh heute Nachmittag mal ein bisschen frische Luft schnappen«, schlug er vor. »Nimm dir einen Wagen, fahr nach Venlo und hol Olga Steen ab. Das Ganze bitte möglichst unauffällig, sonst werden die Kollegen dort am Ende unnötig misstrauisch.«

»Oder die Museumsbesetzer.«

Die Venloer hatten die Museumsbesetzung zum Anlass genommen, die nahe gelegenen Grünflächen als kostenlose Parkplätze zu missbrauchen. Um nicht aufzufallen, passte sich Micky dieser bürgerlichen Aufsässigkeit an und stellte ihr Dienstfahrzeug zwischen den Mittelklassewagen ab.

Bevor sie ausstieg, legte sie eine Zeitung über das Polizeiwappen am Armaturenbrett. Anschließend schlenderte sie in aller Ruhe zum Eingang. Poster an der Fassade machten die Passanten darauf aufmerksam, dass das Museum in andere Hände übergegangen war.

Venlo war eine typische Grenzstadt, in der jedes große Ereignis auf Interesse aus dem Nachbarland zählen durfte. Reges Interesse, wie sich am Eingang zeigte. Eine Gruppe jugendlicher Aktivisten hielt Schilder hoch. In einem Einheitslook aus Jeans, blauem Pullover und Sportschuhen schrien sie auf Deutsch ihren Unmut über die Besetzung heraus.

»Künstler raus! Kunst herein!«

Eine Gruppe Gaffer stand hinter den Absperrgittern und beobachtete die Demonstranten mit einer Mischung aus Sensationslust und Abneigung. In sicherem Abstand wartete ein Einsatzfahrzeug der Polizei.

Micky gesellte sich zu einem Mann, der an einem Doppelpfeiler vor dem Eingang lehnte. Er hatte schwarze, von grauen Strähnen durchzogene Locken, und seine Mundwinkel waren süffisant gekräuselt.

Inzwischen hatten die Demonstranten einen anderen Kriegsruf angestimmt: *»Ultra-damals, ultra-nichts!«*

Micky drehte sich zu dem Mann um.

»Ultra-damals, ultra-nichts – was wollen die denn eigentlich?«, fragte sie interessiert. »Und wofür kommen die extra aus Deutschland?«

Der Mann überlegte einen Moment und antwortete dann mit einem ironischen Unterton auf Deutsch: »Die glauben, wahre Kunst könne nur im Namen unseres lieben Gottes erblühen.«

»Ach das«, kommentierte Micky, die keine Lust auf eine Diskussion über Kunst und Religion hatte – schon gar nicht auf Deutsch.

»Sie sind ja von der ganz schnellen Truppe«, bemerkte der Mann, als sie sich schon zum Gehen wandte.

»Wie bitte?«

Seine dunkelbraunen Augen unter den dichten Brauen funkelten, dann wurde sein Blick weicher.

Ein Raubvogel, dachte Micky, eine alte, erfahrene Waldohreule.

»Sie haben die Situation außergewöhnlich schnell erfasst«, erläuterte er in gebrochenem Niederländisch.

»Das ist mein Job«, entschlüpfte es ihr.

Sofort bereute sie ihre Geschwätzigkeit. Jetzt würde er sie garantiert nach ihrem Beruf fragen. Doch zum Glück wurden sie von einem lauten Klirren abgelenkt. Zwei Mädchen kippten aus ihren Rucksäcken Ketten auf den Treppenabsatz und die jungen Männer begannen, die Absperrgitter in Richtung Eingang zu schleppen. Das Publikum erkannte, dass sich etwas anbahnte, und rückte rasch näher.

Micky nutzte das Durcheinander, um in das Museum hineinzuschlüpfen. Demonstranten, die mit Ketten und Gittern hantierten – bestimmt würde man gleich nicht mehr so leicht durchkommen.

Im Foyer überraschten sie die Ordnung und die Stille. Sie hatte damit gerechnet, dass sie sich einen Weg durch Luftmatratzen, Schlafsäcke und Kleidungsstücke bahnen müsste. Nach Fredericos Angaben waren über fünfzig Aktivisten an der Besetzung beteiligt, doch in den Sälen rechts und links des Foyers entdeckte sie nur vereinzelte Grüppchen. Am Empfang wurde sie von zwei jungen Männern gefragt, ob sie ihr helfen könnten.

»Ich komme wegen eines Interviews mit Olga Steen«, log sie.

Einer der Männer griff nach seinem Handy, doch der andere hielt ihn zurück. »Olga ist telefonisch nicht erreichbar«, erklärte er. »Ich gehe sie holen.«

Er stand auf, stutzte jedoch, als vor der Tür ein lauter Tumult ausbrach. Die deutschen Demonstranten hatten sich an den Gittern und Pfeilern draußen festgekettet und blockierten den Eingang.

Der Mann drehte sich zu seinem Kameraden um. »Diese deutschen Fundamentalisten wollen uns belagern!«

»Wo ist Olga?«, fragte Micky rasch.

Der Mann zeigte mit dem Daumen hinter sich. »Im Keller«, sagte er hastig. »Kommen Sie mit.«

Sie eilte hinter ihm her durch den Ausstellungssaal zu einer Hintertür, von wo aus sie in einen kleinen Innenhof gelangten. Der Mann zog die Tür eines unscheinbaren Gebäudes auf, das etwas von einem Transformatorenhaus hatte. Sie stiegen eine lange Treppe hinunter. Der Mann blieb vor einer zweiten Stahltür stehen, drehte an einem Rad und zog die Tür auf. Erst jetzt war es mit seiner Ruhe vorbei. Laut »Alarm!« rufend rannte er los.

Micky wollte ihm folgen, doch zwei Hände rissen sie grob zurück.

»He, was willst du denn hier?«, herrschte sie eine barsche Stimme an. Es war Frederico.

»Ich will zu Olga«, antwortete Micky verdutzt.

»Bullen haben hier nichts zu suchen!«

Er drehte ihr den Arm auf den Rücken. Ihr Schmerzensschrei ging in einem lauten Tumult weiter hinten im Gang unter. Sie riss sich los und spannte die Muskeln an, um Frederico ihr Knie zwischen die Beine zu rammen. Hinter ihm kamen Leute angerannt, und in dem Moment, als Mickys Knie nach vorn schoss, wurde sie von einem Trupp Künstler mitgerissen, wodurch sie Frederico an der Hüfte traf anstatt im Schritt.

Sie eilte weiter, wunderte sich über die zehn Zentimeter dicken Türen und die Duscheinrichtungen dahinter. Sie kam an Räumen vorbei, die Aufschriften wie *Stromversorgung*, *Archiv/Kryptografie* und *Nachrichtenzentrale* trugen. Bei einer Konstruktion von aneinandergekoppelten Fahrrädern blieb sie stehen, und erst in diesem Moment wurde ihr klar, dass sie sich in einem Atombunker befand.

Sie entdeckte Olga im Aufenthaltsraum, einem kleinen Saal mit einer Bar. Die junge Frau saß allein an der Theke und trank eine Tasse Tee. Vor ihr lag eine Flut von Papieren, auf die sie mit einem kleinen Bleistift Anmerkungen kritzelte.

Mickys Ankunft schien sie nicht besonders zu überraschen, obwohl sie abstritt, über Kleistekers Freilassung Bescheid zu wissen.

»Das ist der Nachteil hier drin«, sagte sie. »Wir haben keinen Handyempfang. Davon hatten sie beim Bau damals wohl noch keine Ahnung. Aber ansonsten geht's uns richtig gut. Alles vorhanden. Sogar eine Krankenabteilung. Da liegen gerade drei mit einem Kater. Wir könnten es hier wochenlang aushalten. Selbst wenn die uns Strom und Wasser abdrehen würden. Hast du die Fahrräder gesehen?«

Micky nickte.

»Damit können wir ein Notstromaggregat antreiben«, erklärte Olga grinsend.

»Ich hab's zuerst für ein Kunstobjekt gehalten«, gab Micky zu.

Olga lächelte, als sei sie daran gewöhnt, dass alles, was seltsam wirkte, als Kunst abgestempelt wurde.

»Habt ihr denn so viele Anhänger?«, fragte Micky. »Die Ultras scheinen ja eine ziemlich große Bewegung zu sein.«

»Frederico, sein Bruder Oscar und ich bilden die Gruppe V3«, erklärte Olga. »Und die Ultras teilen unsere Ansichten über Kunst. Warum habt ihr diesen Scheißkerl von Kleistekers wieder laufen lassen?«

»Er war nicht der Mann, den du an dem bewussten Abend

gesehen hast«, sagte ihr Micky auf den Kopf zu. »Du hast dich geirrt. Oder du hast uns getäuscht.«

Olga nahm das Ende des Bleistifts in den Mund.

»Damit hast du Kleisteker ein paar ziemlich ätzende Tage beschert. Und dem Pipeline-Team hast du auch ordentlich ins Handwerk gepfuscht«, sagte Micky.

Olga begann, auf dem Bleistift herumzukauen.

»Das Pipeline-Team glaubt immer noch, du hättest Kleisteker aufgrund einer Verwechslung beschuldigt«, sagte Micky, schwieg einen Moment und fügte dann hinzu: »Ich bin da anderer Meinung.«

Olga warf ihr einen spöttischen Blick zu.

Micky seufzte. Okay, dann eben auf die harte Tour.

»Das Pipeline-Team will dich sprechen«, sagte sie resolut. »Du sollst antanzen, um dir weitere Fotos potenzieller Verdächtiger anzuschauen.«

Olga zog den Bleistift aus dem Mund.

»Du kannst mit mir fahren.« Micky stand auf.

»In einer Viertelstunde kommt der Beigeordnete, um eine wichtige Erklärung abzugeben«, erwiderte Olga. »Du glaubst doch wohl nicht, dass du mich jetzt …«

Blitzschnell griff Micky nach Olgas Handgelenk und presste es auf die Bartheke.

Olga stieß einen Schrei aus und versuchte, sich loszuwinden. Minutenlang rangen sie miteinander – ein Wettkampf im Armdrücken.

»Du wirst jetzt mitkommen!«, befahl Micky.

»Oben stehen sechzig Mann!«, keuchte Olga.

»Nur ist hier rein zufällig um die Ecke ein Notausgang und deine Freunde haben gerade genug mit den deutschen Demonstranten zu tun.«

Sie packte auch Olgas zweites Handgelenk und zog sie vornüber. »Und wenn du es noch mal wagst, dir unsere Fotos nicht mal anzuschauen, informiere ich höchstpersönlich die Medien, dass die große Anführerin von V3 böswillig einen Unschuldigen der Vergewaltigung bezichtigt hat. Mal sehen, ob dich die Leute hier dann immer noch so toll finden!«

Ein paar Sekunden lang blieben sie so sitzen. Dann gab Olga ihren Widerstand auf. Ihre Arme erschlafften und sie ließ die Schultern hängen. Micky hielt sie weiter fest. Wenn jetzt jemand hereingekommen wäre, hätte er denken können, sie würde sie trösten.

»Du hast recht«, gab Olga zu. »Aber ich konnte mir die Gelegenheit einfach nicht entgehen lassen. Dieser Scheißkerl von Kleisteker ... Der Gedanke, dass er wieder an der Akademie herumlaufen würde, war einfach unerträglich. Noch dazu als Dozent für Kunstgeschichte. Als wäre nichts geschehen.«

»Was ist denn geschehen?«

»Er hat mir tatsächlich etwas angetan.«

»Was genau?«

»Er hat gegen meinen Willen mit mir geschlafen.«

»So was nennt man Vergewaltigung«, sagte Micky.

Als sei das das Stichwort für Olga gewesen, sprudelte alles aus ihr heraus.

»Es war im vierten Semester. Bei einer Exkursion nach Helsinki. Tagsüber haben wir ein Museum nach dem anderen abgeklappert, abends sind wir in die Stadt. Rik ist die ganze Zeit um mich herumscharwenzelt, aber ich wollte nichts von ihm wissen. Am letzten Abend waren die Dozenten völlig k. o. Die Studenten wollten sich in den Hotelzimmern warmtrinken und danach in der Stadt die Sau rauslassen. Es ist dann total ausgeartet. Schon abends um sieben waren alle mächtig angeschickert. Ich auch. Ich bin in mein Zimmer gegangen und habe mich hingelegt, und als ich wach wurde, lag Rik auf mir. Er hatte mich schon ausgezogen und rieb sich an mir.«

»Wie war er reingekommen?«

»Über den Balkon. Als ich merkte, was er da machte, versuchte ich, ihn von mir wegzuschubsen, aber er hat einfach weitergemacht. Dabei hat er mir die ganze Zeit obszönes

Zeug ins Ohr geflüstert. Ich hab gesagt, er solle bloß abhauen, aber das hat ihn nur noch mehr erregt.«

Micky nickte nur.

»Er hat mir die Hand auf den Mund gelegt und dann ... na ja, und dann hat er mich gefickt.«

»Was hast du dann unternommen?«, fragte Micky.

»Von den Dozenten war keiner auffindbar und die Studenten waren alle vollkommen dicht. Ich habe mich unter die Dusche gestellt. Ich dachte, ich könnte in diesem Moment sowieso nichts machen. Aber am nächsten Morgen kam mir das Ganze so unwirklich vor ... als wäre es gar nicht geschehen. Und ich habe mich geschämt. Nicht für das, was er getan hatte, sondern weil ich ihn nicht getötet hatte. Oder so ähnlich. Weißt du, ich hab mich schon gewehrt, aber irgendwie nicht genug, verstehst du?«

Micky nickte wieder. Sie kannte das. Anstatt sich die eigene Machtlosigkeit einzugestehen, gab sich das Opfer lieber selbst die Schuld.

»Und nach den Vorfällen in der Pipeline ... Rik Kleisteker hat es verdient, bestraft zu werden!«

»Also hast du dir das mit dem Überfall in der Pipeline nur ausgedacht?«

Olga schüttelte den Kopf. »Nein, es hat tatsächlich jemand versucht, mich zu überwältigen, aber ich konnte mich losreißen und abhauen. Und als ich dann bei der Polizei war ... Wieder stand ich mit leeren Händen da. Keine Personenbeschreibung, keine Beweise. Irgendwann dachte ich: Ich sage einfach, dass es Rik war. Dann wäre wenigstens diese Rechnung beglichen.«

»Hast du denn Beweise für die Vergewaltigung in Helsinki?«, fragte Micky. »Hast du jemandem davon erzählt?«

Erst als Olga den Barhocker zurückschob, merkte Micky, dass sie sie noch immer an den Handgelenken festhielt. Vielleicht hatte das der jungen Frau geholfen, ihre Geschichte erzählen zu können. Olga zog einen kleinen Rucksack unter der Theke hervor und kramte darin herum.

»Hier«, sagte sie. »Mein Tagebuch. Ich habe alles aufgeschrieben.«

Micky nahm das Buch an, obwohl sie wusste, dass es als Beweismittel nicht anerkannt werden würde.

»Trotzdem musst du so bald wie möglich noch mal ins Präsidium kommen«, sagte sie. »Das Pipeline-Team braucht dich wirklich.«

Die Tür flog auf und Frederico platzte herein.

»Olga, der Beigeordnete steht schon vor der Tür, mit einem Kamerateam! Er gibt eine Pressekonferenz im großen Saal!«

Olga stand auf. »Montagmorgen bin ich bei euch«, versprach sie. »Vorher werden wir hier nicht fertig sein. Kommst du mit?«

Micky folgte dem Pärchen hinauf in den Saal. Frederico berichtete, dass die Polizei die deutschen Demonstranten einkassiert und zur Grenze geschafft hatte.

»Es waren Anhänger eines religiösen Fanatikers aus Mönchengladbach«, erklärte er. »Völlig durchgeknallt. Aber dummerweise hat der Beigeordnete jetzt durch sie ein Mittel in der Hand.«

»Gegen wen?«, fragte Micky.

»Gegen uns«, blaffte Frederico über die Schulter hinweg. »Er will uns rauswerfen. So ein kleiner Krawall passt ihm gut ins Konzept. Da kann er mit der öffentlichen Ordnung argumentieren. Das hat er garantiert mit deinen Bullenfreunden gedeichselt.«

Er riss die Tür zum großen Saal auf, in dem sich Dutzende Aktivisten um das Podium gruppiert hatten. Von draußen strömten weitere Interessierte herein. Der Beigeordnete bahnte sich einen Weg zwischen ihnen hindurch, begleitet von einer Horde Journalisten und Fotografen. Er marschierte zum Podium und knöpfte sich unterwegs das Sakko zu. Mit ein paar Handbewegungen bat er um Ruhe. Dann zog er einen Umschlag aus der Innentasche seines Sakkos und wedelte damit in Richtung der Kameras.

»Liebe Bürgerinnen und Bürger von Venlo, sehr geehrte Damen und Herren Besetzer«, begann er gut gelaunt. »Ich habe das Vergnügen, Ihnen zu verkünden, dass das Museum van Bommel van Dam gerettet ist. Heute Nachmittag wurde im Rathaus eine Grundsatzvereinbarung mit einer Gruppe kunstliebender Investoren unterzeichnet, die den Museumsbetrieb für einen Zeitraum von dreißig Jahren übernehmen werden. Alle Arbeitsplätze bleiben erhalten und die jetzige Sammlung wird weiterhin ordnungsgemäß verwaltet und sogar erweitert werden!«

Er ließ den Arm mit dem Umschlag sinken.

»Dies ist ein großer Erfolg für die Stadt und die Besetzer. Wir haben unser gemeinsames Ziel erreicht: den Erhalt dieser Stätte der Kunst. Ich freue mich darauf, Sie alle demnächst wieder hier begrüßen zu dürfen, entweder als Besucher oder, wer weiß, vielleicht als ausstellende Künstler ...«

»Vergiss es, du Idiot!«, rief jemand dazwischen.

Der Beigeordnete redete mit erhobenem Zeigefinger, den er hin und her schüttelte, weiter.

»Diese Investorengruppe übernimmt die gesamte Schuldenlast!«, rief er mit erhobener Stimme. »Schulden, für die sonst die Stadt aufkommen müsste. Schulden, die unseren Haushalt auf Jahre hinaus belasten würden!«

Er wandte sich triumphierend an einige Venloer, die zu klatschen anfingen.

»Ja, vielen Dank!«, sagte er.

Doch der Applaus wurde bald von den Buhrufen der Aktivisten überstimmt. Olga erklomm das Podium und mahnte das Publikum zur Ruhe.

»Erst muss der Gemeinderat sein Einverständnis erklären«, sagte sie ruhig. »Und bis dahin wird das Museum besetzt gehalten.«

Aus dem Jubel, der ihr entgegenbrandete, kristallisierte sich allmählich der Ruf heraus, der Beigeordnete solle abhauen.

Jemand bewarf ihn mit einer Papierkugel, was für ihn das

Zeichen zum Rückzug war. Die Kameras surrten, die Blitzlichter zuckten.

Das Ei, das am Kopf des Beigeordneten zerplatzte, hätte noch Teil einer Performance sein können, doch der darauf folgende Faustschlag war keineswegs ein künstlerischer Akt. Ein Mann mit einem Megafon sprang auf das Podium. Es war Frederico. »Keine Gewalt!«, befahl er. »Alle, die die Besetzung nicht unterstützen, verlassen jetzt das Gebäude ... Achtung Polizei! Da!«

Anklagend zeigte er auf Micky. Die Aktivisten, die gerade noch den Beigeordneten bedrängt hatten, bahnten sich jetzt einen Weg in ihre Richtung. Micky drehte sich um und schob die Leute beiseite. Sie kämpfte sich durch die Menge, bis sie die Glastüren am Eingang erreicht hatte. Ihr wurde ein Bein gestellt und sie stolperte. Doch sofort zog sie jemand am Kragen wieder hoch und schubste sie vorwärts zur Tür.

»Danke!«, sagte sie keuchend, als sie draußen stand.

Es war der Deutsche, der gesagt hatte, dass die Kunst nur im Namen des Herrn erblühen könne.

»Es war mir ein Vergnügen«, antwortete er.

9

Samstag, 20. Oktober

Im Abteiberg herrschte trübe Stimmung. Patati war gegen zwölf nach Gladbach gefahren. Jetzt stand er an der Museumskasse, und auf seine gut niederrheinische Frage, warum hier alle so bedröppelt aus der Wäsche gucken würden, hielt man ihm wortlos die Zeitung hin. *Zink aus Untersuchungshaft entlassen*, las er. Sollte die Anti-Zink-Stimmung inzwischen so groß sein, dass dies eine schlechte Nachricht war?

Aber die Frau hinter der Theke bedeutete ihm, er solle die Zeitung auffalten.

Die Verwaltungsspitze hatte reagiert. Dr. Zink war wegen seiner sexuellen Eskapaden im Museum, die zur Beschädigung von Kunstwerken geführt hatten, fristlos entlassen worden.

Aber auch dieser Dreißigzeiler war noch nicht der entscheidende Punkt. Fast den gesamten Rest der Seite nahm eine Umfrage ein, die der Journalist Tücking bei Politikern und Prominenten durchgeführt hatte. *Wie geht's weiter mit dem Abteiberg?* Wie immer gab es kluge, weniger kluge, dumme und geradezu hanebüchene Antworten. Einen eigenen Rahmen aber hatte der Beitrag des Vorsitzenden der Mehrheitsbeschafferpartei, Randolf von Lettow, erhalten, und gleich daneben hatte Tücking einen begeisterten Kommentar über dessen Ideen verfasst: *Von Venlo lernen heißt siegen lernen.* Warum sollte die Stadt einen teuren Museumsbetrieb unterhalten, wenn Private das auf eigene Kosten gerne und viel besser machen würden. Von Lettow ließ durchblicken, dass er bereits in sehr aussichtsreichen Gesprächen mit der Sammlergruppe stünde, die gerade dabei war, das Museum van Bommel van Dam zu übernehmen. Robert mußte sich unwillkürlich schütteln und ließ die Zeitung auf die Theke zurückfallen.

Als er vor der Stahltür seines Ateliers stand, hörte er das Telefon klingeln. Er fluchte, während er hektisch in seinen Hosentaschen nach dem Schlüsselbund fahndete. Der Professor wollte doch erst in knapp einer Stunde anrufen. Endlich stürzte Patati durch die aufspringende Tür auf das Telefon zu.

»Hallo«, rief er atemlos in den Hörer und ein wenig enttäuscht: »Katja.«

»Man hat sich schon mehr über meine Anrufe gefreut«, antwortete sie verdrossen. »Hör zu, ich muss unsere Verabredung absagen.«

»Was ist denn?«

»Zink ist abgetaucht.«

»Zink ist was?«

»Wir haben ihn nach seiner Entlassung observiert. Er ist zu einer Galerie nach Düsseldorf gefahren. Unser Mann hat draußen auf ihn gewartet, bis ihm langsam dämmerte, dass es auch einen Hinterausgang über den Hof geben könnte. Seitdem ist dein Exchef wie vom Erdboden verschluckt.«

»Das ist ja der Hammer.«

»Behalt's bloß für dich.«

»Nur wenn du nachher mitkommst. Ich habe einiges rausgefunden. Jemand vom Kassenpersonal erinnert sich, Geesdonk mit zwei Jugendlichen bei der Eröffnungsfeier gesehen zu haben.«

»Wie tausend andere auch«, seufzte Katja.

»Später haben zwei Leute unabhängig voneinander und zu verschiedenen Zeiten Geesdonk nur noch alleine gesehen. Und er ist auch ohne die Jungen wieder fortgegangen.«

»Die hatten eben keinen Bock mehr. Offizielle Wiedereröffnung eines Museums. Was sollen die da mit ihren Hormonen machen.«

»Katja, glaub mir, da stimmt was nicht, und außerdem ...«

»Außerdem?«

Robert erzählte ihr, was er sich eigentlich als Highlight für die Autofahrt hatte aufsparen wollen: wie sich die Jugendlichen am van Bommel van Dam angekettet hatten und mit welchen Parolen und Schildern sie protestiert hatten. Er merkte, dass Katja noch immer nicht überzeugt war, und malte ihr in düsteren Farben aus, wie Geesdonk im Hintergrund gestanden und geradezu hasserfüllt auf die V3-Gruppe gestarrt hatte. Vielleicht übertrieb er eine Terz, doch das Bild gab in jedem Fall den Typen wieder.

»Aber einen Pferdefuß hast du nicht an ihm entdeckt«, unterbrach ihn Katja trocken. »Also gut, ich hol dich kurz vor halb sieben am Abteiberg ab. Und Robert?«

»Ja?«

»Kein Wort über Zink an niemanden, verstanden?«
»Bin ich wahnsinnig?«
»Du erwartest keine ehrliche Antwort, oder?«

Patati sah auf die Uhr. Er hatte seinen halben Studiengang abgeklappert, um den Aufenthaltsort seines alten Lehrers herauszufinden. Professor Allhöver hatte sich im tiefsten Kappadokien einquartiert, um dort in einer der tausend Kirchen ein Fresko aus dem elften Jahrhundert zu restaurieren. Das war seine Art, Urlaub zu machen. Denn eigentlich war er Spezialist für die Kunst der Gegenwart. Allhövers Forschungsarbeiten zur Konservierung und Restaurierung von Objekten aus Kunststoffen, ›armen‹ Materialien und Lebensmitteln waren seit zwanzig Jahren Standardwerke, an denen bis heute trotz aller technischen Entwicklungen kein Buchstabe zu verbessern war.

Das türkische Dorf, in dem Allhöver arbeitete, lag in einer Schlucht und war nicht an das Telefonnetz angeschlossen. Robert hatte ihm jedoch eine E-Mail ins Postamt des nächstgrößeren Ortes schicken können.

In groben Zügen hatte er von Zinks Auftrag berichtet, die zerflossene Schokoladenskulptur zu restaurieren. Der Professor hatte geantwortet, er würde ihn an diesem Samstag im Abteiberg anrufen.

Endlich rückte der Zeiger von Roberts antiker *Polerouter* auf zwei Uhr vor. Prompt klingelte es.

»Robert, sind Sie's?«

»Wie geht es Ihnen, Professor?«

»Viel zu gut. Seit einem Monat mästet man mich. Ich schaff's kaum noch auf das Gerüst. Zwei warme Mahlzeiten täglich, Lamm in köstlichsten Variationen, Tomaten, Auberginen – wir in Deutschland wissen gar nicht, wie die wirklich schmecken. Aber nun zu Ihrem Problem. Oder hat sich der Anlass für unser Gespräch mit Zinks Entlassung erledigt?«

»Woher …«

»Ja, kennen Sie diese News-Suchmaschinen im Internet nicht? Geben Sie da mal *Museum Abteiberg* ein. Hunderte von Nachweisen. In der Werbespalte daneben präsentiert sich sogar schon ein SM-Studio. Ha, dank Dr. Zink werden die McKinsey-Heuschrecken bald ganz neue Einnahmequellen für Museen vorschlagen.«

Trotz der schlechten Verbindung war es beeindruckend zu hören, wie das grimmige Lachen des bald siebzigjährigen Professors vom Resonanzraum seiner imposanten Gestalt gewaltig verstärkt wurde.

»Wenn wir bis dahin nicht ganz verscherbelt worden sind«, antwortete Robert düster. »Leider ändert Zinks Abgang nichts an meinem Problem. Gestern Morgen stand mein Vizechef Regenberg in der Werkstatt und hat mir auf seine unnachahmliche Art klargemacht, dass der Auftrag Wolffs von jetzt an absolute Priorität habe.«

Allhöver stöhnte auf. »Regenberg? Mit einem Polke als Morgengabe könnte dieser Autist seine Chancen, Direktor zu werden, deutlich erhöhen. Ach, was sage ich, es ist seine einzige Chance.«

»Umso mehr, wenn plötzlich Sammler bestimmen, wer hier Direktor wird. Das werden Sie vermutlich noch nicht im Internet gelesen haben. Eine Sammlergruppe versucht, das van Bommel van Dam in Venlo zu übernehmen. Anscheinend wollen ihnen hier einige einflussreiche Leute in einem Aufwasch auch noch den Abteiberg dazugeben.«

»Dann können Sie die Restaurierung kaum verweigern«, murmelte Allhöver. »Ist das Objekt überhaupt aufzuarbeiten?«

»Eigentlich nicht«, meinte Robert, während er auf den Schokoladenflatschen unter der Abzugshaube schaute. »Ich müsste sie verflüssigen und in der Originalform komplett neu gießen. Wahrscheinlich brauche ich von irgendwoher Gammelschokolade, um den Materialverlust auszugleichen. Und dann müsste ich das neue Stück künstlich altern lassen. Möglichst extreme Temperaturschwankungen, damit sich der weiße Zuckerreif ausbildet, und sehr starke Belichtung, damit die Schokolade schön gleichmäßig ausbleicht.«

»Und dann malen Sie noch ein Schildchen: *Robert Patati: Selbstporträt frei nach Dieter Roth.* Aber mal im Ernst. Weder die Dieter-Roth-Foundation noch das Kunstmuseum Basel würden Ihnen doch wohl dafür eine der Originalformen zur Verfügung stellen?«

»Natürlich nicht. Und sie werden es mir netterweise noch schriftlich geben. Aber ich fürchte, das reicht nicht. Wenn das Museum tatsächlich der Sammlergruppe in die Hände fällt, könnten die auf die Idee kommen, dass ich die Form einfach nachbaue.«

Allhöver räusperte sich. »Bei allem Respekt vor Ihren Fähigkeiten, Robert, diesen Schwindel würde jeder Experte mit einem Blick erkennen.«

»Natürlich, aber Wolff würde es schon reichen, dass seine Frau ihn nicht erkennt. Ich glaube, wir brauchen die ganz schwere Artillerie.«

»Ich verstehe. Regenberg bekommt von mir einen Brief, dass die *European Confederation* das Abteiberg-Museum auf die *Liste Kulturgut zerstörender oder verfälschender Museen* setzen wird, wenn Sie einen Neuguss oder Ähnliches vornehmen.«

Robert atmete auf. Bisher war noch kein deutsches Museum das Risiko eingegangen, auf diese schwarze Liste zu geraten. Denn sie wurde bevorzugt von Sammlern konsultiert, die ein vertrauenswürdiges Haus suchten, um der Öffentlichkeit einige ihrer innig geliebten Schätze zu schenken.

»Beliebter wird Sie das bei Regenberg natürlich nicht machen«, fuhr der Professor fort. »Ich bin jedenfalls froh, dass meine Schüler nicht bereit sind, ihr Rückgrat an der Museumspforte abzugeben. Ach, ich sehe gerade, so gerne ich mit Ihnen noch plaudern würde, mein Fahrer gibt mir Zeichen. Wir sind schon wieder zu Mokka und Mandelgebäck eingeladen. Allaha ısmarladık, mein Bester.«

»Güle Güle«, antwortete Patati. Er griff nach seinem Mantel. Vor seinem nächsten Termin, bei dem er mehr über Geesdonk zu erfahren hoffte, war noch genug Zeit für ein *Döner komplett & scharf* am Alten Markt.

Um kurz vor halb sieben ließ sich Robert mit einem Stoß Kopien auf den Beifahrersitz von Katjas Audi fallen und beugte sich als Erstes zum CD-Player. Seine Hand hielt kurz vor einer gelben Haftnotiz inne. *Chief only!!!* stand da mit dickem rotem Filzstift geschrieben.

»Ich bin froh, dass du es endlich einsiehst«, sagte er grinsend, zog Róisín Murphys *Ruby Blue* aus der Manteltasche und schob sie in den Schacht. »Kuriose Sounds für einen kuriosen Abend.«

»Hast du ein Glück, dass ich die mag«, knurrte Katja.

»Und? Habt ihr Zink?«

»Hätte ich dann so Superlaune?«, fragte sie in unveränderter Tonlage zurück und wedelte mit der Hand vor ihrer Nase herum. »Hast du den Knoblauch wegen Geesdonk gegessen?«

»Bin ich abergläubisch? Hier, schau mal: Fakten, Fakten, Fakten«, antwortete er und tippte auf seinen Papierstapel. Es war die Ausbeute eines Besuchs bei seinem alten Freund Gerald, einem pensionierten Stadtarchivar, der in seinem Privatarchiv Dokumente für eine untergründige Geschichte der Stadt sammelte.

Er hatte das Robert einmal so erklärt: »Die wichtigen Entscheidungen werden nicht öffentlich getroffen. Unter der Oberfläche einer Stadt breitet sich ein hochenergetisches Kommunikationsnetz aus, über das berufliche Position und öffentliches Ansehen, Leistung und Gegenleistung, Überzeugung und Kalkül, kurz alle Ausdrucksformen von Macht ausgetauscht werden. Jeder, der in der Stadt etwas zu sagen hat, ist ein Knotenpunkt in diesem Netz, und je mehr Leitungen durch einen Knotenpunkt führen, desto größer dessen Macht.«

Sein Freund sammelte seit zwanzig Jahren alle veröffentlichten und ihm zugespielten inoffiziellen Dokumente, in denen dieses Netz sichtbar wurde.

Auch Geesdonk war ein Knotenpunkt, bisher kein besonders wichtiger, aber er schien nun dabei zu sein, das Gefüge zu verändern.

Was Robert Katja über Geesdonks Pfarre erzählte, war nach einer Viertelstunde Fahrt auch live zu sehen. Eine vierspurige Straße durchschnitt den Bezirk. Auf der einen Seite öffnete sich ein gewachsenes Viertel mit frei stehenden oder in Reihe gebauten Einfamilienhäusern. Gepflegte Vorgärten, frisch polierte Mittelklasseautos, Butzenscheiben und Schmiedeeisen in rauen Mengen.

Auf der anderen Seite erhoben sich hinter einer großen Rasenfläche vier heruntergekommene Hochhausklötze, die man in den Siebzigerjahren auf das brachliegende Gelände einer in Konkurs gegangenen Textilfabrik gestellt hatte.

Die Straße wirkte wie eine unsichtbare Mauer. Die Menschen rechts und links davon lebten in Parallelgesellschaften nebeneinander her, worüber sich so lange niemand empörte, wie die Hochhäusler gegen ihre Lebensumstände nicht randalierten. Das aber war vor drei Jahren geschehen. Jugendliche ohne eigenen Platz und Perspektive hatten begonnen, Bushaltestellen auseinanderzunehmen, Papierkörbe anzuzünden und schließlich auch Passanten zusammenzuschlagen.

Dass sich die Situation in kürzester Zeit wieder entspannte, war, so der Archivar, nur zum Teil dem Betreuungsprojekt der Polizei für Jugendstraftäter zu verdanken gewesen. Wichtiger war wohl Geesdonks Einfluss, der hier ein neues Betätigungsfeld gefunden hatte, in das er sich mit unerwartet großem Engagement stürzte.

Die Lukaskirche hatte bis dahin dem gutbürgerlichen Teil der Bevölkerung allein gehört. Mit Pfarrer Geesdonk, der einst von Gladbach nach Rom gegangen und nun überraschend zurückgekehrt war, tat man sich von Anfang an schwer. Ein großer, hagerer Mann, der auf die fünfzig zuging, das dünne Haar schon weiß, durch die fahle Haut im

Gesicht zogen sich geplatzte Äderchen, die Lippen so dünn und blass, dass sie beinahe verschwanden, und der Blick seiner schmalen graublauen Augen oft abschätzig auf sein Gegenüber gerichtet. Geesdonk sprach leise. Nicht unfreundlich, aber ohne jede Wärme. Seine Predigten waren unerbittlich gegen ein Sonntagschristentum gerichtet, das in der Woche alle christlichen Grundsätze vergaß. Schließlich begann der Pfarrer sogar, Kunst in die Kirche zu bringen. Kunst, die sich nicht sofort erschloss und nicht einmal immer schön war. Kunst, für die Geesdonk bei Spendern und Bistum immer wieder viel Geld auftrieb, das auch anderswo dringend gebraucht wurde.

Die Beschwerden beim Bischof häuften sich, aber gleichzeitig wurde Geesdonk als *Kunstpfarrer* überregional bekannt. Arte und 3sat berichteten, Künstler boten Leihgaben an. Es hieß, der Bischof würde eher die Gemeinde versetzen als den Pfarrer. So blieben die Bänke in der Lukaskirche immer häufiger leer. Erst als der Gemeinderat eine Leserbriefaktion startete, schlug das Bistum einen Kompromiss vor. Geesdonk wurde als Pfarrer für besondere Aufgaben von den meisten Pflichten entbunden und hielt nur noch die samstägliche Vorabendmesse. Alles andere wurde den Pfarrern der Nachbargemeinden übertragen.

Als Seelsorger trat Geesdonk erst wieder in Erscheinung, als er begann, sich um die Kinder und Jugendlichen aus den Hochhäusern zu kümmern. Roberts Freund hatte einige Artikel herausgesucht, in denen die Arbeit des Pfarrers von Politik und Verwaltung in höchsten Tönen gelobt wurde. Allerdings ging einigen die Reintegration dieser *lost generation* bald zu weit. Geesdonk hatte nämlich die Jugendlichen vor ein paar Monaten ermutigt, sich politisch zu engagieren. Während man anderswo Fünfzigjährige als jugendliche Hoffnungsträger überalterter Organisationen feierte, stellten in diesem Bezirk plötzlich und zur selben Zeit gleichmäßig verteilt auf alle Parteien fast vierzig Jugendliche Aufnahmeanträge. Der Stadtarchivar wusste von einer heimlichen Zusammenkunft der Parteichefs, in denen von ›Infiltration‹ und ›Machtübernahme‹ die Rede war. Gerald, so schloss Robert seinen Bericht ab, sei voller Respekt gewesen, wie schnell es Geesdonk gelungen war, seine Leute in das Netzwerk der Macht einzuschleusen.

Katja hatte das Auto schon eine ganze Weile in der Nähe der Lukaskirche geparkt und konzentriert zugehört. Sie wollte gerade die Hand auf den Türgriff legen, als ihr etwas auffiel. »Schau mal unauffällig zum Seiteneingang.«

Robert entdeckte halb im Türsturz verborgen ein vielleicht fünfzehnjähriges Mädchen, das die Kluft von Geesdonks Jugendtruppe trug und sie beobachtete. Plötzlich drehte sie sich weg und schrieb sich etwas auf die Hand.

Patati war neugierig gewesen, wie die Lukaskirche bei voller Innenbeleuchtung aussehen würde. Doch auch zur Messe brannten die großen Deckenlampen nicht. In größeren Abständen waren am Boden schwache Strahler eingeschaltet, um die Seitengänge zu konturieren. Hell angestrahlt waren nur die Kunstwerke. Auch die Lampen über dem Altar waren aus. Dafür hatte man rechts und links zwei große weiße Kerzen auf mannshohen Ständern angezündet. Hinter dem Altar – einem großen, nur grob behauenen dunkelgrauen Stein – leuchtete überwältigend golden eine Lichtstele. Robert vermutete, dass es sich um eine Gemeinschaftsarbeit des Lichtkünstlers Mack und des Nagelkünstlers Uecker handelte. Wie sie das Dunkel des Raumes erleuchtete und in ihrer Mitte mit den schrundigen Spuren von Nägeleinschlägen den Schmerz zeigte, war die Stele zugleich Symbol für das Kreuz als auch den auferstandenen Christus.

Robert und Katja waren gleichermaßen beeindruckt. »Dieser Geesdonk hat ein Gespür für eine gute Inszenierung«, flüsterte sie.

Robert nickte. Alles in dieser Betonhalle machte deutlich, dass es hier um ein außergewöhnliches Geheimnis ging, um etwas, das mit dem Verstand allein nicht zu begreifen war.

Sie hatten in einer der mittleren Bankreihen Platz genommen. Als die Messdiener, gefolgt von Geesdonk, aus der Sakristei traten, waren außer ihnen und zwei alten Frauen nur Kinder und Jugendliche in der Kirche. Robert zählte etwa fünfzig, von denen lediglich fünf nicht in der blauen Streetwear-Uniform gekleidet waren. Dicht gedrängt und diszipliniert saßen sie in den ersten vier Reihen.

Geesdonk bot keine Jugendgottesdienstshow. Kein Ringelpiez mit Anfassen, keine sprachliche oder musikalische Anbiederung.

Zur Predigt trat der Pfarrer ans Pult und begann, frei zu sprechen.

»In dieser Woche, am 18. Oktober, war der Gedenktag unseres Pfarrpatrons, des Heiligen Lukas. Wir sind eine der wenigen katholischen Kirchen, die seinen Namen tragen dürfen. Ihr wisst, dass Lukas Schutzheiliger der Maler ist. Darum möchte ich heute mit euch über den Zusammenhang von Kunst, Wahrheit und Göttlichkeit nachdenken.

Wie viel Blasphemie hat es in der letzten Zeit gegeben! Wir sind aufgerufen, uns zur Wehr zu setzen. Sicher, wir haben damit bereits begonnen. Aber ich kenne eure Ungeduld. Ihr fragt: War das schon genug? Wie weit dürfen wir gehen?

Jesus selbst hat uns die Antwort auf diese Fragen gegeben, indem er sich von allen Fesseln befreite und in heiligem Zorn die Händler aus dem Tempel vertrieb. Wir, meine Freunde, sind nicht schwach. Das versucht man nur, uns einzureden. Wir tragen Jesus in uns und mit ihm seinen heiligen Zorn. Der gerechte Gott möge über diejenigen kommen, die uns von der Wahrheit und ihm selbst fernhalten wollen.«

Katja zauberte ein Diktafon aus der Jackentasche und schaltete es ein. Nach seinem scharfen Auftakt setzte Geesdonk neu und ruhiger an, um sich und seine Zuhörer immer tiefer in den Sog einer durch und durch logisch erscheinenden Argumentation zu ziehen.

Die Wahrheit, begann er, sei einfach und darin unendlich schön. Aber der Weg zu ihr sei verschlungen und gehe viele Umwege. Um zur Wahrheit zu finden, müsse man darum die eigene Perspektive verlassen und sich in viele andere hineinversetzen, ehe man Klarheit gewönne. Wie kein anderes Werkzeug biete dazu die Kunst alle Möglichkeiten. Gute Kunst führe letztlich stets zu Gott.

Nach dieser allgemeinen Einführung kam Geesdonk schnell auf die jüngsten Ereignisse zu sprechen. Er knöpfte sie sich alle der Reihe nach vor:

Die Museumsleute seien Pharisäer, die in ihren abgehobenen, unverständlichen Reden nur sich selbst feierten und die Museen als persönliches Eigentum betrachteten, das sie sogar mit körperlicher Sünde entweihten; die Politiker würden diese Pharisäer als Vorwand nutzen, um den Tempel für einen Judaslohn an Händler und Geschäftemacher zu verhökern. Die Kunstsammler brandmarkte er als Spekulanten, die statt nach dem Guten, Schönen und Wahren nur danach fragten, welche Werke Aussicht auf maximale Rendite versprachen, und so die ihnen in die Hände fallenden Museen als Bordelle des Kunstmarktes missbrauchten; und die jungen Künstler schließlich bedienten perfekt die Klaviatur dieses Marktes, indem sie alles, was heilig und erkenntnisbringend sei, durch billige Travestie in den Schmutz zogen und so mit Schock und Sensation ihren Marktwert in die Höhe trieben.

Als der Pfarrer sichtlich erschöpft vom Pult zurücktrat, ließ Katja das Diktafon in die Innentasche ihres Mantels gleiten. Patati war irritiert. Immer wieder hatte Geesdonk Halbsätze gesagt, die er sofort unterschrieben hätte. Und doch war der Pfarrer stets zu Ergebnissen gekommen, die Roberts Überzeugungen diametral entgegenstanden.

Nach dem Schlusssegen blieben Katja und Patati sitzen. Wenige Minuten später kam Geesdonk in Straßenkleidung aus der Sakristei und begrüßte sie höflich. »Sie haben eine Freundin mitgebracht«, sagte er.

Ehe er weiterreden konnte, traten zwei Jugendliche aus einer dunklen Ecke hervor. Robert erkannte den Jungen von seinem letzten Besuch wieder und das Mädchen, das sie draußen beobachtet hatte. Beide waren auch bei der Demo in Venlo gewesen. Sie warteten, bis Geesdonk nickte. Sofort näherten sie sich bis auf zwei Meter, wo das Mädchen wieder stehen blieb. Als es sich hastig eine Haarlocke aus den Augen wischte, entdeckte Robert auf ihrem Handrücken ein hingekritzeltes Autokennzeichen.

Der Junge stand dicht bei seinem Herrn und flüsterte ihm ins Ohr. Für ein paar Sekunden schien Geesdonks Gesicht unter einer hauchdünnen Eisschicht zu erstarren, während er Katja ansah. Dann verzogen sich seine dünnen Lippen zu einem unangenehmen Lächeln: »Ich fürchte, ich muss unsere Besichtigung schon beenden. Eine arme Seele ruft mich, ihr die Sterbesakramente zu erteilen.«

10

Montag, 22. Oktober

Frederico hatte an diesem Morgen eine Saulaune. Das ganze Wochenende hatte er im Museum verbracht, wo nach dem Besuch des Beigeordneten eine ziemlich angespannte Atmosphäre herrschte. Immer wieder fuhren Einsatzwagen der Polizei vorbei und zweimal hatte ein übernervöser Wachtposten falschen Räumungsalarm geschlagen. Zweimal hatten sie sich also im Atombunker verschanzt, wo es nur dank mehrerer Kästen Bier einigermaßen auszuhalten gewesen war.

Am Sonntagmorgen war er kurz rausgegangen, um frische Luft zu schnappen, und dabei zwischen die Kirchgänger geraten. Beinahe wäre er mit zur Messe gegangen. Er war noch rechtzeitig umgekehrt, konnte sich jetzt aber vorstellen, warum die Gottesdienste in den Gefängnissen so gut besucht waren.

Den restlichen Tag über hatten Olga und er am Telefon gehangen, um sämtliche politischen Parteien davon zu überzeugen, den Übernahmeplan zu torpedieren. Mit Erfolg: Größtenteils standen sie auf ihrer Seite, vor allem, nachdem das Kleingedruckte in dem Vertrag bekannt geworden war. Für das Museum wurde die symbolische Kaufsumme von einem Euro bezahlt und dafür erhielten die neuen Eigentümer das Recht, pro Jahr zwanzig Prozent der städtischen Sammlung zu erneuern. Dies bedeutete nichts anderes, als dass sie einen Teil der Werke für teures Geld verscherbeln konnten, nachdem sie vorher deren Wert durch pompöse Ausstellungen kräftig in die Höhe getrieben hatten. Der Gewinn floss auf die Konten der Investoren. Der reinste Ausverkauf. Im Grunde genau das Gegenteil von dem, was Rogier van Cleef getrieben hatte: Dieser hatte die Werke viel zu teuer eingekauft und bekam anschließend von dem dankbaren Galeristen ein hübsches Sümmchen auf sein Privatkonto überwiesen.

Die Ideale der Ultras waren unterdessen ziemlich in den Hintergrund gerückt, und am Abend zuvor war beschlossen worden, dass sich das ändern sollte. Erstens mussten sämtliche Werke der beteiligten Künstler nach Venlo transportiert werden, um zu demonstrieren, was Ultrarenaissance überhaupt bedeutete. Allein V3 konnte an die zwanzig Stücke beisteuern. Zweitens wollten sie alles daransetzen, um ihren Inspirator Frans Franciscus nach Venlo zu holen. Am liebsten mit ein paar seiner Bilder. Er hatte sein Kommen bereits zugesagt, doch mit den Gemälden gab es Probleme. Keine Versicherung war bereit, das Risiko zu tragen, dass sie bei einer Räumung beschädigt wurden.

Doch am meisten ärgerte sich Frederico an jenem Morgen über Olga. Am Sonntagabend waren sie nach Arnheim zurückgekehrt, weil sie dringend ein paar Dinge erledigen mussten. Olga hatte sich in den Kopf gesetzt, am Montagmorgen pflichtgemäß im Präsidium aufzukreuzen, um sich gemeinsam mit der Polizei-Ische Fotos anzusehen. Unglaublich, dass er die Tante mit nach Hause genommen hatte. Die war doch bloß eine Infiltrantin, die auf Informationen aus war, für den Fall, dass das Museum geräumt werden sollte. Wie dumm von ihm, sich überhaupt auf ein Gespräch mit ihr eingelassen zu haben – aber noch dümmer von Olga, der Frau weiterhin zu vertrauen.

Olga war in letzter Zeit sowieso ziemlich von der Rolle. Gestern Abend zum Beispiel. Da hatte irgendjemand von einer Illustrierten angerufen. Wollte ein Interview mit ihr. Ob sie noch am selben Abend Zeit hätte? Na klar. Olga hatte sofort angebissen. Und was war mit ihren dringenden Verpflichtungen? Sollte er sich vielleicht allein um alles kümmern? Es hatte mächtig zwischen ihnen geknallt. Die ganze Anspannung der letzten Woche hatte sich Bahn gebrochen. In der Nacht hatte er sie nicht nach Hause kommen hören. Sie war garantiert in einer Kneipe gelandet und hatte dann bei Cisca oder Fran übernachtet.

Und heute musste er auch noch zu unchristlicher Zeit aufstehen, um vor halb neun seine Geburtsurkunde bei der Akademie einzureichen. Sonst wäre es Essig mit seiner Examenszulassung. Übelste Bürokratie. Na ja, Olga würde im Laufe des Vormittags schon wieder auftauchen.

Das hatte sie bisher immer getan.

Wenig später begann Mickys Woche mit einem eigenartigen Anruf.

»Hier ist Mara«, meldete sich eine Frau und machte dann eine Pause.

Da Micky keine Mara kannte, wartete auch sie schweigend ab.

»Wir haben letzte Woche miteinander gesprochen«, erklärte die Frau schließlich.

»Ja?«, sagte Micky.

Sie hatte keine Ahnung, wer die Frau war.

»Wim unternimmt einfach nichts!«, klagte sie. »Er redet nicht mal mit mir.«

Erst jetzt begriff Micky, dass sie Mevrouw Smaling am Apparat hatte. Da sie nicht wusste, ob Duut inzwischen in dem Fall aktiv geworden war, beschränkte sie sich auf ein neutrales: »Ach.«

»Wir haben immer noch nichts von Caro gehört«, fuhr Mara Smaling fort. »Gestern habe ich selbst bei der Botschaft in Buenos Aires angerufen.«

»Und, wie geht es Carolijn?«, fragte Micky.

»Es ist einfach furchtbar!«, rief Mara aus. »Caro wurde in ein Frauengefängnis außerhalb der Stadt verlegt. Sie sitzt mit dreißig anderen zusammen in einer Zelle und muss auf dem nackten Fußboden schlafen. Sie haben ihr alles abgenommen, bis auf ein T-Shirt und eine Unterhose!«

»Gibt es schon neue Informationen bezüglich der Anklage?«, fragte Micky.

»Man hat sie auf offener Straße verhaftet, als sie in ein Taxi einsteigen wollte«, sagte Mara. »Sie hatte ein halbes Kilo Kokain in einer Plastiktüte bei sich. Das behaupten die jedenfalls.«

»Haben Sie denn mittlerweile einen Anwalt vor Ort eingeschaltet?«

»Das ist es ja gerade ...« Mara versagte die Stimme. »Wenn Wim ein Knöllchen kriegt, ist hier der Teufel los. Aber jetzt, wo Caro in ernsten Schwierigkeiten steckt, passiert gar nichts. Und zu mir sagt er nur, es würde schon alles wieder gut werden.«

»Tja«, sagte Micky. »Und was sollen wir Ihrer Meinung nach unternehmen?«

»Ich weiß es ja auch nicht!«, schluchzte Mara. »Aber irgendjemand muss doch etwas tun!«

»Ich werde mich mal umhören«, versprach Micky.

Sie legte auf und schrieb eine Notiz, die sie per Intranet an Duut mailte, wobei sie bezweifelte, dass er darauf reagieren würde. Aufgeflogene Drogenkuriere am anderen Ende der Welt standen nicht besonders weit oben auf seiner Prioritätenliste.

Unterwegs versuchte Frederico mehrmals, Olga auf dem Handy zu erreichen, aber es meldete sich immer nur die Mailbox. Beim letzten Mal hatte er nach dem Piep mitgeteilt, dass er um halb zehn zu Hause sein würde. Und ob sie inzwischen mal den Lieferwagen abholen würde, den er reserviert hatte. Oder die Gemälde verpacken könnte. Und wenn's ginge, gleich auch verladen würde. Oder ob sie eine Pressemeldung über die Ausstellung aufsetzen könne.

»Aber mach wenigstens irgendetwas!«, fügte er wütend hinzu.

Den Auflauf von Kommilitonen bemerkte er erst, als sie ihm zupfiffen und seinen Namen riefen. Sie standen an der Straße vor der Kantine. Das Gebäude bestand größtenteils aus Glas, nur auf dieser Seite hatte der Architekt eine blinde Wand eingeplant. Schon seit Jahren war die große, weiß gestrichene Fläche ein beliebtes Ziel von Graffiti-Sprayern, und Frederico erwartete daher nichts weiter als eine neue Kreation frisch aus der Dose.

Doch zu seiner Überraschung huschten bewegliche Bilder über die Wand. Chaotische Aufnahmen von einer Maschine oder einer Art Fließband. Ein Examensprojekt, vermutete er.

»Cool, wo kommt das denn her?«, fragte er.

Seine Kommilitonen zeigten auf einen mit laufendem Motor geparkten Mercedes Transporter. Frederico ging zum Seitenfenster und schaute hinein. Auf einem Stativ im Laderaum stand ein Beamer.

»He, Frederico!«, rief jemand. »Guck mal, deine Freundin!«

Er blickte in das Gesicht auf der Wand. Unmöglich, Olga hatte nichts mit Videokunst im Sinn. Sie hielt Video für ein beschränktes Medium, das hauptsächlich für experimentelle Angebereien missbraucht wurde. Auf der Wand war jetzt eine Ente zu sehen, die mechanisch vor- und zurückschnellte. Jedes Mal, wenn sie nach vorn schoss, wurden unter ihr zwei Eier sichtbar. Frederico gesellte sich zu seinen Kommilitonen.

»Großartig, eine Anklage gegen die Fleischindustrie«, sagte er.

Jetzt erschien ein gekritzelter Text unter der Ente. Langsam zogen die Buchstaben vorüber. *Das Reden der Künstler wird überbewertet.* Na ja, wieder mal so eine kryptische Bastelarbeit, in die der Betrachter selbst einen Sinn hineininterpretieren musste.

Die Kamera folgte einem rotierenden Pfosten. Auf seiner Spitze steckte ein Männerkopf, dem zwei Hände die Augen zuhielten. Danach wurde der Schädel eines Pferdes oder eines anderen großen Tieres eingeblendet.

»Pass auf, gleich kommt Olga wieder«, sagte einer.

Der Pferdeschädel sauste nach vorn auf eine schnell rotierende Scheibe zu. Durch ein Loch in der Mitte der Scheibe wurde eine Puppe an einem Strick auf und nieder gezogen wie ein Teebeutel in einer Tasse. Langsam zoomte die Kamera auf das Gesicht und weiter auf den zugeklebten Mund.

»Shit, das ist wirklich Olga!«, flüsterte Frederico.

Duut reagierte bereits nach einer halben Stunde auf Mickys Mail. Er rief sie an und ließ sie das Gespräch mit Mara Smaling Wort für Wort wiederholen. Danach verfiel er in hartnäckiges Schweigen. Mit einem lauten »Hallo!« riss Micky ihn aus seinen Grübeleien.

»Ich halte es für ausgeschlossen, dass Smaling einfach die Hände in den Schoß legt«, sagte er. »Irgendwas läuft da hinter den Kulissen. Der HC* hat nicht umsonst eine Informationssperre verhängt. Aber jetzt, wo sich Smalings Frau eingemischt hat …«

In vertraulichem Ton fuhr er fort: »Das Problem ist, dass

* HC = Hoofd-Commissaris, Polizeipräsident.

hier immer noch alle bis zum Anschlag mit dem Pipeline-Fall beschäftigt sind. Könnte nicht eine deiner Mitarbeiterinnen in der Botschaft in Buenos Aires anrufen? Vielleicht haben die eine Kopie des Festnahmeprotokolls.«

»Völlig unmöglich«, log Micky. »Wir haben gerade zwei neue Inzestfälle reinbekommen.«

»Und was ist mit dir?«, fragte Duut.

Sie stieß einen empörten Seufzer aus.

»Okay, dann beauftrage einen von unseren Finanzexperten, Smaling mal gründlich unter die Lupe zu nehmen«, sagte er. »Ich kann im Moment wirklich niemanden entbehren. Übrigens, wo bleibt eigentlich Olga Steen? Die sollte doch Punkt neun hier auf der Matte stehen?«

»So sind Künstler nun mal, Jan«, antwortete Micky. »Die haben ein anderes Verständnis von Zeit und Raum als brave Bürger wie du.«

Sie legte auf und beschloss, sofort bei den Finanzexperten vorbeizuschauen. Dafür musste sie nur über den Flur, aber diese zwei Meter trennten Welten. Der reinste Kulturschock. Bei der Finanzermittlungsgruppe arbeiteten ausschließlich altgediente männliche Kollegen. Intelligente Frauen wurden von ihnen als exotisches Phänomen und bestenfalls willkommene Ablenkung von der Mühsal des Alltags betrachtet.

Gebannt blickte Frederico in das Gesicht seiner Freundin. Was in aller Welt hatte Olga dazu bewogen, sich auf einen so morbiden Video-Act einzulassen? So banal, so melodramatisch, einfach völlig übertrieben!

Er schaute bis zum Ende zu. Dann startete der Film wieder von vorn. Zu Anfang wurde eine Großaufnahme von der Umgebung gezeigt, in der die Maschine stand. Zwischen den kahlen Ästen glitzerte ein Fluss. Eine große Fensterfront erschien im Bild.

»He, das ist die Wiese vor dem MMK!«, rief einer. »Schaut, da ist der Rijnzaal!«

»Vielleicht ist das live«, spekulierte ein anderer.

Aufregung ergriff die Gruppe. Wenn das live war, dann war diese Vorstellung eine Einladung, sich auf die Suche nach dem merkwürdigen Apparat zu begeben, und zugleich wurde ihre Suche zu einem Teil der Performance. Sie warfen noch einige amüsierte Blicke auf den Transporter, bevor sie sich auf den Weg machten.

Das Museum voor Moderne Kunst lag in der Nähe des Konservatoriums, oben auf der Moräne. Zwar waren es bis dorthin nicht mehr als zweihundertfünfzig Meter Luftlinie, aber die Studenten mussten den steilen Hang hinaufklettern.

Während seine Kommilitonen die Gelegenheit nutzten, die ersten Veranstaltungen ausfallen zu lassen, rief Frederico zum soundsovielten Male Olga an. Sie meldete sich noch immer nicht. Als er die Verbindung abbrach, entdeckte er Cisca und Franny.

»Hat Olga gestern bei einer von euch übernachtet?«, fragte er.

Als sie verneinten, packte ihn Angst. »Habt ihr sie nicht im *Café Defoe* gesehen?«

»Nein … Frederico, was hast du denn?«

Er gab keine Antwort und rannte los; auf dem kürzesten Weg, mitten durchs Gestrüpp, geradewegs nach oben. Er ignorierte die spöttischen Kommentare seiner Kommilitonen, die den Serpentinenweg hinaufstiegen. Er stolperte, riss sich die Hände an den Brombeersträuchern auf, zerschrammte sich das Gesicht an den Ästen. Dennoch erreichte er die Rasenfläche als Erster. Nass geschwitzt blieb er stehen.

Doch das war nicht der Grund, weshalb sich ihm am ganzen Körper jedes einzelne Haar sträubte.

Die Vorstellung, die er zu sehen bekam, war alles andere als *live.* Olga, deren Körper an dem Strick auf und nieder gezogen wurde, war tot.

Bei der Finanzermittlungsgruppe arbeiteten doppelt so viele Leute wie in Mickys Abteilung – vielleicht war das ein Grund dafür, dass dort auch doppelt so lange Kaffee getrunken wurde. Sie fand die Kollegen im Büro ihres Chefs. Einer der Anwesenden schien Geburtstag zu haben, denn auf dem Tisch stand ein Pappkarton mit Teilchen. Aha, es war der Chef selbst, Charles. Sein Bürostuhl war mit rosa Bunnys verziert.

Nachdem Micky Duuts Bitte übermittelt hatte, Smalings Finanzen zu überprüfen, stimmten die Ermittler ein »Hoch soll sie leben« an.

»Hat einer von euch Zeit?«, fragte Micky, nachdem sie verstummt waren.

Daraufhin stopften sich alle, so schnell es ging, den Mund mit Gebäck voll und eine Zeit lang war nur prähistorisches Schmatzen und Brummen zu hören. Als Micky einen nach dem anderen vorwurfsvoll anschaute, zeigten sie entschuldigend auf ihre Münder. Sie verfluchte Duut und beschloss, nicht zu warten, bis sie ausgekaut hatten. Mit einem Filzstift schrieb sie die Nummer von Smalings Akte in großen Buchstaben auf das Poster eines Rennwagens.

Erst jetzt stand Charles auf und verkündete, dass er sich zu gegebener Zeit selbstverständlich gerne zur Verfügung stellen würde. Sie wollte schon mit dem gestreckten Mittelfinger antworten, als ihr Handy sich meldete. Es war Duut.

»Gut, dass du anrufst«, sagte sie schnell. »Unser Finanzspezialist hat ein Zeitproblem.«

»Gib ihn mir mal«, sagte Duut.

Obwohl ihr Handy nicht auf Freisprechen geschaltet war, verstand sie jedes Wort von Duut. Dass er keine Glückwünsche aussprach, war aber schon allein an Charles' Gesicht abzulesen. Er presste die Lippen zusammen und beendete das Gespräch mit einer Zusage. Dann gab er Micky das Handy zurück.

»Er will dich noch mal sprechen.«

»Micky, hier ist der Teufel los«, sagte Duut. »Komm sofort zum MMK. Wir haben eine Leiche gefunden. Sieht verdammt nach der Tat eines Psychopathen aus.«

»Wer ist das Opfer?«

Duut zögerte.

»Olga Steen, laut erstem Bericht.«

»Was ist mit ihr passiert?«

»Jemand hat sie zu einem Kunstwerk verarbeitet.«

Micky traf um 09.56 Uhr am Museum ein. Sowohl der Weg über die Moräne als auch die Straße am Rhein entlang waren abgesperrt. Ein Haufen gaffender Studenten wurde mit Hilfe von Absperrgittern auf Distanz gehalten. Micky eilte zu einem uniformierten Kollegen und zeigte ihren Ausweis.

»Wo ist Duut?«, fragte sie.

»Hinter der inneren Absperrung«, antwortete der Mann und schnauzte eine Frau an, die unter dem Flatterband durchschlüpfen wollte. »He, raus da!«

»Aber ich arbeite im Museum!«, erwiderte die Frau.

Der Beamte zeigte auf den Garten neben dem Haupteingang, wo mehrere Partyzelte aufgestellt worden waren.

»Personal bitte zu Nummer drei«, befahl er.

Micky hastete zum Diensteingang des Museums. Dort zog sie einen weißen Overall über, schlüpfte in weiße Galoschen und streifte eine Maske über Mund und Nase. Anschließend folgte sie dem Pfad, den die Spurensicherung abgesteckt hatte.

Die Kollegen hatten den Tatort bereits gesichert und abgeschirmt. Von einer großen Eiche aus waren Seile zu anderen Bäumen gespannt und große Leintücher darübergehängt worden. Micky hob ein Tuch an einer Ecke an und schlüpfte darunter hindurch.

Sie hatte schon viele Leichen gesehen, auch viele, die übel zugerichtet waren. Aber noch nie hatte sie erleben müssen, dass ein Mensch zu einem leblosen Spielzeug entwürdigt worden war.

Micky erkannte sofort, dass Olga Steen erstickt war. Ihre

Arme waren außerdem mit roten Flecken übersät, ihre Hände waren schmutzig und ihre Knöchel blutig.

»Achtung! Aufnahme!«

Jemand schaltete den Motor des Mechanismus ein. Langsam setzte sich der Apparat in Bewegung. Ein Ermittler machte Aufnahmen mit der Videokamera. Ein anderer Kollege hielt das Mikrofon und begleitete ihn, während er leise beschrieb, was er sah. Von einem männlichen Skulpturenkopf, dessen Augen von Händen verdeckt waren, bis zu einem Engel, der über dem Ganzen schwebte, von einer Entenmutter mit ihrem Gelege bis zu einer Wippe, auf der ein Matchboxauto hin- und herfuhr, von einem Pferdeschädel bis zu einem kryptischen Spruch über Künstler. Und er beschrieb Olga Steen, die wie ein Sack Mehl immer wieder hochgezogen und runtergelassen wurde.

Micky begriff, woher die blutigen Fingerknöchel stammten. Jedes Mal, wenn Olga durch das Loch in der weißen Scheibe gezerrt und dabei der Strick angezogen wurde, stieß zugleich der Pferdeschädel auf sie zu. Voller Panik musste sie ihn immer wieder weggeschlagen haben.

Jemand tippte Micky auf die Schulter. Es war Duut.

»So eine Sauerei, was?«, sagte er erschüttert.

Er blieb neben ihr stehen und wartete, bis das Videoteam einmal ganz um die Maschine herumgelaufen war.

Das Abschalten des Generators ließ eine unwirkliche Stille eintreten. Duut schüttelte den Kopf. Er zog Micky die Kapuze des Overalls über und sagte: »In einer Stunde hast du eine Kopie der Aufnahmen auf deinem Schreibtisch liegen. Wie lange brauchst du für eine Analyse?«

Micky wusste, dass die meisten Täter irgendetwas Unlogisches taten, das sich nicht mit ihrem ausgeklügelten Plan vertrug. Zum Beispiel deckten sie ihr Opfer zu, obwohl das Zeit kostete und sie eigentlich rasch fliehen mussten. Solche unbeabsichtigt gelegten psychologischen Spuren stellten einen reichen Schatz an Informationen dar und konnten einiges über die Beziehung zwischen Täter und Opfer oder über das Tatmotiv aussagen. Doch diese Inszenierung hier entzog sich einer simplen Erklärung. Dafür musste sie sich erst mal in die Literatur vertiefen.

»Ich nehme Sabine und Cassandra dazu«, versprach sie. »Und sobald wir etwas wissen, erfährst du es. Gibt es schon einen Verdächtigen?«

»Natürlich haben wir Kleisteker sofort wieder einkassiert«, sagte Duut. »Aber wir vernehmen ihn erst später. Im Moment sind die Zeugen dran. Gerade haben die Kollegen einen gewissen Frederico Schaarman in der Mangel. Er glaubt, Olga sei wegen der Museumsbesetzung in Venlo ermordet worden. Wegen ihrer Vorstellungen über Kunst. Wie es scheint, hatten sie Probleme mit einer Gruppe von Kunstinvestoren. Die Besetzung wurde übrigens sofort abgebrochen.«

»Olga hat mir letzten Donnertag ein Tagebuch anvertraut«, sagte Micky. »Darin steht, dass Kleisteker sie tatsächlich vergewaltigt hat, allerdings nicht in der Pipeline, sondern vor zweieinhalb Jahren bei einer Exkursion nach Helsinki. Damals hatte sie nichts gegen ihn in der Hand und konnte ihn nicht anzeigen, deshalb hat sie jetzt die Gelegenheit genutzt, ihn in die Pfanne zu hauen.«

»Wir sind dankbar für alles, womit wir diesen Dreckskerl aus der Reserve locken können«, sagte Duut und klopfte ihr auf den Rücken. »Warte, ich habe noch ein paar Informationen«, fuhr er fort. »Erstens: Der Täter kannte sich mit den Gegebenheiten vor Ort bestens aus. Er brauchte Scheinwerfer für die Aufnahmen, die hat er sich im Garten besorgt. Dort standen genügend herum. Zweitens: Er hat alles bis aufs i-Tüpfelchen vorbereitet. Der Strom wurde von einem Generator geliefert, den er auf einer Sackkarre hergeschafft hat, genau wie den Rest der Installation. Drittens: Die Nachbarn haben letzte Nacht einen Mercedes mit deutschem Nummernschild hier stehen sehen. Das ist mit ziemlicher Sicherheit der Sprinter an der Akademie. Und der wurde vor drei Tagen in Dortmund als gestohlen gemeldet.«

Micky warf einen letzten Blick auf den Mechanismus.

»Da kann man schon nicht mehr von einer Handschrift des Täters sprechen«, sagte sie. »Das ist gleich eine ganze Biografie.«

»Lass mich so schnell wie möglich wissen, von wem«, bat Duut.

11

Montag, 22. Oktober

Auf eine Nachtfahrt im Regen hätte er gut verzichten können. Schon die ersten Tropfen erinnerten ihn daran, dass er bereits vor Monaten neue Scheibenwischerblätter hatte kaufen wollen. In den Schlieren auf der Windschutzscheibe zersplitterten die Lichter der entgegenkommenden Autos. Robert fluchte und drehte die Musik leiser. Wenigstens befand er sich auf einer niederländischen Autobahn. Bei 120 Maximum gab es weder Stress mit aus dem Nichts heranjagenden Vollidioten noch mit notorischen Linksfahrern. Aber dieser elende Regen.

Es war schon nach 21 Uhr, als er das Auto endlich in der Tiefgarage unter dem Kelfkensbos in Nimwegen abstellte. Vor dem Museum Het Valkhof blieb er stehen, um den Anblick des monumentalen Flachbaus auf sich wirken zu lassen. Die Innenbeleuchtung ließ das gläserne Gebäude des Amsterdamer Stararchitekten van Berkel hellgolden aufscheinen. Das ist wirklich schön, dachte Robert. Er hatte das Haus bisher nur bei Tageslicht gesehen und den Volksmund bestätigt gefunden, der es wegen der grünblau changierenden Fassade auch gerne ›Schwimmbad‹ oder ›Kühlschrank‹ nannte.

Am Eingang zeigte Robert seine Einladung vor. Der Restaurator des Valkhof feierte seinen Abschied. Er war ihm vor acht, neun Jahren einmal begegnet. Robert hatte damals gerade einen kurzen Niederländischkurs hinter sich gebracht und der Nimwegener hatte erstaunlicherweise Vergnügen daran gefunden, mit dem ebenso mutig wie grausig radebrechenden Deutschen zu plauschen. Nun hatte er sich zu seinem Abschied an Patati erinnert.

Nachdem Robert sein Geschenk überreicht hatte, entdeckte er im Museumscafé einen Kollegen aus Maastricht, mit dem er drei Jahre zuvor einen Workshop überlebt hatte. Es war um die Behandlung stumpf und spröde gewordener Kunststoffe gegangen, aber sie waren sich schnell einig gewesen, dass ein Workshop zur Behandlung stumpfer und spröder Workshop-Leiter deutlich sinnvoller gewesen wäre.

»Ist Mieke auch da?«, fragte Robert und sah sich suchend nach der Restauratorin um, die mit ihnen gemeinsam in eine Mojito-schwangere Bar geflohen war. Patati erwartete jetzt ein feistes Grinsen, denn zwischen Mieke und ihm war es in der Bar zu einem hemmungslos grenzüberschreitenden Zungenaustausch gekommen.

Doch der Kollege nickte nur düster. »Oben in den Ausstellungsräumen. Tessa ist bei ihr. Schlimm, was da in Arnheim passiert ist.«

»Was denn?«, fragte Robert erstaunt.

»Hast du denn noch nichts gehört? Am MMK ist eine junge Künstlerin aus Venlo umgebracht worden. Mieke war als erste Kollegin vor Ort und musste der Polizei sagen, ob die Mordwaffe aus dem Museum stammte.«

»Entschuldige mich«, antwortete Robert verwirrt, während in ihm ein schlimmer Verdacht aufkeimte. Er lief die breite Treppe hinauf.

Im ersten Stock betrat er die gläserne Galerie längs des historischen Ringwalls und musste nicht lange suchen. Mieke und ihre Kollegin Tessa hockten auf dem Podest neben einer Bronze von Anthony Cragg.

»Darf ich?«, fragte Robert, als er die beiden erreicht hatte.

Mieke wischte sich die Tränen ab und nickte. Er setzte sich vor sie auf den Boden und folgte, während er nach einem ersten Satz suchte, den wunderschönen, organischen Formen der Skulptur.

»Scheint Mode zu werden, uns Museumsleuten Leichen vor die Füße zu legen«, unterbrach Mieke schniefend die Stille.

»Ich weiß, wie du dich jetzt fühlst«, antwortete Robert.

»Eure Tote soll wenigstens noch ganz adrett ausgesehen haben. Aber das arme Mädchen bei uns … in dieser Hinrichtungsmaschine.«

»Mieke, ich will dich nicht quälen, aber ich habe ein paar Fragen. Ich vermute, dass die beiden Morde irgendwie zusammenhängen. Die Tote, wisst ihr, wie sie heißt?«

Mieke nickte und Tessa sagte: »Olga Steen. Sie war Studentin bei uns an der Akademie. Sie gehörte zu denen, die …«

»… das van Bommel van Dam besetzt haben.« Robert schluckte. »Was war das für eine Maschine?«

Mieke gab sich einen Ruck und beschrieb das Mordinstrument erstaunlich nüchtern, beinahe so, als verfasse sie ein Zustandsprotokoll für Leihgaben.

»Das ganze Ding sah aus, als hätte Tinguely es gebaut. Die Ente, der rotierende Kopf und der Pferdeschädel, ich habe das alles schon mal gesehen. Wenn ich nur wüsste, wo«, schloss sie.

»Duisburg«, sagte Robert prompt. »Hört sich nach einem Nachbau von Tinguelys *Märchenrelief* an.«

»Diese Drehscheibe, in der das Mädchen steckte«, schluchzte sie plötzlich, »die hatte sich regelrecht in ihren Leib geschnitten. Rundherum waren Pfützen von Blut.«

Robert nahm sie in den Arm.

Nach ein paar Minuten hörte sie auf zu weinen. Sie hatte den Kopf an seine Brust gelehnt und begann mit zwei Fingern eher symbolisch die Tränen von seinem Sakko zu wischen. »Du hättest ruhig mal anrufen können, du Schuft«, sagte sie und versuchte dabei frech zu gucken.

»Du hattest es mir verboten«, lächelte Robert.

»Ich hätte nie gedacht, dass du mir gehorchen würdest.«

»Du warst wütend.«

»Weil du mich einfach so abgeschleppt hast. Weil du das konntest und ich es auch noch wollte.«

Sie war herzzerreißend weich und selbst verweint ganz zauberhaft. Aber Robert hatte auch gesehen, dass sie inzwischen einen Ehering trug.

»Ich muss die Polizei anrufen«, sagte er, während er sich vorsichtig aus der Umarmung löste und aufstand.

Mieke sah ihn erschöpft an. »Komm uns doch mal zu Hause besuchen. Mein Mann würde dich mögen.«

Er nickte den beiden Frauen zu und ging zur Treppe.

»Robert«, rief Mieke ihm plötzlich hinterher. »Ich habe was Wichtiges vergessen. Auf der Maschine stand ein Satz: *Das Reden der Künstler wird überbewertet.* Es gibt da doch in Moyland diese Collage-Arbeit von Beuys.«

»*Das Schweigen von Marcel Duchamp wird überbewertet.* Ja, stimmt. Ich ruf euch an«, rief er im Weggehen und wusste im selben Moment, dass er das keinesfalls tun würde.

Auf der Heimfahrt nach Krefeld versuchte Robert stattdessen mehrfach, Katja anzurufen, aber sie hatte ihr Handy ausgeschaltet. Sollte sie etwa plötzlich ein Privatleben haben?

Er erreichte sie erst am nächsten Vormittag im Präsidium.

»Wisst ihr von dem Mord in Arnheim?«, fragte er anstelle einer Begrüßung.

»Natürlich. Hast du die Frau in Venlo gesehen?«

»Klar, sie war die Anführerin. Hör mal, du erinnerst dich doch an Geesdonks Predigt. Wie er über die jungen Künstler herzog, deren größte Kunst darin bestünde, sich selbst zu vermarkten. Und jetzt pass mal auf. Auf dieser Höllenmaschine, mit der Olga Steen ins Jenseits befördert wurde, stand genau so ein Satz: Das Reden der Künstler wird überbewertet.«

»Ja, Mr. Hobbydetektiv, das mag ja wie in einem Krimi alles gut zusammenpassen. Aber die Realität sieht so aus: Die Holländer glauben, dass es der Racheakt eines Vergewaltigers war. Zwei Morde, zwei Täter. Koik hingegen meint, dass Zink vielleicht an den Betrügereien der van Cleefs beteiligt war und Olga Steen während der Museumsbesetzung etwas gefunden hatte, das ihn erpressbar machte. Also zwei Morde und ein Täter namens Zink.« Katjas Stimme klang so aufgeräumt, dass Roberts Neugierde unerträglich zu jucken begann.

»Hattest du einen schönen Abend? He, du wirst mir den Jungen doch vorstellen, bevor du mit ihm durchbrennst?«

»Aber natürlich, mein lieber alter Tati.« Katja giggelte. »Übrigens ist Zink wieder aufgetaucht und Koik nimmt ihn gerade in die Mangel.«

»Wo war er denn?«

»Er sagt, in einem Wochenendhaus seines Bruders in der Eifel. Man hätte ihn in Gladbach auf der Straße beschimpft, bedroht und angespuckt. Da wäre er in Panik geraten und abgehauen. Er konnte aber seine Story bisher nicht belegen: keine Zeugen, keine Tankquittungen, nichts.«

»Also ehrlich, Katja. Wenn sich hier einer in krude Theorien verrennt, dann Koik. Du glaubst doch wohl selbst nicht, dass Zink ein Doppelmörder ist? Und dass er dann auch noch Mordmaschinen bastelt?«

»Verehrter Herr Patati, du hast Glück, dass ich so überaus gut gelaunt bin. Dein Dr. Zink hat euer Museum für perverse Praktiken benutzt. Warum sollte er da nicht auch eine grausame Mordmaschine konstruieren? Aber ganz ehrlich, ich bin im Augenblick selbst unsicher. Und darum muß ich jetzt wieder an die Arbeit, okay?«

Robert bekam schlechte Laune. »Ich möchte eine offizielle Aussage machen«, sagte er.

»Dann kommen Sie bitte ins Präsidium. Gegen 16.30 Uhr wäre noch ein Termin frei.« Auch Katjas Stimme klang nun etwas beißender. »Wenn Ihnen das zu lange dauert, können Sie natürlich auch zur Politie nach Arnheim fahren. Der reformfreudige Holländer soll ja für ungewöhnliche Ideen aufgeschlossener sein als der steife Deutsche.«

»Vielen Dank für den Tipp, Frau Kommissarin, und entschuldigen Sie, wenn ich Ihnen Ihre gute Laune mit ein paar lächerlichen Einwänden vermiest haben sollte.«

»Beleidigte Leberwurst!«, grützte Katja Robert an, ehe sie plötzlich wieder giggeln musste. Roberts Gehirn widmete sich augenblicklich wieder Katjas Privatleben. Es musste gestern etwas ganz Herausragendes geschehen sein – so locker und albern hatte er sie lange nicht erlebt. Sein Ärger wurde von Freude unterspült.

»Ignorante Soljanka!«, kam es ein wenig bemüht über seine Lippen.

»Hey, hey, hey. Wie immer ganz der Einfallsreiche. Ich ruf dich heute Abend mal an«, versprach Katja. Als sich Roberts Gedanken wieder Richtung Mordfälle bewegten und er nachhaken wollte, hatte sie aufgelegt.

Patati ließ sich unzufrieden in seinen Eames-Chair fallen. Die ganze Ermittlung stank vom Kopf her und dieser Kopf hieß Koik. Katja hatte recht. Die Polizei in Arnheim war seine einzige Chance. Was sollte denn das für ein Vergewaltiger sein, der eine Maschine à la Jean Tinguely baute und Joseph Beuys zitierte, um sich an einem Mädchen zu rächen?

Es gibt so etwas wie ästhetische Intuition. Man sieht, dass etwas wegen seiner äußeren Form, vielleicht nur wegen eines Details überhaupt nicht in die Situation passt, und weiß plötzlich, die ganze Sache wird schiefgehen. Das kann ein einziges schräges Wort oder eine Geste in einem Gespräch zwischen Liebenden sein oder die Bewegung eines Menschen quer zu allen anderen Bewegungen im Raum. Man kann das Unglück in diesem Augenblick förmlich mit Händen greifen.

Das Problem an der ästhetischen Intuition ist, dass sie eine große Schwester hat, die ihr verdammt ähnlich sieht: das Vorurteil.

Allein deshalb ließ Robert sich nicht gleich entmutigen, als am Empfang der Name des Arnheimer Chefermittlers genannt wurde und sich seine ästhetische Intuition daraufhin wie ein erschreckter Igel zusammenrollte.

Duut. Ein Klang, der ganz wenig Platz für Dinge rechts und links vom vorgeschriebenen Weg ließ. Duut wie – Koik. Diese klangliche Verwandtschaft versprach nichts Gutes. Doch Robert wollte keinem Vorurteil aufsitzen.

Äußerlich war der Niederländer dann auch ein ganz anderer Typ. Anstelle eines gedrungenen Koiks im Holzfällerhemd begrüßte ihn ein schlanker, hochgewachsener Mann in modischem grauem Anzug mit weißem, leger getragenem Hemd. Auch war dieser Duut von ausgesuchter Höflichkeit und hörte Robert hochinteressiert zu. Scheinbar.

Denn als Robert einige sorgsam gefaltete Kopien aus der Innentasche seines Jacketts zog, sah Duut plötzlich nervös auf seine Uhr und bat Robert, seine Aussage von der kompetenten Kollegin Spijker aufnehmen zu lassen. Mit jedem Wort fütterte Duut den anfangs noch kleinen grummeligen Wutkloß in Patati an. Ja, natürlich war diese Kollegin die eigentlich bessere Gesprächspartnerin. Klar, eine Spezialistin für Serienmorde mit besonderen Hintergründen, sowieso mit diesem Fall vertraut wie keine andere.

Robert begann nur deshalb nicht zu schimpfen, weil er keine Lust hatte, bei diesem Mann künftig als Prototyp für den hässlichen Deutschen herzuhalten. Er beschränkte den Ausdruck seines Unmutes darauf, dem herbeigerufenen Beamten langsamer als nötig und mit den Händen in den Hosentaschen zum Büro der angeblichen Spezialistin zu folgen. Er sah noch, wie Duut zum Hörer griff, und konnte sich prima vorstellen, was der jetzt sagte: Hör mal, Spijkerchen, da kommt so ein Spinner aus Deutschland zu dir. Nimm seinen Quatsch mal auf, damit es nicht heißt, wir würden die Moffen schlecht behandeln.

Wahrscheinlich zählten Zeugenaussagen wie seine zu den viel belachten Strafarbeiten für Kommissarsanwärter. Robert legte sich ein paar niederländische Sätze zurecht, falls ihm das Nachwuchsrind arrogant und altklug kommen würde. Als der Polizeibeamte die Tür zu einem Büro öffnete, schlenderte er – seine kompetente Gesprächspartnerin keines Blickes würdigend – hinein. Es hätte nicht viel gefehlt, und er hätte ein Liedchen gepfiffen, aber er sagte dann doch zur Decke hin: »Goede Middag, Mevrouw.«

»Guten Tag, Herr Pfarrer der Kunst«, kam es auf Deutsch zurück.

Robert vergaß alles, was er sich vorgenommen hatte, und starrte die Frau hinter dem Schreibtisch an.

»Sie?«, fragte er überrascht.

»Dasselbe könnte ich Sie fragen«, sagte sie, während sie auf den Stuhl vor dem Schreibtisch wies.

»Das stimmt allerdings«, sagte Robert, der den Blick nicht von ihr wenden konnte. Die gefallene Sportlerin von Venlo. Er hätte es ungern zugegeben, aber er hatte sich nach ihrer Begegnung nicht wenige Gedanken über sie gemacht. Sie hatte unter ihren blonden Haaren ein hübsches Gesicht mit einer Stupsnase und ein paar Sommersprossen. So etwas hatte Robert schon gefallen, als er noch das Kinderprogramm schaute. Ihr durchtrainierter Körper stand ein bisschen im Widerspruch zu diesem Gesicht. Als wollte sie klarmachen, dass sie alles war, nur kein süßes Mädchen. Das hatte Robert neugierig gemacht und er hatte sich auf der Heimfahrt von Venlo geärgert, sie nicht auf ein kopje koffie ins *Café Centraal* eingeladen zu haben.

»Wir können Niederländisch sprechen«, bot er ein wenig verschämt an.

»Sprechen wir Deutsch, ich will es sowieso trainieren. Sie sehen nicht aus wie ein Priester.«

»Wie kommen Sie darauf, dass ich einer wäre?« Robert wunderte sich.

»Sie haben in Venlo Sätze gesagt, die das nahelegen.«

»Oh, das war Ironie. Ich bin Kunstrestaurator am Museum Abteiberg in Mönchengladbach. Der echte Pfarrer der

Kunst stand etwas abseits von seinen demonstrierenden Jüngern. Und deswegen bin ich hier.«

»Sie möchten zum Mord an Olga Steen aussagen.« Die Frau musterte ihn kritisch.

»Ja. Ich habe gestern in Nimwegen Mieke van Aarzeln getroffen. Eine Kollegin am MMK. Sie hat mir von dem Mord und der Maschine berichtet. Der Spruch darunter ...«

»Das Reden der Künstler ...«

»Genau.« Robert begann, über den Mord an Syntha van Cleef, den Verdacht gegen Zink, über Geesdonk, seine Predigt und seinen Hass auf den verdorbenen Kunstbetrieb zu erzählen. Das erste Mal hatte er das Gefühl, dass ihm jemand wirklich aufmerksam zuhörte. Micky Spijker machte sich reichlich Notizen.

»Und was haben Sie persönlich gegen Pfarrer Geesdonk?«, fragte sie ihn plötzlich.

Robert begriff erst jetzt, dass seine Aussage wie ein Kreuzzug gegen einen unliebsamen Konkurrenten aussehen konnte.

»Nichts«, antwortete er empört. »Ich habe nur etwas dagegen, dass die Polizei beidseits der Grenze Unschuldige zu Mördern erklärt, während der wahre Täter frei herumläuft.«

»Wer sagt Ihnen, dass wir Unschuldige zu Mördern erklären?«

Je mehr Robert sich ereiferte, desto kühler reagierte sein Gegenüber. Dass er sich immer noch in solchen inneren Aufruhr locken ließ, statt ganz altersweise die Ruhe zu bewahren. Er bemühte sich, etwas cooler zu sein.

»Wenn man die beiden Fälle zusammen betrachtet, sieht doch ein Blinder, dass wir es mit Ritualmorden zu tun haben, oder? Und dann kann es sich nur um ein und denselben Täter handeln. Ihr Verdächtiger hatte doch vermutlich nichts mit Syntha van Cleef zu tun, oder? Und Dr. Zink war es garantiert auch nicht. Eine Tinguely-Mordmaschine könnte er niemals bauen. Der weiß nicht mal, wo bei einem Schraubenzieher oben und unten ist.«

Nachdem sie einige Zeit geschwiegen hatte, zog die Polizistin einige großformatige Fotos aus einer Mappe und schob sie zu ihm herüber. Bevor sich Robert im Klaren darüber war, was ihn erwartete, wanderten seine Augen auch schon über das oberste Bild. Er musste den Blick abwenden. Sie sagte nichts.

Als er sich wieder gefasst hatte, sah er sich die übrigen Fotos an. Es musste ein qualvoller, langsamer Tod gewesen sein. Robert spürte, wie seine Augen feucht wurden. Er warf die Bilder zurück auf den Tisch.

»So viel Hass ... und so viel Mühe. Sie wissen, dass ich recht habe.«

»Was halten Sie davon?«, fragte Micky Spijker.

»Der ganze Aufbau entspricht in der Grundform einer großen Tinguely-Maschine aus dem Duisburger Lehmbruck-Museum. Die Plastikente ist sogar eine ziemlich genaue Kopie. Und es gibt da diese sehr schnell rotierende Stele. Schauen Sie.« Er zog die Kopie hervor.

»Beim Original ist auf der Stele allerdings kein Kopf, sondern ein Gartenzwerg. Spontan würde ich sagen, dass es sich bei dem Kopf um eine Arbeit von Gil Shachar handelt. Ebenfalls aus dem Lehmbruck ... Moment, in Geesdonks Kirche steht auch eine Skulptur von Shachar.«

»Meinen Sie, das reicht für eine Verurteilung?« Die Frau zog spöttisch die Augenbrauen hoch. Robert hoffte, es sähe so aus, als würde er die Bemerkung ignorieren und seinen eigenen Gedanken folgen. Tatsächlich aber hatte er fasziniert zugesehen, wie sich Mevrouw Spijkers kleine Nase zusammengekraust hatte.

»Noch etwas?«, fragte sie brüsk. Er hatte wohl doch zu entzückt geguckt. Robert beugte sich wieder über das Foto.

»Der Pferdeschädel bezieht sich auf eine andere Arbeit, eine Leihgabe aus dem Tinguely-Museum in Basel, die das Lehmbruck vor gut einem Jahr gezeigt hat. Ein Teerwagen, an dessen Spitze ein mächtiger Nilpferdschädel montiert ist.«

»Woher kennen Sie alle diese Werke so genau?«

»Das Lehmbruck hat einen hervorragenden Papierrestaurator. Mein Fachgebiet ist Plastik und Malerei der Gegenwart. Wir helfen einander häufiger aus. Dem Nilpferdschädel war zum Beispiel der halbe Kiefer herausgebrochen, nachdem sich jemand daran festgehalten hatte. Den habe ich wieder eingesetzt.«

»Sie wissen also, wo bei einem Schraubenzieher oben und unten ist.«

»Ich könnte sogar eine Tinguely-Maschine bauen, die Ihnen Blumen überreicht.«

Hatte er das eben gesagt? Es war doch ein bisschen plump gewesen. Er hatte zu lange nicht mehr geflirtet, eigentlich seit Mieke schon nicht mehr. Aber man musste gerade zu den plumpen Sätzen stehen. Er lächelte.

Die Polizistin schien für kurze Zeit aus dem Konzept zu geraten. Dann beugte sie sich ebenfalls über das Foto und tippte auf den oberen Teil der Mordmaschine. »Was ist mit diesem geflügelten Engelskopf da oben? Wenn die Maschine lief, spannten sich die Seile, an denen er hing, und er stieg ein Stück nach oben.«

»Erinnert mich stark an den rechten Engel auf Raffaels *Sixtinischer Madonna.* Einer von den beiden, die heute jeder Zweite auf dem Klo hängen hat.«

»Danke. Sie haben mir weitergeholfen. Geben Sie mir Ihre Karte?«

Robert kritzelte seine Kontaktdaten auf ein A4-Blatt, faltete es in der Mitte und stellte es als Sichtschutz über einen hässlichen Kristallglasblock, in den ein Laser die drei Affen – stumm, taub und blind – eingeritzt hatte.

Mevrouw Spijker nahm das Blatt und legte es zur Seite.

»Ein Geschenk«, sagte sie.

Robert grinste.

Sie stand auf, während sich Robert im gleichen Augenblick ein Herz fasste: »Ich brauche jetzt dringend einen Kaffee. Würden Sie mir ein passendes Café zeigen – am besten von innen?«

12

Dienstag, 23. Oktober

Micky fühlte sich von Patatis direkter Frage überfallen. Zu ihrem Ärger spürte sie, wie ihr vom Hals aus die Röte ins Gesicht stieg.

»Tut mir leid«, sagte sie und fuhr dann ganz entgegen ihrer Gewohnheit fort, sich zu entschuldigen: »Der Berg von Protokollen erschlägt uns, alle warten auf meine Analysen. Und um fünf Uhr haben wir unsere Teambesprechung.« Sie lachte, als habe sie ein Kind vor sich, das in seiner Naivität einen unmöglichen Vorschlag geäußert hatte.

»Schade«, sagte Patati.

Er streckte ihr die Hand entgegen, die sie automatisch ergriff. Er beugte sich vor, und im ersten Augenblick dachte sie, er wolle ihr einen Handkuss geben.

»Ich habe mir das Werk von Olga Steen mal genauer angeschaut«, sagte er in gedämpftem Ton. »Sie hat es vollständig auf ihrer Website veröffentlicht, wussten Sie das? Es ist frappierend, aber auf jedem Gemälde habe ich ein bedrückendes Element entdeckt. Etwas Schutzloses.«

Er ließ Mickys Hand los.

»Ich bringe Sie noch nach unten«, sagte sie und fügte mit einem ironischen Lächeln hinzu: »Sicherheitsvorschrift.«

Ihr Besucher schien in Gedanken versunken und machte keinerlei Anstalten, ihr zu folgen.

»Trotzdem strahlt es Vitalität aus. Eine Art Lebenslust allem Bösen zum Trotz …« Mit dem Handballen strich er über das Foto.

»Um sechs Uhr habe ich frei«, sagte Micky in einer plötzlichen Anwandlung. »Würde es Ihnen etwas ausmachen, so lange ein bisschen durch die Stadt zu bummeln und das Kaffeetrinken gegen ein Abendessen einzutauschen?«

»Wenn wir uns dann duzen können«, antwortete Patati.

Während Robert seinen ungeplanten Stadtrundgang in Angriff nahm, stürzte sich Micky auf die Protokolle des Pipeline-Teams, das jetzt auch in dem Mord an Olga Steen ermittelte. Kleisteker kam als Täter nicht infrage, da gab sie Patati völlig recht. Dieser Kunstfatzke schwor hoch und heilig, nichts mit Olgas Tod zu tun zu haben, und Micky glaubte ihm. Dafür hatte das Pipeline-Team inzwischen noch einen anderen Verdächtigen im Visier. Bereits seit vierundzwanzig Stunden waren sie nicht mehr ausschließlich auf Kleisteker fixiert, aber Duut hatte dennoch beschlossen, ihn vorerst festzuhalten, hauptsächlich, um sich vor einer weiteren Attacke der Medien zu schützen. In der Presse hatte es scharfe Kritik an der schnellen Freilassung Kleistekers gehagelt. So hätte man es dem Verdächtigen ermöglicht, mit seinem Opfer abzurechnen, hieß es.

Die Spurensicherung hatte festgestellt, dass das Schloss des Zugangstores zum Museumsgelände aufgebrochen worden war, was den oder die Täter nicht viel Mühe gekostet haben durfte. Im Laderaum des Transporters war eine Brechstange gefunden worden, an der Splitter der grünen Farbe hafteten, mit der das Tor gestrichen war. Später hatte der Transporter hinter dem Fahrradstellplatz des Personals gestanden, wie die Reifenspuren sowie ein umgefahrener Scheinwerfer verrieten, der die Rückwand des Museums beleuchtet hatte. Einige dieser Scheinwerfer waren später benutzt worden, um die Aufnahmen des ›Kunstwerks‹ zu ermöglichen.

Nach Aussage eines Galeristen, der gegenüber dem Museum wohnte, war der Transporter gegen Mitternacht weggefahren. Der Mann hatte gedacht, es sei Material für eine Ausstellung angeliefert worden.

Die Frage, ob Olga Steen in dem Transporter zum Tatort

gebracht worden war, musste noch im Labor geklärt werden. Dort untersuchte man die Proben aus dem Wageninneren auf Faserspuren ihrer Kleidung.

»Was schließen wir daraus? Alles sorgfältig vorbereitet«, sagte Micky laut zu sich, als sie sich gegen die Lehne ihre Stuhls fallen ließ.

Sie studierte die Fotos von Olgas Leiche. Der Mund der jungen Frau war mit einer ganzen Rolle Klebeband zugeklebt worden und auch ihre Fußknöchel waren fest umwickelt. An den Handgelenken war sie anfangs ebenfalls gefesselt gewesen, wie man anhand von Klebstoffresten auf der Haut festgestellt hatte. Später hatte der Täter das Klebeband entfernt, vermutlich um den Prozess ihres Sterbens ›dynamischer‹ verlaufen zu lassen.

Olga war in derselben Kleidung ermordet worden, in der sie das Haus verlassen hatte: dünner Khakirock, ärmellose Bluse, schwarze Bolerojacke. Aber ihre Schuhe fehlten. Laut Frederico besaß Olga drei Paar: die flachen Schuhe, die sie normalerweise anhatte, knallrote Klompen, die sie nur selten trug, weil sie eigentlich zu groß waren, und ein Paar ›Hexenschuhe‹, wie er sie bezeichnete. Sie waren rot und vorn sehr spitz, um die Knöchel dagegen weit ausgestellt. Frederico hatte ausgesagt, sie seien das Geschenk einer Arnheimer Designerin gewesen, die extrem ausgefallene Schuhmode entwarf. Sie waren ebenso auffällig wie unpraktisch und Olga hatte sie nur wegen des Interviews angezogen, das sie an jenem Abend geben sollte.

Dieser Punkt hatte die meisten Fragen aufgeworfen: Wer war die Journalistin, die angerufen hatte? Für welche Illustrierte arbeitete sie? Wo sollte das Interview stattfinden? Waren auch Fotos geplant? Dann hätte ein Fotograf dabei sein müssen. Dass Olga die extravaganten Schuhe angezogen hatte, schien darauf hinzuweisen, dass sie fotografiert werden sollte. Frederico musste die Antwort auf all diese Fragen schuldig bleiben. Er und Olga hätten sich gestritten, weil wegen des Interviews so viel Dringendes liegen geblieben war. Wütend sei sie aus dem Haus gerannt, habe sich auf ihr Fahrrad geschwungen und sei weggefahren, ohne zu sagen, wohin. Der Anruf war gegen sechs gekommen. Die Sonderkommission hatte sich bei Olgas Telefonanbieter erkundigt: Jemand hatte sie von einer Telefonzelle am Bahnhof aus auf dem Handy angerufen.

Nachfragen bei sämtlichen Frauenzeitschriften brachten kein Ergebnis. Es lag auf der Hand: Olga war in eine Falle gelockt worden. Aber von wem? Frederico konnte nicht mal sagen, ob ein Mann oder eine Frau am Apparat gewesen war. Im Team war der Vorschlag geäußert worden, auch Frederico als Tatverdächtigen festzunehmen.

Der Streit könne das Motiv gewesen sein, hieß es. Und er hatte kein Alibi für den Sonntagabend. Er könne sich das mit dem Interview ausgedacht und selbst von der Telefonzelle am Bahnhof aus angerufen haben.

Duut hatte gezögert. Er beschloss, Frederico unter Druck zu setzen und ihn täglich aufs Präsidium zu zitieren, um mit ihm immer wieder alle Details des Mordes durchzugehen.

»Also, wenn es Kleisteker nicht war und Frederico auch nicht, wer war es dann?«, fragte sich Micky laut. »Los, Micky, ist es ein Täter oder sind es mehrere? Männlich oder weiblich? Und das Motiv? Rache, Grausamkeit, Macht, Lust?«

Nein, Lust erschien ihr ausgeschlossen. Man hatte keinerlei Hinweise darauf gefunden, dass Olga sexuell missbraucht worden war. Keine Spermaspuren, nichts, woraus man auf ein besonderes Interesse an ihren Geschlechtsteilen schließen konnte, keine rituellen Handlungen oder Gegenstände mit sexuellen Konnotationen. Das war außergewöhnlich und erschwerte auch die Suche nach ähnlichen Fällen, die Anhaltspunkte hätten bieten können.

Vielleicht konnte Mijnheer Patati, den sie jetzt Robert nennen sollte, Licht ins Dunkel bringen. Doch erst stand die tägliche Teambesprechung auf dem Plan.

»Starten wir mit einem Brainstorming«, schlug Duut vor. »Welchen Fluchtweg könnten der oder die Täter genommen haben? Henk, würdest du bitte noch einmal wiederholen, was über den Zeitraum am Morgen bekannt ist, bevor die Vorstellung begann?«

Der angesprochene Kollege las seine Ergebnisse vor: »Der Mercedes Sprinter wurde morgens gegen 07.00 Uhr vor der Kunstakademie abgestellt. Eine Streife ist mehrmals vorbeigefahren, aber ein Eingreifen schien nicht erforderlich ...«

»Aber der Wagen stand doch auf dem Bürgersteig?«, rief ein junger Ermittler dazwischen.

»Für Knöllchen sind wir aber nicht zuständig«, knurrte Henk und fuhr fort. »Über einen Timer wurde der Projektor um Punkt 08.00 Uhr eingeschaltet. Der Täter hatte also eine Stunde Zeit, sich aus dem Staub zu machen.«

»Und wo hat er die Stunden davor verbracht?«, fiel Duut ein.

»Auf einem Parkplatz an der Autobahn«, sagte der junge Ermittler. »Würde ich jedenfalls machen.«

»Wohl schwul, was?«, knurrte Henk.

Duut hob die Hand, um das Gelächter zum Verstummen zu bringen, und fragte Micky, ob sie etwas hinzuzufügen hätte.

»Ja, natürlich«, sagte sie. »Der Täter muss einen exakten Plan gehabt haben, sowohl in künstlerischer als auch in logistischer Hinsicht. Die Ausführung ist störungsfrei verlaufen. Da es sich also sicher nicht um einen Mord im Affekt handelt, können wir davon ausgehen, dass auch der Fluchtplan genau ausgeklügelt war. Wir sollten uns daher ausschließlich auf planbare Möglichkeiten konzentrieren.«

Der junge Ermittler rollte mit den Augen.

»Vielleicht scheint das allzu offensichtlich«, sagte Micky. »Aber wir können dadurch von vornherein einige Möglichkeiten ausschließen. Wir brauchen zum Beispiel nicht sämtliche Taxifahrer zu vernehmen, ob sie zum fraglichen Zeitpunkt in der Gegend jemanden aufgegabelt haben.«

»Was schlägst du vor?«, fragte Duut.

»Werfen wir mal einen Blick auf den Stadtplan«, antwortete Micky.

Duut drehte sich um und griff nach einem Zeigestock.

»Okay«, sagte er. »Gehen wir mal davon aus, dass das deutsche Kennzeichen des Sprinters auf einen deutschen Täter hinweist. Mit dem Auto ist man innerhalb einer Viertelstunde auf der A 12 Richtung Deutschland. Aber der Bahnhof liegt auch ganz in der Nähe. Was meint ihr? Mit dem ICE um 07.38 Uhr ist man schon gut eine Stunde später in Duisburg.«

Patati erwartete Micky im *Statzo's*, einer Kneipe, die von ein paar gealterten Künstlern gegründet worden war und das Publikum in die wilden Sechziger- und Siebzigerjahre zurückversetzen sollte. Was den Alkoholkonsum betraf, schlugen sich Gäste und Wirte wacker; mit den dazugehörigen Eroberungen dagegen wollte es nicht mehr so recht klappen. Daher wurde Micky mit großem Interesse vom Barkeeper und einer Männerrunde beäugt, die die Zeit mit dem Nachspielen von Schachproblemen aus der Morgenzeitung totschlug.

»Hallo, junge Dame«, polterte der Barkeeper mit lauter Stimme. »Was darf's denn sein?«

Gespannt lauschten alle auf ihre Antwort. Micky kniff Patati, der es sich am Ende der Theke bequem gemacht hatte, zur Begrüßung leicht in den Arm.

»Dasselbe wie er«, sagte sie und zeigte auf Patatis Glas, das mit einer roten Flüssigkeit und ein paar Eiswürfeln gefüllt war. »Und wir würden auch gern etwas essen.«

»Dann muss ich Sie um ein bisschen Geduld bitten«, sagte der Barkeeper. »Unser Koch hat einen akuten Gichtanfall und wir haben nur eine Aushilfe hier.«

Micky schaute Patati enttäuscht an, nahm kurzerhand sein Glas und trank es in einem Zug aus.

»Ein paar Meter weiter gibt es einen Italiener«, sagte sie

und griff nach ihrem Handy. »Ich frag mal nach, ob die noch einen Tisch frei haben.« Eine halbe Minute später hob sie den Daumen und sprang von ihrem Barhocker.

»La donna è mobile«, sagte Robert zum Barkeeper und legte einen Fünf-Euro-Schein auf die Theke.

In dem italienischen Restaurant war es so ruhig, dass der Wirt im Flüsterton mit ihnen sprach, als wolle er die Stille nur ungern stören.

»Und, wie ist die Besprechung gelaufen?«, fragte Robert, nachdem sie zweimal *tortellini in brodo* bestellt hatten. Dazu hatten sie sich ein Glas sardischen Vermentino einschenken lassen, der gut zu dem sonnigen Herbstwetter passte.

»Die Ermittlungen stecken noch in der Anfangsphase«, erklärte Micky. »Konkrete Hinweise zu sammeln ist jetzt das Allerwichtigste. Die Fragen, die wir Profiler uns stellen, spielen noch nicht unmittelbar eine Rolle.«

»Welche Fragen?«, wollte Patati wissen.

»Zum Beispiel: Warum hat sich der Täter ausgerechnet diese Rasenfläche ausgesucht?«

»Na ja, es ist ein intimer Ort«, sagte Patati. »Und zugleich sehr öffentlich. Intim, weil schwer erreichbar und idyllisch gelegen. Ein überschaubares, geschütztes Fleckchen inmitten der Natur, umgeben von dichtem Gebüsch und zugleich mit Aussicht auf den Rhein und die Betuwe-Landschaft.«

»Aber warum suchte er diese Intimität?«, fragte Micky.

»Kunst zu schaffen ist eine intime Angelegenheit, denn der Künstler entblößt dabei seine Seele«, antwortete Robert.

»Und Töten ist gewissermaßen auch ein intimer Akt«, ergänzte Micky. »Jemandem das Leben zu nehmen verlangt vom Mörder eine starke Konzentration auf das Opfer – nicht zu verwechseln mit Nähe oder Anteilnahme, denn Olgas Sterben war rein funktional. Der Mörder ist bei dieser Performance mit äußerster Sorgfalt vorgegangen. Es durfte nichts schiefgehen, denn er hatte keine Chance, irgendetwas zu korrigieren.«

Micky trank einen Schluck Wein und schmeckte den Granit des sardischen Bodens. »Aber was ist mit dem Publikum?«, fragte sie.

»Vom Rijnzaal aus hat man direkten Blick auf die Wiese«, sagte Patati. »Wie von einer Tribüne oder einer Loge aus.«

»Aber der Täter hat sein Stück vor leeren Rängen aufgeführt.«

»Stimmt. Deshalb hat er sich auch für eine Notlösung entschieden. Die Präsentation auf einer großen Leinwand an einem anderen Ort. So konnte er die armen Studenten in ausgelassenster Stimmung mitten in ein Horrorszenario locken. Wie deutest du das?«

»Der Täter hat ein enormes Geltungsbedürfnis. Er will zeigen, wozu er imstande ist, am liebsten vor einem großen Publikum, das er obendrein noch manipuliert.«

»Genauso war es bei dem Mord an Syntha van Cleef«, sagte Robert. »Zahllose Besucher haben sie betrachtet, ohne zu wissen, dass sich in der Skulptur eine tote Frau verbarg. Die Zuschauer begriffen erst im Nachhinein, dass sie Teil eines großen, bösen Spiels gewesen waren. Das hat den Schockeffekt noch verstärkt.«

»Bei Olga ist er noch weiter gegangen. Da hat er die totale Entmenschlichung gezeigt.«

»Extrem provozierend«, bestätigte Robert. »Wie es Kunst sein kann. Der Täter machte Olga zum Teil seiner Schöpfung, eines Systems, in dem sie buchstäblich gezwungen war, mitzuwirken. Eine furchtbare Strafe.«

»Und wofür?«

»Blasphemie. Olga hatte es gewagt, Gott, den Glauben und die Heiligen lächerlich zu machen. Schau dir nur mal ihr Gemälde an, auf dem das Jesuskind durch ein Roulettespiel ersetzt wurde. Die *Anbetung der Weisen* diente ihr als Inspirationsquelle. Pure Gotteslästerung.«

»Unser Täter manipuliert, spielt den Rächer des Herrn und sucht ein großes Publikum«, resümierte Micky. »In der Fachliteratur gelten solche Menschen als emotional geschädigt und seelisch abgestumpft. Sie brauchen Aufregung. Kicks, um zu spüren, dass sie existieren. Nur so können sie das Leben fühlen. Dieser Drang hindert sie zugleich daran, Dinge außerhalb ihres eigenen Ichs wahrzunehmen. Dadurch sind sie unfähig, sich in die Qualen ihrer Opfer hineinzuversetzen.«

»Dieser Täter hat noch mehr von sich preisgegeben«, meinte Robert. »Warum treffen wir uns nicht morgen im Lehmbruck-Museum in Duisburg? Da sehen wir nahezu alle Skulpturen, auf die sich Olgas Todes-Kunstwerk bezieht.«

In diesem Augenblick setzte ihnen der Wirt zwei dampfende Teller Nudelsuppe vor.

Wenn jemand sie in die unergründliche Welt der modernen Kunst einführen konnte, dann Robert, dachte Micky bei sich. Und als Sparringspartner auf ihrem eigenen Fachgebiet schlug er sich auch recht wacker.

Deswegen wiederholte sie Duuts Worte von vorhin: »Gut. Ich nehme den ICE um 07.38 Uhr. Dann bin schon etwa eine Stunde später in Duisburg.«

Am nächsten Morgen entdeckte sie Robert gleich beim Aussteigen auf dem Bahnsteig. Er dagegen sah sie nicht sofort, sodass sie ihn ein paar Augenblicke lang beobachten konnte. Sie fand es fast ein wenig rührend, wie er so gespannt die Menge der Reisenden absuchte. Sie musste ihn antippen, damit er sie bemerkte.

»Ich war näher bei dir, als du dachtest«, sagte sie.

»Na ja, wenn man etwas unbedingt finden will, übersieht man es oft umso leichter«, lautete seine verlegene Antwort.

Das Museum war noch geschlossen, aber eine Dame, die sich Micky als Frau Hammer, pädagogische Mitarbeiterin, vorstellte, öffnete ihnen. Sie begrüßte Robert überschwänglich und fragte, welches Werk er diesmal restaurieren wolle. Robert erklärte, sie müssten einem Plagiatsvorwurf nachgehen.

Auf dem Weg zum großen Museumssaal erklärte er Micky

augenzwinkernd: »Wenn Frau Hammer rauskriegt, dass wir in einem Mordfall ermitteln, sitzt uns innerhalb einer Viertelstunde ein Kamerateam von *Studio 47* im Nacken.«

Dann führte er sie geradewegs in den Saal mit den Werken von Tinguely.

»Das *Märchenrelief!*«, rief er und drückte auf einen Schalter.

Ein riesiger Mechanismus setzte sich in Bewegung. Micky war schier überwältigt von der Vielfalt der Bewegungen. In und auf der Maschine nickten, kippten und wedelten die seltsamsten Elemente. Ein Zwerg rotierte rasend schnell um die eigene Achse, ein stocksteif aufgerichteter Adler drehte sich ebenfalls, ein Frosch sprang immer wieder vor und zurück. Kinderspielzeug rollte hin und her, in einem Ölfass flackerte eine Lampe und das Ganze wurde durch ein Wirrwarr von Zahnrädern und Verbindungsstangen in Bewegung gehalten.

»Eine vollkommen sinnlose Maschine«, bemerkte Robert, als er sich neben sie stellte. »Außer Strom geht da nichts rein und kommt auch nichts raus.«

Er zeigte auf die Ente.

»Da hast du das erste Element, das unser Täter gestohlen hat«, sagte er. »Der einzige Unterschied besteht darin, dass die Ente des Mörders zwei Eier gelegt hat. Der rotierende Gartenzwerg hier erinnert mich stark an den Pfahl mit der Kopfskulptur von Gil Shachar.«

»Und was ist mit dem Plastikauto?«

»Jean Tinguely hat oft Kinderspielzeug benutzt«, antwortete Patati. »Vielleicht sammelt der Täter Spielzeugautos. Komm, lass uns zum *Hippopotamus* gehen. Es hätte schon vor Monaten zurück in Basel sein müssen, aber das Tinguely-Museum hat die Leihfrist auf unbestimmte Zeit verlängert.«

Tinguelys *Hippopotamus* stand in einem fensterlosen Raum. Das Kunstwerk bestand aus einer Art altertümlicher Dampfwalze, auf deren Kesselhaus ein Nilpferdschädel montiert war.

»Hier finden die Kunstkurse für Kinder statt«, erklärte Patati. »Das stählerne Nilpferd steht hier, damit die Kleinen was zum Gruseln haben …« Er drückte auf den Schalter des Elektromotors. Die Kiefer des Nilpferds begannen sich langsam auf und ab zu bewegen. Robert schaltete die Neonbeleuchtung aus und anschließend einen Scheinwerfer ein, sodass eine Projektion des Mechanismus an der Wand erschien. Entgeistert betrachtete Micky das Resultat. Patati musste grinsen.

»Tinguely hat oft Tierschädel verwendet«, erklärte er. »Als Zeichen, dass der Tod Teil unseres Lebens ist, aber vor allem auch, um ihm eine lange Nase zu drehen.«

»Gespenstisch«, sagte Micky. »Der Täter hat nicht nur mehrere Elemente kopiert, sondern auch den Effekt. Hier hat er also die Idee für die Projektion hergeholt!«

Patati schaltete die Maschine aus.

»Den Kopf von Shachar mit den Händen vor den Augen hat er auch verwendet. Komm.«

Sie liefen zusammen ins Untergeschoss, wo an einer Wand verschiedene Masken hingen.

»Schau«, sagte er. »Der Täter hat die Plastik einfach kopiert.«

Er blieb stehen und schüttelte den Kopf.

»Ich fürchte, er wird weitermorden«, sagte er plötzlich. »Syntha van Cleef hat er noch in einer anderen Figur verborgen, aber Olga Steen hat er schon regelrecht zum Material gemacht. Der will nicht nur töten. Der will auch als Künstler Furore machen. Obwohl er eine große Schwäche hat: Mangel an Inspiration.«

»Und dieses Profil passt genau auf …?«

»Pfarrer Geesdonk«, antwortete Patati. »Du hast ihn letzte Woche selbst gesehen, zusammen mit seiner Jugendgruppe bei der Demonstration vor dem van Bommel van Dam. Du weißt schon: Künstler raus, Kunst herein.«

»Ach, Sie kennen Pfarrer Geesdonk?«, rief plötzlich jemand hinter ihnen. Es war Frau Hammer. »Der Pastor kommt oft hierher«, erklärte sie eifrig. »Mit seiner Jugendgruppe. Sehr interessierte junge Leute! Er liebt die Maschinen von Tinguely. Er und die Jungs schauen sie sich stundenlang an. Haben die Plagiatsvorwürfe etwa mit ihm zu tun?«

Robert erholte sich rasch von seinem Schrecken.

»Pastor Geesdonk?«, sagte er vorwurfsvoll. »Aber nein. Er hat in seiner Kirche einen echten Shachar stehen, Frau Hammer. Er hat Geld genug, um sich Originale leisten zu können.«

Er nahm Micky am Arm und verzog sich mit ihr in einen anderen Ausstellungsraum.

»Das war kein bisschen gelogen«, sagte er.

»Ach, Wahrheit und Lüge, manchmal gleichen sie sich wie ein Ei dem anderen«, erwiderte sie. Sie wollte ihn spielerisch knuffen, aber da klingelte ihr Handy.

Es war Charles.

»Hi, Micky«, meldete er sich jovial. »Ich habe Smaling unter die Lupe genommen. Es hat sich richtig gelohnt. Er legt sich mächtig ins Zeug in letzter Zeit. Verkauft alles, was nicht niet- und nagelfest ist: Aktien, seine Jacht, seine Wohnung in Den Haag. Er hat sogar eine zusätzliche Hypothek auf seine Hütte am Rhein aufgenommen. Nur seine Frau steht bisher noch nicht zum Verkauf.«

Gelächter im Hintergrund.

»Interessant«, sagte Micky.

»Ich leg dir den Bericht ins Büro«, versprach Charles.

»Ja, okay!«, sagte Micky. »Bleib weiter dran. Ich will wissen, was er mit dem Geld anstellt. Und wenn du auch nur über ein Wort Spanisch stolperst, sag mir sofort Bescheid!«

»He, weißt du, wie aufwendig das ist?«

»Befehl von oben!«, sagte sie resolut.

13

Mittwoch, 24. Oktober

In der Cafeteria des Lehmbruck-Museums waren sie die einzigen Gäste. Robert zog zwei Cappuccini aus dem Automaten, setzte sich zu Micky und erläuterte seine Theorie, warum Geesdonk zum Mörder geworden war.

»Gute Kunst führt stets zu Gott, hat Geesdonk in seiner Predigt letzten Samstag gesagt. Also führt schlechte Kunst unweigerlich zum Bösen. Und schlecht ist Kunst für ihn dann, wenn sie göttliche Wahrheiten infrage stellt und kritisiert. Genau das hat Olga getan. Sie hat anerkannt ›gute‹ Kunstwerke, die heilige Momente zeigen, zum Ausgangspunkt für ihre Schilderungen sündiger Szenen genommen. Das konnte Geesdonk nicht dulden. Ebenso wenig, wie er zulassen konnte, dass die van Cleefs Museumsgelder, mit denen man eine Menge guter Kunst hätte kaufen können, in ihre eigene Tasche steckten.«

»Aber wenn er solche Ehrfurcht vor der Kunst hat, würde er es doch nie wagen, als Hobbykünstler schlechte Werke zu produzieren.«

»Vielleicht hat ihn gerade diese Angst zum Plagiator gemacht. Er meint, wenn er in seinen Mordinstallationen die Werke seiner Lieblingskünstler verwurstet, würde automatisch wieder gute Kunst herauskommen. Was natürlich ein grober Irrtum ist. Aber das merkt er nicht in seinem Fanatismus. Es muss für ihn eine irre Versuchung sein. Als Seelsorger hat er die verlorenen Schafe zu seinem Herrn zurückzubringen. Ein langer, steiniger Weg ist das, mit vielen Rückschlägen und Verlusten, eine Heidenarbeit sozusagen. Dann kommt da so ein Künstler und schafft ein Werk, das auf ewig den Weg zu Gott öffnet. Ein halbes Jahr, ein Monat, vielleicht sogar nur ein einziger lächerlicher Tag der künstlerischen Anstrengung für einen religiösen Langzeiteffekt über Generationen hinweg. Er muss so neidisch darauf sein.«

Eine Horde ausgelassener Kinder rauschte tuschelnd und kichernd an ihnen vorüber. »Die knutschen bestimmt gleich«, hörte Robert einen etwa zehnjährigen Knirps grölen und hoffte, dass Mickys Deutschkenntnisse hier ausnahmsweise mal versagen würden.

Eigentlich war sie nicht wirklich sein Typ. Etwas zu sportlich, ein bißchen zu dünn; etwas zu distanziert und kontrolliert, manchmal fast ein wenig herb und abweisend. Aber dann waren da diese Gegensätze, die ihn neugierig machten. Ihr fast niedliches Meisje-Gesicht, das ihn gestern schon angezogen hatte, und vor allem bezaubernde Momente von Vertrautheit und Einverständnis, als würden sie einander schon lange kennen. Wie sie ihn gestern in den Arm gekniffen hatte, als sie in diese kuriose Kneipe kam. Friendly Fire. Und wie sie heute in der Ausstellung vor Giacomettis Skulptur *Frau auf dem Wagen* plötzlich in ein absurdes Wortgefecht darüber geraten waren, ob ein Künstler Verstand und Intelligenz von Frauen mehr achtete, wenn er sie dünn oder besser noch dürr darstellte. Als Robert schließlich fragte: »Dann wären also die Rubens-Frauen nur dumme Sexobjekte?«, hatte sie mit todernstem Blick genickt, und wie auf Verabredung waren sie dann als blasierte Gutachter durch den Raum gestreift und hatten die Skulpturen den Gattungen ›Dummes Sexobjekt‹ oder ›Intellektuelles Klappergestell‹ zugeschlagen. Am Ende des Saals waren sie stehen geblieben und hatten einander angelächelt. Trotzdem hatte Robert sie dann zum Kaffee beinahe überreden müssen.

»Was hältst du davon?«, fragte er jetzt, als er seine Ausführungen zu Geesdonk beendet hatte.

»Es hört sich plausibel an. Aber du könntest über andere Leute im Umfeld der Opfer wahrscheinlich genauso schlüssige Theorien entwickeln. Wir haben bisher nur Indizien. Was wir jetzt brauchen, sind Beweise. Also zurück nach Arnheim, schauen, was die Kollegen Neues haben. Ich ruf dich an.«

Ich ruf dich an. Das war die Kurzform von *Rufen Sie mich nicht an, ich rufe Sie an.* Mit dem unausgesprochenen Zusatz: vorerst nicht, vielleicht nächste Woche, möglicherweise irgendwann, vermutlich nie. Robert fuhr über die A 57 Richtung Krefeld. Spielte sie mit ihm das alte Spiel von Locken und Wegstoßen? Oder musste sie erst einmal ein Profil von ihm erstellen? Und wieso ärgerte und verunsicherte ihn das alles überhaupt so?

Das altertümliche Klingeln seines Handys riss ihn aus dem Kreisverkehr seiner Gedanken. Auf dem Display erschien eine Mönchengladbacher Nummer, keine niederländische. Sein Freund, der pensionierte Stadtarchivar. Er schaltete die Freisprechanlage ein.

»Gerald, hallo.«

»Robert. Alles gut?«

»Na ja. Weiß noch nicht. Was gibt's?«

»Ich habe Informationen über deinen Freund. Bist du in Gladbach?«

»Auf dem Weg nach Hause. Soll ich vorbeikommen?«

»Nicht nötig. Es gibt nichts Schriftliches. Also, der Mann hatte schon in Rom mit Kunst zu tun. Er hat in den Vatikanischen Museen gearbeitet. Er sei ehrgeizig und leidenschaftlich gewesen, sagt meine Quelle. Und dass er kurz davor stand, Kurator für die Sammlung moderner religiöser Kunst zu werden.«

»Aber dann?«, Robert steuerte die Ausfahrt Krefeld-Zentrum an.

»Ist ihm 1999 ein Kunstattentäter dazwischengekommen.«

»Hat man Geesdonk dafür verantwortlich gemacht?«

»Er hat sich selbst verantwortlich gemacht. Der Attentäter spritzte Säure auf eines der Gemälde. Die Wachen überwältigten ihn und brachten ihn und das Bild – oder das, was davon übrig war – sofort in Geesdonks Büro. Als dein Pfarrer sah, dass es sich um ein Gemälde handelte, das er gerade erst nach langwierigen Verhandlungen und für viel Geld erworben hatte, hat er die Wächter weggeschickt.«

»Und?«

»Der Kerl beschimpfte Geesdonk als einen von all den Verbrechern an der Spitze der Kirche, die Jesus an den Teufel verraten hätten, sodass er nun zur Jahrtausendwende nicht zurückkehren wolle. Offenbar war das nach dem zerstörten Bild der letzte Schub, der nötig war, um aus Pfarrer Jekyll Mister Hyde zu machen. Geesdonk griff nach der zweiten Spritze, die die Wächter beim Täter gefunden hatten, und ließ ihn die Zerstörungskraft der Säure am eigenen Leib erfahren.«

»Nein!« Robert konnte sich nicht mehr auf den Verkehr konzentrieren und bog in eine Seitenstraße ab, um zu parken.

»Doch. Sie haben Geesdonk in eine kircheneigene psychiatrische Einrichtung gesteckt. Allerdings wohl eher, um ihn vor der irdischen Gerechtigkeit zu schützen. Mit dem Anwalt des Attentäters hat der Vatikan einen Deal ausgehandelt. Keine Strafverfolgung wegen des Gemäldes, eine lebenslange Rente und ein paar kosmetische Operationen, um dem Mann einen Ansatz von Gesicht wiederzugeben. Geesdonk wurde einige Monate später als einfacher Priester nach Deutschland zurückgeschickt. Mit der Auflage, in den nächsten zwanzig Jahren keinen italienischen Boden zu betreten.«

»Mein Gott, woher weißt du das alles?«

»Lieber Robert, selbst ich in meiner bescheidenen Existenz bin Knotenpunkt eines Kommunikationsnetzwerks. Meins ist zwar nicht sehr groß, aber dafür durchzieht es die Gilde der Archivare. Rein zufällig bin ich nicht nur mit einem, sondern gleich mit zwei Bistumsarchivaren bekannt. Die sich gegenseitig nicht leiden können. Und die von Herzen gerne negative Informationen über das Bistum des anderen verbreiten.«

»Dass man Geesdonk überhaupt noch mal erlaubt hat, im Namen der Kirche Kunst zu sammeln.«

»Hat man nicht. Im Gegenteil. Aber er hat sich darüber hinweggesetzt. Und ehe sie ihn wieder einfangen konnten, war er schon der medienbekannte Kunstpfarrer.«

»Du hast was gut bei mir, Gerald.«

»Mir wird was einfallen. Bis dann.«

Roberts erster Impuls war, alles Micky zu erzählen. Aber war das jetzt der dringend benötigte Beweis? Nein, lediglich ein weiteres Indiz. Sie würde glauben, er hätte nur einen Vorwand gesucht, um sie anzurufen.

Seine Laune besserte sich dennoch. Es war doch ein schöner, freier Tag. Er hatte einen anregenden Museumsbesuch hinter sich und einen Termin bei seinem Starfriseur im Alten Stadtbad vor sich. Er würde sich am Abend einen sizilianischen Rotwein gönnen und zum etwa zehnten Mal die ersten zwei Teile des *Paten* hintereinander sehen. Und dann würde er ausschlafen, richtig lange ausschlafen.

Um halb neun Uhr morgens klingelte es lang anhaltend und mitleidlos. Als Patati sich endlich aus dem Bett gewälzt hatte und sich meldete, klang seine Stimme wie die von Godfather Vito Corleone nach dem Attentat.

»Hört sich nach einem ereignisreichen Abend an«, kam es prompt von der anderen Seite.

»Eine kleine Auseinandersetzung mit den fünf Familien von New York und New Jersey. But I made them an offer they couldn't refuse«, antwortete Patati gedehnt und ließ dabei die Hand kreisen. Da rief sie also doch schon an. Mal hören, welchen Vorwand sie gefunden hatte.

»Ah, ja«, sagte Micky etwas irritiert von Roberts kruder Antwort. »Wir haben etwas Interessantes über den Sprinter herausgefunden, den der Mörder benutzt hat. Ein Händler in Dortmund hatte ihn als gestohlen gemeldet. Die deutschen Kollegen haben einen Zeugen, der jemand um das Gelände herumschleichen sah. Rate mal, auf wen die Beschreibung passt.«

»Geesdonk?«

»Knapp daneben. Auf einen seiner Jugendlichen. Klamotten, Haarfarbe, Frisur, Größe – alles passt.«

»Dann sollte man Geesdonk die Daumenschrauben anziehen. Ruf doch Koik an und komm hierher.«

»So einfach ist das nicht. Das muss den offiziellen Weg gehen.«

»Ich glaube, Koik ist der niederländischen Polizei noch etwas schuldig.« Robert erzählte Micky mit einem Hauch von schlechtem Gewissen, wie sein Ausflug mit Katja nach Venlo beinahe die Verhaftung des Betrügers Rogier van Cleef vereitelt hätte und dass die Limburger Politie freundlicherweise nicht viel Wind um die Sache gemacht hatte.

»Na wenn das so ist«, sagte Micky, »ich …«

»Ich weiß, du rufst mich an«, unterbrach er Micky, während er in der Küche Wasser für den Kaffee aufsetzte. »Tot ziens.«

»Dag«, sagte Micky und Robert konnte förmlich hören, wie sie den Kopf schüttelte.

Kurz vor zwölf rief die Profilerin wieder an. Koik hatte sich zwar etwas schwerfällig gezeigt, aber letztlich nachgegeben. Um zwei Uhr würde er den Pfarrer vernehmen. Offiziell wegen der Demo in Venlo.

Robert war um Viertel vor zwei am Mönchengladbacher Polizeipräsidium und parkte den Wagen an der Tankstelle gegenüber. Er suchte auf dem Display der iPod-Steuerung nach einem Song, der gut zu seinen Erinnerungen an den Vormittag im Lehmbruck-Museum passte. Er entschied sich für *Tesko Suicide*, einen alten Song von *Sneaker Pimps*, dessen Rhythmus ihn an Mickys Po erinnerte. Das war ein Anfang. Vielleicht etwas reduziert, aber immerhin ein Anfang.

Draußen entdeckte er Geesdonk, der gerade aus dem Bus

gestiegen war. Fünf seiner Jugendlichen waren bei ihm, blieben aber zurück, als er das Gebäude betrat. Anders als ihr Seelsorger wirkten sie bedrückt und verängstigt.

Erst um kurz nach zwei bog Micky in die Hofeinfahrt des Präsidiums ein. Robert startete den Motor, nutzte eine Lücke und fuhr ihr quer über die Straße hinterher.

Etwas abgehetzt betraten sie den Raum, in dem die Vorbesprechung stattfinden sollte. Koik und Katja starrten Robert an. Er verärgert, sie erstaunt. Sie standen vor einer Spiegelglasscheibe, hinter der sich der Vernehmungsraum auftat. Geesdonk saß bereits dort und wartete.

»Herr Koik? Micky Spijker. Sie kennen Herrn Patati? Er ist als Dolmetscher und Kunstexperte offiziell in unsere Ermittlungen eingebunden. Sie werden sicher nichts dagegen haben.«

»Er ist immerhin Zeuge in der Mordsache Van Cleef.« Koik seufzte und winkte dann ab. »Aber Herr Patati weiß sowieso schon viel mehr, als er sollte. Darf ich vorstellen: Kommissarin Hellriegel. Sie hat sich auf die Spur dieses Geesdonk-Jungen gemacht.«

Katja räusperte sich, immer noch irritiert zwischen Robert und Micky hin- und herschauend. »Der Junge heißt David Senger und ist laut Pfarrbrief Leiter der Jugendgruppe. Er war Robert – Herrn Patati und mir bereits in der Lukaskirche aufgefallen.«

Sie verlor kurz den Faden, als nun Micky für eine Sekunde ihre Überraschung nicht verhehlen konnte und den Blick zwischen Robert und Katja wandern ließ.

Katja fuhr fort. »Senger ist 1990 in Mönchengladbach geboren. Vor vier Jahren war er in unserem Programm für jugendliche Intensivtäter. Schulverweigerung, Gewaltdelikte, Diebstähle, Erpressung von Mitschülern, das volle Programm. Seit er in der Jugendgruppe von St. Lukas ist, hat er eine 180-Grad-Wende vollzogen. Ist im Sommer letzten Jahres aufs Gymnasium gewechselt und gilt als sozial engagierter Vorzeigeschüler mit Topnoten.«

»Hört sich an, als verdanke er Geesdonk ein zweites Leben«, sagte Robert.

»Wissen Sie, wo er zur Tatzeit war?« fragte Micky kühl.

»Ich weiß nicht, welche der Tatzeiten Sie meinen, aber wie auch immer, er war bislang nicht aufzutreiben.« Auch Katjas Stimme lag am Gefrierpunkt.

»Er wartet unten vor dem Präsidium mit vier anderen auf die Rückkehr seines Herrn«, schob sich Patati vorsichtig zwischen die beiden. Katja griff nach dem Telefon und gab in der Wache Bescheid, den Jungen hereinzuholen und in einen anderen Verhörraum zu bringen.

»Also gut, wir wollen den Pfarrer nicht zu lange warten lassen«, schaltete sich Koik ein. »Ich habe alles wie gewünscht eingerichtet. Frau Hellriegel und ich vernehmen ihn. Dort steht ein Laptop, mit dem Sie mir Ihre Fragen auf den Bildschirm schicken können. Falls das nötig sein sollte. Ihr Einsatz hier bleibt unter uns und damit sind wir quitt.«

Es war klar, dass für Koik Profiler und psychologische Berater so überflüssig waren wie ein Kropf, dachte Robert, während der Hauptkommissar mit Katja den Raum verließ.

»Herr Geesdonk, wir haben wegen Ihrer Venlo-Aktion eine Menge Ärger mit unseren holländischen Nachbarn. Musste das denn wirklich sein?«

Koik machte auf verständnisvoll. Aber Geesdonk sah hochmütig über ihn hinweg.

»Ich will unsere Zeit nicht vergeuden. Ich habe bereits alles zu Protokoll gegeben.«

»Es ist schwer zu verstehen, dass man Jugendliche dazu bringt, sich wegen ein paar Bildern an ein Museum zu ketten.«

»Man muss sie zu nichts bringen. Diese Generation ist nicht mehr bereit hinzunehmen, dass auf alles, was uns heilig ist, gespuckt wird. Bei jeder Mohammed-Karikatur zuckt die mediale Meinungsmafia zusammen. Aber wenn Jesus Christus verhöhnt wird, darf man nicht einmal dagegen protestieren.« Geesdonk sprach leise, aber mit scharfem Ton.

»Ich habe ein paar Fotos von der Ausstellung gesehen. Etwas anstößig vielleicht, aber über Geschmack lässt sich bekanntlich streiten.«

»Über Blasphemie nicht, Herr Hauptkommissar. Diese Bilder sind infam. Sie höhlen den Glauben der Menschen aus, ohne dass es ihnen überhaupt bewusst wird. Diese V3-Künstler stehlen die christliche Bildsprache, um den Dreck dieser verkommenen Gesellschaft zu preisen. Was einmal die Auferstehung des Herrn glorifizierte, wird nun dazu benutzt, den Orgasmus eines Freiers darzustellen. Was macht das mit den Menschen? Bald sehen sie auch in den heiligen Bildern nur noch Schmutz und Dreck.«

Koik wusste anscheinend nichts darauf zu antworten, oder er versuchte, Geesdonks Sätze noch zu verarbeiten.

»Darf man deswegen auch töten?«, stieß Katja in die entstehende Lücke.

»Wie meinen Sie das?« Geesdonks Kopf ruckte in ihre Richtung.

»Olga Steen, die Sprecherin von V3, wurde Sonntagnacht ermordet. Haben Sie das nicht in der Zeitung gelesen?«

»Natürlich habe ich es gelesen«, antwortete Geesdonk verärgert.

»Wo waren Sie Sonntagnacht?«

»Im Bett.«

»Allein?« Koik sah Katja erstaunt an, die selbst ein wenig überrascht der Frage nachhorchte, die ihr routinemäßig herausgerutscht war.

»Sie fragen allen Ernstes einen katholischen Priester, ob er die Nacht alleine verbracht hat?«

»Selbst der Papst fragt danach. Wenn Sie Olga Steens Kunst so tief verabscheuten, hat Sie die Nachricht von ihrem Tod dann nicht gefreut?« Katja fing sich unter dem Tisch einen Tritt von Koik ein.

»Wie sollte es mich freuen, wenn gegen das fünfte Gebot verstoßen wird.« Geesdonk verschränkte die Arme vor der Brust.

»Immerhin ist sie mit einer Maschine ermordet worden, die Kunstwerken von Jean Tinguely nachempfunden war.«

»Darüber weiß ich nichts.«

Der Pfarrer wurde langsam ein wenig steif, fand Robert.

»Das stand aber in sämtlichen Artikeln der lokalen Presse. Und Sie finden Tinguely doch interessant?«

»Ich interessiere mich für viele gute Künstler.«

»Im Lehmbruck-Museum sagt man, dass Sie und Ihre Jugendgruppe seine Werke regelrecht studieren. Zuletzt noch vor einer Woche.«

»Wollen Sie jetzt jeden vernehmen, der Tinguely schätzt?«, herrschte Geesdonk Katja an, versuchte aber sogleich wieder, gelassen zu erscheinen.

»Die Kleine ist nicht schlecht«, sagte Micky und Robert nickte ein wenig stolz.

Als er bemerkte, dass Micky ihn musterte, sagte er schnell: »Ich bin so etwas wie ihr Patenonkel.«

»Dann kann ihr ja nichts passieren«, antwortete die Profilerin betont gleichgültig und sah durch die Scheibe.

Im Verhörraum wollte Koik offenbar gerade ansetzen, die Wogen zu glätten, da schob Katja nach.

»Vielleicht sollte ich dann mit David Senger beginnen?«

»Lassen Sie meine Jugendlichen aus dem Spiel.« Geesdonk wurde nun erkennbar nervös.

»Gehört zu diesem Spiel, dass David Senger den Wagen gestohlen hat, mit dem die Mordmaschine nach Arnheim transportiert wurde?«

»Das ist eine bodenlose Unterstellung! Der Junge ist durch und durch anständig.«

»So anständig, dass wir für die Liste seiner Straftaten ein zweites Blatt anlegen mussten.«

»Das ist lange her. Er weiß jetzt, dass man so nichts ändern kann. Er ist einer der Besten und wird uns alle überflügeln.«

»Vielleicht hat er sich Ihnen zuliebe an seine alten Fähigkeiten erinnert. Immerhin hat er für Sie auch schon in Venlo das Gesetz übertreten.«

Der Pfarrer schwieg.

»Wir haben einen Zeugen, der ihn gesehen hat«, setzte Katja nach.

»Wenn Sie einmal jemanden in Ihren Klauen hatten, nicht wahr? Es passt nicht in Ihr kleines Polizistenhirn, dass aus einem Saulus ein Paulus werden kann«, schimpfte er.

»Na, na, na«, mischte sich Koik, der einigermaßen verdutzt Katjas Strategie verfolgt hatte, beschwichtigend ein.

Micky tippte hastig etwas in die Tastatur. »Jetzt wird's spannend«, murmelte sie.

»Und was ist mit Ihnen? Sind Sie zum Paulus geworden?«, fragte Katja.

»Ich verstehe nicht«, antwortete Geesdonk irritiert.

Die Finger der Profilerin flogen über die Tasten. Robert staunte, wie Katja Mickys Frage, die für sie unverständlich klingen musste, eiskalt und als kennte sie die ganze dahinterliegende Geschichte, in den Raum stellte.

»Das Leben eines Menschen zu zerstören, indem man ihm Säure ins Gesicht schüttet – fällt das nicht auch schon unter das fünfte Gebot?«

Geesdonk sprang auf, sein Stuhl kippte um, und Koik, der nun offenkundig überhaupt nichts mehr verstand, ging in Habtachtstellung. Aber der Pfarrer stürzte sich nicht auf Katja, sondern zur Tür. Er drehte sich um.

»Sie bewerfen uns mit Dreck, weil wir Ihnen Angst machen! Und weil Sie einen Sündenbock brauchen. Denn an die Mächtigen trauen Sie sich nicht heran. Aber Sie überschätzen sich. Einen Mann der Kirche verhöhnt man nicht ungestraft.«

»Sie können dann gehen«, sagte Koik dumpf gegen die Tür, die Geesdonk längst hinter sich zugeschlagen hatte. Dann schrie er Katja an. »Bist du wahnsinnig geworden? Willst du mir den Präsi auf den Hals hetzen?«

Robert überlegte, schnell hinüberzugehen, aber Micky rief: »Los, hinterher. Ich will sehen, wie er mit seinen Jungen spricht.«

An der Eingangstür zum Präsidium blieben sie abrupt stehen. Irgendjemand musste der Presse gesteckt haben, dass Geesdonk in der Kunstmordsache vernommen wurde. Er stand auf dem Bürgersteig, umringt von einer Hand voll Journalisten mit Notizblöcken oder Mikrofonen und seinen Jugendlichen, die bereit schienen, den Pfarrer auf Kommando abzuschirmen.

Geesdonk redete so erregt auf die Journalisten ein, dass niemand bemerkte, wie Micky und Robert das Gebäude verließen. Noch aus der Entfernung hörten sie, wie ein Reporter mit der Stimme eines Frosches fragte: »Sind Sie ein Mörder, Herr Pfarrer?«

Der Priester wurde bleich: »Ich werde nicht zulassen, dass mein Ruf, die Zukunft meiner Jugendlichen und die Ehre der Heiligen Katholischen Kirche von der Polizei in den Schmutz gezerrt werden, nur um die Entlarvung der wahren Täter zu verhindern.«

»Und wer sind die wahren Täter?«, fragten die Journalisten im Chor.

»Das, meine Damen und Herren, werde ich Samstagabend in meiner Predigt verkünden.« Zwei Taxis rauschten heran, Geesdonk stieg mit seinen Leuten ein und Micky und Robert sahen einander entgeistert an, ehe sie wieder ins Präsidium zurückliefen, um nicht von der Meute entdeckt zu werden. Im Flur kamen ihnen Koik und Katja entgegen.

»Oh, oh«, sagte Robert leise.

»Herzlichen Dank für Ihr psychologisches Einfühlungsvermögen, Frau Profiler«, raunzte der Hauptkommissar noch im Laufen Micky an. »Ich denke, wir sind jetzt mehr als quitt. Und ich würde mich freuen, Sie hier vorerst nicht mehr zu sehen.«

Katja sah ziemlich angegriffen aus. Robert versuchte, ihr einen aufmunternden Blick zuzuwerfen. Er hätte ihr gerne gesagt, wie beeindruckt er von ihr war. Aber das hätte das Holzfällerhemd vollends zum Platzen gebracht.

»Ich weiß gar nicht, was Sie wollen, Herr Koik.« Micky

lächelte ihn freundlich an. »Wir wissen jetzt, dass dieser Mann etwas zu verbergen hat. Wir werden einen offiziellen Antrag auf grenzüberschreitende Ermittlungen stellen. Geesdonks Alibis müssen überprüft werden und wir sollten eine Hausdurchsuchung ansetzen. Haben Sie den Jungen?«, wandte sie sich an Katja.

Katja verneinte. »Die Kollegen hatten zunächst den falschen Jungen am Wickel. In der Zwischenzeit hat sich Senger verdrückt. Aber wir kriegen ihn.«

»Auf Wiedersehen, Herr Kollege. Und nochmals vielen Dank.« Micky reichte Koik die Hand, der sie im Reflex nahm, ehe er sich mit zitronensaurem Gesichtsausdruck abwandte und zum Treppenhaus ging.

»Das war wirklich gute Arbeit, Frau Hellriegel. Sie haben eine Menge Bewegung in die Sache gebracht«, sagte Micky etwas leiser. »Geesdonk kommt aus der Deckung. Für nächsten Samstag hat er Enthüllungen über den Mörder angekündigt ...«

»Vielleicht ein Ablenkungsmanöver? Na ja, wir werden ihm sicherheitshalber vorher mal auf den Zahn fühlen«, antwortete Katja, schaute Robert noch einmal prüfend an und begab sich dann auf die Spuren ihres Koiks.

Die beiden verließen das Präsidium durch den Hinterausgang.

»Und jetzt?«, fragte Robert und sah Micky an. »Musst du sofort zurück oder darf ich dich einladen, die letzten Sonnenstrahlen des Tages an einem der schönsten Plätze Mönchengladbachs zu genießen?«

»Wo ist das?«

»In unserem Museum natürlich.«

Sie zögerte kurz. »Nein«, sagte sie dann bestimmt. »Ich muss zurück nach Arnheim und Duut überzeugen, den Antrag zu stellen. Und du könntest vielleicht deinem Patenkind etwas Unterstützung zukommen lassen.« Sie lächelte ironisch und stieg in ihr Auto.

Gott, das konnte ja noch heiter werden mit Mevrouw

Spijker, dachte Robert, während er zur Verabschiedung an ihr Seitenfenster klopfte.

Unterwegs besorgte er noch etwas alten Beemster-Käse, Baguette und einige Flaschen mit rubinrotem Wein. Man musste solche Herbstnachmittage feiern, wie sie leuchteten.

14

Donnerstag, 25. Oktober

Eine Dreiviertelstunde nach ihrer Abfahrt hatte Micky Luftlinie gerade einmal einen Kilometer zurückgelegt. Sie steckte hoffnungslos in einem Stau auf der Ausfallstraße zur A 61 fest und errechnete, dass sie es zur Fünf-Uhr-Besprechung nur schaffen konnte, wenn sie auf der gesamten Strecke 190 km/h fuhr, auch in den Niederlanden. Allerdings sah es nicht danach aus, dass es überhaupt weiterging. Schließlich bog sie auf einen Parkplatz ab. Die Uhr im Armaturenbrett zeigte halb fünf. Sie musste Duut wohl oder übel telefonisch über die aktuellen Entwicklungen in Kenntnis setzen.

Duut klang wie ein Fußballtrainer, der in der Pause seiner Mannschaft aufmunternd zuredet, aber tief im Herzen weiß, dass nur noch ein Wunder den Sieg bringen kann.

»Der Staatsanwalt hat Kleisteker laufen lassen«, sagte er möglichst unbeeindruckt. »Obwohl er kein Alibi vorweisen konnte. Aber sonst hatten wir nichts gegen ihn in der Hand. Keine Fingerabdrücke am Tatort, keine Fasern seines Maßanzugs unter den Fingernägeln der Leiche …«

»So ein Mist«, fluchte Micky.

Von Herzen gern hätte sie Kleisteker noch ein paar Tage im Zellenblock und in den Vernehmungskabinen schmoren lassen, obwohl sie davon überzeugt war, dass er mit Olgas Tod nichts zu tun hatte.

»Er muss sich allerdings jeden Tag bei uns melden«, fügte Duut hinzu. »Und er darf das Land nicht verlassen. Zur Sicherheit lasse ich ihn observieren. Was gibt's bei dir Neues?«

»Hier ist die Lage ähnlich. Sie haben einen Hauptverdächtigen, der sie keinen Schritt weiterbringt. Museumsdirektor Zink. Der Unterschied ist, dass sie ihn nicht laufen lassen. Dazu haben sie aber auch noch einen Kandidaten auf der Reservebank, einen Pastor Geesdonk. Der hat sowohl ein plausibles Motiv als auch die Möglichkeiten, sagt jedenfalls der Kunstexperte.«

»Ach, haben unsere Nachbarn richtige Kunstfachleute eingeschaltet?«, fragte Duut. »Wirklich *gründlich* … Für so was haben wir leider nicht die nötigen Mittel.«

»Da musst du wohl mit mir vorliebnehmen«, sagte Micky. »Dieser Geesdonk hat die Kunstwerke, von denen die Mordmaschine abgekupfert ist, im Duisburger Museum sorgfältig studiert, zusammen mit seiner Jugendgruppe. Dafür gibt es eine Zeugin. Heute Nachmittag war Geesdonk im Präsidium.«

Sie berichtete Duut von dem Verhör.

»Interessante Geschichte«, sagte ihr Chef beeindruckt. »Haben die den Jugendlichen, der den Mercedes geklaut hat, schon einkassiert?«

»Er ist ihnen knapp entwischt«, erzählte Micky. »Heute Nachmittag hat er sich mit ein paar anderen vor dem Präsidium postiert. Aber sie haben leider den Falschen aufgegriffen.«

»Aha, da waren unsere Nachbarn dann nicht so *gründlich*«, stichelte Duut, das deutsche Wort mit hörbarer Schadenfreude intonierend. »Bleibst du weiter dran?«

»Ja. Geesdonk hat angekündigt, am Samstag in seiner Predigt bekannt zu geben, wer hinter den Morden an Syntha van Cleef und Olga Steen steckt. Da möchte ich gerne dabei sein. Und zwar diesmal ganz offiziell. Machst du die Papiere fertig?«

»Stets zu Diensten«, versprach Duut. »Meine Güte, was

für eine Methode, die Kirche vollzukriegen. Das Publikum mit spektakulären Enthüllungen anzulocken! Bisher war das doch nur was für Hellseher, Sensationsjournalisten und andere Kaffeesatzleser.«

»Deutschland ist ein freies Land«, bemerkte Micky.

»Noch was«, fuhr Duut fort. »Du hattest Charles beauftragt, Smalings finanzielle Eskapaden im Auge zu behalten. Bingo, Spijker! Es hat sich herausgestellt, dass Smaling zu einer Investorengruppe namens Art Investment Ltd. gehört, mit Sitz auf den Kanalinseln. Charles hat dort inoffizielle Kontakte. Art Investment Ltd. sind die glücklichen Besitzer der Galerie Janus in Amsterdam. Sie wurde kürzlich geschlossen, und zwar aus einem triftigen Grund: Bei dieser Galerie kaufte Rogier van Cleef seit Jahr und Tag seine überteuerten Kunstwerke.«

Micky ließ die Neuigkeit einige Augenblicke auf sich wirken.

»Also hat sich Smaling dumm und dämlich an dem Schwindel verdient, durch den das Museum in Venlo Pleite gegangen ist?«, fragte sie. »Dann steht er in einem direkten Zusammenhang mit unseren Ermittlungen!«

»Muss nicht sein«, antwortete Duut. »Es kann regnen, obwohl die Sonne scheint. Aber das heißt noch lange nicht, dass es regnet, weil die Sonne scheint. Ich habe diesen Punkt jedenfalls auf die Tagesordnung der nächsten Teambesprechung gesetzt.«

Gleich nach dem Gespräch mit Duut rief Micky im Abteiberg-Museum an und bat die Empfangsdame, sie mit Herrn Patati zu verbinden. Nachdem Micky minutenlang gewartet hatte, erklärte die Dame, Robert müsse sich zwar irgendwo im Gebäude aufhalten, sei aber telefonisch nicht erreichbar.

»Ich würde ihn gerne besuchen«, kündigte Micky an. »Ich stehe jetzt auf dem Geroplatz. Wie komme ich am besten zu Ihnen?«

Als sie erfuhr, dass das Museum Abteiberg ganz in der

Nähe lag und sie nur den gleichnamigen Hügel hinauflaufen musste, stieg sie aus.

Am Empfang fragte sie, ob Robert inzwischen aufgetaucht sei. Die Empfangsdame hob in einer ohnmächtigen Geste die Hände.

»Dieser Träumer hat sich wieder mal auf seinen Turm zurückgezogen«, sagte sie entnervt und zeigte Micky, wo sich der Aufzug befand.

»Vierte Etage, und von da aus alle Treppen und Leitern bis ganz nach oben«, sagte sie.

Roberts Rückzugsort war eine etwa zehn Quadratmeter große Terrasse oben auf dem Liftschacht des Verwaltungsturms. Micky kletterte über die Feuertreppe hinauf.

Er hatte es sich in einem Liegestuhl unter einem Sonnenschirm bequem gemacht, das Gesicht der untergehenden Sonne zugewandt. Neben ihm lag ein iPod, an den zwei Lautsprecher angeschlossen waren. Rasch las Micky den CD-Titel. *Set the twilight reeling* von Lou Reed. Auf der anderen Seite des Liegestuhls stand ein kleiner Tisch mit einer angebrochenen Flasche Wein und einem Holzbrett mit Käsestücken. Robert schien völlig versunken in die Wärme der Herbstsonne, die Musik und den Wein aus dem Glas in seiner Hand.

Als das Stück *New York City Man* einsetzte, tastete er nach dem Lautstärkeregler.

Überrascht öffnete er die Augen, als Micky den iPod leiser stellte.

»Willkommen im Himmel«, sagte er. »Das irdische Jammertal da unten mag unsere Heimat sein, aber ein Stündchen hier oben wirkt wahre Wunder.«

Micky hockte sich hin und warnte: »Ich habe ein paar Neuigkeiten aus dem irdischen Jammertal.«

Er erhob sich und klappte einen zweiten Liegestuhl auf.

»Ein Grund mehr, die göttliche Gnade über uns kommen zu lassen …« Er griff nach der Flasche und hob sie fragend hoch. »Diesmal in Form eines himmlischen Tropfens aus

Argentinien …« Er las die Etikettaufschrift. »… ein Catena Zapata.«

»Klingt wie aus einem Zorrofilm«, sagte Micky. »Aber ich lasse mich gern erleuchten.«

»Was gibt's Neues?«, fragte Robert.

Micky erzählte ihm von Smaling, seiner Tochter und seiner Beteiligung an dem Schwindel, der das Museum van Bommel van Dam an den Rand des Ruins gebracht hatte.

»Wer ist denn sonst noch an Art Investment Ltd. beteiligt?«, fragte Robert.

»Das überprüft unsere Finanzermittlungsgruppe gerade«, antwortete Micky. »Hast du einen Verdacht?«

»Seitdem sich die Oligarchen aus dem Osten auf dem Kunstmarkt tummeln«, sagte Robert, »könnte auch die russische Mafia dahinterstecken. Diese Leute blättern heutzutage für einen Jackson Pollock einen Betrag hin, der den Jahresetat eines Drittweltlandes übersteigt. Ich kann aber mal Katja fragen, sie hat so ihre Erfahrungen auf diesem Gebiet.«

»Smaling soll sich mit Russen eingelassen haben?«, fragte Micky.

»Der internationale Kunsthandel eignet sich hervorragend zur Geldwäsche«, erwiderte Patati. »Wer es schafft, seine Sammlung in wichtigen Museen zu präsentieren, kann mit einer wundersamen Vervielfachung ihres ursprünglichen Kaufpreises rechnen.«

Robert schnitt ein Stückchen Käse ab und hielt ihr das Brett hin. »Hier, Käse von den glücklichen Kühen aus eurem Beemster-Polder«, erklärte er. »Riecht nach Gras und nassem Lehm. Der trockene argentinische Rote passt gut dazu.«

Micky roch erst an dem Käse, danach hielt sie die Nase ins Glas. Sie trank einen Schluck und ließ den Kopf entspannt gegen das Tuch des Liegestuhls zurücksinken. Eine Weile lang blickten sie über die Stadt.

»Weißt du, was ich gerne erfinden würde?«, fragte sie. »Einen Geruchsrekorder«, sagte sie. »Ist doch komisch, dass es schon seit Generationen audiovisuelle Aufnahmegeräte gibt, wir aber bis heute keine Gerüche konservieren können. Bilder und Geräusche können wir beliebig kopieren, aber ein Geruch verfliegt so schnell ...« Sie klatschte in die Hände und breitete sie aus, als ließe sie eine Taube fliegen.

»Welche Gerüche würdest du gerne aufbewahren?«, fragte Robert.

»Zum Beispiel die auf dem Bauernhof meiner Großeltern«, antwortete sie. »Oder die eines alten Palazzo-Hotels in Orvieto, in dem ich mal übernachtet habe. Und die des Wassers im Hafen von Porto.«

Er schenkte ihr noch einmal nach.

»Gerüche sind das Tor zum Unterbewusstsein«, fuhr sie fort. »Die wirksamsten Erinnerungsstützen.«

»Mit welchem Geruch würdest du gerne deine Erinnerung auffrischen?«

»Mit dem Gestank der Turnhalle meiner alten Schule«, sagte Micky. »Um mich wieder daran zu erinnern, warum ich keinen Mannschaftssport mag.«

»Aha. Und wieso arbeitest du dann bei der Polizei?«

»Da bin ich Einzelspielerin. Die meisten Kollegen sind darauf geeicht, die Fakten und nichts als die Fakten zu betrachten. Ich dagegen lege die Schichten unterhalb der Fakten frei.«

»Wie eine Archäologin?«

»Charmanter Vergleich. Nein, ich fühle mich eher so, als würde ich im Bergwerk arbeiten. Nach der Arbeit stehe ich oft stundenlang unter der Dusche, um den ganzen Dreck von mir abzuwaschen.«

»Worauf bist du denn bei deinen jetzigen Ausgrabungsarbeiten gestoßen?«

»Auf Machtgier. Schau dir nur mal an, was unser Mörder mit seinen Opfern angestellt hat. Er hat Syntha van Cleefs Identität ausgelöscht, indem er sie in eine andere Frau verwandelte. Als sei er Gott. Nebenbei hat er damit die Künstlerin verhöhnt. Als wollte er sagen: Was du kannst, kann ich schon lange, und zwar besser, und ich gehe noch weiter. Olga Steen hat er zu einer Marionette degradiert, zu einem kleinen Rädchen in seinem Werk. In beiden Fällen signalisiert er: Ich herrsche über Leben und Tod.«

Sie seufzte tief. »Und jetzt genug von den Perversionen aus dem irdischen Jammertal …« Sie zeigte um sich herum. »Erzähl mir lieber, was wir von hier oben aus sehen können, solange es noch hell ist.«

Robert drehte sich um und streckte den Arm aus.

»Dahinten die hohe Säule mit der Verdickung obendrauf, das ist der Düsseldorfer Fernsehturm …« Mit dem Daumen zeigte er rechts neben sich. »Da siehst du die Hauptpfarrkirche St. Mariae Himmelfahrt, die jetzt Citykirche heißt …«

Als er ihr die Sehenswürdigkeiten ringsherum gezeigt hatte, fragte er, ob ihr kalt sei, und stieg, als sie bejahte, in den Schacht hinunter. Zurück kam er nicht etwa mit einer Decke, wie sie erwartet hatte, sondern mit einem Terrassenheizstrahler. Und einer zweiten Flasche Catena Zapata.

Später am Abend stieg er noch einmal hinunter, um eine dritte Flasche und ein Baguette zu holen.

Lange nachdem die Sonne die Stadt in eine milde Glut getaucht hatte, schlug er vor aufzubrechen. Er half ihr, den Weg zur Wendeltreppe zu finden.

»Jetzt sollte einer von uns fragen: zu mir oder zu dir?«, sagte Micky im Aufzug. »Aber wir können wohl beide nicht mehr fahren, ohne Mord und Selbstmord zu begehen.«

Für einen Moment stieg der Gedanke in ihr auf, ein kleines Hotel zu suchen. Da schlug Robert vor: »Ich habe in meinem Atelier ein paar Sessel stehen. Mit den Abdecktüchern und den Transportdecken aus dem Magazin könnten wir Betten daraus bauen.«

»Okay, aber das wird wahrscheinlich ein Doppelbett!«, warnte Micky.

Bevor sie einschlief, atmete sie den Geruch in Roberts Atelier tief ein. Diesen Geruch, ja, den hätte sie gern aufbewahrt.

Das Läuten eines Telefons weckte sie. Sie öffnete die Augen und sah, wie Robert in den Sesseln ihr gegenüber nach seinem Telefon tastete. Er schnitt eine Grimasse, als er sich meldete. Micky zog die Hand unter der Decke hervor und winkte ihm zu. Sich den Schlaf aus den Augen reibend, brummte Robert etwas wie eine Bestätigung und lauschte dann dem Anrufer, der eine lange Geschichte zu erzählen hatte.

»Gut, ich sage unserer Kontaktperson in Holland Bescheid«, versprach er schließlich und legte auf.

»In Geesdonks Haus wurde ein Einbruch gemeldet«, sagte er zu Micky. »Die haben die ganze Bude auf den Kopf gestellt. Geesdonk ist ziemlich aufgebracht. Katja hat versucht, dich zu erreichen, aber zu Hause warst du anscheinend gar nicht und im Präsidium wollten sie deine Handynummer nicht rausrücken. Kaffee?«

Zwanzig Minuten später lotste Robert Micky durch den morgendlichen Verkehr. Als sie an einem Schild mit der Aufschrift *Borussenpark* vorbeikamen, erzählte er, dass bei Borussia Mönchengladbach schon oft niederländische Trainer unter Vertrag gestanden hätten.

»In Arnheim haben wir dafür Herbert Neumann gehabt«, sagte Micky. »Jahre lang. Er war ziemlich erfolgreich.«

»Ist sicher entlassen worden?«

»Ja«, sagte Micky. »Er war einfach zu anständig. Ganz anders als der damalige Vereinsvorsitzende. Ein raffgieriger Betrüger, der sich Millionen in die eigene Tasche gesteckt hat. Bis heute stottern die Arnheimer den Schuldenberg ab, den er der Stadt hinterlassen hat.«

Geesdonks Haus lag am nördlichen Stadtrand: eine quadratische Festung aus dunklem Backstein mit schmalen, gusseisernen Fenstern.

Geesdonk stand in der Tür und sprach mit Koik. Sein Gesicht war wutverzerrt und seine Stimme lag eine halbe Oktave höher als bei der Zeugenvernehmung. Er hielt eine Zeitung hoch.

»Das nenne ich Anstiftung zum Raub!«, rief er. »Zu schreiben, dass es bei mir wertvolle Kunst zu holen gibt! Ganz zu schweigen von der Unterstellung, meine Jugendlichen hätten etwas mit dem Mord an dieser Künstlerin in Arnheim zu tun!«

Mit dem Handrücken schlug er auf den angeprangerten Artikel. Koik setzte zu einer Erwiderung an, aber Geesdonk wandte sich bereits an Robert.

»Herr Patati, Sie kommen leider ungelegen«, sagte er. »Als ich vorhin nach Hause kam, wimmelte es hier von Polizisten. Die Nachbarn haben heute Morgen entdeckt, dass Vandalen in mein Haus eingedrungen sind. Mehrere Gemälde wurden beschädigt.«

»Tragisch«, lautete Roberts Kommentar. »Von wem stammen die Werke?«

Geesdonk zuckte mit den Schultern. Es war unklar, ob er nicht darüber sprechen wollte oder ob die Künstler nicht der Rede wert waren.

»Und wer sind Sie?«, fragte er Micky.

»Ich bin von der niederländischen Polizei«, antwortete sie. »Ich ermittle im Fall ...«

»Verschwinden Sie!«, fuhr Geesdonk sie an.

Micky wich einen Schritt zurück. Koik dagegen rückte näher an ihn heran.

»Frau Spijker nimmt im Namen der niederländischen Regierung ...«

Er brach mitten im Satz ab, weil Katja auftauchte. Sie hielt ein großes Blatt Papier in den Händen, das eine Holzkohlezeichnung des leidenden Christus am Kreuz zeigte. Die Dornenkrone wand sich um den Mund des Gekreuzigten.

»Das hier haben wir auf Ihrem Schreibtisch gefunden«, sagte sie zu Geesdonk.

Der Pastor erstarrte.

»Mein Gott«, murmelte er.

Er warf verzweifelte Blicke um sich.

»Ich muss ein paar Telefonate führen«, sagte er.

Er eilte ins Haus.

»Sieht aus wie eine Planskizze für den nächsten Mord«, bemerkte Micky, während sie die Zeichnung studierte. »Diesmal mit christlichem Hintergrund.«

»Das Blatt habe ich unter seiner Schreibunterlage gefunden«, erklärte Katja, wobei sie einen Blick auf Mickys zerknitterten Rock warf. »Schön, dass Sie so schnell herkommen konnten.«

»Ja, die Anfahrtzeiten bei Notfällen sind in den Niederlanden haarscharf kalkuliert«, antwortete Micky ungerührt. »Wo ist der Einbrecher eigentlich eingestiegen?«

»Eine Kellerluke wurde aufgebrochen«, erklärte Katja. »Durch den Lärm sind die Nachbarn aufmerksam geworden.«

Vor dem Haus hielt ein Kleinbus, dem eine Gruppe Jugendlicher entstieg.

»Geesdonks Hilfstruppen«, sagte Koik zu Katja. »Schau mal, ob unser Autodieb dabei ist.«

Die Gruppe ging um das Haus herum zur Hintertür. Offenbar hatte Geesdonk sie bereits instruiert.

»Ich würde mir die beschädigten Gemälde gerne ansehen«, sagte Robert.

Koik gab ihm mit einer Geste zu verstehen, dass er durchgehen könne. Micky folgte ihm.

»Im Schlafzimmer«, sagte Katja und schaute Micky frech an.

Beschädigt war gar kein Ausdruck. Drei Gemälde waren so gründlich mit einem Messer bearbeitet worden, dass von den Leinwänden nur noch Fetzen übrig waren. Robert hielt ein paar aneinander und besah sich das Resultat.

»Kenne ich nicht«, sagte er. »Und ich finde nirgendwo eine Signatur. Als wäre sie gezielt weggeschnitten worden.«

»Könnte es Geesdonk selbst getan haben?«, fragte Micky. »Um von dem Mord an Olga abzulenken?«

»Es sind jedenfalls keine wertvollen Bilder. Ziemlich amateurhafte Machwerke sogar … Aber die Rahmen sind nicht schlecht. Nein, unserem Pfarrer ist sicherlich kein großer Schaden entstanden.«

Sie wurden von einer Gruppe Jugendlicher unterbrochen, die plötzlich hereingestürmt kam.

»Los, haut ab!«, forderte einer. »Pastor Geesdonk hat keine Anzeige erstattet, also habt ihr hier nichts zu suchen. Alle Bullen raus!«

Robert nickte dem Jungen freundlich zu.

»Der Hirte hat seine Schäfchen gut dressiert«, sagte er zu Micky. »Gehen wir.«

Die Jugendlichen eskortierten sie nach draußen. Koik und Katja standen bereits auf dem Bürgersteig. Die Gruppe kehrte zum Haus zurück, nur ein Mädchen blieb stehen. Micky ging zu ihr.

»Du warst auch mit in Venlo, stimmt's?«, fragte sie.

Das Mädchen nickte, ohne Micky anzuschauen.

»Wo war Pastor Geesdonk letzte Nacht?«, fragte Micky leise.

Das Mädchen warf einen Blick hinüber zu ihren Freunden, die in der Tür standen.

»In Amsterdam«, sagte sie widerwillig.

»Was hat er da gemacht?«, fragte Micky.

Als ihre Freunde begriffen, dass das Mädchen verhört wurde, näherten sie sich drohend. Das Mädchen drehte sich um und rief ihnen zu: »Was machen Deutsche wohl in Amsterdam?«

»Kiffen, saufen und ficken!«, rief einer zurück.

Die Gruppe brach in Gelächter aus.

Micky verzog keine Miene, als sie antwortete: »Und sie schauen sich die alten holländischen Meister an.«

Koik hatte schnell erkannt, dass ihre Anwesenheit vielleicht nicht überflüssig, aber auf jeden Fall unerwünscht war.

»Geesdonk hat das Recht, auf unsere Hilfe zu verzichten,

ob seine Kunstobjekte vernichtet wurden oder nicht«, sagte er. »Und eine abgeschmackte Zeichnung reicht nicht aus, um ihn mitzunehmen. Wir werden sehen, was er uns am Samstag zu erzählen hat.«

Micky nickte.

»Wenn bis dahin alles Schriftliche erledigt ist, würde ich Ihre Teilnahme sehr begrüßen«, fuhr Koik förmlich fort.

Micky schaute ihn mit gespielter Überraschung an.

»Aber sind Gottesdienste denn nicht sowieso frei zugänglich?«, fragte sie. »Religionsfreiheit, heißt das, glaube ich, auf Deutsch?«

Robert grinste, und sogar Katjas Miene entspannte sich ein wenig.

Am nächsten Tag machte sich Micky sofort nach der Fünf-Uhr-Besprechung auf den Weg. Sie war spät dran. Rund um die Kirche war alles zugeparkt. Sie musste ihren Wagen ein paar Straßen weiter abstellen und ein gutes Stück zurücklaufen.

Die Kirche war rappelvoll. Aus ganz Nordrhein-Westfalen und den Niederlanden waren Kamerateams angerückt, um Geesdonks Enthüllungen aufzuzeichnen. Die wenigen Gemeindemitglieder, die an Geesdonks Messe teilnahmen, fanden nur noch Stehplätze und flüsterten empört.

Micky war jetzt offiziell die Verbindungsoffizierin für die deutsche Sonderkommission, die im Mordfall Syntha van Cleef ermittelte. Vielleicht begrüßte Koik sie deshalb mit einem wohlwollenden Nicken. Er hatte sogar einen Platz in der ersten Reihe für sie frei gehalten, gleich neben Robert.

Sie hatte Patati nicht mehr gesprochen, seitdem sie sich vor Geesdonks Haus verabschiedet hatten. An ihn gedacht hatte sie umso häufiger. Was sie an diesem Lebenskünstler anzog, war ihr nicht klar. Über eine vage Vermutung, dass es mit der Ruhe zu tun hatte, die er ausstrahlte und die sich auf sie übertrug, kam sie nicht hinaus.

Zur Begrüßung gab sie ihm einen flüchtigen Kuss. Katja,

die neben Robert saß, begrüßte Micky mit einem förmlichen Lächeln.

»Und, im Westen was Neues?«, fragte Robert leise.

»Minimale Bodengewinne bei maximalem Einsatz«, flüsterte sie. »Und bei euch?«

»Alles ruhig«, meinte er. »Katja sagt, sie hätten Geesdonk mehrfach aufgesucht, um ihn zu vernehmen, aber er sei immer unterwegs gewesen. Also warten jetzt alle gespannt auf das Orakel von Gladbach.«

»Wann soll die Vorstellung beginnen?«, fragte Micky.

»Sie hätte längst anfangen sollen. Vielleicht hat er auf dich gewartet. Seine Schäfchen sind jedenfalls schon vollzählig versammelt.«

Robert zeigte zur anderen Seite, wo sämtliche vorderen Bänke von Geesdonks Jugendgruppe in Beschlag genommen wurden.

Irgendwo klingelte ein Handy, was die Gemeindemitglieder mit empörtem Zischen quittierten. Für die weniger frommen Gäste war es das Startzeichen für leise Gespräche.

Eine weitere Viertelstunde später war das Stimmengewirr erheblich lauter geworden. Sogar die Jugendlichen flüsterten nun miteinander. Einer von ihnen stand auf und ging zur Sakristei. Kopfschüttelnd kehrte er zurück.

Auch Koik wirkte beunruhigt. Er flüsterte Katja etwas ins Ohr, die daraufhin die Kirche verließ. Zehn Minuten später kam sie wieder und erstattete Bericht. Micky beugte sich weit nach vorn und versuchte so, Koiks Aufmerksamkeit zu gewinnen. Sie blieb so sitzen, bis er sie nicht länger ignorieren konnte.

»Geesdonk ist nirgends zu finden, Frau Spijker«, sagte er. »Möglicherweise haben wir Sie umsonst hierher gebeten.«

Erst nach einer weiteren Stunde brachen die Kamerateams auf. Schließlich erhob sich auch Robert.

»Return to base«, sagte er zu Micky, die ihm zunickte.

Nur Koik und Katja wollten die Hoffnung ebenso wie Geesdonks Jugendliche noch nicht aufgeben.

Draußen blieben Robert und Micky im Vorportal stehen. Es war bereits dunkel.

»Zu dir«, sagte Micky, ehe er hätte fragen können.

15

Sonntag, 28. Oktober

Als sie erwachte, fragte sie sich einen Moment, wo sie war. Dann fiel ihr alles ein. Sie lächelte und drehte sich zu ihm. Er schlief ganz ruhig. Sie spielte mit seinen Locken, die wie Schlangen auf dem Kissen lagen. Seit sie sein Haar angefasst hatte, wusste sie, dass die biblische Geschichte von Samson und der Quelle seiner Kraft stimmen musste. Mit diesem Mann würde sie die Expedition zum Nordpol wagen, von der sie beide schon träumten, als sie einander noch nicht kannten.

Sie hauchte ihm einen Kuss auf die Wange und schälte sich vorsichtig aus dem Doppelmumienschlafsack, ein Geschenk ihrer Freundinnen. Sie wollte sich waschen, bevor die ersten Besucher das Gelände betraten. Es war kurz vor halb neun. Sie knöpfte den schwarz lackierten Wetterschutz der Hochzeitskammer auf und schlüpfte leise hinaus. Jenseits des Wassergrabens ragte Schloss Moyland aus dem Morgennebel empor. Ihre Freundinnen hatten sie gestern nach dem Standesamt an diesen Ort entführt. Ein kleiner, freundlicher Herr hatte sie begrüßt und in den Park zu einem schwarzen Würfel geführt, der stark an die Kaaba in Mekka erinnerte.

»Ab Oktober vermieten wir unser *Bett im Park* nur noch selten. Ohne Heizung ist es den meisten in der Nacht doch etwas kalt – aber ich habe gehört, Sie seien deutlich tiefere Temperaturen gewohnt«, hatte er gesagt. Danach brachten die Mädels sie zu einem Lokal, wo kurze Zeit später ihr

Samson, der eigentlich Jens hieß, auftauchte, um sie zu befreien.

Wo war der Hund? Tina wollte schon rufen, aber dann wäre ihr Mann – sie fühlte, wie Stolz in ihr aufstieg – aufgewacht. Der Husky vertrieb sich bestimmt die Zeit damit, Kaninchen zu jagen.

Auf dem Weg vom Bad zurück kam ihr Jens entgegen, der schon vergeblich nach dem Hund gepfiffen hatte. Sie teilten sich auf. Tina folgte einem Pfad, der an einer Stele vorbei auf ein Monument zuführte. Es war eine eigenartige Mischung aus griechischem Tempel und Bunker und hatte weder Dach noch Türen. Innen türmte sich ein Berg von Schutt und Müll, aus dem sich ein Blechkreuz erhob, das aussah, als wäre es aus Teilen überdimensionaler Konservendosen zusammengeschweißt worden.

Sie wollte gerade daran vorbeilaufen, als sie ein leises Fiepen hörte. Sie rannte die Stufen hoch. Die schrecklich hohen, schwachen Laute kamen aus dem Müllhaufen. Tina schrie nach Jens, ließ sich auf die Knie fallen und begann mit bloßen Händen nach dem Tier zu graben. Endlich stieß sie auf etwas Weiches. In ihrer Panik zog sie fest daran, bis ihr bewusst wurde, dass das, woran sie zerrte, die leblose Hand eines Menschen war.

Als er die Augen aufschlug, dachte er, er hätte es nur geträumt. Der Wecker zeigte halb zehn. Seufzend drehte er sich um. Eine Stupsnase mit Sommersprossen dicht vor seinem Gesicht meldete: Alles war real. Robert lächelte. Micky schlief ganz ruhig. Er schob sich vorsichtig von dem Futon, um sie nicht zu wecken.

»Wohin gehst du?«, fragte sie, als er gerade einen Meter vom Bett entfernt war. Eins, zwei, Polizei: Sweet Micky is watching you.

»Kopje Koffie?«, fragte er zurück.

»Später. Komm zu mir.«

»Halt mir den Platz neben dir frei«, sagte Robert nach einer Sekunde des Zögerns und nahm die Holzstiege zur Küche hinunter. Eine Viertelstunde später kam er mit zwei Bechern zurück. Micky hatte das große Kopfkissen an die Wand geschoben und saß mit verschränkten Armen daran angelehnt.

»Kaffee ist dir also wichtiger als ich.« Sie ließ ihn ein wenig warten, ehe sie großzügig die beiden Becher entgegennahm, sodass er endlich zurück ins Bett konnte.

»Zeit ist mir wichtig. Alles hat seine eigene Zeit«, antwortete er, holte sich seinen Becher zurück und nahm vorsichtig einen ersten kleinen Schluck.

»Du wirst eine Menge verpasst haben in deinem Leben«, meinte Micky etwas zu spitz.

»Und in der Zeit anderes erfahren haben«, antwortete er entspannt und griff nach der Fernbedienung für die iPod-Anlage. Kurz danach swingte ein Remix von The Cures *Close to me* gemütlich durch den Raum. Robert sah in den Dampf, der aus dem Kaffeebecher stieg, als könnte er darin die Zukunft lesen. Dass ihr Schmollen bei ihm nicht zu hektischen Aufmerksamkeitsgesten führte, machte sie offenkundig ziemlich unruhig.

»Ich hätte nicht gedacht, dass du so unspontan sein würdest«, legte sie nach.

»Auch Spontaneität hat ihre Zeit«, lächelte er sie an und entschied, dass jetzt eine Zeit des Handelns gekommen war. Er stellte seinen Becher auf ein Tischchen neben dem Bett und begann sich langsam, ganz langsam über ihr rechtes Schulterblatt zu ihren kleinen, festen Brüsten und dann weiter über ihren Bauchnabel, der ihm besonders gut gefiel, in Richtung ihres Schoßes vorzuküssen. Sie schloss die Augen, ließ sich in die Horizontale zurückgleiten und öffnete ihre Oberschenkel nur so weit, dass er sich Mühe geben musste, an sein, an ihr Ziel zu gelangen.

In der Nacht hatte Micky das Tempo bestimmt. Er hatte sie nach der Kirche noch in ein kleines italienisches Geheimtipprestaurant in der Nähe seiner Wohnung einladen wollen, aber sie hatte ihm mit einem ebenso überraschenden wie fordernden Kuss mitgeteilt, dass sie den direkten Weg zu ihm bevorzugte. Also hatte er sie über einen Innenhof zu jenem Flügelbau geführt, in dem er sich eine Wohnung auf zwei Etagen eingerichtet hatte.

Während Robert in der Küche am Verschluss einer Flasche Crémant de Bourgogne nestelte, hatte Micky begonnen, ihm in den Nacken zu beißen und auf ziemlich kompromisslose Art seine Hose zu öffnen. Das hatte man davon, wenn man sich mit sportlichen Frauen einließ, war Roberts letzter Gedanke gewesen, ehe er sich von Mickys Lust mitreißen ließ.

Jetzt spielte er mit dem Tempo ihrer Lust. Seine Küsse umkreisten ihre Scham, bis für sie die Spannung unerträglich wurde und sie sich weiter öffnete und sich ihm entgegenstreckte. Doch da war er bereits wieder an einer anderen Stelle, erneut so dicht bei ihr, dass sein Atem sie streichelte. Als seine Zungenspitze begann, die Innenseiten ihrer Scham zu erkunden, meldete sich ihr Handy. Robert ignorierte es, aber Micky entzog sich ihm sofort. Der abrupte Abbruch ließ sie aufstöhnen, so als würde die Erregung verärgert in einem einzigen Laut entweichen. Micky beugte sich aus dem Bett und fischte nach ihrer Jacke. Er schaute sie fassungslos an.

»Du gehst ran?«

»Alles hat seine eigene Zeit, nur eine Polizistin nicht.« Sie zog entschuldigend die Schultern hoch und nahm das Gespräch an.

»Nein, Sie stören nicht«, sagte sie.

»Nein, ganz und gar nicht, kam wie gerufen«, entfuhr es Robert, bevor ihm bewusst wurde, dass Micky auf Deutsch geantwortet hatte.

»Herr Patati? Nein, das war das Radio. Duits voor Nederlanders. Moment, ich stell es eben ab.« Micky sah Robert streng an. »So. Was gibt es, Frau Hellriegel?«

Nachdem Micky eine Zeit lang zugehört hatte, erklärte

sie: »Okay, wir … ich komme. Ja gerne, ich versuche, Herrn Patati zu erreichen. Er könnte uns wieder gute Dienste leisten.« Sie wurde ein wenig rot und legte auf.

»Sie haben Friedrich Geesdonk im Park von Schloss Moyland gefunden.«

Eine gute halbe Stunde später verließen sie die sonntagsleere A 57 an der Ausfahrt Goch. Micky war vollends damit beschäftigt gewesen, ihre Gedanken zu ordnen und die Tachonadel auf vier Uhr zu halten. Erst jetzt auf der Landstraße fiel ihr auf, dass auch Robert die ganze Zeit geschwiegen hatte.

»Bist du sauer?«, fragte sie.

Patati schüttelte den Kopf. »Ich hätte mich auf die Sache nicht einlassen sollen.«

»Was meinst du?« Micky spürte, wie sich ein dramatisches Gefühlsknäuel in ihrem Brustkorb zusammenballte.

»Geesdonk ist tot, weil ich unbedingt Detektiv spielen musste. Ich habe ihn mit meinen Verdächtigungen dazu getrieben, sich zur Zielscheibe zu machen.«

»Hey, warte mal«, meinte Micky. Das Gefühlsknäuel in ihr löste sich so schnell in Luft auf, wie es entstanden war. »Geesdonk ist vor allem deshalb tot, weil er selbst Detektiv gespielt hat und dabei dem Täter anscheinend zu nahegekommen ist.«

»Aber ohne unsere Anschuldigungen hätte Geesdonk nie öffentlich verkündet, den Mörder zu kennen.«

»Er hätte uns sagen können, was er wusste. Er kannte den Täter, er kannte das Risiko. Es macht keinen Sinn, dass du dir Vorwürfe machst. Du hast mit deinem Verdacht falsch gelegen. Das passiert auch Polizisten. Entscheidend ist, dass du uns jetzt weiterhilfst, diesen Kunstmörder zu fassen.«

Robert schwieg und sah düster zum Seitenfenster hinaus. Der Wind jagte tief hängende, grauschwarze Wolken über den Himmel.

Im Schlosspark war das Gebiet um den Fundort mit flatterndem rot-weißem Band großräumig abgesperrt. Eine Horde Pressefotografen lungerte genervt herum. Katja holte die beiden ab. Sie war ziemlich bleich. Die Erwartung, hinter den weißen Tüchern, die man vor dem Fundort aufgezogen hatte, etwas Schreckliches zu sehen, schnürte Robert den Brustkorb zu.

»O Gott«, murmelte Micky, als sie sich dem ehemaligen Mausoleum der Familie von Steengracht näherten. Die Spurensicherung hatte Stück für Stück einen Müllberg abgetragen und eine Installation freigelegt, in deren Zentrum vornübergebeugt der gefolterte Leib eines Menschen hing.

Dass es sich um Geesdonk handelte, war höchstens auf den zweiten Blick zu erkennen.

Er war stark geschminkt und trug einen kurzen Krankenschwesternkittel, Strapse und beige Nylonstrümpfe. Auf seinem rechten Oberarm prangte ein dickes rotes Herz-Tattoo. Er kniete breitbeinig auf dem Boden, seine Ellenbeugen hingen in Halterungen, die in die Erde gerammt waren und verhinderten, dass der Leichnam zu Boden fallen konnte. Vor ihm war eine kleine schwarze Marmorplatte aufgestellt. Schlüssel, Zigaretten, ein Handy und eine Brieftasche waren über den Boden verstreut.

Quer über den Rücken und links unterhalb der Rippen hatte der Mörder seinem Opfer Zündkerzen in den Oberkörper getrieben. Um sie herum war der Kittel blutdurchtränkt. Doch das Furchtbarste, wenn es bei diesen Grausamkeiten überhaupt noch eine Steigerungsform geben konnte, hatte der Mörder mit Geesdonks auf die Brust gesunkenem Kopf angestellt.

An die Schläfen waren runde Bleche geschraubt und der Schädel des Pfarrers war skalpiert. In den zunehmend heftiger werdenden Windböen baumelte die Kopfhaut mit dem herabhängenden dünnen Haar in der linken Hand des Toten.

»War er schon tot, als er so zugerichtet wurde?«, fragte

Micky mit klammer Stimme Koik, der ihr wie einer Witwe am Grab die Hand reichte.

»Der Rechtsmediziner kann noch nichts sagen. Zu viele schwere Gewalteinwirkungen, von denen mehrere den Tod ausgelöst haben können. Morgen wissen wir mehr.«

»Wer hat ihn gefunden?«

»Ein Hochzeitspaar aus Kranenburg, das hier übernachtet hatte und nach seinem Husky suchte. Der Hund hat den Täter wohl bei der Arbeit gestört. Er lag zusammen mit Geesdonk unter einem Haufen Müll.«

Patati stand wie gelähmt da, bis ihn ein Würgen vor die weißen Laken trieb. Sein leerer Magen schien sich selbst zu verschlingen. Robert versuchte, sich auf seinen Atem zu konzentrieren.

»Geht es wieder?«, fragte Katja, die ihm gefolgt war.

Robert nickte. »Ich habe so etwas noch nicht gesehen.«

»Ich auch nicht, Tati, ich auch nicht. Soll ich dich zum Auto bringen?«

»Nein, es geht. Ich will sehen, ob ich euch helfen kann, dieses Monster zu fassen.«

Katja strich ihm über die Schulter. Sie gingen zurück.

Koik fing ihn ab. »Danke, aber heute benötigen wir Sie nicht. Der hiesige Museumsdirektor hat die zitierten Kunstwerke identifiziert. Den Müllberg und die Zündkerzen, das gibt es oben im Schloss in so einem Kasten von Beuys. Nur dass da kein Mensch, sondern ein Hase begraben ist. Und das Kreuz hinter Geesdonk ist eine überdimensionale Kopie von dieser Beuys-Arbeit hier. Allerdings fehlen die beiden anderen Kreuze.«

Koik hielt Robert ein Foto unter die Nase, auf dem drei Kreuze aus rostigem Blech zu sehen waren, die Beuys auf ein Holzbrett montiert hatte. Patatis Denkorgan erwachte beim Anblick des Kunstwerks wieder zum Leben.

»Tut mir leid, dass ich Sie korrigieren muss, Herr Koik. Eines dieser beiden Kreuze ist doch hier.«

Robert versuchte, sich einzureden, er würde nur eine

Kunstinstallation begutachten, als er auf die Schläfen des Opfers zeigte.

»Sehen Sie hier. Diese Konservendosendeckel. In der gleichen Ausrichtung wie beim linken Beuys-Kreuz.«

Koik grummelte skeptisch.

»Beuys zeigt uns die Kreuzigung Jesu«, fuhr Robert fort. »Sie erinnern sich. Seine Leidensgenossen waren Diebe. Der eine verhöhnte Jesus, der andere erkannte in ihm den Sohn Gottes. Beuys hat das quasi urchristlich mit ganz ärmlichem Material symbolisch dargestellt: In der Mitte das weit geöffnete, einladende Kreuz, das ist Jesus; das Kreuz rechts davon öffnet sozusagen ein Ohr zu Jesus hin; beim linken Kreuz sind die Deckel dagegen nach vorne gebogen wie Scheuklappen: der Dieb, der Gott ignoriert. Das wäre dann Geesdonk. Der Pfarrer, der den Herrn nicht anerkennen wollte. Meint jedenfalls der Mörder.«

»Was siehst du noch?«, fragten Katja und Micky gleichzeitig und schauten einander peinlich berührt an.

»Geesdonks Körperhaltung erinnert an Darstellungen von Jesus bei der Abnahme vom Kreuz. Aber das ist zehntausende Mal gemalt worden. Das bringt uns nicht weiter.«

»Aber dass er als Transvestit gezeigt wird?«, meinte Katja.

»Vielleicht war Geesdonk einer? Mir fällt im Moment kein Bild ein, worauf sich der Mörder beziehen könnte. Obwohl«, Robert stockte und dachte nach. »Es erinnert ein bisschen an die Bilder von Olga Steen. Das Prinzip dieser Ultrarenaissancisten ist es doch, mit christlicher Bildsprache moralisch fragwürdige Szenen von heute zu schildern.«

»Als wollte der Mörder zeigen, dass er nicht nur ein würdiger Nachfolger von Tinguely und Beuys ist, sondern auch ein besserer Ultra als Olga Steen«, ergänzte Micky.

»Moment, Frau Kollegin«, schaltete Koik sich oberlehrerhaft ein. »Noch ist nicht gesagt, dass wir es mit demselben Täter zu tun haben.«

»Das können Sie doch nur theoretisch meinen, oder?«, gab sie zurück und näherte sich dem Leichnam.

»Die Schuhe«, sagte sie. »Olgas Freund sagte, sie habe an jenem Abend extravagante Schuhe getragen – aber wir haben sie am Tatort nicht gefunden. Die hier«, sie zeigte auf die kleinen, spitz zulaufenden Schuhe, die der Mörder über Geesdonks Füße gezwängt hatte, »entsprechen seiner Beschreibung.«

»Er lässt uns wissen, dass er hinter allen drei Morden steht«, meldete sich Robert zurück, der wieder mit einer Welle von Übelkeit zu kämpfen gehabt hatte.

»Er spricht mit uns. Nur mit uns. Diesmal hat er auf das große Publikum verzichtet. Die ganze Arbeit in all ihren Details war erst zu sehen, nachdem der Müllberg abgetragen war. Er will speziell unsere Anerkennung«, ergänzte Micky.

Robert nickte. »Es gibt viele Künstler, die gerne populär wären, aber die meisten, die ich kenne, sind weniger an jubelnden Menschenmassen interessiert als an einer Gruppe kompetenter Sammler, die ihr Werk in- und auswendig kennen. Der Ruhm der Nachwelt kommt dann von selbst.«

»Und was bedeutet der Spruch hier?«, fragte Micky und zeigte auf die Marmortafel vor Geesdonks Leiche, auf der in verschnörkelten goldenen Lettern *Anzi maraviglíose* stand.

Robert zog die Schultern hoch. »Klingt italienisch.«

»Und ist es auch«, schaltete sich Koik mit mühsam verborgenem Stolz ein. Er gab einem jungen Polizisten ein Zeichen, der ihm daraufhin einen Zettel reichte.

»Dante, *Göttliche Komödie. 1. Teil Die Hölle, 18. Gesang*«, las der Hauptkommissar vor und begann, pathetisch zu deklamieren:

Von dort aus sah ich Menschen,
im Graben unten eingetaucht in Kot,
der wie ein Abfluß von Kloaken war.
Indes ich mit den Augen drunten suche,
ersah ich einen, dessen Kopf so dreckig,
daß Laie oder Klerus e i n e s war.

Koik wies auf Geesdonk. »Und so weiter und so fort. Und dann hier:

Da schlug er sich auf seinen Schädelkasten:
»Die nimmermüde Zungenfertigkeit
im Schmeicheln hat mich so herabgezogen.«
Sodann der Führer: »Schau, daß du noch weiter
ein wenig mit den Augen dringst, bis daß
du richtig das Gesicht erfassen kannst
von der zerzausten schmutzigen Dirne dort,
die sich mit kotigen Fingernägeln kratzt
und bald im Schmutz hockt, bald wieder auftaucht.
Das ist die Hure Thais, die den Buhlen,
als er sie fragte: ›Bist du mir gewogen?‹,
ansäuselte: ›Mein Liebling, fabelhaft!‹« *

Anzi maravigliose – Mein Liebling, fabelhaft! Mit anderen Worten: Geesdonk ist umgebracht worden, weil der Mörder ihn für einen Schmeichler und Lügner hielt.«

Koik faltete triumphierend den Zettel zusammen und genoss sichtlich den überraschten Blick, den Micky und Robert austauschten.

»Darum das Transvestiten-Outfit?«, fragte die Profilerin. »Wegen der Hure Thais?«

»Darum das Transvestiten-Outfit und der ganze Müll«, antwortete Koik.

Sein Handy klingelte. Über die bizarre Szenerie erhob sich als billiger Klingelton die Aufmarschmusik von *Carmen.* Koik entfernte sich einige Meter.

»Woher zum Teufel hat er diese Dante-Geschichte?«, fragte Robert Katja im Flüsterton.

Die junge Kommissarin flüsterte zurück: »Er hat seinen Zahnarzt angerufen. Turiner aus guter Familie. Der Doktor

---

* Dante Alighieri: Die göttliche Komödie. Deutsch von Karl Vossler. Atlantis-Verlag Zürich [2]1945, S. 122 f.

war sofort so sturzbegeistert, dass wir ihn auch ohne Lautsprecher hören konnten. Dieses *Anzi maravigliose* sei bei ihnen zu Hause wie ein Code für Leute gewesen, die sich bei seinem Vater, einem Generalstaatsanwalt, einschleimten.«

»Verdammt noch mal, dann war er's eben nicht. Lasst ihn gehen«, raunzte Koik in sein Handy und drückte zornig auf den Tasten herum. Er kehrte schnaufend zu den anderen zurück.

»Zinks Anwalt ist im Präsidium aufgetaucht. Er hatte eine Horizontaltherapeutin aus Köln im Schlepptau, die bestätigte, es Zink am Mordtag im Abteiberg besorgt zu haben. Er ist raus aus der Sache.«

»Herr Koik«, sagte Micky, »ich fasse mal zusammen. Wir haben unseren ersten Hauptverdächtigen im Fall Olga Steen verloren, Sie gerade Ihren ersten im Fall Syntha van Cleef. Und hier«, sie zeigte auf Geesdonk, »haben wir nun unseren gemeinsamen zweiten Verdächtigen als drittes Mordopfer. Wir stehen vor dem Nichts. Obwohl uns der Mörder mit Informationen nur so vollstopft. Drei Tote in drei Wochen. Die Zeit rennt uns davon.«

»Schön gesagt. Und was schlagen Sie vor, Frau Spijker?«

»Ich schlage vor, wir fangen noch einmal ganz von vorne an. Ich lade Sie und Ihr Team für morgen nach Arnheim zu einer Krisensitzung ein. Dann tragen wir noch mal alle Fakten zusammen.«

»Einverstanden«, sagte Koik. »Morgen Nachmittag. Dann haben wir hoffentlich erste Ergebnisse von Rechtsmedizin und Spurensicherung.«

Micky verabschiedete sich, Robert tat es ihr fahrig nach.

»Ich muss dringend nach Arnheim, ich weiß gar nicht, womit ich im Büro anfangen soll«, sagte sie auf dem Weg zum Auto. »Hättest du trotzdem Lust mitzukommen? Gegen Mitternacht könnte ich wieder zu Hause sein.«

»Danke für die Einladung. Aber ich glaube, ich brauche jetzt erst mal meine vertraute Umgebung. Es war alles ein bisschen viel.« Er lächelte schief.

Micky nickte und Robert meinte Erleichterung bei ihr zu spüren. Aber seine Nerven und Sinne waren von dem eben Erlebten wie entzündet; er hätte keinen Cent mehr auf sein Gespür gegeben.

Heftiger Regen setzte ein.

»Ich fahr dich zum Bahnhof nach Kleve.«

16

Montag, 29. Oktober

Duut war glänzender Laune. Nachdem Micky ihn tags zuvor über Geesdonks Tod informiert hatte, hatte er mit dem Team Kontakt aufgenommen, das Kleisteker im Auge behalten sollte.

Es hieß, die Zielperson habe seit dem Tag ihrer Freilassung das Haus ihres Vaters nicht mehr verlassen. Erst nach dieser beruhigenden Mitteilung hatte Duut die Nachricht von Geesdonks Tod an die Presseabteilung weitergegeben. Innerhalb einer Stunde lag sämtlichen Zeitungsredaktionen ein Pressebericht mit der ausdrücklichen Verlautbarung vor, dass keinerlei Mordverdacht mehr gegen den kürzlich freigelassenen Kleisteker bestand.

Mickys Initiative, sich mit den deutschen Kollegen zu beraten, hatte Duut mit Wohlwollen begrüßt. Um das Gleichgewicht zwischen ihnen und der Delegation aus Mönchengladbach zu wahren, die lediglich aus Koik und Katja bestand, hatte er zu der Konferenz nur eine ausgewählte Gruppe hinzugezogen. In der Einladung, die er unter dem Hinweis *vertraulich* über das Intranet verschickt hatte, teilte er mit, dass es sich um eine Besprechung *von größter Wichtigkeit* handele.

Als Duut den Konferenzraum betrat, musste Micky sich ein Lächeln verkneifen. Er war in vollem Ornat erschienen, inklusive Uniformmütze und Tressen. Dass sie selbst ihm in nichts nachstand, hatte einen banalen Grund: In der Hektik des Wochenendes war sie nicht zum Waschen gekommen und im Kleiderschrank hatte sie nichts Besseres gefunden als Uniformrock und -bluse, die sie zuletzt an Karneval getragen hatte. Nur Mark Nieter erschien im üblichen Ermittlerzivil: Jeans, Mokassins und Armeehemd. Micky war überrascht, dass Duut erneut diesen unerfahrenen Ermittler hinzugezogen hatte. Ein alter Hase hätte viel besser einschätzen können, welche Informationen wichtig waren.

»Sprichst du denn überhaupt Deutsch?«, fragte sie ihn.

»Meine Eltern betreiben eine Pension in Zandvoort«, antwortete er. »Ich bin praktisch unter Moffen aufgewachsen.«

Ihr Erstaunen wuchs, als auch Charles, der Leiter der Finanzermittlungsgruppe, den Raum betrat. Offiziell gehörte er nicht mal dem Pipeline-Team an. Micky vermutete, dass Duut ihn für die viele Arbeit entschädigen wollte, die sie ihm im Fall Smaling aufgehalst hatten.

Während Duut erklärte, dass die Konferenz als »Pilotprojekt für eine große, grenzüberschreitende Sonderkommission« gedacht sei, führte der Pförtner Koik und Katja hinein. Auch der Kriminalhauptkommissar hatte sich in seine repräsentativste Uniform geschmissen, sah aber furchtbar unausgeschlafen aus. Nach der Begrüßung stellte er eine schwere Tasche auf den Tisch, holte einige DIN-A4-Blätter heraus und rieb sich die rot geränderten Augen, die danach noch müder wirkten. Um sein Kinn lag ein dunkler Bartschatten.

Katja sah nicht viel besser aus. In ihrem Pferdeschwanz hingen noch ein paar Pollen aus dem Wald bei Schloss Moyland und ihr hastig aufgetragenes Make-up konnte die Ränder unter ihren Augen nicht verbergen.

Nachdem Mark Nieter alle Anwesenden mit Kaffee versorgt hatte, verkündete Koik, dass er sich trotz des traurigen Anlasses dieses Treffens auf ihre zukünftige Zusammenarbeit freue. Danach schaute er Duut eindringlich an, der erst nach einem Moment des Schweigens begriff, dass eine gleichfalls positive, auf jeden Fall aber irgendwie zustimmende Antwort von ihm erwartet wurde.

»Immer geradeaus!«, sagte er schließlich in gebrochenem Deutsch und begann mit einer Übersicht über die Punkte, die auf der Tagesordnung standen. Dabei hielt er den Blick starr gegen die Zimmerdecke gerichtet, als befände sich dort ein Teleprompter, von dem er den Text ablas. Als Erstes, so kündigte er an, würden sie sich nun das Video ansehen, das die Arnheimer Polizei von Olga Steens Todesmaschine angefertigt hatte. Mark schaltete das Licht aus und den DVD-Player ein. Als Olga im Bild erschien, schloss Micky die Augen und versuchte, an etwas anderes zu denken.

Sie und Robert also. Es war geschehen, schneller, als sie gedacht hatte, und auch heftiger, romantischer und intensiver. Aber wie sollte es nun weitergehen mit diesem weltfremden Bastler, der die Restaurierung vergammelter Schokoladenskulpturen zu seinem Lebensinhalt erkoren hatte? Mal angenommen, sie würde sich überhaupt auf eine Beziehung mit ihm einlassen wollen, wie konnte die dann aussehen? Vielleicht sollte sie ihn einer SWOT-Analyse unterziehen. Dann hätten sich die vielen Fortbildungsseminare doch mal gelohnt. *Strengths, weaknesses, opportunities, threats* – Stärken, Schwächen, Chancen, Risiken. Zuerst das Positive: Robert war der, der er war. Er versuchte nicht, ihr irgendetwas vorzumachen. Ein Schwachpunkt dagegen: sein Alter. Mindestens zehn Jahre älter als sie war er sicher, schätzte sie. Chancen … Sie öffnete die Augen, weil Duut sie angetippt hatte. Besorgt schaute er sie an. Mark hatte das Licht wieder eingeschaltet.

»Geht's?«, fragte Mickys Chef.

Sie spürte, dass sie errötete. Sie nickte – möglichst gelassen, wie sie hoffte. Die anderen warteten mit nachdenklichen Gesichtern darauf, dass jemand das Schweigen brach.

»Fang du an«, sagte Duut zu Micky.

Sie holte tief Luft und sah einen nach dem anderen an.

»Wir haben es also mit drei Morden zu tun«, begann sie, »die wahrscheinlich alle von demselben Täter oder denselben Tätern begangen wurden. Das erste Opfer war Syntha van Cleef, die Ehefrau des Museumsdirektors von Venlo. Sie war in ein Kunstwerk verpackt, eine Frauenfigur der Künstlerin Mathilde ter Heijne. Mehrere Tage lang stand die Leiche in der Ausstellung des Museums Abteiberg in Mönchengladbach, bevor sie entdeckt wurde. Als Nächste wurde hier in Arnheim, im Garten des MMK, Olga Steen ermordet. Auch sie wurde zu einem Kunstwerk verarbeitet, zu einem Teil einer Maschine, die sich an die Konstruktionen des Schweizers Jean Tinguely anlehnte. Das letzte Opfer war Pfarrer Friedrich Geesdonk. Er war Teil einer Installation, die starke Ähnlichkeiten mit mehreren Objekten und Collagen von Joseph Beuys aufwies, die sich in Schloss Moyland befinden. Der Tatort, ein Museum mit dazugehörigem Park, ist typisch für diesen Täter. Er will sagen: Mein Kunstwerk gehört hierher. Die ersten beiden Opfer starben durch Ersticken. Syntha van Cleef wurde eine Plastiktüte über den Kopf gestülpt und Olga, wie Sie soeben selbst gesehen haben …«

»Augenblick, Frau Spijker«, unterbrach sie Koik und blätterte in seinen Unterlagen. »Tatsächlich ist auch Pfarrer Geesdonk durch Ersticken gestorben. Sein Mund war mit Schlamm und Exkrementen gefüllt, deren Spuren bis in den Magen und in die Lunge nachgewiesen wurden …« Er blickte in die Runde, bevor er fortfuhr. »Dies war das Schicksal der Schmeichler in Dantes *Inferno.* Als Strafe für ihre Lügen mussten sie sich im Dreck suhlen.«

Mark machte sich eine Notiz und Koik nickte Micky zu zum Zeichen, dass sie fortfahren konnte.

»Der Täter teilt uns mit, dass er viel weiter zu gehen wagt als die Künstler, die ihm als Inspirationsquelle dienen. Mathilde ter Heijne schuf lebensechte Frauenskulpturen – er übertraf sie mit einer Frau aus Fleisch und Blut. Tinguely baute aus Schrott ein Nilpferd, mit dem er den Tod verspottete – unser Täter ermordete einen Menschen, indem er ihn zum Teil einer Maschine machte. Beuys hat einmal das Skelett eines Kaninchens für eine Collage verwendet – unser Mann tat es mit einem Geistlichen.

Ein zweiter Punkt: Der Täter spielt mit uns. Er hinterlässt Querverweise. Zu der Maschine, mit der Olga Steen getötet wurde, gehörte ein abgewandelter Beuys-Spruch: *Das Schweigen von Marcel Duchamp wird überbewertet.* Die Schuhe an der Leiche von Geesdonk wiederum wurden von Olgas Freund als die seiner Freundin identifiziert. Der Täter provoziert uns, sagt: Schaut her, ich habe wieder zugeschlagen.«

»Er hat sich nicht mal die Mühe gemacht, auf ein anderes Transportmittel umzusteigen«, fügte Katja hinzu. »Heute am frühen Morgen ist ein Jäger im Wald hinter dem Golfplatz bei Schloss Moyland auf einen ausgebrannten Mercedes Sprinter gestoßen. Vor zwei Tagen wurde der Wagen in Moers gestohlen. An der Antenne hing eine Kette mit einem Bronzekreuz, wie es laut Aussage einiger Gemeindemitglieder Pastor Geesdonk getragen hat.«

Während Katja redete, beobachtete Micky, wie Duuts Blick immer wieder zu Marks Notizen abschweifte.

»War die Kette zerrissen?«, fragte Mark. »Wie es zum Beispiel bei einem Kampf hätte passieren können?«

Katja schüttelte müde den Kopf.

»Nein, die Kette war intakt. Und sie war so um die Antenne gewickelt, dass wir sie finden mussten.«

»Eine weitere Provokation des Täters«, sagte Micky. »Wie ist Geesdonk an den Tatort gelangt?«

»Wir gehen davon aus, dass er betäubt und anschließend dorthin gebracht wurde«, antwortete Koik. »Wir warten noch auf die Blutanalyse. Fest steht, dass er mit Klebeband gefesselt wurde. An Hand- und Fußgelenken fanden sich Klebstoffreste.«

»Genau wie bei Olga«, sagte Micky. »Es wäre gut zu wissen, ob dieselbe Art von Klebeband verwendet wurde. Haben Sie inzwischen den Mann verhaften können, der den Mercedes Transporter für den Steen-Mord gestohlen haben soll?«

Koik schaute nicht von seinen Unterlagen auf.

»Nein, noch nicht«, antwortete Katja für ihn. »Aber wir verfügen über eine detaillierte Personenbeschreibung. Leider hat der Gemeinderat der Jugendgruppe den Zugang zur Kirche untersagt, und wir wissen nicht, wo sich die Mitglieder jetzt aufhalten.« Sie zuckte die Achseln. »Aber wir haben alle unsere Kontaktpersonen in der Jugendszene mobilisiert. Der Bursche wird garantiert bald auftauchen.«

Sie schaute Duut an, der sich auf ein abwesendes Nicken beschränkte.

»Geesdonk wollte öffentlich verkünden, wer hinter dem Mord an Olga Steen steckt«, sagte Micky. »Sind Sie in diesem Punkt weitergekommen?«

Koik war jetzt wieder bei der Sache. Er hielt eine Archivmappe hoch. »Das hier haben wir bei der Hausdurchsuchung gefunden.« Er klappte die Mappe auf. »Leer. Der einzige Hinweis auf den ursprünglichen Inhalt befindet sich auf dem Umschlag: *Art Investment Ltd., Aufstieg und Fall.* Ein pompöser Titel, finden Sie nicht?«

Charles sprang auf.

»Art Investment Ltd. – an denen sind wir doch gerade dran«, sagte er. »Die Firma hat ihren Sitz in New Jersey und besteht aus fünf Investoren, die sich auf den Kauf moderner Kunst spezialisiert haben. Ihre Cashcow war die Galerie Janus in Amsterdam.«

Er erklärte, wie die Gruppe mithilfe von Rogier van Cleef satte Gewinne eingestrichen hatte und damit das Museum van Bommel van Dam ruiniert wurde. Er hielt Fotos von fünf Personen hoch.

»Einer der Anteilseigner ist Patrick Schneider, ein ehemaliger Polizist. Er besitzt sowohl einen deutschen als auch einen niederländischen Pass. Nach seinem Ausscheiden aus dem Polizeidienst hat er sich in der Sicherheitsbranche selbstständig gemacht. Seine Firma, die TecGuard GmbH, gehört mittlerweile zu einer der größten in ganz Westeuropa.«

»Herr Schneider ist uns ein Begriff«, sagte Koik scheinbar unbeteiligt. »Ich kenne ihn persönlich. Er war einer meiner Mitarbeiter.«

Charles fuhr fort: »Ein weiteres Mitglied der Art Investment Ltd. heißt Mira Glans. Sie stammt aus Rotterdam und ist Gründerin eines Textilimperiums. In ihren Läden in den Niederlanden und Deutschland verkauft sie billig Kleidung aus alten Kollektionen. Kennen Sie sie auch?«

Koik und Katja schüttelten den Kopf.

»Der Dritte im Bunde ist Sven Beckmann, Finanzdirektor einer großen Baufirma, die hauptsächlich am Niederrhein und in den östlichen Provinzen der Niederlande Aufträge ausführt ...«

Koik unterbrach ihn: »Dank einiger Razzien wissen wir, dass Beckmann ein gern gesehener Gast in sämtlichen Nachtclubs zwischen Köln und Arnheim ist. Es heißt, er nehme sowohl die Dienste von Frauen als auch von Männern in Anspruch ...«

Dabei machte Koik ein Gesicht, als habe er ein Staatsgeheimnis verraten.

»Dann haben wir da noch einen gewissen Dr. Klaus-Hugo Wolff«, fuhr Charles ungerührt fort. »Er kommt aus Düsseldorf und ist Teilhaber einer Projektentwicklungsgesellschaft.«

»Und der Besitzer einer Schokoladenskulptur des Künstlers Dieter Roth«, fügte Micky hinzu, die sich an den verschimmelten, in sich zusammengesunkenen Schokohaufen in Roberts Atelier erinnerte. »Roth stellt bei seinen Arbeiten die Vergänglichkeit der Kunst in den Mittelpunkt. Für Investoren natürlich ein inakzeptabler Standpunkt.«

Charles wartete, bis Mark Mickys Zwischenbemerkung aufgeschrieben hatte. Wieder schaute Duut ihm dabei über die Schulter, als wolle er kontrollieren, dass Mark auch keine Fehler machte.

»Und schließlich wäre da noch Wim Smaling«, sagte Charles. »Ein Geschäftsmann aus Arnheim, der ein Konglomerat aus Abfallentsorgungsbetrieben und Reinigungsfirmen sein Eigen nennt. Er hat eine Tochter …«

»… die momentan wegen Drogenschmuggels in Argentinien im Gefängnis sitzt …«, ergänzte Micky, bis Charles sie seinerseits unterbrach: »Dieser Smaling hat in den vergangenen Wochen so viele Besitztümer wie möglich zu Geld gemacht und eine siebenstellige Summe auf ein Konto von Art Investment Ltd. überwiesen. Außerdem hat seine Sekretärin vor Kurzem für ihn einen Flug von Amsterdam nach Buenos Aires und zurück gebucht. Er fliegt diesen Mittwoch.«

»Und warum?«, fragte Katja.

»Keine Ahnung«, antwortete Charles gleichgültig. »Wir überprüfen lediglich das Finanzgebaren eines Verdächtigen und überlassen es den Experten, daraus ihre Schlüsse zu ziehen.«

Koik und Katja lachten höflich. Auch Duut begann zu lachen, aber erst nachdem Mark ihm etwas zugeflüstert hatte. Micky wollte gerade fragen, was sie die ganze Zeit unter sich zu bereden hatten, als ihr Handy klingelte. Sie unterdrückte den Anruf. Gleich darauf ertönte erneut der Klingelton. Sie schaute auf das Display. Eine unbekannte Nummer. Wieder unterdrückte sie den Anruf, doch der Anrufer war hartnäckig und versuchte es ein drittes Mal.

Duut gab Mark zu verstehen, dass er noch einmal mit der Thermoskanne Kaffee herumgehen sollte. Micky nutzte die Gelegenheit, um sich in eine Ecke des Konferenzraums zurückzuziehen.

Es war Mara Smaling, die sie so dringend zu erreichen versuchte.

»Wissen Sie inzwischen etwas über Carolijn?«, fragte sie. Ihre Stimme klang verzweifelter denn je.

»Nein«, sagte Micky. »Aber Sie sollten sich wirklich lieber an das Außenministerium …«

»Die weigern sich, mir Informationen zu geben«, sagte

Mara. »Sie reden nur mit Wim. Sie wollen nur eine Kontaktperson.«

»Wo ist denn Ihr Mann?«, fragte Micky.

»In Venlo«, antwortete Mara Smaling verbittert. »Mister Wichtig spielen mit dem Bürgermeister und dem Gouverneur von Limburg. Bei der feierlichen Übergabe des Museums. Ich sollte mitkommen, aber ich habe es satt, Theater zu spielen.«

»Hat Ihr Mann das van Bommel van Dam gekauft?«, fragte Micky.

»Ja, zusammen mit seinen Freunden«, antwortete Mara. »Wim spinnt: Er verkauft alles, was nicht niet- und nagelfest ist. Sogar meine Kreditkarten hat er sperren lassen. Um sich ein Museum zu kaufen! Aber über Caro verliert er kein Wort mehr. Seine eigene Tochter ...«

»Wissen Sie, dass Ihr Mann nächsten Mittwoch nach Buenos Aires fliegt?«, fragte Micky.

Für einen Augenblick blieb es still auf der anderen Seite der Leitung. Dann stieß Mara Smaling einen Schrei der Wut und Verzweiflung aus.

»Nein, ich weiß gar nichts!«, rief sie. »Nichts erzählt er mir, überhaupt nichts mehr!«

Micky hörte sie schluchzen, dann ein lautes Krachen, gefolgt von einem hohen Piepton. Micky unterbrach die Verbindung. Wahrscheinlich hatte Mara das Telefon an die Wand geschmissen.

Micky kehrte an den Konferenztisch zurück und bedeutete Charles mit einer Geste, ihr die Akte über Art Investment Ltd. zu übergeben.

»Übrigens, nur um das Rätsel komplett zu machen«, sagte sie, »Art Investment Ltd. ist in diesem Augenblick dabei, das Museum van Bommel van Dam zu übernehmen. Ich geh mir das jetzt mal anschauen.«

Duut sah sie verwirrt an.

»Was hast du vor?«, fragte er.

Er griff nach seinen Tressen, als suche er an ihnen Halt.

Plötzlich wurde Micky klar, dass Mark die ganze Zeit sein persönlicher Dolmetscher gewesen war. Duut konnte kein Wort Deutsch. Die Willkommenssätze musste er auswendig gelernt haben. Micky wandte sich an Mark.

»Sag ihm, dass ich da weitermache, wo Charles aufgehört hat.«

Unterwegs bedauerte Micky den vergeudeten Mittag. Wieder mal so ein Katertreffen, bei dem die Männchen ihre Duftmarken setzten. Sie hatten mit ihrem Wissen geprotzt, ohne der Lösung des Falls auch nur einen Schritt näherzukommen. Was das anging, unterschied sich die deutsche Polizei wohl kaum von der niederländischen.

In Venlo hatte man versucht, rund um das Museum eine festliche Atmosphäre zu schaffen. Die Spruchbänder und Plakate, die an die Besetzung erinnerten, waren verschwunden. Stattdessen hatte man Poster mit dem Slogan aufgehängt: *VBVD für Venlo, in Venlo und mit Venlo!* Zwischen den Eichen waren Girlanden gespannt und den Eingang des Gebäudes zierten bunte Lämpchen. Rund um das Museum waren Pressefahrzeuge mit niederländischen und deutschen Kennzeichen geparkt.

Das Haus platzte aus allen Nähten. Die meisten Gäste waren Männer im Smoking, die sich an Kaffee und Kuchen gütlich taten. Einige wenige hielten bereits ein Weinglas in der Hand. Am Eingang zeigte Micky dem Mann von der Security ihren Polizeiausweis und erkundigte sich nach dem Programm.

»Das ist erst der Begrüßungskaffee«, erklärte er. »Um fünf Uhr findet die offizielle Übergabe statt und danach natürlich die Afterparty.«

Micky bahnte sich einen Weg durch die Menschenmenge. Sie fing Gesprächsfetzen in Limburger Dialekt auf, aber auch viel Englisch und Deutsch. Im großen Saal erkannte sie den Beigeordneten wieder, der noch vor einigen Tagen vor den johlenden Besetzern geflüchtet war. Jetzt stand er im Mittelpunkt einer Gruppe von Journalisten, die eifrig seine Worte notierten. Micky gesellte sich dazu.

»Nachdem die Besetzer das Gebäude verlassen hatten, wurden sich die Parteien sehr schnell einig«, erklärte er. »Das Museum selbst hat gottlob keinen großen Schaden erlitten, sodass wir in Kürze …«

Was in Kürze geschehen würde, erfuhr Micky nicht mehr, denn das Gerede des Beigeordneten ging in der Lautsprecherdurchsage unter, die Gäste würden jetzt in den großen Saal gebeten. Die Menge setzte sich in Bewegung und drängte sich durch die Tür. Da alle Sitzplätze bereits besetzt waren, suchte sich Micky einen Stehplatz in der Nähe des Podiums. Der Wachmann, dem gegenüber sie sich eben ausgewiesen hatte, stellte sich neben sie. Er schien es aufregend zu finden, sich an eine echte Polizistin heranzumachen.

»Alles, was in der Kunstszene Rang und Namen hat, ist hier versammelt«, flüsterte er ihr in vertraulichem Ton zu und wies mit einer Kopfbewegung auf die erste Reihe. »Dort sitzen die Herren von Christie's und Sotheby's …«

Micky suchte vergeblich nach Smaling.

»Und wo sitzen die neuen Eigentümer?«, fragte sie.

Der Wachmann zeigte auf einen Flur hinter ihnen.

»Die sind noch in einer Besprechung mit dem Bürgermeister. Die letzten Einzelheiten, Sie wissen schon.«

»… unser Gouverneur!«, rief der Sprecher und begann, laut zu applaudieren. Der Saal folgte seinem Beispiel. Micky wartete die nächste Ansprache nicht ab, sondern ging den Flur entlang, den der Wachmann ihr gezeigt hatte. Auf gut Glück öffnete sie eine Tür und erschreckte eine Serviererin, die gerade eine Batterie von Gläsern gefüllt und anschließend selbst die Flasche an den Hals gesetzt hatte.

»Prost!«, sagte Micky und fragte, mit ihrem Ausweis wedelnd: »Wo finde ich denn den Bürgermeister?«

»Gleich hier nebenan«, antwortete die Frau kichernd.

Micky schloss die Tür wieder und lauschte erst ein wenig

an der nächsten, ehe sie die Klinke herunterdrückte. Der Gesprächslautstärke nach zu urteilen ging es drinnen heiß her. Offenbar sorgten die letzten Einzelheiten für heftige Spannungen.

»Die Stadt behält sich weiterhin das Recht vor, den Direktor zu ernennen!«

Der Mann mit der Amtskette um den Hals beendete gerade seinen Satz, als er die Besucherin bemerkte.

Die Anwesenden blickten auf. Es waren Smaling und seine Mitanteilseigner, die an einem Konferenztisch einer Delegation von der Stadtverwaltung gegenübersaßen.

»Polizei«, sagte Micky. »Ich möchte Meneer Smaling sprechen. Unter vier Augen.«

Die Verwirrung, die sie verursachte, bereitete ihr eine gewisse Genugtuung. Smaling wollte schon aufstehen, doch sein Tischnachbar hielt ihn zurück. Micky erkannte Schneider, den ihr Charles auf einem Foto gezeigt hatte.

»Es geht um Ihre Tochter«, sagte sie zu Smaling.

Schneider nahm seine Hand weg und bedeutete Smaling, Micky zu folgen. Sie ging ihm voraus bis ans Ende des Flures.

»Sie fliegen übermorgen nach Argentinien«, sagte sie ohne Umschweife. »Wollen Sie Carolijn holen?«

Smaling kratzte sich im Nacken, als müsse er über seine Antwort erst nachdenken. Dann packte er Micky plötzlich, drehte ihr den Arm auf den Rücken und drängte sie gegen die Wand.

»Jetzt hör mir mal gut zu«, zischte er ihr in den Nacken. »Um Carolijn kümmere ich mich. Ihr Bullen lasst gefälligst die Finger von ihr, verstanden?«

Als sie nicht antwortete, stieß er ihr das Knie in den Rücken. Sie schrie auf vor Schmerzen.

»Verstanden?«, wiederholte Smaling. »Gut so. Und jetzt mach, dass du wegkommst!«

Er ließ sie los und schubste sie grob in Richtung des großen Saals. Ein zweiter Stoß gegen ihre Schultern ließ sie stürzen.

Bis sie sich aufgerappelt hatte, war er bereits wieder im Konferenzraum verschwunden. Kurz erwog sie, ihn zu verhaften, aber schon im nächsten Moment wurde ihr klar, dass sie damit nichts erreichen würde. Sie betrat den Festsaal, in dem der Gouverneur gerade erklärte, dass Kunst und Kapital schon seit jeher untrennbar miteinander verknüpft seien.

Micky stellte sich zu den Journalisten.

»Fragen Sie doch gleich mal nach, wer in Zukunft den Museumsdirektor ernennen wird«, schlug sie vor.

17

Montag, 29. Oktober

Robert war den Tag über vollauf beschäftigt gewesen. Zu den üblichen Arbeiten kam eine Nachricht, die ihn normalerweise mit Grausen erfüllte. Auf einem Gemälde, bei dem der Künstler reine Farbpigmente aufgestäubt hatte, war Dreck gefunden worden. Den mit Tuch oder Staubwedel wegzuwischen, hätte bedeutet, das ganze Bild zu ruinieren. Hier half nur Luft.

Robert hatte für solche Fälle auf dem Trödelmarkt einen Spielzeugfön erstanden, der gerade so viel Luft abgab, dass er kleine Mädchen vor dem Frisierspiegel enttäuschte und große Restauratoren vor der Leinwand glücklich machte. An besonders schwierigen Stellen – und in diesem Fall war das ganze Gemälde eine schwierige Stelle – musste einiges trotzdem in Mundarbeit erledigt werden. Robert stand also im Museum Abteiberg auf einer Leiter vor dem großformatigen Bild und pustete. Eine gute Stunde lang, in der sich seine Konzentration ausschließlich auf die Lage der Pigmente und des Staubs richtete. Zen oder die Kunst des Dreckwegpustens. Allmählich waren dabei die Bilder von den schrecklichen Toden Olga Steens und Friedrich Geesdonks, die ihn in der Nacht wach gehalten hatten, in den Hintergrund gerückt.

Erst am Abend, als er hundemüde nach Krefeld zurückfuhr, wurde ihm bewusst, dass er die ganze Zeit auf einen Anruf von Micky gewartet hatte. Vielleicht meinte sie ja, er müsste sich bei ihr melden. Um ihr zu zeigen, dass er mehr wollte als einen One-Night-Stand. Aber das sollte sie doch gespürt haben mit ihrer Ausbildung.

Eine Polizistin. Schlimmer, eine Psychologin. Noch schlimmer, eine Polizeipsychologin. Das hätte ihm vor fünfundzwanzig Jahren jemand voraussagen sollen; am besten damals, als die Schlagstöcke des Einsatzkommandos die Besetzung beendeten, mit der er und seine Freunde verhindern wollten, dass man das Geburtshaus eines Krefelder Künstlers abriss.

Und jung war sie. Zehn, fünfzehn Jahre jünger als er, gar nicht so viel älter als das kleine Katjachen. Konnte das gut gehen? Und was wusste er eigentlich über sie? Und warum stellte er die ganze Zeit über so dusselige Fragen? War er nun verschossen in sie oder nicht?

Er war's. Fängt man dann an, dummes Zeug zu fragen? Womöglich gar Chancen-Risiken-Analysen anzustellen? Nein. Andererseits ... die Bereitschaft, sich neben die alten Narben frische Wunden setzen zu lassen, nahm allmählich ab. Dummerweise half allzu große Vorsicht hier nicht weiter, denn die Liebe verlangt nach einem bedingungslosen Ja. Also gut, Herr Patati, sagte sich Robert, nicht nach Hause, gleich durch zum Swinger Club.

In der Kulturfabrik war die Kasse für das Konzert der Kölner Band *Swinger Club* soeben erst geöffnet worden. Robert war froh, dass das Trio gerade heute seine wild bearbeiteten Versionen großer Songs mit Schweineorgel, Bass und Schlagzeug zu Gehör bringen würde. Er stellte sich an die Theke und orderte eine kühle Flasche Bier.

Am nächsten Morgen war die gute Swinger-Laune gleich verschwunden, als Robert im Abteiberg die Zeitung aufschlug. In Venlo hatten sie gestern das van Bommel van Dam verscherbelt. Sogar im Gladbacher Lokalteil war ein Foto von der feierlichen Übergabe abgedruckt. Bekannte Gesichter sahen verantwortungsbeladen in die Kamera: TecGuard-Schneider, seine regelmäßige Begleiterin bei Vernissagen, Mira Glans, und – schau einer an – Dr. Klaus-Hugo Wolff. Dass die einander kannten, war Robert natürlich klar, aber dass sie hinter der von Micky erwähnten Art Investment Ltd. steckten und keine fernen, reichen Russen, das war eine echte Überraschung für ihn. In der zweiten Reihe entdeckte Patati einen extrem aufrecht dasitzenden und die Kamera fixierenden Dr. Regenberg. Es war wohl ihm zu verdanken, dass der Venloer Jubel bis nach Gladbach gedrungen war.

Denn gleich nach der Feierstunde war Regenberg mit einem gewissen Sven Beckmann durch die montäglichen Sitzungen der Parteifraktionen getingelt und hatte ein Konzept zur Privatisierung des Museums Abteiberg vorgestellt. Eine Art Outsourcing. Das Museum blieb zwar städtisch, doch die Stadt sollte den Hollein-Bau kostenfrei für dreißig Jahre an Art Investment Ltd. verpachten und sie mit fünfzehn Prozent des Kunstbestandes bezahlen. Als Gegenleistung würde die Gesellschaft das gesamte Personal stellen und ein regelmäßiges Ausstellungsprogramm garantieren. Alle Kunst, die in dieser Zeit für den Abteiberg eingekauft würde, bliebe in ihrem Besitz.

Angesichts der leeren Kassen schien dies vielen Politikern ein reizvolles Angebot zu sein. Am Ende ging es nur noch darum, wie man sogenannte sozialverträgliche Eintrittspreise sichern konnte.

Robert fluchte und prompt öffnete Dr. Regenberg die Tür zur Werkstatt.

»Heute schon Zeitung gelesen, Herr Patati?«, fragte er selbstgefällig.

Robert nickte. »Womit kann ich dienen?«

»Sie sind ein guter Restaurator. Ich will Sie nicht verlieren.«

»Danke für die Blumen. Ich habe auch nicht vor, zu gehen.«

»Dann machen Sie Ihren Job. Ich kann Sie vor Dr. Wolff nicht länger schützen. Wenn AI-Ltd. den Laden übernimmt und der Schokoklumpen nicht restauriert ist, sind Sie sofort raus.«

»Haben Sie das Schreiben der *European Confed* nicht gelesen?«

»Ich will Ihnen etwas verraten, Patati.« Regenberg beugte sich weit über den Schreibtisch. »Unsere neue Führung scheißt auf die *European Confederation.* Wir sind die Avantgarde. Unser neues Museumskonzept bricht mit allen antiquierten Konventionen. Kunst ist ein Marktplatz für ästhetische Launen und Meinungen. Und ein Marktplatz lebt von permanentem Austausch und Erneuerung. Alles hat ein Verfallsdatum. Aber wir bestimmen, was seinen Wert wie lange behalten oder steigern soll. Und darum, Herr Patati, stehen für uns beim Restaurieren künftig die Interessen der Sammler an erster Stelle und nicht die der Künstler. Bald werden es alle so machen wie wir.«

Robert wollte zunächst antworten, sah Regenberg dann aber nur kopfschüttelnd an.

»Ich habe für Sie getan, was ich konnte«, meinte der nach einer halben Minute und klang dabei beinahe entzückt. »Ihr Idealismus macht Sie zu einem dummen, schwachen Menschen.« Er ließ die Tür hinter sich ins Schloss fallen.

Ach, die alte, abgedroschene Idealistenschelte. Vor langer Zeit erfunden, nachdem zum ersten Mal einer alles, was ihm lieb und wichtig war, für eine kleine Münze und ein Stückchen Macht verscherbelt hatte.

Für Robert war die Idee des Museums unmittelbar mit der Frage nach dem Sinn des Lebens verknüpft. Und darum unverkäuflich. Er war der seltsamen Überzeugung, dass das Leben einen achtenswerten Sinn haben sollte. Einen, der mehr beinhaltete, als achtzig Jahre lang vierundzwanzig

Stunden am Tag Ware zu kaufen, zu verkaufen und selbst nur Ware zu sein. Einen, der über die Inganghaltung der Verdauungsorgane hinauswies.

Aber um diesen Sinn zu suchen und womöglich gar zu finden und um sein Leben immer mal wieder daraufhin zu überprüfen, ob und wie weit man sich von diesem Sinn entfernt hatte, musste man frei von den Zwängen des Alltags Luft schöpfen können. Dafür braucht es Freiräume. Und Inspiration durch andere, die das Leben an den Stellen erforschten, zu denen man selbst bisher nicht gekommen war.

Dieser Raum war für Robert das Museum. Ein Museum, das allen Menschen gehörte und das von Leuten geleitet werden sollte, die das Beste und Spannendste und Interessanteste in der Kunst suchten, um den Menschen neue Inspiration für ihre Fragen zu geben. Und die nicht Kunst zeigten, um deren Marktwert zu steigern. Er hackte wütend sein Passwort in den Computer.

Im Postfach fand er eine Mail der neuen Restauratorin am Nimwegener Museum Het Valkhof. Er hatte die Kollegen in der Region angeschrieben, er habe von einem Gemälde gehört, auf dem die Kreuzabnahme eines Transvestiten gezeigt würde, wüsste aber nicht, von wem es sei und wo es zu finden wäre. Alle Kunstwerke, die der Mörder bisher zum Vorbild für seine furchtbaren Taten gewählt hatte, kamen aus nahe gelegenen Kunstmuseen. Und so war es auch hier. Robert stieß einen kleinen Triumphschrei aus. Die Restauratorin schickte ein Foto des Gemäldes *Freitag, der Dreizehnte* von Frans Franciscus, das Het Valkhof vor einem guten Jahr erworben hatte. Das Foto war nur klein, sie empfahl, sich eine größere Version auf der Internetseite des Künstlers anzusehen.

Robert tippte die Adresse ein. Auf dem Schirm erschien das Bild eines Transvestiten in Krankenschwestertracht, Nylons und Strapsen, der – offenbar überfallen und zusammengeschlagen – von zwei Leuten an den Ellenbeugen hochgezogen wurde. Die Körperhaltung, das Tattoo am

Oberarm, die verstreut herumliegenden Gegenstände, das war alles genau wie im Park von Schloss Moyland. In der Hand des Transvestiten baumelte eine Perücke und sofort stieg in Robert wieder das Bild von Geesdonks skalpiertem Schädel auf. Er klickte das Gemälde weg und schickte den Link mit dem Hinweis, dass Franciscus das große Idol Olgas und ihrer V3-Kollegen war, an Micky und Katja.

Dass der Mörder sich so gut in der gegenwärtigen Kunst auskannte, war bemerkenswert. Aber warum hatte er die Gemälde in Geesdonks Haus malträtiert? Diese Aktion passte eigentlich nicht zu ihm. Irgendetwas daran musste ihn extrem empört haben.

Robert griff zum Telefon. »Katja, ich muss noch mal in Geesdonks Wohnung. Die zerstörten Gemälde anschauen. Ja. In einer halben Stunde beim Haus? Danke dir.«

Als er das Museum verließ, fühlte er sich beobachtet. Ob dieser Tücking wieder irgendwo lauerte? Er drehte sich um. Niemand. Er nahm den Weg durch den Skulpturengarten hinunter zum Geroweiher, wo sein Wagen stand. Kurz vor dem Ausgang hörte er jemanden leise seinen Namen rufen. Irgendwer schien sich einen Spaß mit ihm zu machen. Widerwillig drehte er sich um.

Hinter ihm stand das Mädchen, das an der Lukaskirche Katjas Autonummer notiert hatte.

»Wie geht's?«, fragte er möglichst unbefangen.

»Das willst du gar nicht wissen, oder?« Das Mädchen wirkte übernächtigt und deprimiert, sie zitterte.

»In der Zeitung stand, dass der Pfarrgemeinderat euch an die Luft gesetzt hat.«

»Die Ärsche konnten's nicht abwarten. Der Pfarrer ist noch nicht mal unter der Erde. Morgen karren sie die ganze Kunst nach Aachen. Sind den Kram los und können sich damit beim Bischof einschleimen.«

»Kann ich etwas für euch tun?«

»Schlechtes Gewissen?«

»Könnte man sagen«, gab Robert zu.

»David ist unschuldig. Er hat den Wagen nicht gestohlen.« Es kostete sie sichtbar Kraft, die Fassung zu wahren.

»Hatte er Streit mit dem Pfarrer? Vielleicht weil David es mit eurem Kreuzzug gegen schlechte Kunst zu weit getrieben hatte?«

»Bist du scheiße im Kopf, Freak? David hat mit den Morden nichts zu tun. Meinst du, er bringt den einzigen Typen um, der sich um uns kümmert?«

»Nein«, sagte Robert und er horchte noch einmal in sich hinein. »Nein, das glaube ich nicht.«

Sie zündete sich eine Zigarette an.

»Wie heißt du?«

»Jeannine«, sagte sie und inhalierte tief. »Ich hab was für dich.«

Sie öffnete ihren Rucksack und zog ein in dickes braunes Papier eingeschlagenes Päckchen heraus. »Der Pfarrer hat es David gegeben. Er sollte es verstecken.«

»Warum gibst du es nicht der Polizei?«

»Damit die mich auch noch verhaften? Friedrich hat gesagt, wenn man überhaupt einem von dieser Mafia vertrauen könnte, dann dir.«

»Aber du weißt, dass ich es der Polizei geben muss.«

»Alles, was ich weiß, ist, dass David unschuldig ist. Das musst du denen klarmachen. Dir werden sie glauben.«

»Und was noch?«

»Das ist alles. Sorg dafür, dass David wieder nach Hause kann. Ohne ihn machen die uns fertig.«

Robert nickte.

Sie legte das Päckchen neben sich auf ein Mäuerchen und ging Richtung Innenstadt, ohne sich noch einmal umzudrehen.

Zwanzig Minuten später stand er, an seinen Wagen gelehnt, vor Geesdonks Haus. Aus dem heruntergekurbelten Seitenfenster waren kubanische Rhythmen von *Compay Segundo* zu hören. Er bedauerte in diesem Augenblick, nicht mehr zu rauchen. Ein Zigarillo hätte jetzt gut getan. Als Katjas Audi in die Seitenstraße einbog, schaltete er die Musik aus und verschloss den Wagen.

»Dass man dich mal ohne internationale psychologische Betreuung antrifft«, begrüßte Katja ihn. »Darfst du eine alte Freundin noch umarmen oder würde das die Therapie gefährden?«

Robert lachte und drückte sie an sich. »Sie sind mir selbst noch ein Geständnis schuldig, Fräulein Kommissar«, sagte er. »Ein gemeinsamer Bekannter hat Sie neulich in der *Vishnu-Lounge* mit einem jungen Mann rumknutschen sehen.«

»Aber doch nur, weil du nichts von mir wissen willst«, sagte sie grinsend und setzte ihm einen nassen Kuss auf die Wange. »Was hast du da?«

»Ich vermute mal, das verschwundene Dossier des Friedrich Geesdonk«, antwortete Robert und erzählte von Jeannine, während Katja das Siegel an der Haustür zerstörte und aufschloss. Sie setzten sich an den Wohnzimmertisch, um das Material zu sichten.

Geesdonk hatte einen Ausschnittsdienst beauftragt, ihm Zeitungsartikel über die Mitglieder von Art Investment Ltd. zu besorgen. Am häufigsten tauchte in den Berichten, von denen die ältesten bereits fünf Jahre alt waren, Patrick Schneider auf.

Meistens ging es darum, dass Schneider als neuer Mehrheitseigner in ein bisher inhabergeführtes Unternehmen eingestiegen war. Auf den Fotos reckten er und seine neuen Geschäftspartner gut gelaunt den Daumen nach oben oder schüttelten einander herzlich die Hand. Der eine oder andere Wirtschaftsredakteur wunderte sich, dass ein solide geführtes, finanziell gesundes Unternehmen ohne jede Not einundfünfzig Prozent seiner Anteile und damit das Steuerrad an einen fremden Investor abgab. Offenbar überzeugte Schneiders *TecGuard* mit der Zukunftsvision eines Mittelstandsnetzwerkes, lautete ihre Vermutung.

Zwischen den Artikeln fanden sich Notizen und Skizzen Geesdonks, in denen er das Beziehungsgeflecht der Firmen und AI-Mitglieder aufgezeichnet hatte. Auch eine Liste von Kunstkäufen der Gruppe hatte der Pfarrer angefertigt. Er musste viele gute Kontakte in der Kunstszene gehabt haben.

»Hör dir dies mal an«, sagte Katja, »ein Brief an Geesdonk von … nicht zu entziffern:

… bitte ich Dich, mir nicht allzu böse zu sein, dass ich die Arche-Arbeit nun doch nicht Deiner schönen Kirche stiften konnte. Das Angebot von Schneider war einfach zu gut, um es abzulehnen. Von den 10.000 Euro kann ich ein halbes Jahr leben und arbeiten. Ich verspreche Dir, ich werde Dir bald eine andere, bessere Arbeit schenken.«

An den Rand hatte Geesdonk mit rotem Filzstift *Wucher* und *Judas* gekritzelt.

Robert pfiff durch die Zähne. »Jetzt wird's richtig interessant.«

Er wies auf einen zwei Jahre alten Artikel über einen Kölner Geschäftspartner Schneiders, dessen Sohn in Uruguay wegen Drogenschmuggels verurteilt und kurze Zeit später überraschend nach Deutschland abgeschoben worden war. Robert las vor: »Mein Sohn ist in eine Falle gelockt worden. Ich bin froh, dass es mithilfe einflussreicher Freunde gelungen ist, ihn gesund zurückzuholen.«

Katja nickte. »Genau wie bei diesem Wim Smaling. Ich fahre sofort ins Präsidium und faxe das nach Arnheim.«

»Noch schnell die paar Seiten«, murmelte Robert und blätterte durch eine Reihe aufgeklebter Zeitungsfotos von Kunstereignissen, bei denen Schneider neben lauter alten Bekannten stand, alle in bester Stimmung, darunter natürlich Zink, Regenberg und die van Cleefs, aber auch Vertreter anderer Museen in der Region. Geesdonk hatte jeweils auch die Namen der Personen im Hintergrund unter die Fotos geschrieben, bei einem Mann fand Robert dick unterstrichen die Anmerkung *Janus-Galerie.* Er wollte den Hefter schon zuklappen, als er in einer Einschubtasche in der Umschlagseite eine Verdickung spürte. Er fischte einen kleinen Speicherchip heraus. »Hast du eine Kamera dabei?«

»Im Auto«, antwortete Katja.

Zwei Minuten später saßen sie in ihrem Wagen und schauten sich die Fotos an, die Geesdonk bei der Wiedereröffnung des Museums Abteiberg gemacht hatte. Datum und Uhrzeit waren eingeblendet. Er hatte vor allem seine Jugendlichen fotografiert, doch standen sie kurioserweise immer am Bildrand. Dann begriff Katja. Es war Geesdonk um ganz andere Leute gegangen. Sie klickte sich langsam durch die Fotoserie.

»Wow«, sagte sie plötzlich. Auf einem der Fotos stand Schneider mit Syntha van Cleef zusammen, die er laut seiner Aussage an diesem Tag gar nicht getroffen hatte. Und was oberflächlich nach Plauderei aussehen mochte, war der Mimik und einigen kleinen Gesten nach zu urteilen eine handfeste Auseinandersetzung. Die digitale Einblendung zeigte 12:41 Uhr an.

»Ich muss sofort los.« Katja steckte den Schlüssel ins Zündschloss. »Wenn du hier fertig bist, ruf an. Ich schicke einen Beamten, der die Tür wieder versiegelt.«

Robert stieg aus und winkte ihr hinterher, ehe er ins Haus zurückging und sich den zerstörten Bildern widmete.

Der Einbrecher hatte ganze Arbeit geleistet. Patati nahm die Gemäldewracks nacheinander in die Hände. Beim dritten fühlte er mit den Fingerspitzen an der Innenseite des Spannrahmens einen Aufkleber. Der Rahmenmacher hatte eine Lieferadresse aufgeklebt. Sie war verschmiert, aber schließlich hatte er den Namen der Künstlerin entziffert: Mathilde Schneider. Patrick Schneiders Töchterchen. Und eine Adresse: Speditionstraße, 40221 Düsseldorf. Das Mädchen hatte noch keine Ausstellung gehabt, in die sie ihr Vater nicht eingekauft hatte, aber ihr Atelier war selbstverständlich im Medienhafen. Er zog die Handschuhe aus und tippte die Telefonnummer in sein Handy, die unter der Adresse handschriftlich nachgetragen war.

Mathilde Schneider empfing ihn in einem elegant eingerichteten Salon, hinter dem ihr Atelier liegen musste. Sie bot ihm einen Platz in einer Sitzecke aus weißledernen Le-Corbusier-Sesseln an.

»Normalerweise lasse ich keine fremden Herren herein, die am Telefon nicht sagen wollen, worum es geht«, sagte sie mit einer zarten Stimme, deren Sanftheit an der Grenze zur Ausdruckslosigkeit lag, und lächelte. »Aber da Sie der Restaurator meines Lieblingsmuseums sind, habe ich meine Furcht überwunden. Sie wollen mir doch nichts Böses tun?«

Sie mochte fünfundzwanzig Jahre jung sein. Robert musste sich eingestehen, dass er von ihrer Schönheit auf einen Schlag verzaubert war. Ihr langes, braunes Haar schimmerte seiden, die leicht mandelförmigen, aber großen Augen in ihrem weich konturierten Gesicht leuchteten. Dass ihre Nase für das Gesicht deutlich zu groß und etwas uneben war, war der entscheidende kleine Makel, der ihr Äußeres vor einer reizlosen Perfektion bewahrte.

Patati hatte sie erst ein, zwei Mal auf irgendeiner Vernissage in Begleitung ihres Vaters gesehen, und doch schien sie ihm irgendwie vertraut. Natürlich! In ihrer ganzen Erscheinung wirkte sie wie ein eineiiger Zwilling von Sofia Coppola in ihrer Rolle als Tochter des Don Corleone im dritten Teil des *Paten.* Eine wundervoll anzusehende Puppe, die nichts tun musste, als die Reinheit und Schönheit an der Seite ihres Vaters zu repräsentieren, und die damit alle männlichen Wunschprojektionen auf sich zog. Mal sehen, ob Mathilde bezüglich der Geschäfte ihres Vaters ähnlich naiv war wie die Tochter des Paten, dachte Robert.

»Verzeihen Sie, aber manche Dinge bespricht man besser nicht am Telefon. Es geht um den Mönchengladbacher Pfarrer Friedrich Geesdonk. Kennen Sie ihn?«

»Nein. Warum?«

»Er ist tot.«

»Tatsächlich? Das tut mir leid. War er nicht auch Kunstsammler?«

»Die Zeitungen berichten seit Tagen über den Fall.«

»Ich lese keine Zeitungen. Ich habe auch weder Fernseher noch Radio. Das ist alles rein äußerlich und soll uns nur vom Wesentlichen ablenken.«

»Aber dass Syntha van Cleef ermordet wurde, davon haben Sie erfahren?«

»Mein Vater hat es mir gesagt. Sie waren gute Freunde. Die arme Frau.« Sie sagte das wie ein kleines Mädchen, das einen Augenblick lang betrübt und dann wieder herzerfrischend fröhlich sein konnte.

»Geesdonk wurde ebenfalls ermordet. Auf ziemlich grausame Art.«

»Oh«, sagte sie nur und verstummte kurz. »Warum beschäftigen Sie sich mit dieser Sache?«

»Es geht um Kunst – und um Antikunst, wenn man so will. Wussten Sie, dass der Pfarrer Bilder von Ihnen besaß?«

Sie zeigte zum ersten Mal einen Hauch von Überraschung. »Nein, das ist mir neu. Aber die Galerie meldet mir leider nicht die Namen aller Käufer.«

»Ein Einbrecher, von dem wir stark vermuten, dass er auch der Mörder von Friedrich Geesdonk, Syntha van Cleef und einer weiteren Frau ist, hat drei Ihrer Werke in Geesdonks Haus mit einem Messer so zerschlitzt, dass sie nicht zu restaurieren sind.«

Sie schaute ihn mit ihren großen rehbraunen Augen an, deren Glitzern allmählich zunahm. Ihr Gesicht begann zu zittern, dann verbarg sie es in ihren Händen und schluchzte.

Das nennt man Hingabe an das eigene Werk, dachte Robert bitter und hoffte, Mathilde würde sich schnell wieder fassen. Doch sie steigerte sich immer weiter in ihren Schmerz hinein und weinte bald hemmungslos. Er war ratlos. Unmöglich konnte er dieses verwöhnte, hysterische Töchterchen, das drei Morde schulterzuckend hinnahm, aber bei drei zerstörten, unterdurchschnittlichen Bildern völlig zusammenbrach, in den Arm nehmen.

»Soll ich jemanden anrufen?«, fragte er.

Sie schüttelte den Kopf und weinte, verborgen hinter ihrem schönen langen Haar, weiter. Robert ärgerte sich. Er würde sie jetzt nicht mehr nach ihrem Vater fragen können. Und auch eine Besichtigung ihres Ateliers, das vielleicht ein paar Hinweise auf den alten Schneider barg, musste er sich abschminken.

»Oder Sie irgendwo hinfahren?«

»Lassen Sie nur«, schluchzte sie, »es geht gleich wieder. Es ist nur, meine Bilder sind wie Kinder für mich.«

Volltreffer. Das war einer der wenigen Sätze, mit denen man Robert sprachlos machen konnte.

Sie versuchte sich zusammenzunehmen und sagte stockend: »Entschuldigen Sie mich jetzt. Lassen Sie mir Ihre Karte da, ich rufe Sie an.«

Mathilde reichte ihm die Hand, ohne sich das Haar aus dem Gesicht zu streichen.

Als Robert an der Tür stand, fragte sie mit ängstlich vibrierender Stimme: »Werde ich die Nächste sein?«

»Ich kann es mir nicht vorstellen«, meinte Robert.

Frustriert verließ er den Medienhafen. Im Seitenfenster sah er, wie die Gehry-Bauten aufflammten, als die Sonne mit aller Macht die Wolkendecke durchbrach.

Zu Hause schrieb er einen ausführlichen Bericht für Katja und Micky. Fünf Minuten später rief ihn Micky an.

»Geesdonks Unterlagen sind Gold wert«, sagte sie. »Jetzt kann ich ihn so unter Druck setzen, dass er auspacken muss.«

»Schneider?«, fragte Robert.

»Nein, mit den Theorien eines toten Pfarrers würden wir nie zum Staatsanwalt gehen können. Aber dafür schnappen wir uns jetzt Smaling als Zeugen der Anklage. Ich wette, er wird von Schneider erpresst.«

Sie wirkte adrenalisiert. Jagdfieber, befand Robert. »Hört sich ja prima an. Jetzt zu den positiven Dingen des Lebens. Wann sehen wir uns wieder?«, fragte er.

»In anderthalb Stunden bei mir?«

»Ja, hm«, Robert druckste ein wenig herum. »Ich muss morgen früh um halb acht im Abteiberg sein.«

»Ist es in Deutschland nicht mehr üblich, dass ein Mann einer jungen Dame einen offiziellen Gegenbesuch macht?« Sie gab sich empört und Robert freute sich.

»Also gut, Mevrouw Spijker, I'm on the fly.«

Mickys Stimme wurde weicher. »Das ist gut, Meneer Patati, denn auch ich bin beinahe schon on the fly. Ich fliege morgen Vormittag für drei Tage nach Buenos Aires, um die Sache mit Smaling klarzumachen.«

18

Mittwoch, 31. Oktober

Diese Reise würde ihr das Äußerste an Improvisationstalent abverlangen, schloss Micky während des Briefings mit Duut. Einerseits durfte sie Smaling auf keinen Fall in die Quere kommen, andererseits sollte sie ihn beschatten und genauestens über jeden seiner Schritte Bericht erstatten.

»Und denk daran, keinen Kontakt zu den argentinischen Behörden!«, schärfte Duut ihr ein.

»Weiß Smaling, dass ich sein Schutzengel bin?«, fragte sie.

»Smaling ist Atheist«, erwiderte Duut. »Er glaubt nicht an höhere Wesen, nur an sich selbst. Deshalb will er auch höchstpersönlich seine Tochter freikaufen.«

»Bist du dir da sicher oder ist das nur eine Vermutung?«, fragte sie.

»Charles hat recherchiert, dass von Smalings Konten inzwischen noch eine Million Euro spurlos verschwunden ist. Wir vermuten, dass er diesen Betrag cash über die Grenze bringt. Allerdings wissen wir nicht, wer seine Kontaktperson ist. Es kann sich um einen Gefängnisdirektor handeln, einen

Richter, einen Polizeipräsidenten oder einen Politiker. Oder alle zusammen. Also mach am besten einen großen Bogen um alles, was eine Uniform, einen Talar oder einen Maßanzug trägt. Nur die Botschaft weiß über deine Ankunft Bescheid. Dort kannst du morgen früh um neun Uhr die benötigten Informationen abholen.«

»Also *high risk, low profile*«, schlussfolgerte Micky. »Hast du dir schon eine Tarnung für mich überlegt?«

Zu ihrer Überraschung antwortete Duut: »Ja, du gehst als Tangotouristin. Damit fällst du überhaupt nicht auf. Unsere Logistik hat schon ein Taxi für dich organisiert, das dich vom Flughafen abholt. Du bist eine einsame Frau, die sich nach Romantik und Leidenschaft sehnt. Die haben sogar schon ein Zimmer in einem Tangohotel für dich gebucht.«

»Doch hoffentlich keine Jugendherberge?«

»Nein, natürlich nicht. Wer weiß, vielleicht gabelst du ja sogar einen heißen Latin Lover auf. So wie diese Caro.« Duut grinste.

»Wird das Polizeikorps dann auch zwei Millionen für mich hinblättern, wenn ich in den Knast wandere?«

Smaling flog Businessklasse, wie Charles Micky übermittelt hatte, daher brauchte sie nicht zu befürchten, ihm zu begegnen, wenn sie mal zur Toilette musste. Für sie hatte die Logistik einen Platz in der Economyklasse gebucht. Ganz wie es zu ihrer Tarnung und ins Budget passte, dachte sie, als sie auf ihrem engen Flugzeugsitz mit der Zeitung kämpfte, die sie morgens am Bahnhof gekauft hatte.

Die Artikel zum Arnheimer Museumsmord beschäftigten sich intensiv mit der Aussage einer Sekretärin. Sie behauptete, sie habe die Polizei auf ein Einschussloch im Fensterrahmen des Verwaltungsbüros hingewiesen, aber die Ermittler hätten ihren heißen Tipp einfach ignoriert. Eine Großaufnahme der schadhaften Stelle füllte die restliche Seite. Erst zwei Seiten weiter stieß Micky auf die entnervte Reaktion eines Polizeisprechers: Das Einschussloch stamme aus der

Schlacht um Arnheim, sorge aber alle zehn Jahre erneut für Aufregung.

Micky blätterte weiter bis zu einem Artikel über den entscheidenden Einfluss, den die ersten zehn Sekunden einer Begegnung auf die künftige Beziehung zweier Menschen hatten. Bis zu den Azoren versuchte sie sich daran zu erinnern, welchen Eindruck Robert in den ersten zehn Sekunden auf sie gemacht hatte. Vergeblich.

Nach der Zwischenlandung in São Paulo vertiefte sie sich in die Kunstmord-Akte und auf dem letzten Stück bis nach Buenos Aires dachte sie über ihre Taktik nach. Sie beschloss, sich nicht vor Smaling zu verstecken. Als Erstes würde sie Carolijn eingehend verhören, am besten noch bevor ihr Vater sich ihrer annehmen konnte.

In der Ankunftshalle des Flughafens warteten zahlreiche Taxifahrer, die Schilder mit den Namen von Passagieren hochhielten. Micky beobachtete, wie Smaling einem Mann einen Koffer überreichte, seinen Aktenkoffer jedoch fest an sich gepresst hielt, während er ihm folgte. Nachdem er die Ankunftshalle verlassen hatte, rief sie Duut an. Schläfrig meldete er sich.

»Zielperson mit Ladung eingetroffen«, meldete sie. »Verlässt den Flughafen um null Uhr dreißig.«

»Hier ist es jetzt halb fünf«, murmelte Duut.

Nachdem Micky ihn gebeten hatte, über das Außenministerium eine Besuchserlaubnis für das Gefängnis einzuholen, in dem Carolijn jetzt einsaß, ging sie zu dem Taxifahrer, der ein Schild mit ihrem Namen trug.

Draußen war es ebenso warm wie in den Niederlanden. Nur dass hier, so roch sie, gerade erst der Frühling angefangen hatte.

Die niederländische Botschaft lag im Hafengebiet von Buenos Aires, schräg gegenüber einer Brücke, die eine auffällige Ähnlichkeit mit der Erasmusbrücke in Rotterdam aufwies.

Die Büros befanden sich in der obersten Etage eines brandneuen Gebäudes mit Aussicht auf vier Hafenbecken, in denen jedoch nur ein Kanu und zwei alte Segelschiffe zu sehen waren.

»Das ganze Gebiet wird zu einem Geschäftszentrum umgebaut«, erklärte die Leiterin für Konsulatsangelegenheiten, die Micky am Empfang erwartet hatte.

Sie schaute auf die Uhr. »Carolijn sitzt in Abteilung 3 des *Instituto Correccional* von Ezeiza ein, dreißig Kilometer von hier entfernt. Wir konnten einen Termin für halb elf für Sie vereinbaren.«

Sie schien daran gewöhnt, Besuchern, die ihr das Außenministerium aufgehalst hatte, Auskunft zu geben, ohne Fragen zu stellen.

»Carolijn wurde am Freitag, den fünften Oktober, bei einer Routinekontrolle verhaftet«, fuhr sie fort. »Kurioserweise hat sich das Ganze quasi vor unseren Augen abgespielt, dort auf der Brücke. Das Hauptquartier der *Guardacosta*, der Küstenpolizei, liegt nur einen Steinwurf von hier entfernt. Von da aus wurde sie zum *Juzgado* gebracht, dem Gerichtsgebäude. Dort wurde sie eine Nacht lang festgehalten, aber uns hat man erst am nächsten Werktag, also Montag informiert. Dazwischen lag unglücklicherweise das Wochenende und in dieser Zeit hatte man Carolijn bereits in das Gefängnis von Ezeiza transportiert …« Sie zögerte. »Bis wir mit ihr Kontakt aufnahmen, hatten Carolijns Mitgefangene ihr bereits alles abgenommen, was sie besaß. Wir konnten ihr nur mit einem Starterpaket helfen.«

»Ein Starterpaket?«

»Warten Sie, ich zeige es Ihnen.«

Die Frau stand auf und ging in den Nebenraum. Kurz darauf kehrte sie mit einem Müllbeutel zurück.

»Ein Handtuch, eine Zahnbürste, Seife, Unterwäsche, Binden, ein Plastikteller, eine Schüssel und eine Telefonkarte. Damit können die Gefangenen die ersten Tage überstehen, jedenfalls solange die Wärter ihnen nichts klauen.«

»Sie sorgen ja gut für die Leute. Ist das der Maxima-Effekt?«

»Wenn es einen gibt, dann geht er wohl eher nach hinten los! Im letzten halben Jahr hat sich die Anzahl der Niederländer in argentinischen Gefängnissen verdreifacht.«

»Was tun Sie sonst noch für sie?«

»Wir haben ein offenes Ohr. Sie rufen uns jeden Tag an. Wir versorgen sie mit Telefonkarten. Die sind schwer zu klauen, wenn man sie richtig versteckt.«

»Carolijns Vater hat eine Vermisstenanzeige aufgegeben«, sagte Micky. »Weil sie nicht zu Hause angerufen hatte.«

»Na ja, sie war völlig außer sich«, sagte die Botschaftsmitarbeiterin. »Wie alle hier kurz nach ihrer Verhaftung. Jeder Ausländer hat zwar das Recht auf einen Anruf zu Hause, aber die meisten Häftlinge wissen nicht mal mehr die Nummern ihrer Eltern auswendig, weil sie sie in ihren Handys abgespeichert haben. Und die werden natürlich als Erstes konfisziert. Als Beweismaterial. Oder als Beute. Die Behörden haben uns ordnungsgemäß darüber in Kenntnis gesetzt, dass eine gewisse Carolijn Smaling verhaftet worden sei, und ich habe diese Nachricht an das Außenministerium weitergeleitet. Aber bevor die in Amsterdam herausgefunden hatten, um wen genau es sich handelte, waren bereits ein paar Tage vergangen.«

Micky nickte.

»Glauben Sie, dass Carolijn reingelegt wurde?«

»Tja, in meinen Augen ist Carolijn jedenfalls nicht die typische *traficante*«, sagte die Frau. »Aber die Beweise sind erdrückend. Carolijn hatte eine große Schachtel Alfajores bei sich, eine Art Plätzchen. Anstatt der normalen Füllung steckte Kokain darin, insgesamt an die fünfhundert Gramm.«

»Und was ist mit dem jungen Mann, den sie hier kennengelernt hat?«

»Wir dürfen leider nicht selbst ermitteln«, erklärte die Frau. »Die Polizeibehörden konnten den Mann bisher nicht ausfindig machen.«

»Carolijn wurde bei einer Routinekontrolle verhaftet … Das hört sich nach einem ziemlichen Zufallstreffer an.«

Die Frau antwortete mit einer beschwichtigenden Geste.

»Eine Routinekontrolle kann hier alles Mögliche bedeuten, sogar eine Routinekontrolle.«

»Hat Carolijns Vater einen Anwalt eingeschaltet?«, fragte Micky.

»In Carolijns Fall hätte das keinen Sinn. Jeder kriegt hier standardmäßig seine *quatro punto seis*, vier Jahre und sechs Monate, egal, ob man einen teuren oder einen billigen oder gar keinen Anwalt hat.«

»Und wenn man die Gerichtsbarkeit umgehen will?«

Auf dem Gesicht der Botschaftsmitarbeiterin erschien ein kleines Lächeln, doch sie hatte sich rasch wieder in der Gewalt.

»In Argentinien ist praktisch alles möglich«, sagte sie. »Man muss nur die richtigen Mittel und Wege finden. Soll ich Ihnen ein Taxi rufen?«

Der Asphaltstreifen, der zu Carolijns Gefängnis führte, war so von Schlaglöchern perforiert, dass er den Namen Straße nicht mehr verdiente. Endlich angekommen, musste Micky drei Wachtposten passieren, die einer nach dem anderen ihren Pass, ihren Führerschein und ihren Bibliotheksausweis als Identifikationspapiere einbehielten. Von den Wachtürmen aus wurde jede ihrer Bewegungen von Aufsehern verfolgt, die ihre Waffen lässig auf die Brüstungen gelegt hatten. Micky beschlich allmählich das Gefühl, in einem Gangsterfilm gelandet zu sein.

Sie atmete den beißenden Geruch von Desinfektionsmitteln ein, der mit dem Mief von gekochtem Kohl konkurrierte. Eine Aufseherin in bleigrauer Uniform führte sie durch ein Labyrinth von Fluren.

Hier lief nichts elektronisch, stellte Micky fest, es waren nicht mal Überwachungskameras zu sehen. Dafür gab es eine Flut von Wachpersonal.

Die Aufseherin brachte Micky in eine große Halle, in deren Mitte Carolijn auf sie wartete. Das Mädchen saß in sich zusammengesunken an einem runden Tisch, bewacht von drei Aufsehern.

Micky stellte sich vor. Die Aufseherin zog sich in eine Ecke zurück und gesellte sich dort zu ihren Kollegen.

»Ich würde gern aus deinem eigenen Mund hören, warum du hier einsitzt«, begann Micky, griff einen Stuhl an der Lehne und wollte ihn zurückziehen.

Ihr Versuch entlockte Carolijn ein schwaches Lächeln.

»Der lässt sich nicht bewegen«, erklärte sie. »Tische und Stühle sind aneinandergeschweißt. Alles hier ist bombenfest gesichert.«

Dann fing sie an zu weinen.

Micky warf einen Blick zu den Aufsehern hinüber, die rauchend beisammenstanden und in eine angeregte Diskussion vertieft waren.

»Es ist die Hölle!«, schluchzte Carolijn. »Den ganzen Tag diese abscheulichen Weiber um mich! Und ich verstehe nicht ein Wort von dem, was sie reden …«

Micky nahm ihre Hand.

»Wie bist du an das Kokain gekommen?«, fragte sie.

»Das hab ich doch schon tausend Mal erzählt«, sagte Carolijn. »Ich habe es von Raul bekommen. Wir hatten zusammen in einem kleinen Restaurant am Hafen zu Mittag gegessen. Abends musste er arbeiten. Zum Abschied gab er mir die Einkaufstüte mit den Plätzchen. Ein Geschenk von ihm … Ich ging zu der Brücke am Hafen, um von da aus ein Taxi zum Hotel zu nehmen. Ich war kaum eingestiegen, als mich diese Scheißkerle von der *Guardacosta* wieder rauszerrten. Fünf Minuten später saß ich in einer Zelle. Danach schien es, als hätte der Rest der Welt mich vergessen. Von Papa habe ich nichts gehört, nur diese Frau von der Botschaft hat sich bei mir gemeldet …«

Micky zog ihr Notizbuch hervor.

»Raul, und wie weiter?«, unterbrach sie Carolijn.

»Ich weiß nur, dass er Raul heißt«, antwortet sie schnippisch. »Seinen Nachnamen kenne ich nicht.«

»Wie hast du ihn kennengelernt?«

Carolijn seufzte. Weil ein Flugzeug tief über das Gefängnis hinwegdonnerte, musste sie laut schreien, um sich verständlich zu machen.

»Raul ist ein Taxidancer«, erklärte sie. »Das ist sein Beruf ...«

»Ein Gigolo mit Lokalkolorit?«

»Nein! Er tanzt nur mit den Frauen, sonst nichts! Er holt sie ab und nimmt sie mit in seinen Übungsraum, wo er ihnen ein paar Grundschritte beibringt. Anschließend geht er mit ihnen in ein Tangolokal. Er sorgt dafür, dass man sich nicht blamiert.«

»Und dafür wird er bezahlt?«

»Was ist so schlimm daran? Wir in Europa haben Geld genug, aber hier in Argentinien muss jeder zusehen, wie er über die Runden kommt. Raul ist eben klug. Er weiß, dass Ausländerinnen in den *milongas* niemals zum Tanzen aufgefordert werden, wenn sie Anfängerinnen sind. Ohne Männer wie ihn könnte man monatelang darauf warten, mal zu tanzen.«

»Und wie bist du ausgerechnet an ihn geraten?«

»Ich dachte, er wäre Teil des Reisepakets.«

Micky musste durch ihre Haltung verraten haben, dass es für sie ein merkwürdiger Gedanke war, tanzende Männer könnten bei einer Pauschalreise inbegriffen sein.

»Es ist wirklich nicht so, wie Sie denken«, sagte Carolijn. »Das Ganze geht auf einen alten Brauch zurück. Im vergangenen Jahrhundert gab es einen Männerüberschuss und damals waren es die Frauen, die für ein paar Münzen mit den Männern tanzten.«

Ja, und heutzutage gehen sie für einen Drink mit ihnen ins Bett, dachte Micky. Dieser Raul hatte wirklich ganze Arbeit geleistet. Er hatte sich sogar eine historische Rechtfertigung ausgedacht, um Carolijn zu umgarnen.

»Aber dann hast du allmählich mehr für ihn empfunden?«, fragte Micky. »Und er natürlich auch für dich ...«

Caro schaute sie stirnrunzelnd an.
»Ist das verboten?«
Micky sah sie nachdenklich an. Carolijns Gesicht wies bereits die typische Gefängnisblässe auf. Ein Flugzeug flog über den Knast hinweg und ersparte ihr eine Antwort.
»Die Flugzeuge sind das Allerschlimmste«, sagte Carolijn, nachdem der Lärm abgeebbt war. »Dieses Land ist wahrhaftig groß genug, aber sie mussten ja unbedingt hier ein Gefängnis bauen. Nur um uns zu schikanieren. Wenn wir Hofgang haben, können wir die Reisenden an den Fenstern der Maschinen sitzen sehen. Die reinste Folter.«
Micky nickte verständnisvoll.
»Carolijn, du solltest also das Zeug in die Niederlande bringen. Sag mir, wohin.«
Eine solche Suggestivfrage hätte sie zu Hause am Monitor nie und nimmer toleriert, wenn ein Kollege sie bei einer Vernehmung gestellt hätte. Carolijn reagierte ebenfalls empört. Mit geballten Fäusten schlug sie auf den Tisch ein, gerade so fest, dass die Wachleute sich umblickten, aber nicht eingriffen.
»Sie glauben mir nicht«, sagte sie verbittert. »Na ja, Sie wären auch die Erste gewesen. Ich sag's jetzt zum hundertsten Mal: Die Plätzchen waren ein Geschenk! Ich. Sollte. Das. Zeug. Nirgendwo. Hinbringen! Die Plätzchen waren zum Selberessen oder zum Anbieten gedacht. Raul hat kein Wort darüber verloren, was ich damit anstellen sollte. Okay?«
»Gut, ich will das mal so akzeptieren. Du bist also reingelegt worden. Aber warum?«
Diese Frage schien Carolijn aus dem Gleichgewicht zu bringen.
»Ich bin nicht reingelegt worden«, sagte sie leise. »Das Ganze ist ein riesengroßes, wahnwitziges Missverständnis.«
»Und was ist mit Raul? Warum hilft er dir nicht?«
»Weil er nicht weiß, dass ich hier bin.«
Micky unterdrückte den Impuls, den Kopf zu schütteln. Stattdessen sagte sie: »Gut. Dann lass uns mal rekonstruie-

ren, was genau geschehen ist. Minute für Minute. Wer, wo, wann und so weiter. Und gib mir wenigstens eine Telefonnummer von diesem Raul. Oder sag mir, wo er wohnt.«

Als Micky eine halbe Stunde später ihr Notizbuch zuklappte, hatte ihr Carolijn alles erzählt, was sie wusste. Davon war Micky fest überzeugt. Aber es reichte nicht.

»Vielleicht dürfte ich dir das gar nicht erzählen«, sagte Micky, als die Wachleute Anstalten machten, das Mädchen abzuführen. »Dein Vater ist gestern in Buenos Aires eingetroffen.«

Carolijn öffnete den Mund, aber ihre Antwort ging erneut im anschwellenden Flugzeuglärm unter. Micky konnte nicht feststellen, ob sie einen Freuden- oder einen Wutschrei ausstieß.

Nachdem man ihr ihre Papiere ausgehändigt hatte, ging sie zurück zum Taxi, das auf sie gewartet hatte. Sie nannte dem Fahrer die Adresse des Restaurants, in dem Carolijn zum letzten Mal mit ihrem Latin Lover zu Mittag gegessen hatte. Unterwegs ließ sie die Stadt auf sich wirken. Buenos Aires glich einer schlampigen, müden Madame, die irgendwann mal in besseren Kreisen verkehrt hatte, dann aber abgerutscht war. Inzwischen konnte sie nicht länger verbergen, dass der Verfall und der Müll unaufhaltsam vorrückten, und doch schimmerten noch die großen Zeiten hindurch, die der Stadt einst so viel Glanz verliehen hatten.

Das Restaurant lag im schicken Hafenviertel. Hier hatte Carolijn also auf der Terrasse gesessen, unsterblich verliebt, so sehr, dass sie nicht merkte, wie man sie missbrauchte.

Micky spazierte zu der Brücke, die über die Hafenbecken führte. Carolijn hatte ihr erzählt, dass es eine Drehbrücke war, die sich an jenem verhängnisvollen Tag geöffnet hatte, um ein Schiff passieren zu lassen. Kurz zuvor hatte sie sich von Raul verabschiedet. Auf der anderen Seite der Brücke lungerten ein paar Polizisten in einer kleinen Wachstation herum. Wenn sie einen Tipp bekommen hatten, dass eine *gringa* mit Koks im Gepäck in ihre Richtung unterwegs war, war dies der ideale Platz, um auf sie zu warten. Von dort aus konnten sie sie in aller Ruhe beobachten und aus dem Taxi zerren, sobald sie die Brücke überquert hatte. Sie brauchten nicht mal einen Streifenwagen zu rufen, um sie ins Hauptquartier zu bringen, denn das lag nur dreißig Meter entfernt.

Micky beschloss, dass es höchste Zeit für ein Rendezvous mit Raul war. Vielleicht kannte man ihn im Hotel. Carolijn hatte ihr zwar weder eine Telefonnummer noch eine Adresse nennen können, aber sie hatte ihn zumindest genau beschrieben.

Plötzlich erinnerte sie sich daran, dass Smaling Duut ein Foto gezeigt hatte, als er seine Anzeige zurückzog. Sie hatte die Kamera darauf gezoomt. Wenn Cassandra und Sabine das Videoband aus dem Archiv holen und ihr die Bilder mailen würden … Sie griff nach ihrem Handy und wählte die Nummer von P&P.

Im Hotel ging sie gleich durch in den Computerraum. Sie hatte Glück, alle Plätze waren frei. Kurz vor eins – die meisten Gäste saßen jetzt beim Frühstück, nach einer durchtanzten Nacht, die bis in den frühen Morgen gedauert hatte.

Micky loggte sich in ihren E-Mail-Account ein und kurz darauf erschien lebensgroß das Bild von Raul auf dem Monitor. Sie druckte es aus und ging damit zur Rezeption, wo die Hotelbesitzerin dabei war, Flyer zu sortieren.

»Ich bin auf der Suche nach einem Tanzpartner«, begann Micky. »Dieser Herr hier wurde mir empfohlen …«

Die Frau nahm das Foto in die Hand, schaute es an und lachte.

»Sí, el Alemán«, sagte sie mit wissendem Blick. »Aber ich will Ihnen keine Hoffnungen machen. So viele Frauen fragen nach ihm!«

»El Alemán?«

»Ja, der Deutsche, er stammt ursprünglich aus Deutschland«, erklärte die Frau. »Er heißt Raul Montes.«

»Können Sie mir eine Telefonnummer oder eine Adresse nennen, unter der ich ihn erreichen kann?«

Die Frau begann, in einer Schublade herumzuwühlen.

»Sparen Sie sich die Mühe«, sagte eine Stimme hinter ihr. »Dieser junge Mann wird es sich dreimal überlegen, ehe er sich mit einer Polizistin aus den Niederlanden unterhält.«

Micky drehte sich ruckartig um.

»Haben Sie schon zu Mittag gegessen?«, fragte Wim Smaling. »Kommen Sie. Dann können Sie mir dabei gleich erzählen, wie es Carolijn geht.«

19

Donnerstag, 1. November

Buenos Aires war aus Wohnblocks von je hundert mal hundert Metern aufgebaut, und da sich praktisch an jeder Ecke ein Schnellimbiss, ein Restaurant, eine Bodega, eine Bierkneipe oder ein Café befand, dominierte die Gastronomie das Stadtbild.

»Verstehen Sie jetzt, warum dieses Land in einer permanenten Wirtschaftskrise steckt?«, fragte Smaling, als sie ein Restaurant betraten. »Die Leute tun hier nichts anderes, als den ganzen Tag herumzuhängen.«

Micky hatte drei Blocks lang seinen Monolog über den Niedergang der argentinischen Ökonomie über sich ergehen lassen, ohne ihn zu unterbrechen.

Von der Feindseligkeit, mit der er ihr in Venlo begegnet war, war hier nichts mehr zu spüren. Er musste eingesehen haben, dass er damit nicht weiterkam, also versuchte er es jetzt auf eine andere Tour.

Der Ober brachte eine Speisekarte, die Smaling sofort zu ihr hinüberschob.

»Bitte, suchen Sie sich aus, worauf Sie Appetit haben. Sie sind natürlich eingeladen«, sagte er.

In seine Stimme hatte sich ein väterlicher Ton eingeschlichen. Micky wandte den Blick ab und schaute nach draußen, wo einige Jungen dabei waren, Kartons und Ordner aus den Müllhaufen ziehen.

»Ich war in Venlo sehr grob zu Ihnen. Ich bitte Sie mir zu verzeihen.«

Er stand auf und wechselte ein paar Worte mit dem Ober.

»Diese Sache mit Caro drohte mir einfach über den Kopf zu wachsen«, erklärte er entschuldigend.

Der Ober kehrte mit einer Flasche Wein zurück und ließ Smaling das Etikett prüfen. Dann schenkte er einen Schluck ein und Smaling probierte mit gespitzten Lippen. Er nickte dem Ober zu, der ihre Gläser füllte.

»Können wir nicht das Kriegsbeil begraben?«, fragte Smaling und stieß mit seinem Glas gegen das von Micky.

Er bemühte sich, aufrichtig zu klingen. Micky zögerte und neigte den Kopf zum Glas. Sie roch einen Hauch von saftigem Sommergras und Karamell. Als sie wieder aufsah, fing sie gerade noch Smalings prüfenden Blick auf.

»Von wem haben Sie eigentlich die Adresse meines Hotels?«, fragte sie.

Nach einem bedächtigen Schluck antwortete Smaling: »Als ich mich heute Morgen im Gefängnis meldete, sagte mir ein Wachmann, dass Carolijn bereits Besuch habe. Für ein paar Scheinchen von diesem argentinischen Spielgeld holte er Ihren Reisepass aus der Schublade. Im Flugzeug hatten Sie brav ihr Visum zweifach ausgefüllt und das Exemplar für die Rückreise lag ordentlich in Ihrem Pass.«

Also war es reines Glück, dass Smaling ihre Adresse so schnell herausgefunden hatte, konstatierte Micky erleichtert. Niemand hatte geplaudert.

»Und Raul?«, fragte Micky. »Wie haben Sie den so schnell aufgespürt?«

»Ich arbeite schon jahrelang mit argentinischen Geschäftspartnern«, erklärte Smaling. »Mit der Zeit habe ich mir hier so meine Kontakte aufgebaut, auch zu einigen Rechtsanwaltskanzleien. Die haben für mich ermittelt, wer er ist. Er verdient seinen Lebensunterhalt, indem er sich von Frauen zwischen sechzehn und sechzig als Tänzer anheuern lässt. Das ist an sich keine Schande, aber nebenbei hat er auch noch einen kleinen Exporthandel mit Kokain aufgezogen. Seine Tanzpartnerinnen benutzt er als ahnungslose Kuriere. Caro war eines seiner Opfer, und sie hatte das Pech, geschnappt zu werden.«

»Sie sagt aber, sie hätte die Plätzchen als Abschiedsgeschenk erhalten«, wandte Micky ein. »Sie habe damit tun können, was sie wollte.«

Smaling warf ihr einen abschätzigen Blick zu.

»Würden Sie etwas anderes behaupten, wenn Sie im Knast säßen?«

»Warum wurde Raul nicht verhaftet?«

Smaling schüttelte ungeduldig den Kopf.

»Klassische Bemerkung eines ordentlichen Bürgers des niederländischen Rechtsstaats. Hierzulande wird man erst verhaftet, wenn gewisse Personen in einer gewissen Position ein gewisses Interesse daran haben.«

»Und wer wäre das in diesem Fall?«

»Wenn man in Rauls Branche ungestört ein Geschäft aufziehen will, muss man die richtigen Leute auf beiden Seiten des Gesetzes schmieren.«

»Und wer hat nun ein gewisses Interesse daran, dass Caro im Knast sitzt und Raul nicht?«

Diesmal war es Smaling, der den Blick abwandte und zu den Jungen auf der Straße hinausschaute.

»Das da sind *cartoneros*«, erklärte er. »Die suchen die Straßen nach Pappe ab und verkaufen sie. Jeder hier hat seine eigene Überlebensstrategie.«

Micky stellte ihr Glas ab.

»Die tun dasselbe wie Sie«, stellte sie fest. »Sie leben vom Abfall anderer.«

»Der Unterschied ist nur«, entgegnete Smaling, »dass die in zwanzig Jahren immer noch in den Müllhaufen rumwühlen werden. Wenn die Kerle es ein bisschen schlau anfangen würden, könnten sie in zwei Jahren auch auf dieser Seite des Fensters sitzen und Wein für hundertfünfzig Dollar die Flasche trinken.«

»Und anschließend ihre Tochter für zwei Millionen aus dem Knast freikaufen?«

Smaling schwieg und setzte seine Sonnenbrille auf.

»Wer muss von diesem Geld alles überleben?«, fragte Micky.

Smaling beugte sich nach vorn.

»Ich brächte Sie nur in Gefahr, wenn ich es Ihnen erzählen würde«, sagte er. »Und in diesem Fall könnte meine Entschuldigung dann ein wenig zu spät kommen. Nein, einmal ist mehr als genug.«

Er brach in ein so ansteckendes Lachen aus, dass Micky mitlachen musste.

»Carolijn muss raus aus diesem Knast«, sagte er. »Egal wie. Helfen Sie mir. Oder helfen Sie mir meinetwegen nicht. Aber legen Sie mir bitte keine Steine in den Weg. Bitte.«

Zum ersten Mal hörte Micky den besorgten Vater sprechen. Caro war Smalings Schwachpunkt, so viel war klar, aber sie würde schon schwerere Geschütze auffahren müssen, um dieses Wissen auszunutzen.

Sie beschloss, das Mittagessen auszusitzen, und schenkte ihm zur Ablenkung ein besonders strahlendes Lächeln, das er mit einem demütigen Senken seines Kopfes beantwortete.

Zurück in ihrem Hotelzimmer rief sie Katja an. Das Telefongespräch dauerte länger und verlief erheblich freundschaftlicher als beim letzten Mal. Katja versprach sofort, eingehende Erkundigungen über ihren Landsmann Raul Montes einzuziehen. Anschließend beklagte sie sich darüber, dass Koik ihr verboten hatte, Schneider auf den Zahn zu fühlen.

»Diese alten Seilschaften sind stabiler als jede Ehe!«, klagte sie. »Die halten zusammen wie Pech und Schwefel.«

Micky beruhigte sie und sagte, sie solle sich keine Sorgen machen. Im Grunde passte es ihr nämlich ganz gut, dass Schneider vorerst in Ruhe gelassen wurde. So konnte sie ihm in aller Ruhe die Schlinge um den Hals legen.

Nach einem zweiten Telefonat, diesmal mit Duut, wurden ihr die neuesten Ergebnisse von Charles' Ermittlungen ins E-Mail-Postfach geliefert.

Dann beschloss sie, ihre Tarnung einzusetzen. An der Rezeption bat sie die Hotelwirtin, einen Termin mit Raul Montes zu vereinbaren. Den Einwand, er hätte sicher keine Zeit, wischte sie kurzerhand vom Tisch.

»Sagen Sie ihm, ich zahle das Doppelte.«

Wenn jeder hier ums Überleben kämpfte, sollte das mehr als ausreichen.

Sie hatte recht. Noch am selben Abend würde Raul Montes sie mit einem Taxi zu einem Tango-Crashkurs mit anschließendem Tanzlokalbesuch abholen.

Um die Unterlagen durchzusehen, die Katja ihr später am Nachmittag zuschickte, brauchte sie nicht länger als eine Viertelstunde. Sie lieferten ihr höchst interessante Informationen für ein gutes Gespräch mit Raul. Katja musste unter Hochdruck gearbeitet haben. Sie hatte nicht nur die offiziellen Datenbanken, sondern auch die weniger offiziellen durchforstet. Ja, es war ihr sogar gelungen, höchst inoffizielle Informationen aus einer exklusiven Quelle zu gewinnen, einer achtundsiebzig Jahre alten Frau, die in einem Krefelder Altersheim lebte.

Auf der ersten Seite waren Angaben zur Person von Raul Montes aufgelistet, der in Deutschland schlicht und ergreifend Rolf Bergen geheißen hatte. Er war am 01. Oktober 1970 in Emmerich geboren, Sohn aus der ultrakurzen Ehe eines deutschen Elektrikers und einer niederländischen Krankenschwester. Seine Kindheit verbrachte er in Emmerich bei seiner Mutter. Die Wochenenden bei seinem Vater in Mönchengladbach waren hauptsächlich von den Begegnungen mit immer neuen Stiefmüttern geprägt.

Später reihte Rolf eine abgebrochene Ausbildung an die andere, was ihn nicht daran hinderte oder vielleicht gerade dazu brachte, sich auf das unbemerkte Eindringen in Häuser zu spezialisieren, deren Bewohner abwesend waren oder schliefen.

Seinen Lebensunterhalt bestritt er mit dem Verkauf der Wertgegenstände, die er dort vorfand. Diese Karriere fand ein jähes Ende, als sein Hehler eines Tages alle ans Messer lieferte, von denen er jemals Ware bezogen hatte. Nachdem man in Rolfs Keller auch noch diverse Silbergegenstände sicherstellen konnte, wurde Rolf zu einer Haftstrafe im Heinsberger Gefängnis verurteilt. Nach einer Umschulung beschloss er, seine Praxiserfahrung der Gegenseite zur Verfügung zu stellen. Unmittelbar nach seiner Entlassung fand er eine Stelle bei TecGuard. Patrick Schneider persönlich stellte ihn ein.

»Gute Arbeit, Katja«, murmelte Micky anerkennend.

Rolf blieb drei Jahre bei der Firma und brachte es zum Chef eines Montagetrupps, der Alarmanlagen installierte. Kurz vor Weihnachten 2001 kündigte er jedoch von einem Tag auf den anderen. Wenige Tage später meldete er sich beim Duisburger Einwohnermeldeamt ab, und wiederum ein paar Tage darauf informierte er die deutsche Botschaft darüber, dass er sich in Argentinien niedergelassen hatte.

Ein Jahr später tauchte er als Taxidancer wieder auf. Zwar hatte er in der Vergangenheit weder in Deutschland noch in Argentinien nachweislich etwas mit Drogen zu tun gehabt, dennoch war er in Verdacht geraten, neben dem Tanzen über andere, dubiose Einkommensquellen zu verfügen.

Damit war Micky schon auf der zweiten Seite angelangt, auf der die in Polizeikreisen sogenannten ›grauen Informationen‹ standen.

Nachdem Raul ihr in seinem Studio ein paar einfache Tanzschritte beigebracht hatte, bestellte er ein Taxi, das sie zur *Confitería Ideal* brachte, einem Lokal in der Einkaufsstraße Suipacha. Im ersten Stock befand sich der große Tanzsaal. Am Eingang saß eine Kartenverkäuferin und Raul trat diskret ein paar Schritte zurück, um Micky bezahlen zu lassen.

Anschließend brachte ein Ober sie zu einem Tischchen in der Nähe der Bühne. Aus enormen Lautsprechern an den Säulen dröhnte ihnen ein Tangowalzer entgegen. Ventilatoren bliesen Luft in Richtung des Tanzbodens, auf dem Dutzende Tanzpaare herumwirbelten.

Micky strich ihren Rock glatt und blickte sich im Saal um.

»Wenn dich ein Mann anschaut, wende besser den Blick ab«, riet Raul. »Blickkontakt ist hierzulande die übliche Methode, eine Frau zum Tanzen aufzufordern.«

Micky lächelte.

»Ich bin nur deinetwegen hier, Raul.«

Raul antwortete mit einem kurzen Nicken, als höre er dieses Gesülze nicht zum ersten Mal.

»Wir haben Glück …« Er zeigte auf eine Gruppe älterer Männer, die die Bühne erklommen und ihre Instrumente zur Hand nahmen. »*Los Reyes del Tango.* Die alte Garde gibt heute Abend ein Konzert.«

Als die erste Nummer einsetzte, schaute Raul sie eindringlich an. Erst nach ein paar Augenblicken begriff Micky, was er damit meinte. Auf der Tanzfläche wartete er, bis sie vor ihm stand, legte seinen rechten Arm um sie und zog sie fest an sich. Er machte sich doch ziemlich heftig an sie heran, fand Micky. Aber dann sah sie, dass sich auch alle anderen Paare auf der Tanzfläche so eng aneinanderschmiegten.

»Du tanzt besser als im Studio«, urteilte er nach dem ersten Stück. »Du verstehst es, dich führen zu lassen. Du sprichst die Sprache des Tangos, die Sprache des Körpers.«

»Welche Sprache hast du mit Carolijn Smaling gesprochen?«, fragte Micky unvermittelt auf Niederländisch, nachdem sich die beiden bis dahin auf Englisch unterhalten hatten. »Niederländisch oder Deutsch? Oder eher Körpersprache?«

Rolfs Bewegungen stockten. Er versuchte, seine Hand loszumachen, aber Micky hielt sie eisern fest.

»Ich mag Leute nicht, die unter einem falschen Vorwand mit mir tanzen«, zischte er ihr ins Ohr.

»Ich auch nicht«, erwiderte Micky. »Ich rede auch lieber mit Rolf Bergen als mit Raul Montes.«

»Wer bist du? Was willst du?«, flüsterte er.

»Ich arbeite für die niederländische Polizei und ich bin hier, um dir eine Lösung für deine Probleme vorzuschlagen. Übrigens lässt dich deine Mutter schön grüßen.«

Rolf ging zu einem Wiegeschritt über, als wüsste er nicht, was er mit diesen plötzlichen Enthüllungen anfangen sollte.

»Die Mönchengladbacher Polizei hat sich heute Nachmittag ein bisschen mit ihr unterhalten«, fuhr Micky fort.

Sie wand ihre rechte Hand los, die Rolf plötzlich so fest umklammerte, dass es schmerzte.

»Du solltest sie mal wieder besuchen«, flüsterte Micky.

Sie spürte an Rolfs Wange, die an ihrer lag, wie er die Zähne zusammenbiss.

»Deine Mutter hat gesagt, sie habe schon seit sechs Jahren nichts mehr von dir gehört«, fuhr sie fort.

Damit seine Aufmerksamkeit nicht nachließ, vollführte sie eine Kreisbewegung mit dem Unterschenkel, wie sie es bei anderen Frauen beobachtet hatte. Rolf räusperte sich. Er selbst war zu nichts anderem mehr imstande, als sie in simplen Viereckschritten zu führen.

»Was ist mit Mama? Ist sie krank?«, fragte er.

Er sprach jetzt Niederländisch, zwar mit einem deutschen Akzent, aber wenigstens machte er sich nicht mehr die Mühe, den schlecht Englisch sprechenden Argentinier zu spielen.

»Sie ist alt, Rolf«, sagte Micky. »Sie hat erzählt, dass man dich aus deiner Heimat vertrieben hat. Du seist weggegangen, um Schlimmeres zu verhindern, sagte sie.«

Das Orchester spielte einen dröhnenden Schlussakkord.

Das Publikum applaudierte stürmisch, während Micky Rolfs Hand sicherheitshalber weiter festhielt.

»Ich werde dir ein paar Fragen stellen«, kündigte sie an. »Nicht offiziell, du hast also nichts zu befürchten.«

»Warum sollte ich sie beantworten?«, fragte Rolf. »Welche Garantien kannst du mir geben?«

Wenn ein Verdächtiger mit solchen Sätzen kam, dauerte es nicht mehr lange, bis er einknickte. Vorsichtshalber legte Micky aber noch einmal nach. Das Orchester stimmte das nächste Stück an.

»Im günstigsten Fall wirst du hier für den Rest deines Lebens Frauen beglücken, die für ein paar Dollar ihre Tangoträume ausleben wollen«, sagte sie mit einem so strahlenden Lächeln, als gäbe sie sich ganz dem Tango hin. »Aber was geschieht, wenn Deutschland deine Auslieferung fordert, weil du eine junge Niederländerin als Drogenkurierin missbraucht hast? Wo willst du dann untertauchen?«

Mit einer Drehung nach innen kam sie hautnah vor ihm zum Stehen. Sie hielt kurz inne, um zu vermeiden, dass sie zwischen zwei anderen Paaren eingekeilt wurden.

»Lass uns nicht um den heißen Brei herumreden, Rolf«, sagte sie. »Du hast für Schneider gearbeitet. Deine Mutter hat erzählt, dass du ein Verhältnis mit Mathilde Schneider hattest. Und wie ging es weiter? Deine Mutter wollte nicht darüber reden. Na ja, jedenfalls noch nicht … Aber ich bin sicher, dass ein paar erfahrene Ermittler es früher oder später aus ihr herausholen werden.«

Rolf drängte sie mit ein paar schnellen Schritten an den Rand der Tanzfläche.

»Patrick Schneider war nicht begeistert von der Aussicht, mich als Schwiegersohn zu bekommen«, sagte er. »Mit meiner Arbeit für TecGuard war er zufrieden, aber ich war nicht die Partie, die er sich für seine Tochter wünschte.«

»Weil du im Knast gesessen hast?«, fragte Micky.

»Auch deswegen«, gab er zu. »Aber Schneider dachte eher an jemanden aus seinen Kreisen.«

»Und Mathilde?«, fragte Micky.

»Mathilde hasste ihn dafür«, antwortete er. »Sie wollte mit ihm brechen. Wir hatten vor zusammenzuziehen.«

»Und dann machte er selbst kurzen Prozess mit eurer Beziehung.«

Rolf lächelte eine Frau an, mit der sie zusammengestoßen waren.

»Du kannst zwei Fliegen mit einer Klappe schlagen«, sagte Micky, »wenn du mir hilfst, Schneider festzunageln. Du könntest nach Deutschland zurückkehren und du wärest ihn ein für alle Mal los. So eine Chance kommt nie wieder. Du hättest Schneider in der Tasche statt umgekehrt.«

Die Aussicht schien Rolf durchaus zu gefallen, denn er begann, sie wieder etwas energischer zu führen.

Micky fuhr fort: »In Mönchengladbach gibt es einen bis heute unaufgeklärten Mord, der kurz vor deiner Abreise nach Argentinien verübt wurde. Ein Mann erwischte Einbrecher in seinem Haus. Das bezahlte er mit dem Leben. Einer deiner Kumpels aus Heinsberg stand eine Zeit lang unter Verdacht ...« Jetzt spielte sie ihren letzten Trumpf aus. »Schneider ließ dir keine Chance, nicht wahr? Er hatte eine dicke Akte über dich angelegt?«

Als Rolf nickte, schob Micky gleich noch eine Ladung grauer Information hinterher.

»Du hast deinen früheren Kumpeln aus dem Gefängnis Tipps gegeben, wenn ihr irgendwo eine Alarmanlage installieren solltet ...«

Rolf unterbrach sie.

»Ich habe ihnen nur Tipps gegeben, wenn der Eigentümer das Angebot von TecGuard abgelehnt hatte. Auf diese Weise hat Schneider dann oft doch noch einen Kunden gewonnen. Er wusste davon, hat mich aber gewähren lassen.«

»Bis es irgendwann mal schiefging«, sagte Micky. »Da hat er dich vor die Wahl gestellt: Entweder du verschwindest oder er zeigt dich an. Aber er hat dich doch nicht so ganz fallen gelassen, oder?«

»Er zahlt mir einen Bonus«, gab Rolf zu.

»Ganz schön schlau«, stellte Micky fest. »Zuckerbrot und Peitsche.«

»Schneider hat die ganze Sache unter der Decke gehalten«, erklärte Rolf. »Und im Gegenzug musste ich abhauen.«

»Und Mathilde?«

Rolf beschränkte sich auf ein Achselzucken.

»Ich musste sie aufgeben. Das war Teil der Abmachung.«

»Und du durftest dich nicht mehr bei ihr melden«, ergänzte Micky. »Schneider hat dich an die Leine genommen. Und du hast dir einen neuen Job gesucht. Tango-Callboy.«

Micky vollführte eine Drehung, bei der sie mit ihrem Fuß an seinem Schienbein entlangfuhr.

»Sprechen wir über Carolijn«, sagte sie. »Schneider erteilte dir den Auftrag, für ihre Verhaftung zu sorgen.«

»Stimmt.«

»Hat er auch gesagt, wie du es machen solltest?«

»Im Prinzip ja, nur die Details hat er mir überlassen.«

»Sicher hat er dir nicht gesagt, warum er es auf Carolijn Smaling abgesehen hatte?«

»Schneider erklärt nie, warum er etwas tut.«

»Wie haltet ihr Kontakt?«

»Über Telefonshops, Schneider geht kein Risiko ein.«

»Und wie bist du an das Koks gekommen?«

»Ach, hier gibt's genügend Läden, wo du den *narcotango* tanzen kannst.«

»Und dann hast du der *Guardacosta* einen Tipp gegeben?«

»Hatte ich eine Wahl?«

Micky löste sich von Rolf, noch bevor das Orchester das Stück mit jenen schrillen Akkorden beendete, bei denen die Musiker die Bandoneons mit einem Schlag auf die Knie fallen ließen.

Rolf folgte ihr, als sie mit schnellen Schritten zum Ausgang eilte.

»Sorgst du dafür, dass ich frei nach Deutschland reisen kann?«, fragte er.

Während der Applaus verhallte, beugte sich Micky zu ihm.

»Rolf, ich halte mein Wort, auch wenn du ein *flojo* und ein *patán* bist.«

Einige Tänzer hörten zufällig mit und lachten. Micky hatte sich schon oft über die Kapriolen des Gedächtnisses gewundert, und auch in diesem Fall wusste sie nicht, in welchem Urlaub sie die Schimpfworte gelernt hatte, mit denen sie sich von Rolf verabschiedete.

Schlappschwanz und Scheißkerl.

Smaling leistete erheblich mehr Widerstand als Rolf. Micky traf ihn in der Bar seines Hotel, einem neoklassizistischen Monstrum in der Innenstadt.

Die Dokumente, die Duut ihr nachmittags zugeschickt hatte, enthielten genügend Munition, um ihn in die Enge zu treiben. Mickys Respekt für Charles wuchs mehr und mehr. Nicht nur war er Smalings finanziellen Transaktionen auf die Spur gekommen, sondern er hatte auch dessen geschäftliche Situation genauestens durchleuchtet. Mickys erste Salven prallten allerdings an Smaling ab wie an einem Schutzschild. Er leugnete alles.

Ob dieser Raul Montes Smalings Tochter Caro vielleicht im Auftrag seines Geschäftsfreundes, Kompagnons und Mitinvestoren Schneider reingelegt habe?

Eine absolut lächerliche Unterstellung!

Ob Schneider schon einmal jemanden auf diese Weise unter Druck gesetzt habe?

Ts, sie gehöre ja ins Irrenhaus.

Auch Katjas Informationen wischte er mit einer Handbewegung vom Tisch. Seit wann denn die Polizei dementen Alten glaube?

Micky bewahrte eisern die Ruhe.

»Unsere Leute werden die Herkunft sämtlicher Gelder überprüfen, mit denen Rolf seinen Lebensunterhalt bestreitet«, warnte sie. »Sie werden jeden Stein umdrehen, bis sie am Grund angelangt sind.«

Doch erst als sie ihm erzählte, dass sein gesamtes Finanzgebaren gerade bis auf den letzten Cent überprüft worden war, verschlug es ihm kurz die Sprache.

»Wenden Sie sich an meinen Steuerberater!«, schnaubte er schließlich wütend.

»Das tun wir sowieso«, versprach Micky. »Aber vorher sollten Sie lieber mit mir reden.«

»Ich habe nichts zu sagen!«

»Da bin ich anderer Meinung«, erwiderte sie. »Ich werde es Ihnen erklären. Entweder unsere Finanzfahnder erwarten Sie übermorgen in Schiphol, um Sie geradewegs in die U-Haft zu überführen. Wegen Steuerhinterziehung, Geldwäsche, Betrug ... Sie können es sich aussuchen. Oder Sie legen hier und jetzt Ihre Karten auf den Tisch. Es gibt inzwischen hinreichend Indizien dafür, dass Schneider in den Mord an Syntha van Cleef verwickelt ist. Und in den Mord an Olga Steen. Und in den an Pastor Geesdonk.«

»Haben Sie auch Beweise?«, fragte Smaling.

»Ich werde Ihnen einen nennen«, sagte Micky. »Schneider streitet ab, mit Syntha van Cleef am Tag ihres Todes in Kontakt gestanden zu haben. Inzwischen ist allerdings ein Foto aufgetaucht, auf dem zu sehen ist, wie sie kurz vor ihrem Tod mit hochrotem Kopf auf Schneider einschimpft. Zudem hat ihr Mann ausführlich zu der Betrugssache ausgesagt, die Sie mit der Galerie Janus eingefädelt haben. Syntha wollte einen größeren Anteil am Gewinn. Sie wurde zu einer Gefahr, weil sie wusste, von wem ihr Mann die ganzen zweitklassigen Gemälde kaufte.«

»Oh, Sie haben ein richtiges Foto«, höhnte Smaling.

»Wenig später war Syntha tot«, fuhr Micky fort. »Und zwei Wochen später haben Sie das van Bommel van Dam gekauft. Nachdem der Störfaktor Olga Steen aus dem Weg geräumt worden war. Pastor Geesdonk wiederum drohte, den Mörder zu entlarven, und hätte damit die Machenschaften von Art Investment Ltd. gleich mit aufgedeckt.«

»Alles reine Spekulation!«, entgegnete Smaling. »Haben

Sie denn den Serienmörder Schneider schon verhaftet? Ein solches Monster werden Sie doch nicht frei herumlaufen lassen?«

»Um ihn verhaften zu können, müssen Sie aussagen. Sie haben schließlich nichts mehr zu verlieren ...« Micky blätterte in Charles' Unterlagen. »In den letzten Tagen haben Sie die Aktienmehrheit Ihres Firmenkonsortiums an obskure Investitionsgesellschaften auf ebenso obskuren Karibikinseln verkauft. Noch wissen wir nicht, wer dahintersteckt, aber es ist nur eine Frage der Zeit, bis wir es herausfinden. Ich vermute, dass der Name Schneider häufig auftauchen wird. Zudem ist es doch höchst bemerkenswert, dass ein erfolgreicher Geschäftsmann wie Sie in kürzester Zeit alles verscherbelt, was er sich in vielen Jahren aufgebaut hat. Wim, Sie werden erpresst! Und wenn Sie auf das Grab Ihrer Mutter schwörten, dass das nicht stimmt, kein Richter würde Ihnen glauben!«

»Seit wann ist es verboten, seine Firmen zu verkaufen, um den wohlverdienten Ruhestand zu genießen?«, fragte er.

»Und darum verkaufen Sie auch Ihr Haus in Frankreich und Ihre Yacht?«

Smaling antwortete, er habe an einer Umstruktierung seiner Besitztümer gearbeitet, um noch einmal ganz neu anzufangen.

»Dieser Aktenkoffer mit den Millionen, mit denen Sie Caro freikaufen wollen«, spekulierte Micky auf gut Glück. »Da sind doch höchstens fünfzigtausend Euro drin. Bestimmt für die hiesigen Polizisten, damit die ihre Aussagen ändern. Der Rest ist Zeitungspapier. Glauben Sie, wir hätten das beim Durchleuchten in Schiphol nicht gesehen? Sie haben bereits gezahlt. An Schneider. Und er hat die Angelegenheit hier vor Ort geregelt.«

Erst gegen zwei Uhr nachts kapitulierte Wim Smaling.

»In den Niederlanden ist es jetzt zweiundzwanzig Uhr«, sagte Micky, als Smaling hartnäckig behauptete, die Staatsanwaltschaft würde ihn innerhalb von vierundzwanzig Stunden wieder laufen lassen. »Wenn ich jetzt beim *Telegraaf* anrufe, schaffe ich es noch in die Schlagzeilen, und Sie stehen morgen mit Vor- und Nachnamen auf der Titelseite: *GESCHÄFTSMANN KAUFT KOKSTOCHTER FREI.* Darüber wäre man hier nicht sehr glücklich. Die Argentinier haben ihren Stolz, auch wenn sie ansonsten mit allen Mitteln zu überleben versuchen. Dann wird man Sie ohne Carolijn ins nächste Flugzeug nach Hause verfrachten und dort wandern Sie in den Knast. Und dann können Sie für Caro gar nichts mehr tun. Vater und Tochter, beide hinter Gittern. Zwölftausend Kilometer voneinander entfernt.«

Sie griff nach ihrem Handy, um ihre Drohung zu bekräftigen. Smaling packte sie am Handgelenk.

»Was wollen Sie?«, fragte er.

Rasch suchte Micky Duuts Nummer in ihrem Handy heraus und wählte.

»Reden Sie mit ihm!«, verlangte sie.

»Nur, wenn Schneider wegen dieser Morde verhaftet wird.«

»Abgemacht!«

Micky hörte zu, wie Smaling Duut erklärte, wo er die Dokumente finden konnte, die bewiesen, dass er tatsächlich seine Firmen Schneider übertragen hatte; wo die Einzahlungsquittungen für Carolijns Lösegeld waren, die Anteilszertifikate an diversen dubiosen Gesellschaften, über die er sein Schwarzgeld wusch, und alle Unterlagen über die Galerie Janus.

Nachdem Smaling Duut zuletzt noch den Code für seinen Safe gegeben und seine Frau angewiesen hatte, dem Team, das das Haus durchsuchen würde, jede erdenkliche Hilfe zuteil werden zu lassen, dauerte es noch eine Viertelstunde, bis Duut von Smalings Haus aus zurückrief.

In diesen fünfzehn Minuten herrschte angespanntes Schweigen. Smaling saß niedergeschlagen da, und es gab nichts, was Micky hätte sagen können, um ihn über seine Niederlage hinwegzutrösten.

»Alles ist genau so, wie er gesagt hat!«, meldete Duut ihr schließlich triumphierend und gratulierte ihr. »Das ist der Durchbruch!«

Am nächsten Morgen erwartete Micky Smaling bereits, als er vom *Instituto Correccional* zurückkehrte. Caro begleitete ihn.

Der Fahrer des Taxis, aus dem heraus sie verhaftet worden war, war am Morgen aufgespürt worden. Er hatte ausgesagt, dass die Plastiktüte mit den Alfajores bereits auf dem Rücksitz gelegen hatte, bevor Carolijn Smaling bei ihm eingestiegen war. Ein Missverständnis, das sie ein paar schlimme Wochen gekostet hatte, aber das ja jetzt glücklicherweise aufgeklärt war.

Smaling ließ wissen, dass er noch am selben Nachmittag nach Hause fliegen würde, und Micky verkündete, sie würde mit demselben Flug zurückkehren. Von der Logistik erhielt sie die Erlaubnis, ihr Economyticket gegen eines in der Businessklasse einzutauschen, sodass sie während der gesamten Reise neben Smaling sitzen konnte.

Schließlich war sie sein Schutzengel.

20

Samstag, 3. November

Nach der unbändigen Freude über Caros Rettung war die Anspannung schnell zurückgekehrt. Solange Südamerika unter ihnen lag, hatten Smaling und seine Tochter kaum ein Wort gesagt. Ihre Furcht, beim Zwischenstopp in São Paulo festgenommen zu werden, war mit Händen zu greifen gewesen. Erst über dem Atlantik fühlten sie sich sicher, und die Strapazen der letzten Wochen, Tage und Stunden forderten ihren Tribut.

Alle drei hatten den Snack kaum angerührt. Carolijn war zu erschöpft, Smaling begann allmählich zu realisieren, dass sein feudales Leben Vergangenheit war, und Micky erinnerte das stundenlange Aufeinanderhocken überreizter Passagiere so sehr an Massentierhaltung, dass sie meinte, jeder Bissen brächte sie dem Tag der Schlachtung näher.

Als die Stewards mit dem Servicewagen bei ihnen hielten, räusperte sich Smaling.

»Könnten Sie freundlicherweise?« Er wies auf die Tabletts und auf seine rechte Hand, die von Carolijn so fest gehalten wurde, dass die Knöchel ihrer schmalen Finger weiß hervortraten. »Sie schläft.«

Micky half ihm. »Es wird ein harte Zeit für Caro werden«, sagte sie. »Sie hat sich in kürzester Zeit einen Panzer zulegen müssen, um diese Gefängnishölle zu überstehen. Zu Hause wird sie ihn verlieren und dann wird die Geschichte sie mit aller Wucht einholen. Sie braucht psychologischen Beistand.«

Smaling nickte, während er weiter auf Caros schmale Hand schaute. »Wissen Sie«, er sah Micky plötzlich offen an, »sie ist das Einzige, was mir in meinem Leben an wirklich Gutem gelungen ist. Ich meine, sie ist meine kleine Caro, ich habe sie immer verwöhnt. Aber meine Frau und ich haben darauf geachtet, sie nicht zu einem Prinzesschen zu verziehen. Das war die einzige Sache, bei der Mara und ich dasselbe wollten. Wir haben Caro all unsere Liebe gegeben, aber auch viel von ihr verlangt.«

Micky verbarg mit Mühe ihr Erstaunen, das sie in solchen seltenen Momenten immer befiel, obwohl sie wusste, dass am Ende selbst der größte Lump noch irgendwo einen Restbestand von Herz in sich barg.

»Kennen Sie Schneiders Tochter? Mathilde?«, fragte er. »Die ist solch ein lebensuntüchtiges Mäuschen. Früh die Mutter verloren, und Papa hat sie dann mit seinem Geld zugeschissen, weil er gar nicht weiß, was das ist: Liebe. Und dann entführt dieses Schwein uns unser Glück. Aber diesmal hat er sich verrechnet.«

»Warum haben Sie sich überhaupt mit ihm eingelassen?«

»Konnte ich ahnen, dass es so weit kommen würde? Es war ein zu gutes Geschäft.« Er kniff die Lippen zusammen.

»Reden Sie ruhig weiter. Wir haben sowieso schon alles schriftlich.«

Er grunzte unfreundlich. »Ich habe Schneider bei einem Businesslunch der Deutsch-Niederländischen Handelskammer kennengelernt. Er schwärmte von der Rendite, die zeitgenössische Kunst abwirft. Eine Woche später bot er mir an, Gesellschafter bei Art Investment Ltd. zu werden. Er suche potente Geschäftsleute, die ein Gespür für den Raum zwischen den Gesetzen hätten. Was ich als Exporteur im Bereich Abfallentsorgung sicher sofort verstünde.«

»Er hat Sie erpresst.«

»Er ließ durchblicken, dass er meine Holding komplett ausgecheckt hatte. Und dass da eine Menge schwarzes Geld wäre, mit dem ich nichts anzufangen wüsste.«

»Sie haben für eine umweltverträgliche Entsorgung von Sondermüll kassiert und das Zeug dann irgendwo im Ausland vergraben.«

»Kein Kommentar.« Smaling schien immer noch zu hoffen, dass wenigstens ein paar seiner Schweinereien nicht zu beweisen waren. Er räusperte sich und fuhr fort: »Schneider überzeugte mich, dass Art Investment die ideale Lösung für mein Problem böte.«

»Die Janus-Galerie.«

»Ja. Eine Geldwaschanlage. Er hatte in Südamerika ein Netz von Strohmännern aufgebaut, die von Janus Kunst zu völlig überhöhten Preisen kauften. Mit unseren Schwarzgeldern. Die Rücklaufquote war nicht berauschend, aber okay. Die Strohmänner behielten die Kunst, zehn Prozent vom Kaufpreis gingen an die Künstler, zwanzig Prozent Provision an Schneider und der Rest an uns.«

»Und wie kamen Sie an van Cleef?«

»Der gute Rogier. Hat mit seiner Syntha einen etwas zu exquisiten Lebenswandel gepflegt. Sven Beckmann hatte mehrfach beobachtet, wie van Cleef im Casino eine Menge Geld verspielte. Schneider hat daraufhin unseren Janus-Galeristen auf Rogier angesetzt, der ihm bei seinen vielen Pechsträhnen immer wieder großzügig aushalf. Als sich genug angesammelt hatte, verlangte er die sofortige Rückzahlung. Rogier klagte über sein karges Direktorengehalt und unser Mann schlug vor, das van Bommel van Dam solle künftig exklusiv bei Janus Kunst zu Maximalpreisen kaufen. Und schon konnte sich der arme Rogier mit zwanzig Prozent vom Gewinn sanieren.«

»Was sich bei dem geringen Ankaufsetat des Museums aber nicht lohnte, sodass van Cleef Vollmachten fälschte, um hohe Kredite aufzunehmen. War das auch Schneiders Idee?«

»Nein, die Ehre gebührt Syntha. Aber Schneider hat sofort unsere Chance gesehen. Er ließ den beiden versprechen, dass man sie an einen sicheren Ort brächte, wenn das Museum erst ausgeplündert sein würde. Was er ihnen nicht sagen ließ, war, dass dann Art Investment Ltd. als Retter auftreten würde.«

»Und warum wollten Sie das tun?« Micky fragte geschickt mit einem ebenso bewundernden wie naiven Unterton nach, der Smaling sogleich bei seinem Unternehmerstolz packte.

»Verstehen Sie denn nicht? Das hätte unser Geldwäschesystem in ganz neue Dimensionen katapultiert. Und dann, mit einer Kette von uns gepachteter, aber weiterhin nach außen städtischer Museen, hätten wir nach und nach den Kunstmarkt manipulieren können. Wir hätten genau die Künstler museal aufgebaut, mit deren Arbeiten wir unsere Depots gefüllt haben. Die Rendite beim Weiterverkauf wäre vierstellig gewesen. In Venlo hätten wir uns noch zurückgehalten, um uns für die Übernahme größerer Häuser zu empfehlen. Sie haben ja gesehen, wie schnell diese scheinheiligen Moralapostel in Mönchengladbach nach uns gerufen haben. Und dann wäre es richtig losgegangen.«

»Aber Syntha wollte nicht mitspielen.«

»Vielleicht hatte sie Lunte gerochen, dass Schneider hinter

Janus steckte und ihr versprochener sicherer Fluchtort der Knast sein würde. Womit sie recht gehabt hätte. Sobald die van Cleefs signalisierten, dass sie bald verschwinden müssten, gab Schneider der Polizei einen anonymen Tipp, löste die Janus-Galerie auf und hinterließ nichts als einen scheinbar in der Eile übersehenen Ordner mit Beweisen für Rogiers Betrügereien.«

»Schneider wollte die van Cleefs ans Messer liefern? Damit hätte er doch die Spur auf Art Investment gelenkt.«

Smaling schüttelte den Kopf. »Die ganze AI-Konstruktion ist unglaublich verschachtelt – wenn Sie mir nicht wegen meiner hektischen Aktivitäten der letzten Tage auf die Spur gekommen wären, hätte nie jemand die Verbindung von Janus zu Art Investment aufgedeckt. Ich habe einige dumme Fehler gemacht.«

»Schneider musste Syntha also töten. Und Sie wollten aussteigen?«

»Am selben Tag. Aber Schneider hat nur gelacht. Ob ich ihn wirklich für so dumm hielte, durch einen Mord unseren großen Coup zu gefährden. Syntha hätte nichts in der Hand gehabt. Alles wäre weiter nach Plan gelaufen. Aber dann sei Rogier unglücklicherweise Amok gelaufen und habe Syntha aus Eifersucht ermordet. Es klang alles so logisch. Er beruhigte mich, erklärte, wir sollten uns jetzt auf die Museumssache konzentrieren. Sonst wäre Schluss mit den lukrativen Geschäften. Kurz nach meinem Gespräch mit Schneider erhielt ich den Anruf, dass Caro verschwunden war.«

»Er wollte Sie zwingen, dabeizubleiben.«

»Das war nur ein zufälliger Nebeneffekt seines Plans, meinen Laden zu übernehmen. Die Tickets hatte er Caro schon vor Monaten geschenkt. Zum Schulabschluss. Ich Idiot habe das zugelassen, weil es eine organisierte Reise war und sie eine Freundin mitnehmen durfte.«

Er war laut geworden. Caro schreckte im Schlaf auf und machte heftige, abwehrende Bewegungen. Smaling streichelte ihre Wange, bis sie sich wieder beruhigt hatte.

»In meiner Hilflosigkeit rief ich Schneider an. Als guter Freund bot er mir an, seine Kontakte zu wichtigen Leuten zu nutzen, die gegen Bezahlung Gefängnistüren öffneten. Ich war glücklich. Aber als er mir den Preis nannte, wusste ich sofort, dass er hinter der ganzen Sache steckte. Er wollte zwei Millionen und 51 Prozent von meiner Holding. Man kann sich kaum vorstellen, wie sehr Schneider von Gier durchdrungen ist. Von Gier und von der Angst, dass ihm etwas aus den Fingern gleiten könnte. Er hat immer alles und jeden dreifach kontrolliert.«

»Und dabei hat er dann wohl die Kontrolle über sich selbst verloren«, ergänzte Micky. Smaling nickte. »Spätestens seit dem Mord an diesem Künstlermädchen in Arnheim fragte sich jeder bei Art Investment, wer das nächste Opfer sein würde. Wie geht es jetzt weiter mit ihm?«

»Mit Ihrer Aussage können wir Schneider von der deutschen Polizei verhaften lassen.«

»Trauen Sie denen? Schneider war drüben doch selbst Polizist.«

»Wir arbeiten dran«, antwortete Micky und dachte an Robert.

Die Boeing 777 war am Freitagabend um Viertel vor neun in São Paulo gestartet. Am Samstag um 11.20 Uhr landete sie auf Schiphol. Draußen wartete eine schwarze Limousine auf sie. Smaling hatte schon in Buenos Aires angekündigt, dass er nicht in einen Streifenwagen einsteigen würde, und Micky hatte die Nachricht an Duut weitergeleitet. Sollte Smaling noch ein wenig den Boss im Ring spielen, es war ja seine Abschiedsvorstellung.

Die nächste Runde wurde eingeläutet, als der Wagen vor dem Präsidium in Arnheim hielt.

»Ich bringe erst meine Tochter nach Hause. Sie soll ein paar ruhige Stunden haben. Und wir werden sie in dieser Zeit nicht alleine lassen«, sagte Smaling mit drohendem Unterton.

Micky gefiel weder die Idee, dass ihr Hauptbelastungszeuge schutzlos in der Gegend herumfuhr, noch dass sich das Verhör verzögern würde. Sie sehnte sich nach Robert. Auf der anderen Seite hatte Smaling recht. Es wäre für das traumatisierte Mädchen nicht gut gewesen, stundenlang auf dem Präsidium herumzuhocken.

»Ich gebe Ihnen einen Polizisten mit«, sagte sie.

Smaling schüttelte den Kopf. »Caro reagiert allergisch auf Uniformen. Verlassen Sie sich drauf, ich bin Punkt 17 Uhr im Präsidium.«

Er nahm seine Tochter an der Hand und ging mit ihr zielstrebig zu einem Taxistand. Micky griff nach ihrem Handy und rief Duut an.

»Schick mal schnell zwei Jungs in Zivil zur Observation los. Smaling ist mit Caro im Taxi unterwegs nach Hause.«

»Was?« Es war gut zu hören, wie Duuts Adrenalinpegel in kürzester Zeit die Stimmbänder erreichte. Micky hielt das Telefon von ihrem Ohr weg, denn Duut schrie laut nach Rutger und Fred. Nachdem er sie im Telegrammstil instruiert hatte, raunzte er Micky an.

»Wieso hast du Smaling laufen lassen, verdammt?«

»Hätte ich die beiden etwa festnehmen sollen? Das wäre eine tolle Vernehmung geworden.« Sie war sauer. Sie hatte in Buenos Aires gegen Duuts Anweisungen gehandelt und nur deshalb einen guten Job gemacht. Er hätte ein paar kleinere Brötchen backen können.

»Ich komme jetzt hoch«, sagte sie und drückte ihn weg.

Sie ging aber zunächst zu Cassandra und Sabine und ließ sich über ihre Arbeit der letzten drei Tage informieren. Als sie eine halbe Stunde später in Duuts Büro kam, drehte sich Mark Nieter im Chefsessel und nickte ihr gelangweilt zu.

»Wo ist Duut?«, fragte sie.

Nieter richtete den Zeigefinger nach oben. »Der Staatsanwalt will wissen, warum Smalings Vernehmung verschoben wurde, obwohl er doch extra sein Tennismatch dafür abgesagt hat.«

»Neues von Smaling?«

»Der Taxifahrer hat bestätigt, dass die beiden ins Haus gegangen sind. Rutger und Fred stehen seit fünf Minuten brav vor der Villa. Ich halte Funkkontakt. Wenn du auf Jan warten möchtest?« Er wies mit einer generösen Geste auf den Besucherstuhl vor dem Schreibtisch.

Micky schüttelte seufzend den Kopf, ging zu einer kleinen Sitzecke und ließ sich auf das hässliche pommesgelbe Sofa fallen. Kaum war sie in dem weichen Lederpolster versunken, spürte sie, wie sich bleierne Müdigkeit in ihr ausbreitete. Auch Nieters traurige Versuche, ihr ein Gespräch aufzudrängen, waren alles andere als erfrischend. Ihr fielen die Augen zu.

Sie tanzte in einem schäbigen, ehemals sehr luxuriösen Salon Tango mit einem Taxidancer namens Roberto. Anfänglich schämte sie sich ein wenig, weil sie Jeans statt eines Kleides trug. Aber alle waren ganz auf die Musik und das Zwiegespräch ihrer Körper fixiert. Sie schloss die Augen und ließ sich bereitwillig führen. »Hinterher, sofort hinterher!«, rief ihr Tanzpartner plötzlich und geriet in hektische Bewegungen. Micky riss die Augen auf. Nieter brüllte in das Funkgerät.

»Habt ihr ihn?«

»Wir haben Sichtkontakt. Er fährt zur Nelson-Mandela-Brücke«, quäkte Freds Stimme aus dem Lautsprecher.

»Was ist los?«, fragte Micky irritiert.

»Der Typ versucht zu fliehen. Das Garagentor ging auf und sein BMW schoss heraus.«

Micky sah auf die Uhr. Sie hatte eine gute Dreiviertelstunde geschlafen.

Duut stürzte herein.

»Wir sind an Smaling dran. Mit allen verfügbaren Streifenwagen«, berichtete der junge Beamte und fügte kleinlaut hinzu: »Wir sind allerdings verdammt dünn besetzt. Heute Abend spielt Vitesse gegen ADO.«

Duut nickte ungehalten. In der vergangenen Saison war

das Spiel der beiden Fußballmannschaften in Den Haag abgebrochen worden, weil die ADO-Fans eine Treibjagd auf die Arnheimer Gäste veranstaltet hatten. Kaum hatte man hier ADOs Abstieg dankbar vermerkt, entschied das Losunglück, dass die Barbaren zum Pokalwettbewerb doch wieder den Rhein überschreiten durften. Alarmstufe Rot.

»Wie konnte das passieren?«, schimpfte Duut.

»Ich weiß auch nicht. Bis auf eine Blumenlieferung war alles ganz ruhig.«

»Eine was?« Micky horchte auf.

»Blumen. Sicher für das Mädchen. Vor einer Viertelstunde fuhr ein Kastenwagen von einer Blumenfirma vor. Ein Junge hat einen mächtigen Korb zur Tür geschleppt. Wahrscheinlich hat Smaling gedacht, das würde uns ablenken. Der Junge ist mit den Blumen rein und kurz danach ist Smaling abgehauen.«

»Und wer sollte von Carolijns Rückkehr gewusst haben?« Micky war auf einen Schlag hellwach.

»Sofort einen Streifenwagen zum Haus«, befahl Duut. »Gib eine Beschreibung des Lieferwagens heraus. Und dann besorg mehr Unterstützung.«

Nieter glotzte dumm wie eine Kuh.

»Ein Ablenkungsmanöver. In Smalings Wagen sitzt vermutlich jemand anderes«, erklärte Micky, während Duut ungeduldig nach ihr winkte.

Als die beiden am Winterdijk ankamen, war weit und breit kein Lieferwagen zu sehen. Die blauen Jungs brachen gerade die Tür auf.

»Was für eine Scheiße«, fluchte Duut, als sie in dem leeren Salon standen. Es hätte Micky nicht gewundert, wenn er in diesem Augenblick in eine der mit teurem Porzellan überladenen Vitrinen getreten hätte.

Einer der Beamten kam die Treppe hochgehetzt. »Schnell. Im Schwimmbad.«

Micky wies auf den Aufzug. Sie fuhren hinunter.

Als die Tür aufsurrte, sahen sie gleich vor sich auf dem Boden einen Beamten vor der leblos daliegenden Mara Smaling knien. Ihr teures rotes Flitterkleid war vollkommen durchnässt.

»Und?«, fragte Duut.

»Bewusstlos, schwacher Puls. Sie war da drin.« Der Polizist wies auf die Sauna, deren Tür weit offen stand. Feuchte Hitze schlug ihnen entgegen. »Die Frau lag mit Kabelbindern an Händen und Fußgelenken gefesselt auf der obersten Bank. Der Zeitschaltuhr nach schon eine gute Stunde lang.«

Ein Notarzt kam die Treppe heruntergelaufen und kümmerte sich um Mara.

»Schwer zu sagen, ob sie's schafft«, meinte er.

Duut rief Nieter an. »Wir brauchen unbedingt den Lieferwagen. Vermutlich sind Wim und Carolijn Smaling damit entführt worden. Habt ihr das Auto?« Die Antwort musste unerfreulich sein.

»Die Erste lässt den Kronzeugen wie Freiwild herumlaufen, der Zweite freut sich, dass der Täter Blumen bringt, und drei und vier lassen sich abhängen wie blutige Anfänger«, murmelte er, ehe er losbrüllte. »Sind wir hier bei *Verstehen Sie Spaß?* Wollt ihr mich alle verarschen?!«

Micky verschränkte die Arme und sah ihn schweigend an, was Duut noch wütender machte. Er tat einen Schritt auf sie zu und sagte bemüht ruhig: »Du siehst schrecklich aus. Fahr nach Hause und schlaf dich aus. Je länger, desto besser.« Er drehte sich um und stieg in den Aufzug, wo er peinlich lange mit dem Gesicht zur Wand stehen bleiben musste, bis die Tür sich endlich schloss.

Anfängerseminar Oberhandtechniken für Arschlöcher, dachte Micky. Sie sah noch eine Weile dem Notarzt zu, dann ging auch sie.

»Soll ich einen Wagen rufen?«, fragte ein Beamter an der Tür.

Micky schüttelte den Kopf. Sie nahm ihr Handy.

»Hey. Kannst du sofort kommen?«, fragte sie.

»So verdammt schnell, dass ich schon da bin. Ich sitze im *Dudok.* Soll ich dir was bestellen?«, antwortete Robert fröhlich.

»Komm zu mir nach Hause, in einer Stunde. Ich freu mich«, sagte sie, aber in Roberts Ohren klang es, als spräche Micky ihm ihr Beileid aus.

Sie zog ihre Jacke aus und drückte sie dem überraschten Polizisten in die Hand. »Gib das im Präsidium ab.«

Sie lief los. Sie trug noch das Sweatshirt und die Sporthose vom Flug. Die Sportschuhe waren zwar keine Laufschuhe, aber okay. Sie schlug ein schnelles Tempo an, rannte an der Bahnstrecke entlang nordwärts und dann querfeldein durch den Mariëndaalpark. Micky spürte, dass sie etwas zu forciert lief. Doch statt es langsamer angehen zu lassen, zog sie das Tempo noch an. Schweiß brannte in ihren Augen. Aus einer unübersichtlichen Kurve schoss ihr ein Mountainbiker entgegen, sie musste ausweichen, geriet mit dem linken Fuß in den unbefestigten Wegsaum und knickte um. Den Schmerz ignorierend lief sie weiter, bis sie ihre Wohnung am Cornelis Outshoornplaats erreichte.

Sie beugte sich schwer atmend nach vorn. Fünfundzwanzig Minuten. Eine miese Zeit. Sie zog das Hosenbein ein Stück hoch, der lädierte Knöchel war geschwollen.

»Hey«, sagte jemand hinter ihr.

Micky schnellte herum und überdrehte dabei das schmerzende Fußgelenk.

»Du bist zu früh«, entfuhr es ihr durch die zusammengebissenen Zähne, und das verschlechterte ihre Stimmung noch weiter.

Robert hatte sonst keine Probleme damit, allein zu sein. In den vergangenen drei Tagen war das allerdings anders gewesen. Die Ereignisse hatten ihn stärker mitgenommen, als er es sich eingestand. Nach seinen letzten Gewalt-erzeugt-Gegengewalt-Aktionen bei den Demos gegen Pershing-Raketen und Atomkraft in den frühen Achtzigern hatte er sich ein Leben eingerichtet, in dem echte körperliche Gewalt nicht vorkam. Er wusste natürlich, dass die Gewalt um ihn herum weiter da war. Aber sie begegnete ihm nur in den Zeitungen, und er selbst konnte entscheiden, wie nah er sie an sich heranließ. Bis der Kunstmörder ungefragt in sein Leben trat.

Wenn er mit Micky über die Morde sprach, wurde alles abstrakter und rückte ein wenig von ihm weg. Diese ganze polizeiliche Sichtweise, die Suche nach Beweisen, Motiven und dem Täter machte es leichter, mit dem Schrecklichen umzugehen, und nahm einem das Gefühl, ihm hilflos ausgeliefert zu sein.

Als Robert am Morgen aufgewacht war, hatte endlich wieder die Sonne durchs Fenster geschienen. Er sprang aus dem Bett, duschte, zog sich sein Lieblingshemd an und frühstückte neben der geöffneten Balkontür. In dem Moment, als Micky niederländischen Boden betrat, setzte er sich in seinen Wagen und fuhr nach Arnheim. Ihm war egal, wann sie frei haben würde. Sie würde sich freuen, wenn er einfach sagen würde, hey, ich bin schon da.

»Du bist zu früh«, sagte sie bissig. Sie war außer Atem, das Sweatshirt durchgeschwitzt, sie humpelte.

»Kein Problem, ich kann ja schnell noch mal nach Hause fahren«, gab er ironisch zurück.

»Du musst nicht immer gleich alles persönlich nehmen«, sagte sie. Und fünf Sekunden später: »Tut mir leid. Komm, ich brauche nur etwas Zeit zum Frischmachen.«

Während sie duschte, hockte Patati vor dem Regal und schaute ihre CDs durch. »Mainstream, Mainstream, Mainstream«, seufzte er. Mickys Plattensammlung war genauso faszinierend wie eine vollklimatisierte Pauschalreise durch kanalisierte Flusslandschaften. Da würde noch eine Menge Arbeit auf ihn zukommen. Aber erstaunlicherweise geschahen Zeichen und Wunder und Botanicas *The Magnetic Waltz* fiel ihm plötzlich in die Hände. Er ließ das Fach des Players aufsurren und startete die CD. Eine Hand legte sich auf Roberts Schulter, er zuckte leicht zusammen.

»Wie bist du denn an Botanica gekommen?«, fragte er.

»Ich stelle hier die Fragen«, sagte Frau Spijker polizistisch.

Robert blieb in der Hocke, während er sich umdrehte. Micky stand nackt und duftend wie Frühling vor ihm, ihr Schoß mit dem kurzen blonden Schamhaar direkt vor seinem Gesicht. Er begann sie zu küssen. Aber sie zog ihn am Hemd hoch und schob ihn ins Schlafzimmer. Sie sprach kein Wort, lächelte nicht, fixierte seinen Blick, drückte Robert aufs Bett, öffnete seine Hose, setzte sich auf ihn und rieb ihn, bis sie ihn nehmen konnte.

Er schaute Micky an. Wie sie mit geschlossenen Augen ihrem inneren Rhythmus folgte. Er ahnte, dass er in diesem Augenblick nicht wirklich von ihr gemeint war. Und war ihr doch ganz nah.

Später, als sie eine Zeit lang erschöpft nebeneinandergelegen hatten, fragte sie: »Woran denkst du?«

Robert wollte eine Sekunde lang lügen. Dann sagte er: »Na ja, an einen Fernseher.«

»An was?«

»Ich habe vorhin in einem Antiquitätengeschäft einen Fernseher entdeckt. Wir haben im Abteiberg eine Videoinstallation aus den frühen Siebzigerjahren. Aber der Bildschirm ist defekt. Dasselbe Modell wie in diesem Laden.«

»Du denkst an einen alten Fernseher, nachdem wir miteinander geschlafen haben?«

»Erzähl mir, woran du gedacht hast.«

Sie verstummte.

»Warum nehmt ihr nicht einfach einen neuen Fernseher?«, kam sie nach einer Weile auf das Thema zurück.

Robert sah sie überrascht an. »Weil das alles zerstören würde. Die Installation sähe total komisch aus. Der Künstler hat doch diesen Fernseher als Rahmen mitgedacht. Und ein Flachbildschirm würde den technischen Stand des Filmmaterials der Lächerlichkeit preisgeben, obwohl es damals

Avantgarde war. Du würdest ja auch nicht einen CD-Player in ein Grammophon einbauen.«

»Warum eigentlich nicht? Aber ihr Kunstleute seid schon clever. Ihr erfindet euch eure Arbeit selbst und vergnügt euch mit solchen Problemchen, während draußen das echte Leben zuschlägt.«

Robert spürte, wie er gegen seinen Willen wütend wurde. »Da seid ihr Polizisten natürlich privilegiert. Ihr seid immer genau da, wo das Leben zuschlägt. Und kümmert euch darum, dass schön die Gesetze respektiert werden. Bis wir eines Tages ersticken an all diesen Gesetzen.«

»Du bist ja ein Revolutionär!«, sagte sie spöttisch.

»Ich hasse nur ein Übermaß an Selbstgerechtigkeit. Als wäret ihr immer auf der richtigen Seite, weil ihr Recht und Ordnung durchsetzt. Aber ihr schert euch nicht darum, welche Interessen dahinter stehen. Und bekämpft nur die Symptome, während die Ursachen des Übels oft unangetastet bleiben. Denk doch nur mal an ...«

Da müsste sie jetzt durch, wenn sie ihn schon so provozierte, dachte Robert. Er grub eine zwar fast vergessene, aber immer noch richtige Kritik an den herrschenden Zuständen aus und belegte sie mit Beispielen jüngeren Datums. Micky hörte sprachlos zu. Glaubte Robert. Bis ihr gleichmäßiger Atem in ein leises Schnarchen überging. Na, vielen Dank, Frau Spijker.

Robert lag noch einige Zeit wach neben ihr, ehe auch ihm die Augen zufielen. Nachdem sein Körper sich die minimal nötige Ruhe gegönnt hatte, weckte ihn der Verdruss über das misslungene Wiedersehen wieder auf. Der Wecker zeigte kurz nach drei. Sollten sie so gegeneinandergekehrt bis zum Morgen schlafen? Es wäre doch besser, wenn jeder diesen Blödsinn erst einmal für sich verarbeiten könnte.

Patati stand auf, ging in die Küche und suchte Papier. Er wollte sie zum Mittagessen nach Krefeld einladen und nach Hause fahren. Aber dann begann er, einen langen Brief zu schreiben, den er ihr wohl niemals geben würde.

Im Klever Kulturzentrum *Radhaus* war es wieder mal gut abgegangen.

Erster Samstag im November, das bedeutete Rockhaus-Disko mit Alternative und Retrokram. Die Mädchen waren nicht mehr von der Tanzfläche zu kriegen gewesen, während die Jungs immer schön cool am Rand gestanden und das Diebels weggehauen hatten.

Jetzt um drei Uhr nachts war es schweinekalt und neblig und keiner von ihnen hatte Bock auf die fünf Kilometer mit dem Rad zurück nach Donsbrüggen. Sie waren gerade am Museum Kurhaus, da jammerten Ines und Leonie, sie müssten unbedingt mal. Und auch Paul grunzte, Pinkelpause wäre eine Superidee.

»Und diese Sextanerblasen wollen nächstes Jahr Abi machen«, gab sich Mr. Oberticker Klaus genervt.

»Wenn's unbedingt sein muss«, rief Norman und zog abrupt die Bremsen an. Hinter ihm gab es Gescheppere und Flüche.

Sie standen am Prinz-Moritz-Kanal. Gegenüber am Springenberg erhob sich terrassenförmig das barocke Amphitheater mit seinen Springbrunnen, der großen Statue der Pallas Athene und ganz oben dem Ceres-Tempel, an den sich rechts und links geschwungene Laubengänge anschlossen.

»Hier?«, fragte Ines.

»Nee«, sagte Leonie, »weiter hinten hat's mehr Bäume. Lass uns weiterfahren.«

»Da drüben«, bestimmte Norman und wies zum Amphitheater. »Ich zeig's euch.«

Er ließ das Rad zu Boden fallen, ging breitbeinig über die Straße und stieg bis zu dem Becken mit den zwei Fontänen auf, das unterhalb der Athene lag. Norman öffnete seine Hose, kopierte die Haltung der Göttin der Weisheit und Schirmherrin der Künste und pinkelte in das Becken. Während Klaus ihn lachend anfeuerte, zog Normans Freundin Leonie erstmals in Betracht, dass Coolness Blödheit kaum ausgleichen konnte.

»Wer ist der Nächste?«, schrie Norman herüber. Als sich keiner rührte, stieg er schwankend und lästernd zurück auf den gepflasterten Weg und verneigte sich spöttisch vor der Statue, zu deren Füßen steinerne Fische Wasser in ein Bassin spien. Überrascht starrte er hinein.

»Hey, kommt mal her«, rief er und winkte.

Widerwillig machten sich die anderen auf den Weg.

»Da hat jemand rote Farbe reingeschüttet«, sagte er, als sie ihn keuchend erreichten. Tatsächlich hatte das Wasser einen rötlichen Schimmer.

»Deswegen rufst du uns? Ich mach mir gleich in die Hose«, meckerte Ines.

»Warte mal«, sagte Leonie, »da führt ein Schlauch in die Statue.« Sie zeigte auf einen dünnen, durchsichtigen Plastikschlauch, in dem noch rote Flüssigkeit stand. »Von da oben.«

Sie schauten zum linken Laubengang hoch. Der Eingang war rundherum mit schwarzer Folie verkleidet; ein handgemaltes Baustellenschild warnte, dass Kinder für ihre Eltern haften.

»Geschmeidige Aktion«, befand Norman. »Für den Joke hat jemand hart gearbeitet.«

Sie folgten dem roten Faden. Hinter der gut zwei Meter hohen Sichtblende war ein eigenartig schnaufendes Geräusch zu hören.

»Fass mal mit an«, forderte Norman Klaus auf. Gemeinsam rissen sie die Folie auf. Was dahinter zum Vorschein kam, vertrieb mit einem Schlag allen Alkohol aus ihren Köpfen.

Ein Mädchen, kaum älter als sie, und ein Mann saßen auf Rollstühlen einander gegenüber. Ihre Arme und Beine waren mit Stahlschellen und Klebeband an die Stühle gefesselt. Zwischen ihnen arbeitete ein medizinisches Gerät, an das der Schlauch zum Wasserspiel der Athene angeschlossen war. Ein zweiter Schlauch führte von der Maschine zu einer Kanüle in der Halsschlagader des Mädchens, und ein dritter, etwas dickerer zu einer Sauerstoffmaske, die über Mund und Nase des Mannes gestülpt war.

Die ganze Szenerie war in ein rotes Licht getaucht, das von zwei an der Maschine lehnenden Knicklichtstäben erzeugt wurde.

Ines rannte schreiend hinaus, Norman und Klaus stürzten ihr hinterher, Leonie zog zitternd ihr Handy heraus und wählte den Notruf, während Paul näher an die beiden herantrat.

Auf den Armlehnen waren Schaltknöpfe angebracht. Beide, das Mädchen und der Mann, hatten die Fingerspitzen ihrer gefesselten Hände so weit gestreckt, dass sie die Knöpfe selbst jetzt noch berührten.

Während Leonie Probleme hatte, den Polizisten zu überzeugen, dass es sich nicht um einen schlechten Scherz handelte, fühlte Paul den beiden Opfern den Puls. Er schaute Leonie an und schüttelte langsam den Kopf; ganz so, wie er es vom Fernsehen gelernt hatte.

21

Sonntag, 4. November

Mit dem Brief, den er zu schreiben beabsichtigte, war Robert gerade mal anderthalb Sätze weit gekommen, als Mickys Handy klingelte. Aus einem romantischen Impuls heraus hatte Robert angefangen, auf Französisch zu schreiben, doch schon auf Deutsch kostete es ihn mehr als genug Mühe zu erklären, warum er so in seinem Beruf aufging. Aus diesem Grund ignorierte er das Mobiltelefon, das hartnäckig weiterfiepte. Es steckte in Mickys Sporthose, die sie über die Lehne des Küchenstuhls gelegt hatte.

Die Kunst, mit der ich mich beschäftige, schrieb Robert,

ermöglicht es mir, die Banalitäten und Grausamkeiten des Alltags zu …

In dem Moment stürmte Micky herein. Sie warf ihm einen verärgerten Blick zu.

»Unglaublich, dass du das nicht hörst!«, fauchte sie, während sie nach ihrem Handy wühlte.

Robert antwortete mit einer beschwichtigenden Geste und versuchte, seinen Satz möglichst sinnvoll zu beenden. … *zu* … Tja, was tat er eigentlich mit dieser alltäglichen, banalen und grausamen Wirklichkeit, mit der Micky so häufig konfrontiert wurde? Bekämpfte oder begriff er sie? Wehrte er sich dagegen, flüchtete er davor? Nein, er duldete sie, das kam der Sache wohl am nächsten.

Da Micky hartnäckig schwieg, nachdem sie das Handy wieder hingelegt hatte, glaubte er, sie ärgere sich über seine Nachlässigkeit.

»Unglaublich, dass du das Ding gehört hast«, bemerkte er.

»Das gehört nun mal zu meinem Beruf«, erwiderte sie. »Noch im Schlaf die Geräusche herauszufiltern, die wichtig sind.«

Micky hielt den Morgenmantel fest unter dem Kinn zusammengerafft, als trotze sie einem eiskalten Wind.

»Wer war's denn?«, fragte Robert.

»Katja«, sagte Micky.

»War es wichtig?«

»Er hat wieder zugeschlagen«, sagte sie.

Robert erschrak.

»In Kleve, im Park neben dem Museum Kurhaus …«

Sie brach mitten im Satz ab und begann zu zittern. Robert umrundete den Tisch und setzte sich neben sie.

»Er hat wieder ein Kunstwerk daraus gemacht«, sagte sie tonlos. »So eine wahnwitzige Installation.«

Sie kniff die Augen zusammen und presste die Fäuste gegen ihre Schläfen.

»Diesmal sind es zwei …«

Sie schaute Robert so niedergeschlagen an, dass er ihren

Kopf an seine Brust zog. Dies waren also die Grausamkeiten, die er nur hinzunehmen brauchte, Micky aber bekämpfen musste. Zum ersten Mal spürte er neben seinem hilflosen Schrecken echte Wut. Mit diesen Pseudo-Kunstwerken drang der Täter auf sein Gebiet ein, dieses Reservat, in dem er sich so sicher gefühlt hatte.

»Wir müssen hin«, sagte er resolut. »Was erwartet uns dort?«

»Die Opfer sind ein älterer Mann und eine junge Frau. Beide tot. Bisher nicht identifiziert. Sie sind noch gefesselt.«

Kurz bevor sie aufbrachen, nahm Micky das Blatt Papier vom Tisch, auf dem Robert seine Gedanken hatte niederschreiben wollen.

Ma plus chère amie, mon cœur, ma opposante aimée, las sie laut vor.

»Nicht Zutreffendes bitte streichen«, sagte Robert.

»Nichts wird gestrichen«, erwiderte sie und steckte das zusammengefaltete Blatt in die Brusttasche ihrer Bluse. »In einem Liebesbrief zählt jedes Wort.«

Als Micky und Robert in Kleve eintrafen, mussten sie sich einen Weg durch die Menge der Nachtschwärmer bahnen, die lauthals ihre Kommentare zum Vorgehen der Polizei abgaben. Die Tiergartenstraße sowie sämtliche Straßen und Wege in Richtung Park waren abgesperrt. Katja brachte sie zum Tatort am Hügel.

»Die Leichen sind noch da«, sagte sie mit einer Kopfbewegung zu der Folienwand.

»Wurden sie inzwischen identifiziert?«, fragte Micky.

»Nein, noch nicht …«

Micky reckte sich, um durch einen Spalt hinter die Wand schauen zu können.

»Wir warten noch auf einen Experten für medizinische Apparate«, erklärte Katja.

»Was? Kann man sie noch retten?«, fragte Micky.

Katja schüttelte den Kopf. »Es ist einfach unfassbar …«

Sie zeigte auf die Pergola. »Da, ein Infusionsschlauch. Sichergestellt von den Kriminaltechnikern.«

Robert folgte dem Flatterband rund um den Tatort mit den Augen.

»Merkwürdig, dieser rötliche Schimmer im Springbrunnen«, bemerkte er.

In dem Moment trat Koik durch eine Öffnung in der mannshohen Folie. Als er Micky entdeckte, ging er rasch auf sie zu.

»Frau Spijker«, sagte er mit gedämpfter Stimme. »Würden Sie sich die Opfer ansehen? Ich habe eine Vermutung, um wen es sich handelt. Aber ich bin nicht sicher.«

Robert legte Micky die Hand auf die Schulter, während sie hineingingen.

Im ersten Augenblick wurde Micky von dem Licht mehrerer starker Scheinwerfer geblendet und musste blinzeln. Sie befanden sich am Ende einer Galerie von Hainbuchen, die mithilfe eiserner Pergolen zu Bögen geformt und zusammengewachsen waren. In der Ecke stand eine Kamera auf einem Stativ. Sie war auf die beiden Opfer gerichtet, die einander gegenübersaßen. Das Gesicht des Mannes war zur Hälfte mit einer Sauerstoffmaske bedeckt. Um den Brustkorb hielten Spanngurte ihn in einer aufrechten Position. Die junge Frau ihm gegenüber saß kerzengerade an der Lehne ihres Rollstuhls. Auch sie war mithilfe von Spanngurten um Hals und Brust festgezurrt, und auch ihre Arme waren mit Klebeband gefesselt. In ihrer Halsschlagader steckte eine Infusionsnadel mit einem dünnen Schlauch, in dem Blutreste klebten. Die Haut der Frau war weiß wie Schnee.

Robert erschrak beim Anblick der Toten und nahm die Hand von Mickys Schulter. Sie ging auf den Mann zu und betrachtete sein Gesicht. Danach richtete sie sich auf und schaute das Mädchen an. Roberts Respekt vor ihrer Selbstbeherrschung wuchs noch, als sie mit fester Stimme erklärte: »Das sind Wim und Carolijn Smaling.«

Robert wandte den Blick ab. Lautlos die Lippen bewegend, las er den Spruch, der mit fluoreszierender Farbe an die Wand geschrieben war: *Share your warmth with me.*

Die Klever Polizei hatte einen Mannschaftsbus in eine improvisierte Kaffeebar verwandelt. Robert und Micky saßen nebeneinander auf der einen Bank, Katja ihnen gegenüber. Alle drei hielten einen Plastikbecher in der Hand. Koik hatte sie zu dem Kleinbus gelotst, nachdem der Experte der Firma Mediquipment eingetroffen war. Nach einigen Augenblicken des Schweigens fragte Micky: »Wart ihr schnell hier?«

»Ja, obwohl Kleve nicht zu unserem Einsatzgebiet gehört«, erklärte Katja. »Aber die Kollegen vor Ort haben sofort die Zusammenhänge erkannt und uns benachrichtigt.«

»Habt ihr Schneider verhaftet?«

Katja wies mit einem Kopfnicken nach draußen. Koik lehnte an dem Kleinbus und telefonierte.

»Der Chef ordnet gerade seine Festnahme an.«

»Jetzt erst?«, fragte Micky. »Ihr habt Smalings Unterlagen doch sofort erhalten, nachdem wir sie beschlagnahmt hatten?«

»Koik wollte unbedingt auf die Übersetzung warten«, erklärte Katja. »Vorher könne er nichts unternehmen, hat er behauptet.«

Sie legte eine vielsagende Pause ein.

»Aber wir haben den Fahrer von Smalings BMW erwischt«, fuhr sie fort. »Er heißt Kevin Plagge und ist Schneiders Gärtner. Wir haben eine Akte über ihn. Ein Autoknacker. Würde mich nicht wundern, wenn er in den letzten Wochen der Liste seiner geklauten Autos mehrere Mercedes Sprinter hinzugefügt hätte. Der Zeuge, der jemanden auf dem Parkplatz in Dortmund gesehen hatte, als dort der Sprinter gestohlen wurde, hat Plagge identifiziert. Die Kollegen durchsuchen in diesem Augenblick sein Zimmer.«

Draußen setzte sich Koik in Bewegung. Eine zweite Delegation aus den Niederlanden war eingetroffen: Duut mit seinem Privatdolmetscher Mark, und auch Charles war mitgekommen. Koik begrüßte Duut mit ausgestreckten Armen.

Ein Ertrinkender, der nach seinem Retter greift, dachte Micky. Koik ließ seine Gäste vorausgehen. Duut verbarg seine Überraschung über Mickys Anwesenheit hinter einem kurzen Nicken, ebenso wie Mark und Charles. Katja zapfte Kaffee für sie.

»Wie geht es Mara Smaling?«, fragte Micky, um die Stille zu durchbrechen.

»Sie liegt im Koma«, antwortete Duut. »Sie …«

Jemand klopfte von draußen ans Fenster. Ein Polizist in Uniform schob die Tür auf und meldete, dass der Mann von Mediquipment jetzt so weit sei, einen ersten Bericht zu geben. Der Experte, ein junger Mann im Dreiteiler, erklärte, im Außendienst der Firma zu arbeiten.

»Wo soll ich anfangen?«, fragte er, nachdem auch er einen Becher Kaffee bekommen hatte.

Sie saßen jetzt alle eng aneinandergedrängt auf den Bänken.

»Bei der Todesursache«, sagte Mark ohne Umschweife.

»Die muss der Rechtsmediziner feststellen«, zischelte ihm Micky ins Ohr.

»Meiner Meinung nach ist der Mann erstickt und die junge Frau verblutet«, sagte der Experte. »Der Mann hatte den Sauerstoff, der ihm über ein Beatmungsgerät zugeführt wurde, vollständig verbraucht. Dem Mädchen wurde mittels einer tragbaren Herz-Lungen-Maschine das gesamte Blut abgezapft.«

Im Bus trat Totenstille ein. Nicht mal Mark konnte sich zu einer Übersetzung durchringen. Der Experte warf einen Blick in sein Notizbuch.

»Im Gegensatz zum eigentlichen Verfahren wurde das Blut nicht wieder in den Körper der Frau zurückgeführt, sondern über einen Schlauch in den Springbrunnen abgeleitet. Und ich habe noch eine zweite Abweichung festgestellt. Ihre Herz-Lungen-Maschine war über einen elektrischen Schaltkreis mit dem Beatmungsgerät des Mannes verbunden …« Der Experte warf einen Blick in die Runde. Als niemand eine Frage stellte, fuhr er fort. »Der Mann war, wie gesagt, an ein transportables Beatmungsgerät angeschlossen, das mit einer Batterie betrieben wird. An beiden Rollstühlen war auf einer Armlehne ein Knopf angebracht, mit dem die Patienten ihre eigene Maschine und die ihres Gegenübers ein- beziehungsweise ausschalten konnten …«

Als der Experte Duuts verständnislosem Blick begegnete, klappte er sein Notizbuch zu.

»Ich versuch's mal anders zu erklären«, sagte er. »Wenn die junge Frau ihrem Vater das Atmen ermöglichen wollte, musste sie auf ihren Knopf drücken. Dadurch schaltete sie das Sauerstoffgerät ein, aber gleichzeitig auch ihre eigene Maschine, wodurch sie Blut verlor. Wenn der Vater verhindern wollte, dass seine Tochter verblutete, musste er wiederum auf seinen Knopf drücken, um ihren Apparat auszuschalten. Damit schaltete er aber zugleich seine eigene Maschine aus, sodass er keine Luft mehr bekam. Der eine konnte den anderen nur am Leben erhalten, wenn er selbst dafür den Tod in Kauf nahm.«

Micky schlug die Hand vor den Mund.

»Also waren sie dazu verdammt, gegen sich selbst und für den anderen zu kämpfen?«, fragte Robert.

Der Experte schaute ihn nachdenklich an.

»Nein, es war noch raffinierter«, sagte er. »Auf den ersten Blick sieht es so aus, dass einer von beiden theoretisch hätte überleben können, wenn sich der andere geopfert hätte. Aber auch diese Möglichkeit war ihnen genommen worden. Unter den Füßen der beiden war ein Totmannknopf angebracht, den sie ständig gedrückt halten mussten. Sobald einer von ihnen das Bewusstsein verlor oder starb, war es auch um den anderen geschehen. Deswegen hatte es zum Beispiel auch keinen Sinn, den Rollstuhl umzukippen.«

Mark übersetzte Duut flüsternd die Worte des Experten.

»Technisch gesehen ist das keine allzu komplexe Konstruktion«, sagte der Mann. »Jedenfalls, wenn man sich mit der Funktionsweise der Apparate auskennt. Noch Fragen?«

Micky erkannte die Faszination des Fachmanns für den

technischen Aufbau der Installation. Menschlich schien ihn das, was er hinter der Pergola gesehen hatte, kaum berührt zu haben. Offenbar war er daran gewöhnt, dass Patienten nur ein Anschlussstück der Maschinen bildeten, die er verkaufte. Koik räusperte sich.

»Ich brauche sobald wie möglich eine ausführliche Beschreibung dieser Installation«, verlangte er.

Der Mann versprach, dafür seinen freien Sonntag zu opfern.

»Da war doch eine Kamera aufgestellt«, fügte er an. »Soweit ich verstanden habe, wurde der ganze Prozess auf DVD aufgezeichnet. Könnte ich vielleicht eine Kopie bekommen? Nur für den internen Gebrauch natürlich.«

Koik schaute ihn empört an.

»Für den internen Gebrauch?«, fragte er. »Sie können sich glücklich schätzen, wenn der Täter den Film nicht extern gebraucht und ihn etwa ins Internet stellt. Das würde Ihre Firma eine Menge Kunden kosten.«

Er hielt dem Experten die Tür auf. Frische Luft wehte herein, und alle atmeten tief ein. Koik schüttelte missbilligend den Kopf, wählte eine Nummer auf seinem Handy und meldete sich.

»Gute Arbeit«, murmelte er, bevor er die Verbindung unterbrach.

»Patrick Schneider ist soeben verhaftet worden«, verkündete er. »Ebenso wie die anderen Mitglieder von Art Investment Ltd., jedenfalls die deutschen. Sven Beckmann und Dr. Klaus-Hugo Wolff wurden auf dem Flughafen in Berlin festgenommen. Ich nehme an, dass die niederländische Polizei Mira Glans …« Er schaute Duut an, der bestätigend nickte. »Die Verdächtigen warteten auf einen Flug nach Weißrussland. Um neun Uhr will ich mit der Vernehmung von Schneider beginnen. Sie sind alle eingeladen. Hat jemand noch wichtige Informationen?«

»Der Blumenwagen wurde am Rheinufer gefunden«, sagte Duut. »Ausgebrannt. Aber wir sind sicher, dass Smaling und Carolijn darin transportiert wurden.«

»Wieso?«, fragte Micky.

»Weil Smalings Ehering daneben lag. Seine letzte Botschaft an uns.«

Alle schwiegen, bis Robert die Stille durchbrach.

»Das Kunstwerk, das dem Täter diesmal als Inspiration gedient hat, stammt von Thom Puckey«, erklärte er. »Es heißt *Ondergrondse Fontein* und befindet sich in einem eigens dafür gebauten Kellerraum im Park des Arnheimer MMK. Es handelt sich um einen tiefen Brunnen mit rot gefärbtem, sprudelndem Wasser unter einer Gasplatte. Man schaut von oben darauf.«

»Und der Spruch?«, fragte Katja.

Er hob die Hände.

»Muss ich noch rausfinden.«

Drei Stunden später saß Micky mit Duut, Charles und Mark in einem Raum, der durch einen einseitig durchsichtigen Spiegel Aussicht auf ein kahles Vernehmungszimmer bot. Eine Mikrofonanlage sorgte dafür, dass sie jedes Wort mithören konnten, das dort gesprochen wurde.

Micky und Robert hatten den Tatort verlassen, als es hell wurde. Sie waren nach Krefeld gefahren, um eben bei Robert zu frühstücken, aber das Ganze war auf eine lange, heiße Dusche hinausgelaufen. Um den Schmutz von sich abzuwaschen, hatten sie sich eingeredet. Was sie wirklich wollten, war ein wenig Nähe, bevor sie einen harten Tag in Angriff nahmen. Beim Abschied hatte Micky gefragt, ob sie für die Dauer der Vernehmungen bei Robert wohnen dürfe. Ihre Auseinandersetzung in der vergangenen Nacht hatten sie bereits weichherzig als ihren ersten Streit bezeichnet und als Beweis dafür betrachtet, dass ihre Gefühle füreinander ein kleines Gewitter vertragen konnten.

Schneider wurde in Handschellen hereingeführt, was Koik der Pflicht enthob, ihm die Hand zu schütteln. Erst als Koiks alter Bekannter sich gesetzt hatte, wurden sie ihm abgenommen. Koik vertiefte sich schnell in seinen Notizblock.

Katja eröffnete die Vernehmung mit dem Hinweis, dass Schneider schwere Vergehen vorgeworfen würden, von Geldwäsche über Erpressung bis hin zu Mord. Insofern würde er sich selbst am meisten helfen, wenn er kooperierte.

Schneiders Antwort war ein Gähnen. Als ehemaliger Polizist kannte er solche Sätze in- und auswendig.

»Haben Sie Syntha van Cleef getötet?«, fragte Katja in einem Ton, als wolle sie wissen, ob er rauche.

Schneider schaute sie einen Augenblick lang amüsiert an, bevor er sich an Koik wandte: »Martin, das haben wir beide doch früher ein bisschen subtiler angepackt, nicht wahr? Oder haben unsere russlanddeutschen Kollegen inzwischen so viel Erfolg mit ihren Methoden, dass sie sogar eine Vernehmung leiten dürfen?«

Koik presste seinen Stift an die Lippen und gab Katja mit einem Nicken zu verstehen, dass sie fortfahren solle.

»So, mit der Freundschaft ist es anscheinend aus und vorbei«, bemerkte Duut. »Unser Kollege packt die Sache ja äußerst professionell an.«

»Wenn Koik ein Profi wäre, säße er da nicht«, entgegnete Micky. »Das Zeugnisverweigerungsrecht gilt auch für alte Freunde.«

Katja sah Schneider weiterhin fragend an.

»Versucht sie, ihn zu hypnotisieren?«, fragte Charles.

»Er hat ihr noch nicht geantwortet«, sagte Micky.

Sie war gespannt, wie lange Katja diesen Machtkampf fortführen würde. Schneider war daran gewöhnt, dass man auf ihn hörte.

Er hielt den Kopf ein wenig in den Nacken gelegt, sodass seine Gesprächspartner das Gefühl hatten, er blicke auf sie herab. In seinem Maßanzug wirkte er in dieser Umgebung absolut fehl am Platze.

Es schien Minuten zu dauern, bis Schneider antwortete: »Diese Frage wollen wir uns für später aufheben. Fangen Sie doch erst mal damit an, in welchem Verhältnis Syntha und ich zueinander standen.«

Indem er vorgibt zu kooperieren, übernimmt er die Regie, dachte Micky.

»Diese Frage heben wir uns ebenfalls für später auf«, erwiderte Katja und schob Schneider ein Foto zu. »Das sind Sie mit Frau van Cleef bei der Eröffnungsfeier des umgebauten Museums. Worum ging es bei diesem Streit?«

Auf Schneiders Gesicht erschien ein spöttisches Lächeln.

»Tja, worüber streiten sich Mann und Frau?«

Er zwinkerte Koik zu, der sich wiederum eine Notiz machte. Micky fand erneut bestätigt, dass Koiks Anwesenheit kontraproduktiv war. Schneider benutzte ihn als Blitzableiter, um die Vernehmung ins Leere laufen zu lassen.

»Keine Ahnung«, antwortete Katja. »Mein Freund und ich streiten nicht. Erklären Sie's mir.«

»Ups«, sagte Mark und rutschte so heftig auf seinem Stuhl herum, dass die Metallbeine knackten.

Micky sah zu ihm hinüber. Offenbar waren da in diesem Augenblick ein paar Illusionen den Bach runtergegangen.

»Lassen Sie's gut sein«, sagte Schneider. »Hören Sie, Syntha war eine Frau, die nur auf eines scharf war: Geld. Sie war nie zufrieden mit der Prämie, die sie einstrich, wenn ihr verehrter Gatte mal wieder den Plunder der Galerie Janus aufgekauft hatte. Ihr Motto lautete: Mehr! Und danach: Noch mehr! Das Verrückte ist: Diese Art Frau kriegt immer Männer ab, die bereit sind, ihr dieses Mehr zu geben. Rogier zum Beispiel. Den hat sie völlig ruiniert. Bis sie einmal an den Falschen geriet. Und das war ich.«

»Sie hatten zunächst geleugnet, an jenem Tag mit ihr gesprochen zu haben …« Katja blätterte in dem Protokoll der Zeugenaussage Schneiders. »Warum?«

Micky hörte, dass Katja ihrer Stimme einen vertraulichen Tonfall verlieh, als sei sie eventuell bereit, Schneider eine Notlüge zu verzeihen. Ob das die beste Strategie war, bezweifelte sie, aber jedenfalls war es Katja inzwischen gelungen, Schneider in ein mehr oder weniger normales Gespräch zu verwickeln.

In der Tür des Vernehmungszimmers erschien ein Ermittler und gab Koik ein Zeichen, der sich entschuldigte und aufstand.

»Ich habe im Abteiberg-Museum mit Dutzenden von Leuten gesprochen«, fuhr Schneider ungerührt fort. »Dass auch Syntha darunter war, war mir schlicht entfallen.«

»In welcher Beziehung standen Sie zu Syntha?«, fragte Katja.

Schneider wartete, bis Koik die Tür hinter sich zugezogen hatte.

»Wir hatten Sex«, sagte Schneider. »Nicht mehr, nicht weniger.« Er hob die Hand. »Ja, ich weiß, was Sie als Nächstes fragen werden. Die Antwort lautet: Nein, es machte mir nichts aus, dass sie mit dem halben Kunstbetrieb ins Bett ging, einschließlich dieses Langweilers von Zink. Sie lebte ihr Leben, ich meines.«

»Sie sind Witwer?«, fragte Katja.

Schneider wies auf die Akte vor Koiks leerem Platz.

»Steht alles da drin«, sagte er.

»Sie haben vor fünfzehn Jahren Ihre Frau verloren. Und Ihren Sohn. Sind Sie deswegen aus dem Polizeidienst ausgeschieden? Darüber steht nämlich nichts in der Akte.«

Diesmal traf sie mit ihrer Frage ins Schwarze. Schneider schob seinen Stuhl nach vorn und fragte, was das mit den Anschuldigungen gegen ihn zu tun habe.

»Interesse an der Person des Tatverdächtigen«, konterte Katja geschickt. »Vielleicht gab es das damals bei Ihnen ja noch nicht.«

Micky erkannte, dass sich in Schneiders Panzer ein erster Riss auftat.

»Meine Frau ist ertrunken«, sagte Schneider. »Sie versuchte, unseren Sohn zu retten, der im Eis eingebrochen war. Ob das etwas mit meinem Ausscheiden aus dem Dienst zu tun hat? Kann sein. Von morgens bis abends tat ich nichts anderes, als meine Mitbürger zu beschützen, aber meine eigene Familie konnte ich im entscheidenden Moment nicht retten.«

»Und Mathilde?«

»Mathilde habe ich bei mir behalten, solange es irgend ging. Sie war damals noch ein Kind.«

»Und dann haben Sie TecGuard gegründet?«, fragte Katja.

Koik kam wieder herein, aber diesmal ignorierte Schneider ihn.

»Musste ich ja wohl«, sagte er.

»Sie haben ein Firmenimperium aufgebaut«, sagte Katja. »War das für Sie eine Art Kompensation?«

»Geschäftlicher Erfolg kann keine Familie ersetzen«, erwiderte Schneider. »Aber es hilft, über den Schmerz hinwegzukommen.«

»Hatten Sie von Anfang an vor, das van Bommel van Dam zu kaufen?«

»Solche Pläne fallen niemals einfach so vom Himmel«, sagte Schneider. »Bevor auch nur ein Buchstabe zu Papier gebracht wird, ist alles schon dreimal durchdacht worden.«

»Aber Syntha konnten Sie nicht für Ihre Pläne begeistern?«

»Sie hat sich quergestellt«, gab Schneider zu.

»Aus geschäftlicher Sicht tat es Ihnen also nicht leid, dass sie von der Bildfläche verschwand«, sagte Katja.

Schneider zuckte mit den Schultern.

»Ich würde lügen, wenn ich jetzt sagte, es hätte mich tief getroffen.«

»Und privat herrschte zwischen Ihnen ebenfalls Funkstille?«

»Ja.«

Katja schwieg. Nicht weiter drängen, beschwor Micky sie in Gedanken. Lass ihn schmoren, bis er ganz gar ist!

»Jetzt lass doch endlich die Spielchen sein, Patrick!«, mischte sich Koik barsch ein. »Dein Gärtner ist vor einer Stunde eingeknickt. Er redet wie ein Wasserfall und belastet dich mit jeder seiner Aussagen mehr! Er hat die Sprinter geklaut, die bei den Morden benutzt wurden. Er hat am

Samstagnachmittag Blumen bei Smaling abgeliefert und ist in dessen Wagen weggefahren, um das Observationsteam auf eine falsche Spur zu locken, sodass du Carolijn und Wim Smaling entführen konntest!«

Wenn Koik da gerade versuchte, den *bad cop* zu spielen, hatte er sich einen denkbar ungünstigen Moment ausgesucht. Auf Schneiders Gesicht erschien ein Lächeln. Koik reagierte gereizt und zeigte mit gestrecktem Zeigefinger auf seinen früheren Kollegen.

»Rechne nicht mit der Unterstützung von Wolff, Beckmann und Glans! Sie lassen dich alle fallen, Patrick! Dein ehemaliger Mitarbeiter Rolf Bergen hat in Buenos Aires ausgesagt, auf dein Geheiß hin Carolijn Smaling in den Knast gebracht zu haben. Smaling hat dir Millionen gezahlt! Wir können alles beweisen. Du stehst jetzt ganz allein da. Geesdonk, Olga Steen, Smaling und seine Tochter, das waren für dich nur Hindernisse, die du aus dem Weg …«

Schneider lehnte sich zurück und unterbrach Koiks Strom von Anschuldigungen mit einer abwehrenden Handbewegung.

»Ich war gerade dabei, mich mit dieser Dame hier zu unterhalten, Martin«, sagte er, als hätte er ein störrisches Kleinkind vor sich.

Demonstrativ wandte er sich Katja zu. »Wo waren wir stehen geblieben?«

Katja warf einen kurzen Blick auf Koik, der verärgert mit den Schultern zuckte.

»Okay, noch mal zu Syntha«, sagte Katja. »Sie trauerten ihr weder geschäftlich noch privat hinterher …«

In der ersten Pause um halb eins prophezeite Micky, dass Schneider erst aufgeben würde, wenn alle Beweise und Aussagen auf dem Tisch lagen.

Doch sie sollte sich täuschen.

Spätabends, aber noch vor Redaktionsschluss der Zeitungen, sagte er aus, persönlich an den Vorbereitungen zum Mord an Syntha van Cleef beteiligt gewesen zu sein.

»Sie ist gut, sie ist gut!«, jubelte Mark. »Katja macht ihn fertig!«

Micky beantwortete seinen Klaps auf die Schulter mit einem schwachen Lächeln. Katja war wirklich eine gute Psychologin, aber Schneider hielt weiterhin die Fäden in der Hand. Als sie an jenem Abend zu Robert nach Hause fuhr, fragte sie sich noch immer, warum Schneider nicht zum Gegenangriff überging, sondern in der Defensive blieb.

Erst am nächsten Abend sprach sie mit Robert über ihre Zweifel. Da hatte Schneider gerade gestanden, Syntha van Cleef ermordet zu haben.

»Aber es läuft doch ganz fantastisch.« Robert reichte ihr ein Glas Wein und setzte sich neben sie.

»Schneider gesteht, aber du bist nicht zufrieden. Bist du etwa neidisch auf Katja, weil sie die entscheidenden Punkte macht, während du nur am Fenster sitzen und zugucken darfst?«

Micky trank einen Schluck.

»Nein, meine Zeit wird noch in dieser Woche kommen«, erwiderte sie. »Wenn wir mit den Vernehmungen zum Mord an Olga Steen beginnen. Mich irritiert, dass Schneider einerseits mehr gesteht, als nötig wäre, sich aber andererseits verdammt viel Zeit dafür nimmt. Jeder seiner Schritte ist geplant, es ist alles präzise kalkuliert. Bei jedem Verhör wirft er uns einen Knochen zu, mit dem wir dann zufrieden raustraben. Aber wenn du ihn nach Einzelheiten zu seinen ›Kunstwerken‹ fragst, macht er dicht oder redet dummes Zeug.«

»Tja«, sagte Robert und grübelte. »Schneider ist einfach kein Künstler, er ist Geschäftsmann. Er weiß über Kunst nur, was sie einbringt. Die Art, wie die Morde begangen wurden, passt eigentlich nicht zu ihm. Es kann gar nicht sein Ehrgeiz sein, Tinguely oder Beuys oder wen auch immer zu übertreffen. Zumal dieser Selfmade-Millionär sowieso schon längst bewiesen hat, dass er ein Crack ist.«

»Vielleicht hat er sich gerade deshalb für diese Inszenierung der Morde entschieden, um den Verdacht von sich abzulenken«, meinte Micky.

»Aber selbst dann müsste er sich die Kenntnisse über die verschiedenen Kunstwerke irgendwie angeeignet haben. Irgendjemand muss ihm dabei geholfen haben. Die Frage ist: wer?« Robert zog sie an sich.

»Ob Mathilde seine Muse sein könnte?«

»Ein Vater, der seine eigene Tochter benutzt? Und sie zu seiner Komplizin macht?«

»Hängt davon ab, wie sie zueinander stehen. Die beiden waren auf Gedeih und Verderb aufeinander angewiesen, nachdem Mutter und Bruder ertrunken waren ... Schneider behauptet, ihr Tod sei der Anlass dafür gewesen, dass er seinen Dienst bei der Polizei quittiert habe. Aber welche Folgen das für die Beziehung zu seiner Tochter hatte ... Es muss doch noch eine Akte über diesen Unfall geben. Wenn ich es morgen irgendwie schaffe, werde ich mich mal in die Geschichte vertiefen.«

»Was ich nicht verstehe, ist die Zerstörung dieser Gemälde«, sagte Robert. »Wenn Schneider den Einbruch bei Geesdonk auf dem Kerbholz hat, ist er ziemlich weit damit gegangen, die Werke seiner Tochter in Streifen zu schneiden. Sie war am Boden zerstört deswegen, sie befürchtete sogar, das nächste Opfer des Kunstmörders zu werden. Ich muss mir die Bilder doch noch einmal ansehen.«

»Aber halte dich bitte zurück!«, warnte Micky. »Unternimm nichts, ohne mich vorher zu fragen. Ehe du dich versiehst, hast du die Presse am Hals.«

22

Dienstag, 6. November

Die Zeitung war an diesem Tag eher eine Sonderausgabe zum *Ende des Museumskillers.* Auf Seite Eins prangte ein Bericht mit großem Foto von der Pressekonferenz, die die deutsche und niederländische Polizei gemeinsam abgehalten hatten. Inzwischen habe der dringend tatverdächtige Geschäftsmann Patrick Sch. zugegeben, Syntha van Cleef ermordet zu haben. Koik und Duut erklärten, man dürfe noch auf einige Überraschungen gefasst sein. Auf Seite drei wurden hässliche Details von dem Mord an Wim Smaling und Carolijn schön aufbereitet. In zwei Infokästen listete die Zeitung die Verflechtungen von Art Investment Ltd. und kurze Biografien der verhafteten Gesellschafter Mira Glans, Dr. Klaus-Hugo Wolff und Sven Beckmann auf. Und die niederländische Regierung ließ mitteilen, man werde die katastrophale Panne im Zeugenschutzprogramm schonungslos aufarbeiten.

Als Robert zum Lokalteil vorgedrungen war, zeigten sich schonungslos vor allem die Lücken in seinem internen Ärgerschutzprogramm. Gerade der Politiker, der sich damit gebrüstet hatte, die Abteiberg-Verpachtung an Art Investment Ltd. als zukunftsweisendes *Public-Private-Partnership* eingefädelt zu haben, deutete nun dunkel an, er habe dabei geholfen, der Bande auf die Spur zu kommen. Randolf von Lettow dankte der Polizei für die gute Zusammenarbeit und warnte, man könne und werde nicht zusehen, wenn sogenannte Kulturfreunde ein mit Steuergeldern erbautes Museum zur Brutstätte des organisierten Verbrechens umfunktionierten.

Bevor Robert entschieden hatte, ob er den Artikel zu Ende lesen oder die Zeitung zusammenknüllen sollte, klopfte es an der Werkstatttür und Dr. Regenberg trat ein.

»Wie geht es Ihnen«, fragte er furchtbar freundlich, während er sich suchend umschaute.

»Glänzend«, sagte Robert möglichst ironiefrei.

»Ich wollte mich bedanken, dass Sie sich letzte Woche so um die Skulpturenmeile verdient gemacht haben. Trotz der widrigen Umstände.«

Robert sah ihn betont gleichgültig an. Regenberg wartete sicher nur darauf, dass er jetzt ausflippen würde. Während Micky in den Frühling von Buenos Aires geflogen war und in Mönchengladbach heftige Windböen Regenschauer durch die Straßen gepeitscht hatten, hatte ihm der Vizedirektor über die Sekretärin ausrichten lassen, er möge unverzüglich vier Außenskulpturen reinigen. Bürger hätten sich beschwert. Robert hatte sich mit dem Hochdruckreiniger bewaffnet und seinen Job gemacht. Nur ein Weichei wie Regenberg konnte glauben, dass solch ein Auftrag ihn mürbe machen würde.

»Und jetzt?«, fragte Robert.

»Wir müssen einen Schlussstrich unter die leidige Angelegenheit mit Wolffs Schokoladenskulptur ziehen.« Regenberg zog sich schnell einen Schemel heran, der allerdings so niedrig war, dass das Direktorengesicht nur knapp über die Schreibtischkante hinausreichte.

»Das heißt?«

»Sie hatten natürlich vollkommen recht, Herr Patati. Die Skulptur ist irreparabel beschädigt. Ich bin erst jetzt dazu gekommen, die Unterlagen genau zu studieren. Ich lasse mir den Ruf unseres Hauses nicht zerstören. Gut, dass Sie so aufmerksam waren. Äh, wir sollten uns bald darum kümmern, dass Sie einen Mitarbeiter bekommen.« Regenberg lächelte unterwürfig.

Ach, daher wehte der Wind. Robert schwieg und schaute peinlich berührt zum Fenster hinaus.

Dr. Regenberg schien das als Ablehnung zu deuten und fuhr übereifrig fort: »Dann könnten wir endlich auch Ihre Beförderung zum leitenden Restaurator in Angriff nehmen. Dazu muss ich natürlich erst offiziell ernannt sein. Aber das ist ja nur noch eine Formalie. Was meinen Sie?«

Robert wiegte zweifelnd den Kopf und schwieg.

Der Interimschef rutschte nervös auf dem Schemel hin und her, während er weiter den Raum absuchte. »Wir brauchen gute Leute wie Sie. Weitsichtig, charakterfest und eigenverantwortlich. Sie haben die Arbeit nicht zufällig sogar schon an den Eigentümer zurückexpediert?«

Robert sah ihn zutiefst erschüttert an. »Jetzt bin ich ehrlich gesagt ganz überrumpelt. Ich habe getan, was Sie mir aufgetragen haben; eine Form geschnitzt, das alte Material verflüssigt und die Skulptur neu gegossen. Letzten Freitag habe ich sie per Kurier an Dr. Wolff geschickt.«

»Sie haben was?«

»Und einen Brief, in dem ich mich auf Ihre Absprache mit ihm bezogen und um die baldige Übergabe des Polke-Gemäldes gebeten habe.«

Der Vize sprang auf und schrie mit hochrotem Kopf: »Absprache? Auftrag? Alles Lüge! Sie haben absolut eigenmächtig gehandelt. Ich werde Ihre kriminellen Machenschaften mit diesem Betrüger nicht decken, Patati!« Während er zur Tür stürzte, griff er sich theatralisch ans Herz. »Sie sind suspendiert! Ich gebe Ihnen fünf Minuten, um mein Haus zu verlassen.« Dann riss er die Tür auf und verschwand im Treppenhaus.

Nicht dass der Kerl tatsächlich noch einen Herzinfarkt bekam. Eine Sekunde kurz überlegte Robert, Regenberg über die Sekretärin ausrichten zu lassen, dass die Dieter-Roth-Skulptur in Wahrheit weiterhin unrestauriert und gut verpackt im kühlsten Raum des Museums auf Abholung wartete. Aber so leicht würde auch dieses Regenbergkraut sicher nicht vergehen.

Also, dann würde er jetzt brav nach Hause fahren. Befehl

war Befehl. Um kurz nach halb neun verließ er den Abteiberg.

Auf dem Weg zum Auto rief er Katja an und bat sie, die zerstörten Gemälde von Mathilde Schneider aus Geesdonks Haus noch einmal untersuchen zu dürfen.

Zu Hause brühte er sich einen Kaffee auf, entschied sich vor der CD-Regalwand für Regina Spektors *Soviet Kitsch* und setzte sich im Wohnzimmer auf den Boden, um ein wenig zu puzzeln.

Robert trennte vorsichtig die übrig gebliebenen Leinwandstreifen aus dem Spannrahmen, legte sie auf eine Sperrholzplatte und begann, die Lücken mit den vielen losen Fetzen auszufüllen, die er zuvor nach Farben sortiert hatte. Es ging schneller als erwartet. Mathilde Schneider bevorzugte einen gelinde gesagt sehr deutlichen Bildaufbau.

Das kuriose Sujet kopierte die billigen Drucke, mit denen sich die Deutschen in den Fünfzigerjahren die Romantik ins Wohnzimmer geholt hatten: glutäugige Zigeunerin mit großem goldenem Ohrreif. Aber immerhin: Nur zehn Jahre zuvor hätten eine ganze Reihe von Wohnzimmerbesitzern die dargestellte Frau noch unbesehen ins KZ deportiert. Ob man diese Einrichtungsmode schon als Zeichen der Läuterung nehmen durfte?, zweifelte Robert und sah seufzend auf das Bild. Es gab genug Gründe, es mit spitzen Fingern in die Mülltonne zu werfen, aber nicht einen einzigen, um sich seinetwegen in Jack the Ripper zu verwandeln.

Er wandte sich dem zweiten Bild zu. Das passende Gegenstück: ein stolz posierender Messerwerfer, der dem Betrachter drei seiner Instrumente wie einen Fächer an den Spitzen entgegenhielt.

Zuletzt puzzelte Robert das Porträt eines kleinen Jungen zusammen, der barfuß mit einem Esel an seiner Seite auf einem zugefrorenen See stand. Oha, dachte Robert. Er wollte gerade aufgeben, als sein Blick an einer Stelle hängen blieb, an der das Messer ein ganzes Stück Farbe abgekratzt hatte. Er holte sein Handwerkszeug und eine Lupe, begann mit einem Skalpell vorsichtig noch mehr von der Oberfläche abzutragen. Kein Zweifel, Mathilde hatte mit dem Porträt des Jungen ein anderes Bild übermalt.

Robert griff nach dem Telefon.

»Hallo, Ulf!«, sagte er, nachdem er die Sprechstundenhilfe überwunden hatte.

»Was gibt's denn so Dringendes?«, brummelte sein Internist.

»Du musst drei Bilder für mich röntgen.«

Ulf kannte das schon. Auch Patatis Krefelder Kollege Wolfgang Altenburg nutzte für spezielle Untersuchungen gerne mal Ulfs ultramodernes Hochleistungsgerät.

»Wenn's sein muss«, antwortete er. »Aber nicht vor sechs. Das Wartezimmer ist rappelvoll.«

»Es geht quasi um Leben und Tod, Ulf. Und es ist spannend. Detektivisch. Kriminalistisch«, lockte Robert.

»Na gut, du würdest eh keine Ruhe geben. In einer halben Stunde, aber keine Minute früher.«

»Danke« rief Robert. Er brauchte keine zehn Minuten.

Gegen halb zwölf stand er vor der Praxis und zog sein Handy aus der Tasche. Das digitale Röntgengerät hatte ganze Arbeit geleistet. Hinter jedem der drei Bilder verbarg sich ein weiteres. Und was für welche! Hinter der Zigeunerin war eine Kopie von Alfred Kubins grausigem *Wassergeist* versteckt, hinter dem Jungen eine von Edvard Munchs *Der Schrei,* hinter dem Messerwerfer schließlich eine Nachahmung von *Der Tod und die Masken* von James Ensor.

All diese Ikonen des Schreckens und des Schmerzes waren zwar alles andere als gut, aber doch mit erstaunlichem Furor nachgemalt worden, mit solcher Inbrunst, dass sie selbst in der schemenhaften Darstellung des Röntgengerätes noch bedrückend heftig wirkten. Das hätte Robert Mathilde nicht zugetraut.

Wenn aber so maßlose Gefühle in ihr tobten und sie

zugleich gezwungen war, ihr Innerstes zu verbergen – ganz so, wie sie diese Schmerzensbilder hinter billigem Kitsch versteckt hatte –, dann war Mathilde womöglich eine tickende Zeitbombe. Eine mit mehreren Sprengkammern, die gerade nacheinander zur Explosion gelangten.

So wenig das Profil des Killers, wie Micky und er es entwickelt hatten, auf den alten Schneider wies, so exakt passte es auf sie: Der Mörder lechzte nach künstlerischer Anerkennung – wie Mathilde. Er wollte zeigen, dass er es besser konnte als die berühmten großen Künstler, und blieb dabei doch nur ein trauriger Kopist – wie sie, die auch in diesen Bildern keine eigene Sprache für ihren Schmerz gefunden hatte und sich deshalb eine fremde leihen musste. Und die Opfer? Alles Gegner ihres Vaters, ihres großen Beschützers, den nun sie beschützte.

Aber dann stiegen Zweifel in Robert auf. Dieses zarte Geschöpf, das so leicht in Tränen ausbrach. Wie sollte es solche Verbrechen begehen? Vielleicht sollte er die Klärung dieser Fragen besser der Polizei überlassen. Doch das heldenhafte Kommissarenduo würde ihm wohl keine Minute lang zuhören. Mit einem Verdächtigen im Rücken, der nach und nach ein Geständnis ablegte, und einem Kunstexperten vor sich, dessen Vermutung auf drei Gemälden fußte. Es blieb dabei: Er musste ihnen mit Beweisen kommen, nicht mit Theorien.

Micky zu informieren, wäre sicher klug, dachte er. Ebenso sicher würde sie ihm dann allerdings einen Alleingang verbieten. Und sie selbst würde erst viel später Zeit haben, während er – Regenberg sei Dank – so viel davon hatte.

Kurzerhand rief er Mathilde an.

»Wenn Sie mich über meinen Vater aushorchen wollen …«, begann sie.

»Ich habe mir Ihre Bildern angesehen. Die, die bei Pfarrer Geesdonk hingen. Ich glaube, ich könnte sie restaurieren.«

»Sie sagten doch, sie seien völlig zerstört worden.« Sie zögerte. »Ich habe zur Ablenkung ein wenig mein Atelier aufgeräumt und wollte gerade gehen. Könnten Sie denn sofort kommen?«

»Ich bin schon auf dem Weg.«

»Sie sind so nett. Diesmal kann ich Ihnen auch etwas von meiner Kunst zeigen.«

Roberts Zweifel kehrten zurück. Er hatte schon mit Geesdonk falsch gelegen. So ein Fehler durfte sich nicht wiederholen. Er würde 150 Prozent sicher sein müssen, ehe er Mathilde der Polizei gegenüber beschuldigte.

Sie war blass. Als sie die Tür öffnete, dachte Robert für eine Sekunde, sie würde sich an seine Brust werfen und losheulen. Doch sie hielt sich tapfer.

Sie führte ihn durch den Salon in ein riesiges Atelier. Es war tatsächlich aufgeräumt. Sie hatte alles in einer Art Materialkäfig und in einem aufwendigen Regalsystem verstaut. Der Boden war geputzt. Man hatte nicht den Eindruck, dass hier je gemalt worden wäre.

»Da haben Sie ja mächtig sauber gemacht«, sagte Robert.

»Ja, nicht wahr?«, sagte sie strahlend.

Ein komisches Mädchen.

»Möchten Sie vielleicht etwas trinken?«, fragte sie.

»Nein«, antwortete Robert, »nicht nötig.«

»Ich mache uns einen super Grapefruitsaft – frisch gepresst, ich lasse mir die Früchte immer vom Feinkostladen um die Ecke kommen.«

»Na dann unbedingt«, meinte Robert.

Mathilde verschwand in der Küche hinter dem Salon und Patati näherte sich zügig den Regalen. Wenn er wenigstens wusste, wonach er suchte. Vielleicht Schläuche, so wie bei der Todesmaschine der Smalings. Oder Zündkerzen. Aber hier sah es aus wie in einem Fachgeschäft für Malereibedarf.

Aus der Küche drang leise das Geräusch einer elektrischen Saftpresse herüber. Er betrat den Käfig. Lauter blitzsaubere Malutensilien, ein paar Gipssäcke, ein leerer Papierkorb, eine Menge Bücher und Bildbände. Wenn es hier jemals Beweise gegeben hatte, waren sie inzwischen vernichtet. Er begann seufzend, die Buchrücken durchzusehen. Es waren alle wichtigen Künstler der Gegenwart vertreten, dann eine ganze Reihe von Katalogen vor allem aus den umliegenden Museen.

Robert zog den Skulpturenband des Lehmbruck-Museums heraus, ließ die Seiten durch seine Finger laufen, dann den Katalog des Het Valkhof und den kleinen feinen roten Band des van Bommel van Dam. Er hielt erschreckt inne. Blätterte ein paar Seiten zurück.

Da war Karin van Pinxterens Lichtinstallation *Approach* abgebildet. *Share your warmth with me.* Über und unter dem Bild befanden sich orange und rot fluoreszierende Pinselstriche. Hier hatte jemand ganz offensichtlich seine Farbmischung exakt auf den Rotton der abgebildeten Leuchtschrift abstimmen wollen. Das Geräusch der Saftpresse erstarb. Schnell schob Robert den Katalog hinter eines der Regale. Mathilde erschien mit einem silbernen Tablett.

»Haben Sie sich ein wenig umgesehen?«, rief sie durch den großen Raum. »Die fertigen Arbeiten sind dort«, sie wies mit dem Kopf auf ein tiefes Regal.

»Ich gestehe: Kunstbücher sind meine Leidenschaft«, antwortete Robert.

»Das kenne ich«, sagte Mathilde, reichte ihm ein Glas und nahm sich selbst das andere.

Sie tranken.

»Ist der nicht unglaublich frisch?«

Robert nickte freundlich. Es schmeckte etwas seifig, vermutlich hatte sie das Glas schlecht ausgespült. Tapfer nahm er noch einen tiefen Schluck.

»Kommen Sie«, sagte sie und führte ihn zu den Gemälden, die in das Regal geschoben waren.

Schon auf dem Weg begann Robert, sich eigenartig zu fühlen. Als ob keine Grapefruit, sondern hochprozentiger Grappa durch seinen Körper floss und seine Nervenenden in Sekundenschnelle mit Watte umhüllte.

Es fiel ihm schwer, Mathilde zu fixieren, die fünf, sechs Gemälde herauszog, die alle auf süßliche Weise denselben Jungen zeigten. Was wollte er noch gleich fragen? Übelkeit stieg in ihm auf, er fragte nach der Toilette. Die höfliche Mathilde lächelte sehr freundlich und wies in eine unbestimmbare Richtung.

»Wollen Sie sich ein wenig hinlegen?«, hörte er ihre Stimme, lange nachdem sich ihre Lippen bewegt hatten. »Sie sehen gar nicht gut aus.«

»Och«, sagte er und meinte, Minuten dafür gebraucht zu haben. Er schwankte.

»Kommen Sie, legen Sie sich dorthin. Auf den Arbeitstisch«, meinte sie. »Ich hole Ihnen gleich ein paar Kissen.«

Robert nickte. Sie half ihm hinauf. Das Holz war hart. Hauptsache liegen. Ihm war furchtbar schlecht. Diese nette Pflegerin mit dem hübschen Gesicht, er hätte jetzt alles getan, was sie wollte. Er seufzte.

»Wird es besser?«, fragte ihn aus weiter Ferne ein Engel und strich ihm mit einem seiner großen Flügel sanft über die Wange. Wie gerne hätte er geantwortet, wie gerne über diese weichen weißen Federn gestrichen, aber dazu hätte sein Körper Arme haben müssen und die Dämmerung zog so schnell herauf hier oben am Polarkreis und er stürzte ohne Flügel in die tiefe Nacht.

Als Robert wieder zu sich kam, pochten seine Schläfen heftig. Es war stockdunkel. Sein Stöhnen klang dumpf und er bekam kaum Luft. Er spürte eine Atemmaske über Mund und Nase, eine Maske wie bei Smaling. Vergeblich versuchte er seine Arme zu bewegen. Er schwitzte. Wenigstens den Kopf wenden, aber der steckte eingekeilt zwischen groben Holzscheiten in dieser Kiste, oder war es ein Sarg? Sein Sarg. Der Schrei eines angsterfüllten Tieres brach aus ihm hervor. Und etwas geschah.

Robert begriff plötzlich, dass er den Motor eines schnell fahrenden Diesels gehört hatte. Jetzt hielt der Wagen. Es wurde still. Dann das Geräusch eines Akkuschraubers. Das Brett über ihm wurde beiseitegeschoben.

Draußen war es bereits dunkel. Mathilde Schneider blendete ihn mit einer Taschenlampe.

»Du bist ein kräftiger Kerl, du verträgst mehr, als ich dachte«, sagte sie sanft und strich über seine Brust, ehe sie ihm die Atemmaske abnahm und eine Ampulle an seine Lippen hielt. Als sie »Trink« sagte, zwang ihn etwas, zu gehorchen. Er öffnete den Mund. Sie ließ ein paar Tropfen hineinlaufen und drückte leicht seine Kiefer zusammen, bis er das seifig schmeckende Zeug geschluckt hatte.

»Brav, mein großer Geist, sehr brav«, sagte sie und zog ihm die Maske über. Mit schreckgeweiteten Augen beobachtete er, wie sie den Deckel der Holzkiste wieder über ihn zog. Das Sirren des Akkuschraubers begleitete ihn in die Bewusstlosigkeit.

Weiß. Alles ganz weiß. Kein Oben, kein Unten, Rechts oder Links. Robert war von Nichts umgeben. War er tot? Dagegen sprach, dass er noch furchtbarer schwitzte als zuvor und schrecklichen Durst hatte. Dann hörte er über sich das hohe Summen einer Neonröhre. Er war nicht im Nirvana. Er stand in Yves Kleins *Raum der Leere* in Haus Lange.

In einem leichten Ausfallschritt, Oberkörper und Kopf ein wenig nach hinten gebeugt, die Arme knapp unter Brusthöhe nach vorn gehalten und die Hände zusammengelegt, als würde er einen Schneeball formen. Er konnte sich keinen Zentimeter bewegen. Sein Körper steckte bis zum Hals in einem Panzer aus Gips. Vom Rücken bis zum Scheitel spürte er einen harten Stab, an den sein Kopf an Hals und Stirn mit Klebeband festgebunden war.

»Wasser«, stöhnte er noch halb benommen.

»Oh, endlich wach?«, fragte Mathilde hinter ihm.

»Was …?«

»Warte. Als einziger wirklicher Kenner meiner Arbeit sollst du doch mein neues Werk bewundern können.«

Sie trat hervor und hielt ihm einen runden Garderobenspiegel entgegen.

»Und?«, fragte sie gespannt. »Was siehst du?«

Er schaute auf einen rostigen, faltigen und überdimensionierten Körper. Die Gipshülle war so bemalt, dass man sie für patinierten Stahl halten konnte. Sein Kopf wirkte viel zu klein darin, es war offensichtlich, dass Mathilde die Skulptur noch nicht vollendet hatte.

Robert sammelte sich und sagte rauh: »Großer Geist Nr. 7, Thomas Schütte, Kurhaus Kleve.«

»Falsch. Echter großer Geist Nr. 1, Mathilde Schneider. Museum Haus Lange, Krefeld.«

»Der Kopf?«

»Willst du ihn sehen? Er ist ganz wundervoll geworden.« Eine kindliche Begeisterung erfasste sie. Sie trat wieder hinter ihn und kam mit einem helmartigen Kopf zurück, in den drei kleine kreisrunde Löcher für Augen und Mund geschnitten waren.

Roberts Denkfähigkeit kehrte langsam zurück. Vielleicht hatte er noch eine Chance, wenn er das Mädchen in ein Gespräch verwickelte.

»Warum ist mir so heiß?«, fragte er.

»Der Restaurator will es natürlich genau wissen. Gerne. Erst habe ich dich mit drei Lagen luft- und wasserdichter Folie präpariert. Darüber kam eine beheizbare Motorradjacke und -hose. Ich habe sie vorhin an die Autobatterien hinter dir angeschlossen. Na, und dann der Hartgipsverband. Sei mir nicht böse, aber ich habe nicht mitgezählt, wie viele Lagen es waren, bis der Körper das richtige Volumen hatte. Jedenfalls bist du so schwer, dass du mich beinahe erschlagen hättest, als ich dich aus der Transportkiste zerrte.«

Sie war krank. Sie begriff nicht, dass sie für ihre Kunst Leben vernichtete. Robert und die anderen waren für sie nur Objekte, künstlerisches Material. Wenn er ihr das bewusst machen könnte?

»Sie lassen einen Menschen für Ihre Kunst verdursten? Ich bin keine Sache, Mathilde, ich bin aus Fleisch und Blut wie Sie, mit ...«

»In Afrika verdursten jeden Tag zweitausend Kinder. Sinnlos! Hat dich das bisher je gekümmert? Künstler müssen Opfer bringen, um Großes zu schaffen. Dieses Werk ist ein Quantensprung in meiner künstlerischen Entwicklung. Zum ersten Mal ist ein menschlicher Körper nicht nur Teil meiner Arbeit, sondern am Ende des Prozesses das Werk selbst. Diese Installation formt deinen Körper so, dass er am Ende genau der Hülle gleicht, in der er jetzt steckt. Du stirbst und verwandelst dich in einen echten großen Geist. Ist das nicht genial? Du solltest stolz sein, daran mitzuwirken.«

Robert starrte sie fassungslos an. Alle ihre Regungen spielten sich nur auf der spiegelglatten Oberfläche ihrer Psyche ab. Mathilde war ein empfindungsloses Monstrum. Nein, falsch. Das Furchtbare, das sich tief in ihr verschanzt hatte, tobte in ihr und brach sich in diesen Perversionen Bahn. Und alle normalen menschlichen Gefühle waren daneben nach und nach verdorrt. Sie glühte innerlich und war zugleich von Eiseskälte. Jeder Appell an ihr Mitleid konnte nur ins Leere gehen.

Wenn sie nun ging ... Zurzeit lief hier keine Ausstellung, man würde ihn erst Wochen später finden. Er war verloren.

Als die Verzweiflung ihren Höhepunkt erreicht hatte, schlug sie in Wut um. Was hatte er zu verlieren? Vielleicht würde sie ja einen Fehler machen, wenn er sie zur Weißglut trieb.

»Mathilde, du bist eine traurige Möchtegernkünstlerin«, sagte er so kühl wie möglich, obwohl er sie am liebsten angeschrien hätte. »Seit deinem ersten Pinselstrich hast du andere kopiert. All die großen Namen, Munch, Ensor, Kubin. Ich habe die Bilder heute gesehen. Wenn du wenigstens malen könntest, aber mir ist fast schlecht geworden, so dilettantisch war es.«

»Lügner!«

»Menschen, die den Tod vor Augen haben, sagen die Wahrheit, Mathilde. Du willst sie doch alle übertreffen, Beuys, Tinguely und jetzt Schütte, nicht wahr? Aber du wiederholst nur stümperhaft, was sie grandios geschaffen haben. Du hängst am Tropf ihrer Genialität; ein kleiner dummer Parasit.«

»Die? Die haben doch alle gekniffen, wenn es darum ging, Ernst mit der Kunst zu machen. Bei echter Kunst geht es um Leben und Tod!«, schrie sie ihn an. »Ich habe nie gekniffen! Schon als Kind nicht. Ich bin so viel größer als sie. Erst ich habe ihren harmlosen Spielereien existenzielle Tiefe verliehen. Jetzt gehören sie mir. Meine Kunst ist gewaltig. Ja, genau das wird man später über mich schreiben. Die Erste, die wirklich Ernst machte.«

»Über dich werden höchstens Psychiater schreiben, Mathilde.«

Sie griff zornig nach einer Tasche, nahm zwei metallene Instrumente heraus, trat nah an ihn heran und zog seine Augenlider auseinander. Robert versuchte instinktiv, den Kopf wegzudrehen, doch das Klebeband gab nicht nach. Sie setzte das Instrument an. Einen Augenspreizer, den sie ebenfalls mit Klebeband an dem Metallstab in seinem Nacken befestigte.

»An mir beißt du dir die Zähne aus«, rief Robert jetzt, so laut er konnte, gegen seine Angst an. Aber sie zuckte nur kurz zusammen und fuhr dann fort, den zweiten Spreizer zu installieren.

Roberts Atem beschleunigte sich. »Glaub nicht, dass ich so einfach krepieren werde.«

Sie stand so dicht bei ihm, dass er ihren Atem spürte, während sie ihm zärtlich flüsternd über das Haar strich.

»Einfach? Was denkst du von mir. Ganz allmählich wirst du dich in diesem weißen Nichts verlieren. Spürst du den Sog? Wehr dich nicht. Ich beneide dich: Du darfst dich endlich von aller irdischen Last befreien. Noch ein paar Stunden und deine sterbliche Hülle wird ausgetrocknet sein, wenn sie nicht vorher erstickt ist, das überlassen wir der Natur. Und dann darfst du auferstehen: als mein großer Geist.«

Sie zog einen Knebel aus der Tasche. »Und jetzt wollen wir den feierlichen Augenblick nicht weiter stören.«

»Du hast immer nur Leute ermordet, die deinem Vater gefährlich wurden. Was jetzt, wo er ›lebenslänglich‹ kriegt?«, rief Robert schnell.

»Ich habe früh gelernt, allein zurechtzukommen. Ich werde natürlich weiterarbeiten. An einem Ort, an dem man meine Kunst zu schätzen weiß.«

Robert lachte, so laut und höhnisch es ihm noch möglich war. »So wie Geesdonk es tat? Deine Schmiererei als unvermeidbarer Preis für ein echtes Kunstwerk, das dein Vater ihm dafür versprach? Du hast den Mist ja sogar selbst nicht mehr ertragen und ihn niedergemetzelt.«

»Das ist nicht wahr!«, rief sie zornig, während ihr die Tränen in die Augen schossen, »ich habe sie zerstören müssen, weil sie von Geesdonks ekliger Schleimerei verdorben waren. Nie hätte ich sie mehr ansehen können, ohne an diesen Heuchler zu denken.«

»Anzi maravigliose«, zitierte Robert den Dante-Vers, den Geesdonks Mörderin dem Pfarrer mit auf den Weg gegeben hatte.

»Ja, jetzt schmort er tatsächlich in der Hölle, der saubere Herr Pfarrer.«

Ehe Robert noch etwas erwidern konnte, drückte Mathilde ihm den Knebel auf den Mund und zog den Lederriemen straff an. Dann setzte sie ihm die Kopfmaske so auf, dass seine aufgerissenen Augen durch die Löcher in das Weiß starrten.

Sie trat einen Schritt zurück. »Du siehst großartig aus, mein großer Geist. Wir sehen uns in einer anderen Welt«, sagte sie und verschwand aus seinem Blickfeld.

Während er sich darauf konzentrierte, möglichst ruhig durch die Nase ein- und auszuatmen, sprühte sie hinter ihm etwas an die Wand. Ein Geruch nach Farbe breitete sich aus. Robert versuchte, einen Hustenreiz zu unterdrücken.

»When Attitudes Become Form«, las sie den Namen einer legendären Ausstellung im Haus Lange laut vor und kicherte wie über einen gelungenen Scherz.

Dann ging die Tür und der Schlüssel drehte sich zweimal im Schloss.

Die Panik kroch heran wie eine Würgeschlange.

23

Dienstag, 6. November

Koik und Duut waren in den letzten Tagen dicke Freunde geworden, wie Micky verärgert registrierte. Immer häufiger verließ Katjas Chef das Vernehmungszimmer, um sich zu dem Beobachtungsteam im Regieraum zu gesellen. Das Verhör selbst überließ er Katja, die Assistenz übernahm dann Charles. Koik suchte sich ein Plätzchen neben Duut und tauschte im Flüsterton Kommentare mit ihm aus. Wenn jemals eine Personifizierung für die deutsch-niederländische Freundschaft gesucht würde, könnte es nur auf dieses Duo hinauslaufen.

Doch inzwischen fragte sich Micky, ob ihre Freundschaft nicht vor allem auf dem erfolgreichen Verlauf der Ermittlungen beruhte. An diesem Morgen hatte das Vernehmungsteam begonnen, Schneider zum Mord an Olga Steen zu befragen. Er hatte bereits angekündigt, sich ausführlich dazu äußern zu wollen.

Während der Kaffeepause in der Kantine schlug Micky vor, die Akten zum Tod von Schneiders Frau und Sohn aus dem Archiv zu holen. Doch sie stieß damit auf wenig Gegenliebe.

»Wir müssen erst mal die unmittelbare Beweisführung abschließen«, erwiderte Koik. »Wenn wir jetzt anfangen, Hintergrundinformationen zu sammeln und zu überprüfen, nehmen wir den ganzen Schwung aus den Vernehmungen.«

»Was mit Schneiders Frau und Sohn passiert ist«, sagte Duut beschwichtigend, »und welchen Einfluss das auf das Verhältnis zwischen Schneider und seiner Tochter hatte, Spijkertje, das können wir doch zu einem späteren Zeitpunkt noch untersuchen.«

Micky ignorierte das ›Spijkerchen‹.

»Aber wir brauchen dieses Wissen, um Schneiders Motive zu analysieren«, widersprach sie und fügte im Hinblick auf Duuts Furcht vor schlechter Presse hinzu: »Du kannst darauf wetten, dass die Medien euch über alle Einzelheiten zu den Hintergründen dieser bizarren Morde aushorchen werden.«

Duut spitzte die Lippen. Kurz darauf zog er sich mit Koik an einen kleinen Tisch zurück, und die beiden steckten die Köpfe so dicht zusammen, dass sie siamesischen Zwillingen glichen. Um miteinander zu kommunizieren, hatten sie inzwischen ein Gemisch aus Verballhornungen und Verdrehungen ihrer jeweiligen Muttersprache entwickelt. Nach einigen Minuten winkte Duut Micky zu sich.

»Wir wollen erst Schneider zu der technischen Seite des Mordes an Olga Steen befragen«, erklärte er. »Da brauchen wir dich. Zwischen zwölf und zwei besprechen wir das Ergebnis der Vernehmungen vom Vormittag. Anschließend vergleichen wir die Informationen der Arnheimer Kripo mit Schneiders Aussage. Bis jetzt ist geplant, dass wir um fünf die Vernehmung unseres mörderischen Künstlers fortsetzen. Also hast du drei Stunden Zeit, dir diese Akte anzusehen …«

Schneiders zweite Vernehmung an jenem Vormittag löste im Regieraum eine regelrechte Euphorie aus. Er gab sofort zu, an dem bewussten Sonntagabend in Arnheim gewesen zu sein und mit Olga Steen Kontakt aufgenommen zu haben. Außerdem hatte er eingeräumt, dass ihm die Besetzung des van Bommel van Dam geschäftlich ziemlich in die Quere gekommen war. Als er dann noch erklärte, der Tod Olga Steens habe ihn vor einem finanziellen Rückschlag bewahrt, wurde es mucksmäuschenstill im Regieraum.

»Bingo! Pack ihn dir, Katja!«, rief Mark.

Doch Katja widerstand der Versuchung, Schneider zu einem Geständnis zu drängen.

»Was genau wollten Sie mit Olga an jenem Sonntagabend besprechen?«, fragte sie.

»Sehr gut, Katja«, sagte Micky. »Sorg dafür, dass er kein Schlupfloch mehr findet.«

Bei der Besprechung wies Micky darauf hin, dass der Tatverdächtige auf einige zentrale Fragen noch keine Antwort gegeben habe. Zwar hatte er zugegeben, dass er den Mercedes Sprinter hatte stehlen lassen, aber als Katja den Spruch zitierte, den man bei Olga Steen gefunden hatte, hatte er lediglich mit einer wegwerfenden Handbewegung reagiert.

»Er wollte nicht darüber reden«, meinte Duut. »Er kann es nicht ertragen, mit seinen eigenen Taten konfrontiert zu werden.«

»Er hat keine Ahnung, worum es geht!«, hielt Micky dagegen.

»Dann muss er einen Komplizen haben«, urteilte Koik.

»Oder jemanden, der ihn inspirierte«, schlug Katja vor.

Koik nickte bedächtig.

Katja fasste dies als Zustimmung auf, sich nachmittags mit Micky zusammen in Schneiders Vergangenheit zu vertiefen.

Der Polizeibericht über den Tod von Sigrid Schneider und ihrem sechs Jahre alten Sohn Armin füllte kaum zwei DIN-A4-Seiten. Er war auf den 9. Januar 1992 datiert. Die Familie Schneider wohnte damals in Wickrath, einem Vorort von Mönchengladbach.

Sigrid hatte die Kinder wegen einer Erkältung ein paar Tage

zu Hause gelassen, wollte sie aber am nächsten Tag wieder zur Schule schicken.

An jenem Nachmittag hatte sie mit ihnen einen Spaziergang durch den Park des nahe gelegenen Schlosses gemacht. Die drei Weiher auf dem Gelände waren zugefroren. Einige Zeugen hatten Mutter und Kinder auf der Schlossbrücke, die über die Niers führte, gesehen. Anschließend waren sie zum größten der drei Weiher weiterspaziert.

Zwei Stunden später wurde die achtjährige Mathilde allein in der Nähe des Schlosses gesichtet. Sie rannte in Richtung ihres Elternhauses.

Mathilde wartete vor der Haustür, bis ihr Vater vom Dienst nach Hause kam. Auf seine Frage, wo ihre Mutter und Armin seien, antwortete sie nicht. Sie war nicht in der Lage, überhaupt noch einen Laut hervorzubringen, weil sie inzwischen von einer traumatischen Aphasie betroffen war.

Patrick Schneider bekam sie jedoch so weit, dass sie ihn zu der Stelle führte, wo sie Sigrid und Armin zum letzten Mal gesehen hatte.

Schneider löste sofort Alarm aus und später am Abend holten Taucher die Leichen seiner Frau und seines Sohnes aus dem Wasser.. Da Mathilde buchstäblich die Sprache verloren hatte, blieb lange ungewiss, was tatsächlich geschehen war. Man ging schließlich davon aus, dass Armin seiner Mutter in einem unbeobachteten Augenblick entwischt und auf der dünnen Eisschicht eingebrochen war. Die Mutter musste versucht haben, ihren Sohn zu retten, doch am Ende kamen beide ums Leben.

Der Kinderpsychologe, der die Behandlung Mathildes übernommen hatte, konnte diese Theorie weder bestätigen noch widerlegen. Nach einigen Sitzungen gelang es ihm zwar, Mathilde wieder zum Reden zu bringen, doch Schneider brach die Behandlung ab. Der Psychologe riet ihm, Mathilde in einer Kölner Klinik weiterbehandeln zu lassen.

Katja löste das Gummiband aus ihrem Pferdeschwanz und schüttelte die blonden Haare aus.

»Diese Klinik«, sagte sie. »Das ist keine normale Psychiatrie. Dort werden Kinder behandelt, die ein Verbrechen begangen haben.« Sie schnippte das Gummi in den Papierkorb. »Außerdem ist es echt merkwürdig, dass über den Ertrinkungstod der beiden so wenig in den Akten steht.«

»Wo hatte der Psychologe seine Praxis?«, fragte Micky.

Dr. Hans Barber führte noch immer seine Praxis in Mönchengladbach. Es kostete Katja einige Überredungskunst, bis er einwilligte, seine Termine für diesen Nachmittag um eine Stunde zu verschieben.

»Es geht um die Kunstmorde«, erklärte sie, während sie ihren Mantel aufknöpfte, um zu demonstrieren, dass sie sich nicht abweisen lassen würden.

»Was habe ich damit zu tun?«, fragte Dr. Barber. »Wenn Sie eine forensische Beratung benötigen, sollten Sie sich lieber an meinen Kollegen …«

»Nein, wir möchten Sie zu einer Patientin befragen, die Sie vor fünfzehn Jahren behandelt haben«, sagte Katja. »Mathilde Schneider. Sie wurde Zeugin, wie ihre Mutter und ihr Bruder ums Leben kamen.«

Micky konnte zum x-ten Mal feststellen, wie langes Grübeln über eine gute Antwort den Lügner verrät.

»Schneider …«, sagte der Arzt. »Der Name kommt mir irgendwie bekannt vor.«

»Lesen Sie etwa keine Zeitung?«, fragte Katja.

Dr. Barber war kein guter Schauspieler. Er errötete, als er antwortete: »Ach so, ja, die Tochter von diesem Schneider!«

Daraufhin erklärte Katja ihm unmissverständlich, dass sie sämtliche Informationen über den Tod von Sigrid und Armin Schneider sowie Mathildes Rolle dabei einsehen wolle.

»Kommt nicht infrage!«, sagte der Arzt. »Ich unterliege der ärztlichen Schweigepflicht!«

»Es sei denn, es geht um eine schwere Straftat und der Patient droht zum Wiederholungstäter zu werden«, sagte Katja. »Rein rechtlich gibt es also keinerlei Bedenken.«

Dr. Barber schüttelte den Kopf.

»Was man mir anvertraut, muss mein Geheimnis bleiben«, erwiderte er. »Ansonsten kann ich meine Praxis schließen. Außerdem: Mathilde soll eine Straftäterin sein? Sie scheint mir eher ein tragisches Opfer.«

»Da bleibt uns wohl nichts anderes übrig«, sagte Katja zu Micky. »Wir müssen mit einem Durchsuchungsbeschluss zurückkommen.« Und mit einem Blick auf die Aktenschränke fügte sie seufzend hinzu: »Wir werden einen Lkw brauchen, um diesen ganzen Papierkram wegzuschaffen.«

»Meinst du wirklich, wir müssen zu so drastischen Mitteln greifen?«, fragte Micky. »Angenommen, Mathildes Akte läge plötzlich auf diesem Tisch. Und angenommen, Dr. Barber würde zu einem dringenden Fall gerufen ...«

Es dauerte ein paar Augenblicke, bis Dr. Barber begriff, dass er keine andere Wahl hatte. Wütend zerrte er eine Mappe aus einem Archivschrank.

»Eine halbe Stunde«, giftete er Katja an. »Keine Minute länger!«

»Schneider hat ihn in der Hand«, meinte Micky. Sie ging ans Fenster, hob die Jalousie an und tippte auf einen Aufkleber von TecGuard. »Ich hab's gleich beim Reinkommen gesehen.«

Sie brauchten nicht länger als zwanzig Minuten, um das Rätsel zu lösen, warum Dr. Barber seine Patientin Mathilde in eine Klinik für jugendliche Straftäter hatte überweisen wollen.

Mathilde war nach dem Tod ihrer Mutter und ihres Bruders zweimal in der Woche zu Dr. Barber gegangen. Die ersten zwölf Sitzungen verwendete der Arzt auf den Versuch, Mathilde wieder zum Reden zu bringen. Nachdem ihm das gelungen war, brachte er behutsam das Unglück zur Sprache.

»Die Patientin behauptet, es sei nicht ihre Absicht gewesen, ihrem Bruder etwas anzutun«, las Katja vor. *»Während des Spaziergangs entzündete sich zwischen den Kindern ein Streit*

an einer Tüte Süßigkeiten. Die Patientin sagt, ihre Mutter habe nicht eingegriffen, als ihr Bruder ihr die Süßigkeiten aus der Hand riss und damit wegrannte. Dabei verlor er ein Spielzeugauto. Die Patientin hob es auf und glaubte, damit ein Mittel zu haben, um ihren Bruder zur Herausgabe der Süßigkeiten zu zwingen. Die Kinder waren inzwischen außer Sichtweite ihrer Mutter. Die Patientin gibt zu, das Spielzeugauto hinaus auf den zugefrorenen Weiher geworfen zu haben. Sie kann nicht sagen, ob sie ihren Bruder damit tatsächlich auf das dünne Eis locken wollte. Danach spielten sich laut der Patientin die Ereignisse wie folgt ab: Ihr Bruder brach etwa zehn Meter vom Ufer entfernt ins Eis ein. Die Mutter reagierte auf die Hilferufe des Jungen und lief auf das Eis, um ihn zu retten. Die Patientin hat mit angesehen, wie Mutter und Bruder unter der Eisdecke verschwanden. Sie blieb am Ufer stehen, bis es dunkel wurde. Warum sie nicht um Hilfe rief, kann die Patientin nicht erklären. Diagnose: Angstlähmung?«

Katja legte das Papier weg.

»Das war zugleich die letzte Sitzung«, sagte sie. »Schau, hier steht's: Behandlung auf Wunsch des Vaters abgebrochen. Mathilde ist verantwortlich für den Tod seines Sohnes und seiner Frau. Vielleicht trägt sie sogar die Schuld daran.«

Katja blätterte weiter in der Mappe und fischte die Kopie eines Briefs von Dr. Barber an Schneider heraus. Rasch las sie ihn durch.

»Dr. Barber rät Mathildes Vater dringend, seine Tochter behandeln zu lassen«, sagte sie. »Seiner Meinung nach leidet Mathilde infolge des Traumas an Alexithymie, einer Art Gefühlsblindheit. Er erklärt Schneider, dass Mathilde Gefühle gar nicht oder nur in sehr eingeschränkter Form empfinden kann, obwohl sie nach außen hin durchaus den Eindruck erweckt, Gefühle zu haben. Mathilde guckt traurig oder lacht, wenn es die Situation erfordert, aber die dazugehörigen Empfindungen sind nicht vorhanden. Sie kennt nur körperliche Reaktionen auf emotionale Ereignisse. Daher konnte sie nach dem Unfall auch nicht darüber sprechen.«

Micky griff nach der Mappe. »Ich sehe nirgendwo eine Bitte um Übersendung der Unterlagen an die Kölner Klinik«, stellte sie fest. »Vielleicht fürchtete Schneider, zuletzt auch noch seine Tochter zu verlieren.«

Katja zeigte auf einen Kopierer in der Zimmerecke.

»Komm, wir ziehen uns eine Kopie und dann verschwinden wir.«

Micky folgte ihr.

»Schneider hat auch jetzt noch Angst, seine Tochter zu verlieren«, meinte sie.

Im Auto blieben sie erst einmal eine Weile ruhig nebeneinander sitzen. Micky holte ihren Laptop aus der Tasche und klappte ihn auf.

»Du hast doch bei uns im Präsidium die DVD mit den Aufnahmen von Olga gesehen«, sagte sie. »Wir haben jetzt endlich die fehlenden Puzzleteile in die Hand bekommen! Olgas Todesszene ist nichts anderes als eine umfassende Darstellung vom Sterben Sigrid und Armin Schneiders! Das war alles rein autobiografisch!«

Sie lud ein Foto vom Tatort auf den Bildschirm.

»Hier ist eine Frau, die immer wieder aus einer weißen Fläche herausgezogen wird: Das ist Sigrid im Eisloch. Sie kämpft gegen den Tod, das ist der Pferdeschädel. Und das Spielzeugauto, das sich Robert nicht recht erklären konnte, ist das Spielzeug des kleinen Armin.«

»Und was ist mit Patrick Schneider? Meinst du, wir haben den Falschen …?«

Micky reagierte nicht.

»Hier, der rotierende Kopf mit den Händen vor den Augen, das ist Mathilde, das Kind, das mit dem, was es sieht, völlig überfordert ist. Panisch vor Angst hält es sich mit beiden Händen die Augen zu … Und diese Ente, die ihr Gelege zurücklässt, das sind Sigrid und ihre Kinder.«

»Und was bedeutet der Spruch: *Das Reden der Künstler wird überbewertet*?«

»Das zielt auf Mathildes Unfähigkeit zu sprechen! Und es ist eine Ohrfeige für Künstler wie Olga, die sich freimütig in der Öffentlichkeit als Ultrarenaissancistin inszenierte, während Mathilde schweigend die Grenzen der Kunst auslotet.«

Katja hob hilflos die Hände. »Meinst du wirklich ... wir verhören Patrick Schneider doch schon seit Tagen und er gesteht alles ...«

Micky zeigte auf den Bildschirm.

»Die Reduzierung Olgas auf ein Kunstobjekt passt exakt zu der Diagnose einer Alexithymie. Es gibt keinerlei Anzeichen dafür, dass der Täter auch nur das geringste Mitleid mit seinem Opfer empfunden hat. Dasselbe gilt für die Art und Weise, wie Smaling und Carolijn umgebracht wurden. Ihr Todeskampf wurde als Widerstreit der Gefühle eines Vaters für seine Tochter und mit denen der Tochter für ihren Vater inszeniert. Wer den anderen am Leben erhalten wollte, musste selbst daran zugrunde gehen.«

»Was bei Patrick und Mathilde Schneider nicht viel anders ist.«

Micky klappte den Computer zu.

»Genau. Stell dir vor, du hättest deinem Vater Ehefrau und den Sohn genommen. Du bist von ihm abhängig, außer ihm hast du niemanden auf der Welt. Würdest du nicht alles daransetzen, ihn zu behalten? Würdest du nicht versuchen, ihm den Sohn und die Frau zu ersetzen? Aber dieser Versuch ist natürlich von vornherein zum Scheitern verurteilt. Umso erbarmungsloser dir selbst gegenüber lässt du dich aussaugen, blutest du ganz allmählich aus, ohne inneren Widerstand, denn du kannst dich auf keinerlei eigene Gefühle stützen.«

»Und Schneider?«

»Versetz dich in seine Lage. Nach Dr. Barbers Abschlussbericht wusste er, was geschehen war. Aber auch für ihn ist Mathilde das Einzige, was ihm bleibt. Er muss für sie sorgen und er darf ihr nicht vorwerfen, dass er durch ihr Zutun, ja vielleicht sogar durch ihre Schuld seine halbe Familie verloren hat. Eine unmenschliche Aufgabe. Er kann ihr nie in die Augen schauen, ohne seine Frau und seinen Sohn darin zu sehen. Er hasst sie aus tiefstem Herzen, aber er muss sie doch auch lieben ... seine kleine Tochter, die ihm das schlimmste Leid angetan hat, das einen Menschen treffen kann! Das hat Mathilde durch den Todeskampf von Smaling und Carolijn ausgedrückt. Sie konnten den anderen nur am Leben erhalten, wenn sie bereit waren, sich selbst zu töten.«

»Also müssen wir uns jetzt dringend um Mathilde kümmern. Aber warum nimmt Schneider dann die Schuld auf sich?«

Micky schlug auf das Armaturenbrett. »Das tut er doch nur scheinbar! Wie viel Täterwissen hast du bisher aus ihm rausgekriegt? So gut wie keines, und das bisschen, was er weiß, kann er von Mathilde erfahren haben. Er gesteht, weil er Mathilde die Flucht ermöglichen will. Er manipuliert dich und mich und das ganze Team. Mithilfe der täglichen Pressekonferenzen von Duut und Koik teilt er ihr mit, wie viel Zeit ihr noch bleibt ... Sobald Mathilde geflüchtet ist, wird er jedes einzelne seiner Geständnisse widerrufen.«

Katja griff nach dem Autoschlüssel und ließ den Motor an.

»Was mich gerade eiskalt anfasst ... Robert hat heute Morgen angerufen. Er wollte sich Mathildes Bilder noch mal genau ansehen.«

Micky hielt ihr Handy bereits in der Hand und wählte Roberts Nummer. Kurz darauf meldete sich seine Mailbox.

»Er geht nicht dran«, sagte sie. »Versuchen wir's im Abteiberg-Museum.«

Es meldete sich dieselbe Telefonistin, die neulich schon vergeblich für sie nach Robert gesucht hatte.

»Robert ist nicht da. Vielleicht erwischen wir ihn zu Hause.«

Aber auch dort schaltete sich nur sein Anrufbeantworter ein.

Katja gab Gas und fuhr mit quietschenden Reifen los.

»Robert ist glatt imstande, auf eigene Faust zu Mathilde zu fahren.«

»Es wäre nicht das erste Mal«, sagte Micky.

Sobald sie auf der Autobahn in Richtung Düsseldorf waren, versuchte Micky noch ein paarmal, Robert zu erreichen. Ohne Erfolg.

Sie hielt sich fest, als plötzlich die Bremslichter der Autos vor ihnen aufleuchteten. Katja fluchte leise und stieg in die Eisen. Über Funk erkundigte sie sich bei den Kollegen nach der Ursache für den Stau.

»Ein Unfall«, sagte sie. »Kann eine Weile dauern.«

Micky ging nochmals Dr. Barbers Bericht durch. Es wurde immer augenfälliger, dass Mathildes ›Kunstwerke‹ Ausdruck ihres Traumas waren.

»Es fügt sich alles zusammen«, sagte sie. »Nehmen wir mal Geesdonk. Robert konnte ihn nicht leiden, aber er schätzte ihn als Kunstkenner. Dass so jemand sich dazu herabließ, wertlose Pinseleien anzuschaffen, passte nicht zu ihm. Vielleicht musste er dafür bestraft werden.«

»Seit wann ist der Kauf von Kitsch ein Motiv, jemanden zu ermorden?«, fragte Katja, während sie zehn Meter weiterrollte.

»Kommt auf die Beweggründe des Käufers an«, meinte Micky. »Vielleicht hat Geesdonk nur so getan, als gefielen ihm die Bilder. Deswegen hingen die Machwerke ja auch in seinem Schlafzimmer. Dorthin kam nie jemand, nehmen wir jedenfalls mal an, denn Pastoren sollten ja schließlich keusch leben. Doch Mathilde begriff, dass er ihre Kunst als Mittel zum Zweck benutzte. Künstler sind empfindliche Seelen.«

»Geesdonk wollte sich damit bei Mathildes Vater einschleimen?«

»Ja«, antwortete Micky. »Weil sie beide im selben Teich fischten. Nur war Schneider wesentlich kapitalkräftiger, sodass er Geesdonk die begehrten Kunstwerke vor der Nase wegschnappen konnte …«

Ihre Worte gingen im Sirenengeheul eines Feuerwehrwagens unter, der über den Standstreifen raste. Und da Katja sofort die Gelegenheit beim Schopf ergriff, hinterherzurasen, sprach Micky ihren Satz nicht zu Ende.

Es wurde schon dunkel, als sie bei Mathildes Atelier eintrafen. Langsam fuhren sie durch die schmalen Straßen des Düsseldorfer Medienhafens, auf der Suche nach einem freien Parkplatz. Plötzlich stoppte Katja.

»Roberts Auto!«, rief sie. »Da drüben!«

Micky sprang aus dem Auto und war im Nu wieder zurück.

»Er hat zwei Knöllchen, seine Parkzeit ist schon lange überschritten«, sagte sie. »Er hatte bis fünfzehn Uhr bezahlt!«

Katja parkte quer auf dem Bürgersteig und legte ihren Polizeiausweis hinter die Windschutzscheibe. Hastig liefen sie zu dem Haus, in dem sich Mathildes Atelier befand.

Katja klingelte, und Micky versuchte, durch die Glasscheibe in der Haustür etwas zu erkennen.

Nichts rührte sich.

Katja hielt die Klingel gedrückt.

Niemand kam.

Katja schaute hoch. Die Fensterläden waren geschlossen. Sie drückte gegen die Tür, doch die gab keinen Millimeter nach.

Um die ursprüngliche Atmosphäre des Hafenviertels zu erhalten, waren bei der Restaurierung der Häuser die alten Kellereingänge unangetastet geblieben – Metallluken, die mit dicken Hängeschlössern gesichert waren. Katja ging in die Hocke und zog einen Schlüsselbund aus der Tasche.

»Steh mal bitte Schmiere«, bat sie.

An dem Schlüsselring hingen drei Schlüssel sowie mehrere Dietriche in den verschiedensten Formen und Größen.

»Die deutsch-russische Methode«, erklärte Katja.

Mit dem dritten Dietrich klappte es. Das Schloss schnappte mit einem Klicken auf und Katja öffnete die Luke. Eine

Steintreppe führte hinunter in die Dunkelheit. Katja steckte den Schlüsselbund wieder ein und holte eine kleine Taschenlampe heraus.

»Schon mal illegal in ein Haus eingedrungen?«, fragte sie Micky, während sie hinunter in den Keller leuchtete.

Mathildes Atelier war überaus gut geheizt, aber doch schien es verlassen zu sein. Rasch durchsuchten sie die angrenzenden Wohnräume. Auch dort fanden sie niemanden.

»Los, noch mal«, sagte Katja. »Und jetzt gründlich.«

Sie arbeiteten ein Zimmer nach dem anderen ab, schauten unter Tische und Bänke, in die Schränke und hinter die Gardinen.

»Versuch's noch mal auf Roberts Handy«, bat Katja mit erhitztem Gesicht und zog ihren Mantel aus.

Micky drückte die Wahlwiederholung. Aus dem Atelier ertönten die ersten Takte des Radetzkymarschs. Sie fanden Roberts Handy unter den Sofakissen.

Micky scrollte durch das Menü.

»Um halb eins hat er mit Mathilde telefoniert«, stellte sie fest. »Danach mit niemandem mehr.«

»Und davor?«, fragte Katja.

»Zuletzt hat er einen gewissen Ulf angerufen.«

Katja nahm ihr das Handy aus der Hand.

»Ich ruf da mal an.«

Inzwischen schaute sich Micky im Atelier um. Mathilde hatte sich nicht die Mühe gemacht, nach der Arbeit an ihrem letzten Kunstwerk aufzuräumen und sauber zu machen. Fußboden und Wände waren mit Gips bespritzt, eine Spur aus Fußabdrücken und Klecksen führte von der Mitte des Ateliers zu einer Pinnwand. Dort hing das vergrößerte Foto von einer Figur, die entfernt an ein überdimensionales Michelin-Männchen erinnerte. Großer Geist 7, Thomas Schütte, las Micky.

Katja kam zu ihr.

»Es war Roberts Arzt«, verkündete sie. »Robert hat Mathildes Gemälde röntgen lassen. Darunter kamen andere Bilder zum Vorschein, die Mathilde übermalt hatte.«

Micky zeigte auf die Gipskleckse.

»Sie hat heute Vormittag noch an etwas gearbeitet«, sagte sie und zog eine Zeitung von der Werkbank, die ebenfalls mit Gips verklebt war. »Schau mal auf das Datum. Von heute!«

»Aber wo ist das Kunstwerk?«

Micky antwortete mit einer hilflosen Geste.

»Sie hat eimerweise Gips verbraucht, um irgendetwas anzufertigen, aber es ist nicht hier.«

Sie wies auf die Gipsspuren.

»Sie muss ständig hin- und hergelaufen sein, um nachzusehen, wie sie weitermachen musste. Das hier war die Vorlage.«

Einen Augenblick lang sahen sich die beiden Frauen an und begannen dann erneut, fieberhaft den Raum zu durchsuchen. Zehn Minuten später standen sie wieder an der Werkbank.

»Katja, wir müssen deine Kollegen alarmieren«, sagte Micky.

Katja reagierte nicht. Gebannt starrte sie die Zeichnung an, die unter der Zeitung zum Vorschein gekommen war. Sie wischte sie sauber und fuhr mit einem Finger die Umrisse nach, die darauf zu sehen waren.

»Was starrst du so, Katja?«

Katja hielt die Zeichnung hoch. »Der Plan einer Alarmanlage«, sagte sie und reichte Micky das Blatt. »Von TecGuard. Mathilde muss ihn vorhin für irgendetwas gebraucht haben. Aber es steht keine Adresse drauf.«

Micky faltete das Papier zusammen und drängte Katja zur Tür.

»Dann holen wir uns die Adresse bei TecGuard. Die sitzen doch in Düsseldorf.«

Das Firmengebäude von TecGuard befand sich nicht weit vom Rhein am *Seestern.* In dem gläsernen Bau brannte nur noch in der Pförtnerloge Licht. Katja parkte ihren Wagen direkt vor dem Eingang.

Der Pförtner kam sofort rausgerannt und wollte sie auf den Parkplatz dirigieren. Micky stieg aus und hielt ihm den Plan vor die Nase.

»Wer kann uns sagen, wo wir diese Anlage finden?«, fragte sie.

Katja stieg ebenfalls aus und zeigte ihre Polizeimarke.

Der Mann zuckte mit den Schultern.

»Keine Ahnung«, sagte er. »Jemand von der technischen Abteilung vielleicht …«

»Wer?«, fragte Katja scharf.

»Der Abteilungsleiter«, antwortete der Mann. »Aber der ist weg. Morgen um acht Uhr …«

»Adresse und Telefonnummer!«, befahl Katja.

»Darf ich nicht rausgeben«, erklärte der Mann. »Datenschutz …«

»Dann sind Sie hiermit festgenommen. Umdrehen und Hände auf den Rücken!«

Katja holte ein Paar Handschellen aus der Manteltasche.

»Was soll das denn?«, fragte der Mann erstaunt.

»Behinderung polizeilicher Ermittlungen!«, blaffte Katja.

Der Pförtner hatte den Leiter der technischen Abteilung bereits telefonisch vorgewarnt. Am Ende war ihm die Freiheit doch mehr wert gewesen als die Privatsphäre eines Abteilungsleiters. Der Techniker hatte nach dem Code gefragt, der auf dem Plan stand, und versprochen, im Firmenintranet herauszusuchen, in welchem Gebäude sich die Anlage befand.

Mit einem Zettel in der Hand öffnete er die Tür, als Katja und Micky klingelten. Zur Sicherheit kontrollierte er nochmals die Zeichnung.

»Das ist die Alarmanlage des Museums Haus Lange in Krefeld«, erklärte er. »Wurde vor drei Jahren installiert.«

Er gab ihnen die Adresse und schaute sie misstrauisch an.

»Ich kriege doch hoffentlich keinen Ärger deswegen?«, fragte er.

Ohne zu antworten, rannten Micky und Katja zum Auto zurück.

Katja raste alle Regeln missachtend durch Düsseldorf. Auf der Autobahn fegte sie die linke Spur frei. So schafften sie die Strecke bis zum Haus Lange in fünfzehn Minuten.

Unterwegs schlug Micky vor, das Team in Mönchengladbach zu informieren.

»Bis wir erklärt haben, was hier los ist, sind wir längst da!«, erwiderte Katja. »Und Koik ist viel zu sehr auf Schneider fixiert. Er wird mindestens vierundzwanzig Stunden brauchen, um sich davon zu erholen, dass er dem Falschen auf den Leim gegangen ist.«

Die Wilhelmshofallee war wie ausgestorben. Katja machte eine Vollbremsung, als sie die berühmte Zahnbürsten-Skulptur vor dem Eingang zum Haus Lange erkannte.

»Wir sind da«, murmelte sie.

Sie lenkte den Wagen über die Auffahrt bis direkt vor das Gebäude. Nirgendwo brannte Licht.

»Wenn Mathilde Robert hierher gebracht hat, ist sie garantiert nicht durch den Haupteingang reingegangen«, sagte Micky. »Gibt's keinen Hintereingang?«

Katja zuckte mit den Schultern und fuhr langsam um das Gebäude herum. Der Weg wurde schmaler und beschrieb eine scharfe Kurve.

»Steig schon mal aus«, sagte Katja. »Hier, die Taschenlampe.«

Sie ließ das Fenster herunter und fuhr langsam eine Rampe hinunter. Micky blieb auf Höhe des Wagens. Neben dem Gebäude war auf einer parkplatzartigen Ebene ein großer Stahltisch aufgebaut, auf dem eine rätselhafte Bronzeskulptur kauerte. Zwischen ihm und der Hauswand stand ein Mercedes Sprinter.

Micky beugte sich zu Katja hinunter.

»Sie ist hier«, flüsterte sie und beleuchtete mit der Taschenlampe eine schwere Eisentür. »Stell den Motor ab …«

Sie machte ein paar Schritte vorwärts und schaltete die Lampe aus, als plötzlich die Tür aufschwang. Eine Frau erschien in der Türöffnung und schaute überrascht auf, als Micky die Taschenlampe wieder einschaltete und auf sie richtete. Geblendet starrte die Frau in den Lichtschein.

Es war Mathilde.

Katja zögerte keine Sekunde, startete den Dienstwagen und blockierte Mathildes Transporter, während sich Micky auf Mathilde stürzte und sie zu Boden riss.

»Wo hast du ihn hingebracht?«, schrie sie.

Für eine Frau mit Alexithymie reagierte Mathilde ziemlich lebendig. Sie brach in schallendes Gelächter aus und hörte erst auf, als Micky ihr mit aller Kraft unter die Rippen boxte.

»Wo ist er?«, schrie sie.

Mathilde stöhnte, schnappte nach Luft und schloss die Augen. Dann lächelte sie und fing an, leise vor sich hin zu summen.

Sie hörte auch dann nicht damit auf, als Katja ihr die Hände auf den Rücken zog und ihr Handschellen anlegte.

Micky näherte ihr Gesicht ganz dicht dem von Mathilde und fragte noch einmal: »Wo ist er?«

Doch Mathilde blickte sie nur starr an und summte weiter.

Erst da erkannte Micky den Song aus ihrer Jugend. Es war *Every breath you take* von Police.

24

Sonntag, 11. November

Der Ausblick war fantastisch. Die ganze Stadt lag ihr zu Füßen. Micky schritt die Himmelsrichtungen ab. Nicht weit entfernt erhob sich Notre Dame, im Norden Sacré-Cœur, tief im Osten und ganz klein Jim Morrisons Grab auf dem Friedhof Père-Lachaise, und im Westen wartete das Trio Touristica: Tour Eiffel, Arc de Triomphe und Les Champs-Élysées. Schade, dass Robert das alles jetzt nicht sah.

Körperlich hatte er die Tortur erstaunlich gut überstanden. Er war dehydriert gewesen und seine Bandscheiben hatten in dem gipsernen Kokon gelitten. Das war aber schon alles. Nach nur zwei Tagen im Krankenhaus war er so fit gewesen, dass er dem schnöseligen Oberarzt zur Freude der Assistenzärzte deutlich sagte, was er von ihm hielt. Man einigte sich darauf, dass an diesem Ort kein Platz für sie beide war. Und da der Oberarzt keine Anstalten machte zu kündigen, ließ sich Robert kurzerhand einen Entlassungsschein auf eigene Verantwortung ausstellen und fuhr nach Hause.

Von da an zeigte er sich ausgesprochen gut gelaunt. Genau diese Kombination von Streitlust und Euphorie aber steigerte Mickys Sorge um Roberts seelische Verfassung so sehr, dass sie eine gemeinsame Freundin um Hilfe bat.

Katja Hellriegel drückte Patati sogleich einen Termin bei der örtlichen Polizeipsychologin aufs Auge und drohte mit Zwangsvorführung. Robert war genervt, gab aber nach. Scheinbar zumindest. Denn als er nach seinem ersten Gespräch zu Micky ins Auto stieg, verkündete er, die Therapie sei ein voller Erfolg gewesen und damit beendet. Die Polizeipsychologin verwies auf ihre Schweigepflicht, während sich Robert gesund schreiben ließ.

Micky seufzte. An der Place St. Michel scharten sich die Menschen um einen Feuerschlucker, der seine Kunststücke zur Musik eines Akkordeonisten zeigte. »Ach Robert«, sagte sie.

Patati nahm derweil die Boule mit den Fingerspitzen und schlürfte vorsichtig etwas von dem heißen Milchkaffee. Er blinzelte zur Sonne empor, der Himmel war strahlend blau, eher früher Oktober als Mitte November. Es war überwältigend, hier sitzen und das Leben genießen zu dürfen. Geschenkte Zeit.

Als die verrückte Mathilde ihm den Geisterhelm aufsetzte, hatte ihm Todesangst den Hals zugeschnürt. Doch dann war etwas geschehen, was er bis jetzt zwar nicht begreifen konnte, ihm seitdem aber eine sichere Basis war. In diesem Moment höchster Not wuchsen in ihm plötzlich ein wortloser Gedanke, den er garantiert nicht selbst erdacht hatte, und ein Gefühl, das er bis dahin nicht gekannt hatte. Was ihn da auf einmal erfüllte, ließ sich im Nachhinein vielleicht am ehesten so in Sprache übersetzen: Wenn sein Leben jetzt zu Ende sein sollte, dann war das sicher zu früh, aber bis dahin war alles ziemlich in Ordnung gewesen und er hatte eine Menge Glück gehabt. Es war eine Mischung aus Dankbarkeit und Demut, die ihn schlagartig ruhig werden ließ. Selbst die Angst, bei klarem Bewusstsein qualvoll zu ersticken, wurde davon gedämpft.

Das hatte er auch dieser Polizeipsychologin erzählt. Sie hatte freundlich lächelnd von kurzzeitigen Bewusstseinsveränderungen in Extremsituationen gesprochen und vorgeschlagen, einen Psychotherapeuten aufzusuchen. Weil auch Robert nicht unfreundlich sein wollte, begann er, ihr von der zerflossenen Schokoladenskulptur in seiner Werkstatt zu erzählen, die zu einer Fälschung geworden wäre, hätte er sie in ihren ursprünglichen Zustand zurückversetzt. Und dass ihm klar sei, dass das Gleiche nun auch für ihn selbst gelte. Der Schrecken und die Todesangst, aber auch die Gegenreaktion hatten sich tief in ihn eingeschrieben, und wenn er sich treu bleiben wollte, durfte er sie aus seinem Leben nicht auszuradieren versuchen.

Die Psychologin hatte genickt, genau diese Haltung sei das Ziel einer Therapie. Wenn es also wirklich so wäre, wie Robert sagte, könnte sie ihm höchstens empfehlen, ein paar Tage auszuruhen und darauf zu achten, ob sich seine Einstellung unter dem Druck der Erinnerungen doch noch änderte.

Aber statt seinen gelben Schein verlängern zu lassen, bat Robert seinen Internisten: »Schreib mich noch heute gesund, ich will endlich meinen Resturlaub nehmen.«

Zwanzig Tage plus zehn Tage Überstundenabbau. Den Antrag schickte er per Fax direkt an den Kulturdezernenten – das Museum Abteiberg war inzwischen ganz und gar kopflos. In den Unterlagen des verhafteten Dr. Wolff hatte die Polizei nämlich einen geheimen Vorvertrag mit Patatis speziellem Freund Dr. Regenberg gefunden. Mit so schäbigen Vereinbarungen, dass man Regenberg fristlos dieselbe Tür wies, durch die schon Zink gegangen war.

Robert tauchte also Freitagmittag in seiner Werkstatt auf, um dort das schlimmste Chaos zu beseitigen, ehe am Samstag gleich die nächste Mutprobe anstehen sollte. Micky hatte sich in die verblassten Paris-Fotos an seiner Küchentür verguckt und nicht lockergelassen. In einer schwachen Sekunde versprach er, für eine Nacht mit ihr dorthin zu fahren, von wo er vor zwanzig Jahren Hals über Kopf geflohen war.

Mehr Zeit hätte sie dafür auch nicht gehabt. »Richtig Urlaub werde ich erst machen können, wenn wir endlich diesen verdammten Pipeline-Vergewaltiger haben«, hatte Micky geseufzt. Während der Mordserie waren die Ermittlungen zwar weitergeführt worden, aber mangels Personal nur auf kleiner Flamme. Glücklicherweise hatte sich der Kerl bis jetzt nicht getraut, wieder zuzuschlagen. Vielleicht hatte ihn die Alarmstimmung in der Bevölkerung wegen des ›Kunstmörders‹ abgeschreckt. Vor allem aber war es wohl dem Wachdienst zu verdanken, den die Studenten in Eigenregie auf die Beine gestellt hatten.

Robert hatte beim Antiquitätenhändler schon eine Schellackplatte von Charles Trenets Klassiker *Revoir Paris* als Reisegeschenk für Micky erstanden. Aber dann erhob das Schicksal doch noch Einspruch. Es trat in Gestalt des Dezernenten und des Oberbürgermeisters auf, die höchstselbst vor Roberts Schreibtisch erschienen.

»Sie müssen Ihren Urlaub verschieben«, sagte der eine.

»Wir brauchen Sie als Interimschef, bis die Direktion neu besetzt ist«, der andere.

»Ich bin nicht kompetent«, erklärte Robert.

»Mein lieber Patati, Sie haben in Düsseldorf und Paris Kunst studiert.«

»Und das Studium abgebrochen«, winkte er ab.

»In einer Stadt wie Paris kann das schon mal passieren. Und es ist mindestens zwanzig Jahre her«, sagte der Oberbürgermeister großzügig.

»Außerdem haben Sie Ihr Studium der Restaurierung zeitgenössischer Kunst mit Auszeichnung abgeschlossen«, wedelte der Dezernent mit der Personalakte.

»Und vor allem wären Sie in dieser Stadt der Letzte, der den Abteiberg im Stich lassen würde.«

Micky war gelinde gesagt *not amused*, als er ihr die Nachricht von seiner zeitweiligen Beförderung ohne Lohnausgleich überbrachte.

»Aber ich habe keine Kosten und Mühen gescheut, dass wenigstens du eine Sightseeingtour durch Paris machen kannst. Und wenn ich irgendwann Urlaub bekomme, können wir die Sehenswürdigkeiten auslassen, und ich zeige dir das wirkliche Paris«, hatte er versucht, das Klima zu verbessern.

Erst seit heute Morgen sprach sie wieder mit ihm, wenn

auch ausschließlich auf Niederländisch. Sie sah großartig aus, wie sie da oben stand, das blonde Haar im Wind.

»Willst du nicht doch einmal schauen?«, fragte Micky, nachdem sie die beiden Bilderscheiben *Zauberhaftes Paris in 24 Stereo-Farbfotos* zum zweiten Mal durchgeklickt hatte. Sie warf noch einen kurzen Blick auf das sonntäglich ruhige Mönchengladbach und stieg dann von der höchsten Stelle des Museumsturms zu der windstillen Ecke hinunter, in der Robert an einem Tisch mit Croissants und Milchkaffee saß. Sie hielt ihm den roten View-Master aus den Siebzigerjahren entgegen.

Er wollte das Stereoskop gerade nehmen, als sein Handy altertümlich klingelte. »Irgendein Scherzkeks hatte mir doch tatsächlich den Radetzkymarsch als Klingelton eingestellt«, schüttelte Robert den Kopf und nahm das Gespräch an.

»Wichtige Kundschaft«, sagte er etwas später achselzuckend. »Bin gleich zurück.« Er kletterte die Feuerleiter hinunter.

Vor der Werkstatttür wartete eine elegant gekleidete Frau von etwa fünfzig Jahren auf ihn.

»Frau Wolff?« Er öffnete die Tür und ließ ihr den Vortritt.

»Ich weiß nicht, was ich sagen soll. Was da mit Ihnen geschehen ist … Es tut mir leid«, sie suchte nach Worten.

»Was kann ich für Sie tun?«, fragte Robert reserviert.

»Entschuldigen Sie, dass ich Sie damit belästige. Klaus-Hugo hat mir einen Brief geschrieben. Er hätte Ihnen meine Dieter-Roth-Skulptur zur Restaurierung gegeben. Sie bedeutet mir sehr viel.«

»Ich habe bereits Ihrem Mann gesagt, dass sie nicht zu restaurieren ist.«

»Ja. So, wie er mir ihren Zustand beschrieb, dachte ich mir das schon. Ich bin froh, dass Sie sich geweigert haben.«

»Tatsächlich?«, Roberts Augenbrauen wanderten in die Höhe.

»Ich möchte sie mitnehmen. Sie stand am Anfang meiner

Ehe und sie steht an ihrem Ende. Ich werde sie mir wohl nicht mehr oft anschauen, aber ich will sie gut aufbewahren. Sie erinnert mich daran, was geschieht, wenn man sich nicht mehr kümmert. Und dass nichts so bleibt, wie es ist.« Sie schaute Robert mit ihren wasserblauen Augen an, ganz entspannt und kein bisschen weinerlich. Dass sie so lange mit diesem Kerl zusammen gewesen war.

»Sie steht im Keller. Ich werde sie Ihnen heraufbringen lassen«, sagte er.

»Ich warte an der Kasse. Nochmals vielen Dank.« Sie stand auf, Robert brachte sie zur Tür. Sie gaben sich freundlich die Hand.

Nachdem er wegen der Skulptur mit dem Haustechniker gesprochen hatte, beeilte sich Patati, zurück auf seinen Turm zu kommen.

Micky telefonierte. »Natürlich kommst du. Du störst überhaupt nicht. Bis gleich, ja?«

»Wer war das?«, fragte Robert, der eigentlich keine Lust auf Besuch hatte.

»Katja. Schien nicht besonders guter Stimmung zu sein.«

Eine halbe Stunde später erklomm die junge Kommissarin mit einer Flasche Rotwein in der Hand das Dach der Stadt.

»Wolltet ihr nicht gestern Abend nach Paris fahren?«

»Robert fürchtet, sie würden sofort das Museum schließen, wenn er die Stadt verlässt«, sagte Micky süffisant.

»Was macht dein Freund?«, fragte Robert, ehe Katja Micky antworten konnte. Irgendwie war ihm dieses überaus harmonische Polizeiteam an seiner Tafel nicht geheuer.

Katjas Miene verdüsterte sich. »Könnten wir es dabei belassen, wenn ich jetzt sage: Es war alles ein großer Irrtum?«

Robert nickte betreten und Micky wechselte schnell das Thema.

»Gibt's was Neues von Mathilde?«

»Sagt weiterhin kein Wort. Aber dafür sprudelt ihr Gehilfe wie geschüttelter Sekt, seit er begriffen hat, dass eine Anklage wegen Beihilfe zum Mord auf ihn wartet. Es ist erstaunlich, was der Junge alles weiß, ohne dass ihm bekannt gewesen sein will, was Mathilde verbrochen hat.«

Patati schaute irritiert. Von einem Helfer hatte er bisher nichts gewusst.

»Kevin Plagge, zarte neunzehn, vorbestraft wegen Autodiebstahls. Patrick Schneider hat ihn vor drei Jahren als Gartengehilfen eingestellt, aber er durfte mit in der herrschaftlichen Villa wohnen. Vielleicht hat er Schneider ja an seinen toten Jungen erinnert. Jedenfalls ist Plagge Mathilde kräftig zur Hand gegangen«, erklärte Katja.

»Ich kann mir ganz gut vorstellen, dass er keinen Funken Ahnung hatte, was Mathilde wirklich trieb«, meinte Micky. »Der Junge ist geistig doch ein bisschen zurückgeblieben. Mathilde war für ihn große Schwester und eine wunderschöne und superkluge, absolut unerreichbare Göttin zugleich.«

»In diesem Fall eine ziemlich tödliche Kombination. Was er bisher gestanden hat, bestätigt jedenfalls unsere Tatrekonstruktionen. Er hat für die Morde an Olga, Geesdonk und den Smalings nicht nur jeweils den Sprinter gestohlen, sondern in allen drei Fällen auch das Material an die Tatorte transportiert. Die medizinischen Geräte für den Smaling-Mord hat er bei einer Firma in Nürnberg abgeholt und bar bezahlt. Mathilde hatte die Bestellung telefonisch aufgegeben, originellerweise unter dem Namen Dr. van Cleef. Wir vermuten, dass Kevin Plagge ihr auch dabei geholfen hat, die Mordmaschinen aufzubauen. Aber das bestreitet er bis jetzt heftig«, erklärte Katja und hielt Robert die Weinflasche entgegen.

»Dann hat Mathilde tatsächlich nur den ersten Mord ganz alleine vorbereitet. Eine schnelle Entscheidung. Sie bekam mit, dass Syntha van Cleef ihren Vater erpresste, und beschloss, dieses Problem für ihn zu lösen, um etwas von ihrer alten Schuld abzutragen.«

»Die Wiedereröffnung des Abteibergs bot dazu die ideale Gelegenheit«, schloss Robert an Micky an. »Es blieb nur die

Frage, wie sie die Leiche möglichst geschickt für einige Zeit verbergen konnte. Ihr fiel die Installation ihrer Namensvetterin Mathilde ter Heijne ein, die sie ein Jahr zuvor im Abteiberg gesehen hatte. Habt ihr herausbekommen, wie die Arbeit von der Berliner Galerie nach Mönchengladbach gelangt ist?«

Katja nickte. »Wieder mit Kurier und wieder mit Barzahlung. Ein Kunsttransporteur hat die Installation dann direkt von der Galerie zum Abteiberg gebracht. Mit einem Blumenstrauß und einer mit *Ein Verehrer des Hauses* unterschriebenen Schenkungserklärung. Mathilde hat sich das alles so fein ausgedacht und die Erklärung dann mit der Hand geschrieben. Unser Schriftexperte brauchte zwei Minuten.«

Robert hatte den Pinot Noir aus dem Burgund inzwischen entkorkt und durch einen Minidekantierer in die Gläser laufen lassen. Sie stießen an.

»Zu dem Zeitpunkt hatte Mathilde auch noch keine besonderen künstlerischen Ambitionen«, fuhr Patati fort. »Aber die Idee, ihr Opfer in die Installation einer anerkannten Künstlerin einzuarbeiten, war der Impuls für ein neues Konzept. Endlich hatte sie einen Weg gefunden, es all jenen zu zeigen, die ihre Kunst nicht ernst nahmen, und konnte nebenher auch noch die Feinde ihres Vaters töten.«

»›Nebenher‹ ist nicht ganz richtig«, meinte Micky. »Das Trauma, für den Tod von Mutter und Bruder verantwortlich zu sein, hat ihre Mordkunst ziemlich stark beeinflusst. So unterschiedlich die Taten waren, Mathilde hat doch bis auf Carolijn Smaling alle ihre Opfer ersticken lassen. Genau wie Sigrid und Armin Schneider.«

»Aber die sind doch ertrunken«, wandte Katja ein.

»Ja, aber Tod durch Ertrinken ist am Ende auch nur eine spezielle Form des Erstickens. Da kann man schon von Wiederholungszwang sprechen. Mit dem gewichtigen Unterschied, dass sie ihren Vater mit ihren Taten diesmal glücklich zu machen hoffte.«

»Ob er ihr bei den Morden geholfen hat?«, fragte Robert.

»Als Schneider erfuhr, dass wir Mathilde auf frischer Tat ertappt hatten, zog er seine Aussagen sofort zurück. Ein kühler Rechner. Er behauptet seitdem felsenfest, nichts gewusst zu haben«, antwortete Katja. »Zwischenzeitlich hätte er geahnt, dass Mathilde dahinterstecken könnte. Aber er mochte ihr schwieriges Verhältnis nicht durch einen falschen Verdacht belasten.«

Robert lachte bitter. »Welch menschenfreundlicher Großmut. Aber er hat ihr doch gesteckt, dass die Smalings auf dem Rückweg von Buenos Aires waren.«

»Nein«, sagte Micky. »Das war Rolf Bergen, dieser Idiot. Kaum dass wir weg waren, rief er Mathilde an und erklärte, dass ihr Vater ihrem Glück nicht mehr lange im Wege stehen würde. Unsere Jungs Rutger und Fred haben Bergen gestern am Flughafen Schiphol abgeholt, um ihn mit seiner Mutter zusammenzubringen. Als sie ihm auf seine Frage nach Schneider erzählten, dass nicht der, sondern Julia-Mathilde die Mörderin ist, brach Romeo-Rolf heulend zusammen.«

»Also wird Patrick Schneider billig davonkommen?«

»Erpresserischer Menschenraub in mehreren Fällen, ein Haufen schwerer Betrugsdelikte, das ergibt schon eine zweistellige Summe Knast. Und vielleicht können wir ihm die Beihilfe ja noch nachweisen. Immerhin kannte Mathilde die Sicherheitspläne der Museen. Und die befinden sich nach Aussage des Technischen Direktors von TecGuard in einem streng gesicherten Raum, zu dem nur er und Schneider Zugang haben«, meinte Katja.

»Er hat aber auch gesagt, dass Mathilde von klein auf bei TecGuard ein und aus gegangen ist und sich dort als talentierte Bastlerin betätigt hat. Vielleicht hat sie ihren Vater schon bei der Entwicklung der Pläne beraten«, zweifelte Micky.

Robert lehnte sich in seinem Stuhl zurück und grübelte.

»Was immer du jetzt überlegst, Herr Patati, du wirst

nichts mehr auf eigene Faust unternehmen, klar?« Micky schaute ihn so böse an, wie es ihr möglich war.

»Man wird ja wohl noch mal denken dürfen«, brummte Robert. »Ihr habt mir doch im Krankenhaus erzählt, dass in Mathildes Transporter auch zwei Koffer standen. In ihrem Atelier hatte sie schon alle Spuren beseitigt, zumindest bis ich ihr in die Quere kam und sie die Chance ergriff, endlich mal mit Gips zu arbeiten. Ich bin sicher, sie wollte spätestens nach meiner Geisterstunde untertauchen.«

Die beiden Frauen nickten.

»Ihr Vater hätte sie bestimmt nicht im Stich gelassen. Man müsste mal überprüfen, ob er ihr irgendwo ein Haus oder ein Konto …«

»Tati!«, unterbrach ihn Katja. »That's not your business!«

»Moment mal. Jetzt hab ich's. Hat er nicht behauptet, er hätte bei der Eröffnung des Abteibergs von Mathildes Handy aus Zink angerufen? Zink hat aber gesagt, eine Frau hätte ihm den Besuch dieser Prostituierten angekündigt. Das war doch wohl Mathilde, die Zink mit ihrem Geschenk das Alibi rauben und so den Verdacht auf ihn lenken wollte. Schneider hat Mathilde mit seiner Falschaussage gedeckt, also wusste er, dass sie die Mörderin war. Und er ist ihr bis zuletzt nicht in den Arm gefallen, weil sie ihm so gute Dienste leistete.«

»Nicht schlecht, Tati«, meinte Katja verblüfft. »Damit könnten wir ihn vielleicht kriegen.« Sie machte sich eine schnelle Notiz.

Robert füllte die Weingläser nach.

»Warum nennst du ihn eigentlich immer Tati? Hat das was mit dem Filmemacher zu tun?«, fragte Micky neugierig.

»Ja, und mit Roberts Art zu arbeiten. Ich bin einmal …«

Diesmal war es an Robert, sie zu unterbrechen. »Für eine Polizistin bist du verdammt geschwätzig.« Er grinste Micky an: »Jeder Restaurator hat sein kleines Geheimnis. Apropos. Wisst ihr, was ich ein wenig gespenstisch finde? Mathilde ist mir eigentlich gar nicht so unähnlich. Sie hätte doch eine richtig gute Restauratorin werden können. So geschickt, wie sie mit den unterschiedlichsten Materialien umzugehen verstand, und so scharfsinnig, wie sie die Intentionen der verschiedenen Künstler erfasst hat – sie hätte sich nur, genau wie ich damals, von dem Irrglauben befreien müssen, selber ein Künstler zu sein.«

»Sollen wir jetzt Angst vor dir haben?«, fragte Katja.

»Oder dich für Geschicklichkeit und Scharfsinn bewundern?«, ergänzte Micky.

Das konnte ja noch heiter werden mit den beiden. Das Handy klingelte. Kaum hatte Robert den Anruf angenommen, beugte sich Katja zu Micky herüber und flüsterte ihr etwas zu. Micky lachte.

»Garantiert nicht!«, sagte Robert lauter, als es nötig gewesen wäre. »Und sagen Sie bitte Ihrem Freund, er soll aufhören, so einen Unsinn über mich zu verbreiten.«

»Wer war das?«, fragte Micky, als er das Handy weggesteckt hatte.

»Das hätte ich fast vergessen. Der Kunstbetrieb ist natürlich noch geschwätziger als die geschwätzigste Kommissarin. Mein neuer Ruf eilt mir voraus – da wollte mich gerade jemand als Kunstdetektiv engagieren. Aber mein Bedarf an Verbrechensaufklärung ist wirklich gedeckt.«

»Wenn das mal wahr wäre«, sagten Micky und Katja gleichzeitig und mussten lachen.

»Können denn diese Augen lügen?«, fragte Robert, während er den View-Master nahm und ihn gegen die untergehende Sonne richtete.

Danksagung

Die Arbeit an dem Buch *Nach allen Regeln der Kunst* bzw. *Kunst zonder genade* sowie die deutsche und niederländische Übersetzung wurden vom Ministerpräsidenten des Landes NRW (Regionale Kulturförderung) und dem deutsch-niederländischen Kooperationsprojekt ›Crossart – Route Moderne Kunst‹ gefördert.

Die Autoren danken Angela Braun-Kampschulte und Klaus Trommer für die ermutigenden Start-up-Gespräche sowie den beteiligten acht Museen für die Unterstützung bei ihren Recherchen.

Thomas Hoeps dankt des Weiteren Christine Adolphs vom Museum Abteiberg für wertvolle Berichte aus dem Berufsalltag einer Restauratorin und unbekannterweise Dr. Dirk Dobke, dem Leiter der ›Dieter Roth Foundation‹, mit dem Robert Patati die Faszination für und die Achtung vor dem Werk Dieter Roths unbedingt teilt.

Jac. Toes dankt Edgar Wachelder, der sein Wissen über medizinische Apparaturen bereitwillig zur Verfügung stellte.

Dank der umfassenden Mitarbeit der Niederländischen Botschaft in Buenos Aires, in der Person von Frau Lidy Westerhof und Herrn Charly Gouk, wissen wir genau, wie es jemandem ergeht, der in Argentinien verhaftet wird. Auch die kurzen Gespräche mit vier niederländischen Mädchen, die im *Unidad 3 del Instituto Correccional de Ezeiza* inhaftiert sind, waren unentbehrlich, um uns ein Bild von den Lebensumständen in einem argentinischen Gefängnis zu machen. Dem Direktor Sr. Cesare Cepeda gilt Dank für gastfreundlichen Empfang und Führung.

Dem sympathischen *tanguero* Pablo Tamburini ist zu danken, weil er Jac. Toes umfassend in die Geheimnisse der Taxidancer eingeweiht hat.

Schließlich danken die Autoren allen, die ihnen bewusst oder unbewusst mit ihren Bemerkungen geholfen haben. Es sind zu viele, um sie hier zu nennen, und manche bevorzugen es, anonym zu bleiben.

Krimis von Jac. Toes

»Mit Toes betritt nicht nur ein neuer Krimi-Autor die deutsche Szene, er kreiert gleichsam den neuen Stil eines holländischen Kriminalromans.« (Richter ohne Robe)

»Jac. Toes hat keine Hemmungen vor ungewöhnlichen Geschichten und überraschenden Coups.« (Darmstädter Echo)

Auf der Strecke geblieben

Ein Fall für Fred Benter und Donald de Wacht
Aus dem Niederländ. von Stefanie Schäfer ISBN 978-3-89425-506-0

Der Anwalt Fred Benter und der Journalist Donald de Wacht kommen einer vertuschten Affäre aus den Achtzigerjahren auf die Spur und geraten dabei selbst in Lebensgefahr.

Tief gesunken

Der zweite Fall für Fred Benter und Donald de Wacht
Aus dem Niederländ. von Stefanie Schäfer ISBN 978-3-89425-516-9

In der Arnheimer Mafia rollen Köpfe. Eine Abrechnung unter Kriminellen? Oder hat die Polizei ihre Finger im Spiel?

Verrat

Der dritte Fall für Fred Benter und Donald de Wacht
Aus dem Niederländ. von Stefanie Schäfer ISBN 978-3-89425-528-2

Der Tod einer jungen Prostituierten führt Fred Benter nach Südamerika. Währenddessen steckt Donald de Wacht in einer schweren Lebenskrise.

Der freie Mann

Aus dem Niederländ. von Stefanie Schäfer ISBN 978-3-89425-545-9

Ein Thriller über Leidenschaft und Verrat, die Verlockungen des Tango und die Suche nach einem brutalen Mörder

Die kleine Lüge

Aus dem Niederländ. von Stefanie Schäfer ISBN 978-3-89425-555-8

Ein Ehemann verschwindet spurlos. Der mit Nachforschungen beauftragte Anwalt Fred Benter liefert der Ehefrau Informationen, die wenig beruhigend sind. Derweil widmet sich der 17-jährige Sohn ausschließlich dem Kampf für die Rechte der Tiere. Nachbarn, Umweltschützer und Polizisten – niemand rückt mit der vollen Wahrheit heraus.

grafit

Preisgekrönt: Jac. Toes

NIEDERLÄNDISCHER KRIMIPREIS 1998

Jac. Toes: Fotofinish
Aus dem Niederländischen von Stefanie Schäfer
ISBN 978-3-89425-534-3
In vier Marathonläufen kämpft Stan Dewende um den ersten Platz – und um das eigene Überleben.

»Ein nahezu perfekter Thriller, ein echtes Juwel in der niederländischen Kriminalliteratur!«
Aus dem Urteil der Jury zur Verleihung des ›Gouden Strop‹ für den besten niederländischen Kriminalroman

»Das Buch liest sich wie ein isotonischer Durstlöscher nach einem anstrengenden Training.« Runner's World

»Alles an diesem Kriminalroman ist anders: Es gibt keinen Kommissar, keinen Detektiv oder Journalisten, der ermittelt. Der Mord ereignet sich erst am Ende. Und zwischendurch wird ein Marathon nach dem anderen gelaufen. ... Erst langsam entwickelt sich, recht geschickt in Rückblenden während einsamer Läuferstunden dargestellt, das gesamte berufliche und private Drama um zwei Freunde. Spannend bis zum letzten Finish!«
Saarbrücker Zeitung

»Diese genial konstruierte Erzählung ist viel mehr als bloß ein Krimi.«
Badische Neueste Nachrichten

»Schnell und elegant erzählt der Niederländer Jac. Toes den Lauf um das eigene Überleben seines Protagonisten, dessen Charakterzüge er ganz langsam ins Gegenteil verkehrt.« Westfälische Zeitung – Wochenende

»Von der Komposition her möchte man den Roman eher als große Novelle bezeichnen, die in immer schnelleren Schritten dem Höhepunkt zusteuert. Die Erzählung wird dadurch selbst zum Lauf mit fulminantem Endspurt.«
Richter ohne Robe

grafit